W0321203

ET CHAQUE FOIS, MOURIR UN PEU

DU MÊME AUTEUR

Glen Affric, Éditions Récamier, 2021 ; Harper Collins, 2024.

Chambres noires, nouvelles, Belfond, 2020 ; Pocket, 2021 (prix Bob Morane 2021).

Ce que tu as fait de moi, Belfond, 2019 ; Pocket, 2021.

Toutes blessent, la dernière tue, Belfond, 2018 ; Pocket, 2019 (prix de l'Évêché 2019 ; prix Plume d'or du thriller francophone 2019 ; prix Évasion 2019 ; Book d'or thriller du prix Bookenstock 2019).

D'ombre et de silence, nouvelles, Belfond, 2017 ; Pocket, 2018.

Terminus Elicius, Rail noir, 2004 ; Pocket, 2011 ; Belfond, 2016 (Prix marseillais du Polar 2005).

De force, Belfond, 2016 ; Pocket, 2017.

Satan était un ange, Fleuve noir, 2014 ; Pocket, 2015.

Purgatoire des innocents, Fleuve noir, 2013 ; Pocket, 2014 (prix des Lecteurs du Var 2014).

Maîtres du jeu, Pocket, 2013.

Juste une ombre, Fleuve noir, 2012 ; Pocket, 2013 (Prix marseillais du Polar 2012 ; prix Polar francophone au festival Polar de Cognac 2012).

Jusqu'à ce que la mort nous unisse, Fleuve noir, 2009 ; Pocket, 2011 (prix des Lecteurs au festival Polar de Cognac 2010).

Chiens de sang, Fleuve noir, 2008 ; Pocket, 2010.

Les Morsures de l'ombre, Fleuve noir, 2007 ; Pocket, 2009 (prix Intramuros 2008 ; prix SNCF du polar 2009 ; prix Polar Derrière les murs 2009).

Meurtres pour rédemption, Rail noir, 2006 ; Fleuve noir, 2010 ; Pocket, 2012.

Karine Giebel

ET CHAQUE FOIS, MOURIR UN PEU

Livre 1 – Blast

roman

RÉCAMIER

© Éditions Récamier, un département de Place des Éditeurs, 2024
92, avenue de France
75013 Paris
Tél. : 01 44 16 09 00
Fax : 01 44 16 09 01
www.editions-recamier.fr
www.lisez.com

Dépôt légal : mars 2024
ISBN : 978-2-38577-035-8
Mise en page : Nord Compo

Le Code de la propriété intellectuelle interdit les copies ou reproductions destinées à une utilisation collective. Toute représentation ou reproduction intégrale ou partielle faite par quelque procédé que ce soit, sans le consentement de l'auteur ou de ses ayants cause, est illicite et constitue une contrefaçon sanctionnée par les articles L. 335-2 et suivants du Code de la propriété intellectuelle.

« Depuis six mille ans, la guerre
Plaît aux peuples querelleurs,
Et Dieu perd son temps à faire
Les étoiles et les fleurs. »

Victor Hugo,
Œuvres complètes, Poésie, Tome VII

Prologue

Avant, il y a parfois un silence.

Un silence que personne n'entend.

Puis c'est la déflagration.

Bruit assourdissant, flash aveuglant.

L'onde de choc atteint d'abord ceux qui sont tout près, qui ont le malheur de se trouver dans le premier cercle.

Pour eux, aucune chance.

Blast primaire.

Vague brûlante, mortelle, qui les balaye, les pulvérise, les déchiquète.

L'effet de souffle se propage, personne ne peut lui échapper.

Dans le deuxième cercle, débris et éclats transpercent les chairs, les os.

Blast secondaire, criblage.

Tympans perforés.

Yeux, gorges et peaux brûlés.

Corps écrasés par l'insoutenable pression.

L'onde de choc percute ceux qui, déjà, avaient l'idée de s'enfuir. La foudre s'abat sur le troisième cercle.

Blast tertiaire.
Corps projetés sur plusieurs mètres.
Murs et plafonds qui s'effondrent.
Le monde qui s'écroule.

Puis le silence revient.

Un brouillard sombre, une pluie de sang, une nuit de cendres.

Une bombe vient d'exploser.

J'ai froid, mon amour.

J'ai froid et j'ai peur.

Si tu savais, mon amour… Si tu savais ma souffrance.

J'ignore s'il fait jour ou s'il fait nuit.

Les ténèbres perpétuelles, la douleur, la solitude et le silence. Voilà ce que j'endure, ce qu'ils me font subir.

Ils m'ont enterré vivant, sans prière ni cérémonie.

Sans aucune pitié.

Ils m'ont jeté dans ce trou creusé à même la terre humide et glacée. Puis ils ont abaissé le couvercle de mon cercueil de glaise.

J'ai fermé les paupières pour ne plus voir la nuit.

Je me suis bouché les oreilles pour ne plus entendre le silence.

J'ai froid, mon amour.

J'ai froid et j'ai peur.

Condamné à mourir à petit feu, loin de tout, loin de toi. Sans chaleur, sans lumière.

Je crois que j'ai pleuré des heures durant. Je crois même que j'ai crié.

Mais qui pourrait m'entendre ?

Si tu savais, mon amour…

1

Juillet 1992

Nord Kenya, Lokichokio, hôpital Lopiding

Quand Grégory est arrivé à Lokichokio, il y a deux mois, il croyait être prêt pour cette première mission qu'il avait appelée de ses vœux.

Depuis la fin de son adolescence, il voulait partir à l'étranger, il voulait *faire de l'humanitaire.*

Après l'obtention de son diplôme d'infirmier, il a écouté les formateurs, répété les gestes, regardé les films et approfondi les livres.

Deux ans à se préparer, deux ans à espérer.

Et puis il y a eu le choc frontal.

Grégory a perdu ses repères, ses certitudes. Il a failli démissionner au bout de quelques jours face à l'ampleur de la tâche et à l'atrocité des faits. Confronté à ce que l'humain est capable d'infliger à ses semblables, il a eu l'impression de prendre un mur de plein fouet.

Les photos et les films ne sont rien à côté de la réalité.

Pour la première fois, voir de ses propres yeux les blessures causées par une machette, une hache, un fusil d'assaut ou une mine.

La guerre, la vraie, dans toute son horreur.

Épaulé par l'équipe, encouragé par son épouse, il a réussi à tenir le coup. Séverine lui a rappelé que depuis les bancs de l'école d'infirmiers, il n'avait cessé de lui confier son rêve de soigner ceux qui en ont le plus besoin. Ceux que tout le monde abandonne à leur sort.

Elle lui écrit chaque semaine. Dans l'enveloppe, elle glisse souvent un dessin de Charlène, leur petite fille.

Elle l'a dessiné pour toi. Tu lui manques, mais plus tard, elle sera fière de son papa comme je suis fière de mon mari.

Grégory les a tous accrochés au-dessus de son lit.

Aujourd'hui, il a pris ses marques dans l'immense hôpital Lopiding, créé par le Comité international de la Croix-Rouge, le CICR. Ici, tout près de la frontière soudanaise, il ressent ce qu'il a toujours voulu ressentir.

Ici, Grégory se sent utile.

Il continue à recevoir des coups, mais apprend à les encaisser. Il apprend qu'il ne peut pas sauver tout le monde.

Il apprend la douleur de l'échec, apprend à l'accepter.

À Lopiding, on accueille les victimes de la guerre qui ravage le Sud-Soudan. Des civils, des militaires, des miliciens. Des hommes, des femmes, des enfants. Blessés par armes à feu, par armes blanches, victimes de mines antipersonnel. Malades ne pouvant plus se faire soigner dans un pays dévasté, personnes sur le point de succomber à la faim et à la soif.

Certains arrivent par leurs propres moyens, marchant des dizaines, parfois des centaines de kilomètres. Les équipes de la Croix-Rouge vont chercher les autres en hélicoptère ou en avion.

Près de sept cents lits répartis dans dix salles communes, quatre blocs où l'on opère plusieurs patients à la fois : Lopiding est devenu le plus grand hôpital de campagne au monde.

Chaque jour, Grégory apprend.

Trier les victimes quand elles affluent en masse, selon les règles enseignées lors de sa formation. Accepter d'en sacrifier certaines pour en sauver le plus grand nombre.

Assister les médecins qui pratiquent la chirurgie de guerre.

Prendre le relais pour les soins post-opératoires. Soigner les plaies béantes, la peur et l'effroi.

Chaque jour, Grégory apprend.

La violence de son espèce.

Ces hommes décharnés qui ressemblent à des squelettes.

Ces mutilés qui ont perdu un bras, une jambe.

Ces femmes victimes de la barbarie des hommes.

Ces enfants qui n'ont plus la force de pleurer.

Chaque jour, il les voit lutter, se battre pour survivre.

Chaque jour, Grégory apprend.

Mais demeurent les questions sans réponse qui tournoient sans cesse dans sa tête.

Comment peut-on faire subir de telles atrocités à un être vivant, un être humain ?

Qu'a-t-on subi soi-même pour avoir oublié l'empathie, la compassion ?

La pitié.

Pourquoi certains hommes ont-ils perdu toute trace d'humanité ?

Si on creusait en eux comme on creuse la terre à la recherche d'une civilisation engloutie, trouverait-on quelque reste d'altruisme ou de bonté ? Trouverait-on l'innocence d'un enfant ou l'amour d'une mère ?

Chaque jour Grégory apprend.

Et aujourd'hui, il sait une chose.

Il a trouvé sa place en ce monde.

2

Septembre 1992

France, Alpes-de-Haute-Provence

Les premières lueurs du jour ne tarderont plus. Il les attend avec impatience.

Dans la petite chambre, Charlène rêve à poings fermés. Cela fait une heure que Grégory la regarde dormir.

Lui n'y parvient plus guère depuis qu'il est rentré de Lokichokio.

Charlène dort parce qu'elle ne connaît pas la fureur du monde. Parce qu'elle n'a pas conscience de sa brutalité, de sa sauvagerie.

Comment son père pourra-t-il l'en préserver ?

C'est un cauchemar qui l'a réveillé au milieu de la nuit.

Du sang, des cris, la mort.

La vie, dans bien des endroits de cette planète.

Pourtant, Grégory retournera à Lokichokio dès que son congé sera terminé. Le psychologue de la Croix-Rouge présent à Lopiding lui a assuré qu'il était normal de faire des cauchemars. Qu'avec le temps, ça s'apaiserait sans doute.

Au-delà de ces mauvais rêves, de ces angoisses, de ces peines, Grégory ressent quelque chose de puissant au fond de lui. Quelque chose qui balaye tout le reste.

Pour la première fois de sa vie, il sait à quoi il sert.

Pour effacer ces visions nocturnes, il se souvient du sourire de cette mère dont il a sauvé l'enfant en lui prodiguant les premiers soins, avant même que le médecin n'intervienne. Il se rappelle les larmes de joie de cet homme regardant son fils réapprendre à marcher avec la prothèse de jambe confectionnée à Lopiding.

Se remémorer toutes ces vies épargnées, toutes ces victoires sur la guerre.

Reléguer au fond de lui les échecs. Ceux pour qui il était trop tard.

Oublier les centaines de tombes dans le cimetière proche de l'hôpital.

Oublier les larmes et la souffrance.

Au lever du jour, il rejoint Séverine dans la chambre parentale. Il s'allonge près d'elle, ferme les yeux.

— Tu n'arrives pas à dormir ? murmure-t-elle.

— C'est rien, ne t'en fais pas.

Elle vient se coller contre lui, se rendort immédiatement.

Quand Grégory ouvre les yeux, le soleil inonde la chambre. Il entend le rire de Charlène résonner un étage en dessous.

Demain, elle aura trois ans.

Après-demain, Grégory prendra l'avion en direction du Kenya.

Alors, il veut profiter de chaque minute, chaque seconde.

Il trouve ses *chéries* sur la terrasse, qui s'amusent avec un jeu de construction à base de gros cubes colorés. Dès qu'elle voit son père, Charlène se précipite vers lui. Il la prend dans ses bras, l'embrasse à n'en plus finir.

Séverine lui prépare un café. Il s'assoit, sa fille sur les genoux.

Chaque minute, chaque seconde.

Séverine le dévore des yeux.

— Tu dois te faire draguer par les infirmières kenyanes, toi ! lance-t-elle avec un œil malicieux.

— Il y a aussi une Suédoise, deux Suissesses, une Roumaine et une Belge, répond Grégory. Mais la dernière personne qui m'a fait des avances, c'est un pilote anglais. J'ai hésité, je dois te l'avouer, mais finalement, je n'ai pas donné suite.

Il adore entendre le rire de Séverine, comme un pansement sur toutes ses plaies.

Chaque minute, chaque seconde.

***

Juchée sur les épaules de son père, Charlène découvre le monde autrement. Ses immenses yeux, aussi verts que ceux de Grégory, brillent de curiosité.

Aujourd'hui, elle fête ses trois ans et il a décidé de l'emmener en montagne. Une petite balade sur un chemin forestier où les mélèzes commencent déjà à arborer leurs aiguilles dorées.

Séverine marche à leurs côtés, sourire aux lèvres. Grégory sait que ce sourire masque la peine, qu'elle redoute la séparation qui aura lieu dès le lendemain. Mais il sait aussi qu'elle le soutient dans ses choix difficiles.

Il fait redescendre Charlène sur la terre ferme et ils s'accordent une pause au bord du sentier, inoffensif à cet endroit, dans une belle clairière ceinturée de résineux.

Grégory raconte les animaux qui peuplent cette forêt, ces montagnes qui l'entourent. Sous les yeux ébahis de Charlène, il se transforme en chamois, en aigle, en marmotte, en loup et en serpent. Le rire de la petite fille rebondit jusqu'aux sommets.

Chaque minute, chaque seconde.

Le temps a refusé d'arrêter sa course folle. Les aiguilles tournent, implacables, indifférentes.

Le soir est déjà là, Grégory lit une histoire à Charlène. Puis il dépose un baiser sur son front, caresse ses cheveux blonds et bouclés.

— Dors bien, mon ange. Fais de beaux rêves.

Quand il rejoint sa femme dans le salon, le journal télévisé diffuse un reportage sur le conflit dans les Balkans, cette guerre qui est en train d'engloutir la Bosnie-Herzégovine. Hypnotisé, Grégory voit les blessures, les souffrances, les larmes et la mort derrière les images qui défilent à l'écran.

Jusqu'à ce que Séverine saisisse la télécommande et coupe la télévision.

— On passe à table ? propose-t-elle.

Grégory a du mal à trouver les mots. Demain, il l'abandonnera, une fois encore. Séverine le rassure : elle comprend et respecte son choix, fière de son engagement.

Même s'il va lui manquer, elle saura l'attendre.

Et il se dit qu'il l'aime de plus en plus à chaque minute, chaque seconde.

3

Mai 1993

France, Alpes-de-Haute-Provence

Ils le poursuivent sans relâche. Aucun répit, aucune pitié.

Ils sont peut-être un mal nécessaire, ont sans doute une raison d'être.

Ils transforment chacune de ses nuits en un combat perdu d'avance, frappant au milieu des rêves les plus beaux, frappant toujours aussi fort.

Grégory a quitté le Kenya il y a des mois. De sa première mission, il a rapporté d'encombrants souvenirs, de ceux qu'il est impossible de ranger au fond d'un placard ou sur une étagère. Il a bien tenté de les enfouir au plus profond de sa mémoire, mais ils refusent d'y demeurer.

Ceux qui sont morts sous ses yeux sans qu'il puisse rien empêcher. Leurs visages, leurs regards terrorisés, leurs mains crispées sur la douleur, leurs râles d'agonie. Les cris ou le silence de leurs proches.

Les images, les sons et même les odeurs remontent régulièrement à la surface, comme des corps qu'on voudrait faire disparaître dans l'eau profonde et qui ressurgissent, plus hideux encore.

Calvaire silencieux dont Grégory ne parle jamais. Ni à Séverine, ni à Chantal, sa mère. Il garde ses cauchemars secrets, avec l'espoir qu'ils finiront par s'user, arasés par le temps. Que les images deviendront plus floues, les douleurs moins vives, les cris moins stridents.

Quelques semaines après son retour en France, Grégory a accepté un poste à l'hôpital de Digne où Séverine travaille en qualité d'infirmière. Un poste à mi-temps, qui lui permet de suivre diverses formations pour améliorer ses connaissances, et aussi de s'occuper de Charlène. Sans oublier les randonnées en montagne qu'il affectionne depuis son enfance.

Il est né dans cette vallée, y a grandi, y a forgé sa personnalité, découvert un cortège de sentiments, chacun étant une petite pierre à l'édifice intime qu'on bâtit tout au long de sa vie. Ses rêves, ses joies, ses doutes et ses peines se sont imprimés sur les falaises marneuses ou les roches calcaires. Ses certitudes se sont gravées dans l'écorce des mélèzes, avant de se dissoudre au cœur de l'eau glacée des torrents. Ses colères ont résonné jusqu'aux sommets, avant de s'évanouir dans les combes.

Ici, dans cette vallée, Grégory a beaucoup souffert.

Alors qu'il n'avait que douze ans, il a subi un choc si violent qu'il ne pensait pas y survivre.

La nuit qui tombe, une plaque de verglas dans un virage, une voiture qui plonge dans le ravin.

Une chute vertigineuse dont personne ne peut sortir indemne.

Son père n'est pas mort sur le coup. Seul au fond du gouffre, il a agonisé de longues minutes, peut-être des heures.

Apprendre que tout peut s'arrêter, en un instant. Que la mort peut s'abattre sur n'importe qui, n'importe quand et n'importe où. Que ce que l'on croit infrangible est fragile, que ce que l'on pense éternel n'est que provisoire.

Seulement provisoire.

Depuis ce jour, Grégory a l'impression de marcher sur un fil tendu au-dessus du vide.

Basculer, d'une seconde à l'autre.

D'une certaine manière, il accepte ce jeu d'équilibriste. Chaque moment doit être vécu, *vraiment* vécu.

Tant pis pour les blessures, les remords ou les regrets.

Tant pis pour les cauchemars.

***

Août 1993

La montagne ne lui appartient plus. D'ailleurs, Grégory reste en bas. Trop de touristes, trop de gens qui ne la connaissent pas et la piétinent sans vergogne. Ils marchent en troupeaux, suivant tous les mêmes balises. Ils avancent à l'aveugle, sans véritable envie de découvrir, sans aucun respect du silence.

Le 15 août ils repartiront, et Grégory pourra retrouver ses sommets, ses chemins secrets, ses pentes douces et ses falaises abruptes. Ses dialogues silencieux avec la terre, la roche et l'eau.

En attendant, il continue d'améliorer sa condition physique, déjà excellente, avec une heure de footing quotidien et divers exercices de musculation. Il passe aussi beaucoup de temps avec sa fille. Il a hâte qu'elle puisse le suivre jusqu'en haut, hâte de lui apprendre tout ce qu'il croit savoir.

En ce début d'après-midi, Charlène s'est endormie sur la balancelle de la terrasse. Assis tout près d'elle, Grégory la regarde. Lui qui a souffert du manque de son père, parti trop tôt, se pose mille et une questions, dont une qui le taraude sans relâche : est-il un bon père ?

S'il en était un, aurait-il ce désir de repartir à l'autre bout du monde dès que l'occasion se présentera ?

S'il en était un, ne devrait-il pas rester auprès d'elle ?

Charlène semble déjà lui avoir pardonné ses absences de l'année passée. Mais en gardera-t-elle un mauvais souvenir, une rancœur, un déséquilibre ?

La petite fille ouvre les yeux, met quelques minutes à quitter le monde des rêves. Puis elle se précipite vers lui, débordante d'énergie.

— On va faire les courses, cocotte ? lance Grégory.

— Cocotte ! répète Charlène en riant. Cocotte !

— Allez, mets tes chaussures, ma puce.

Grégory la sangle dans son siège auto avant de prendre le volant de sa vieille Lada Niva. Le premier kilomètre les secoue sur une piste carrossable avant qu'ils n'atteignent enfin une route goudronnée. Sur la banquette arrière, Charlène serre son doudou contre elle. Un lapin en peluche mauve et rose qu'elle a baptisé Pim. Elle chantonne tout au long du trajet qui les mène au village.

Ils remplissent un charriot de provisions pour une semaine puis reprennent la route du chalet. Pendant l'ascension, ils font un arrêt près d'une prairie car Charlène veut cueillir des fleurs pour sa mère. Une fois à la maison, la petite fille place elle-même les épilobes, les ombelles et les angéliques dans un vase, tandis que son père range les courses.

— Elle sera contente, maman, tu crois ?

— Bien sûr, ma chérie ! Quand elle rentrera ce soir, elle sera heureuse de voir que tu as pensé à elle et elle va adorer ton bouquet !

— Et toi, tu es là, ce soir ?

Grégory fronce les sourcils.

— Oui, je serai là !

— Et demain aussi ?

— Non, demain, je travaille.

— Oui, mais... Après le travail, tu seras là ?

— Pourquoi tu me demandes ça ?

Charlène hausse les épaules.

— Parce que… Des fois, tu reviens pas. Le soir, tu reviens pas. Et pendant longtemps, t'es pas là.

— C'est vrai, acquiesce Grégory. Mais en ce moment, je travaille ici, dans le même hôpital que maman.

Grégory s'assoit sur le canapé, prend Charlène sur ses genoux.

— Tu as peur que je parte à nouveau, c'est ça ?

Elle ne répond pas, triturant les oreilles de Pim.

— Tu sais, mon travail me conduit parfois loin d'ici…

— Là où les gens ils ont besoin de toi ?

— Oui, ma chérie. Dans des pays où les gens sont malheureux et ont besoin qu'on aille les aider. Mais même si je suis loin, je pense à toi et à maman tout le temps.

— Alors, je veux bien que tu pars, dit Charlène d'un air sérieux. Après, faut que tu reviens, hein ?

— Je reviendrai toujours, ma princesse. C'est promis. Parce que maman et toi, vous êtes les personnes les plus importantes dans ma vie.

— Et c'est quand que tu vas aider les gens ?

— Je ne sais pas encore, ma puce. Quand ils m'appelleront.

— Ben j'espère que c'est pas demain qu'ils t'appellent !

Elle saute du canapé et, comme si cette discussion était déjà oubliée, elle saisit la baguette à bulles que son père lui a achetée au supermarché.

— Je peux aller jouer dehors ?

— Bien sûr, chérie. Je viens dans une minute.

Charlène passe la porte en courant et Grégory fixe la cheminée éteinte. Est-il un bon père ? Un bon mari ?

Il rejoint sa fille et s'assoit sur les marches de la terrasse. Charlène suit du regard les bulles de savon qui s'envolent, espérant que l'une d'elles atteindra le ciel avant d'éclater.

Il y a des moments où Grégory a l'impression d'être l'une de ces bulles. L'impression qu'il va exploser en vol.

Il y a deux jours, son épouse lui a dit : *Je vois bien que tu t'ennuies.* Il lui a répondu que non, qu'il était heureux d'être avec elle et Charlène. Séverine a dû préciser sa pensée : *Tu t'ennuies à l'hosto, c'est pas vrai ?* Cette fois, il ne l'a pas contredite, la laissant poursuivre : *Si tu as envie de repartir en mission, vas-y. Parce que je ne veux pas que tu te fanes en restant ici… Depuis que je te connais, tu as toujours voulu faire ça. Alors, il est hors de question que je t'en empêche.*

Grégory écoute le rire de sa fille, ses cris lorsqu'une bulle éclate au-dessus de sa tête. Ce rire qui lui manquera quand il sera à des milliers de kilomètres.

4

5 février 1994

Bosnie-Herzégovine, Sarajevo

Au volant d'un Land Cruiser, Grégory fait route vers l'hôpital Kosevo. À côté de lui, le Dr Paul Schmid, qui dirige la délégation du CICR à Sarajevo. La radio diffuse *La vie en rose*, version Grace Jones. Avec sa voix de baryton, Paul essaie de rivaliser :

— *Quand il me prend dans ses bras, qu'il me parle tout bas…*

Grégory ne peut se retenir de rire.

— Montre-moi de quoi tu es capable au lieu de te gausser ! envoie le chef.

— Plutôt mourir ! Je chante comme une seringue…

Tôt ce matin, ils sont partis à l'aéroport récupérer du matériel médical arrivé cette nuit dans un avion affrété par Genève. Des médicaments essentiels, comme des antibiotiques ou de la morphine, des anesthésiques, des pansements, des compresses… Tout ce qui manque cruellement aux médecins et chirurgiens pour prendre en charge les blessés qui se présentent chaque jour aux urgences.

Bien sûr, ce sera insuffisant, Grégory le sait. Mais ça sauvera quelques vies, ça atténuera quelques souffrances.

Paul Schmid est un jeune chirurgien. Alors qu'il n'a même pas trente-cinq ans, il est capable de miracles dans une salle d'opération avec des moyens plus que limités.

Une sorte de génie du scalpel.

Tantôt généraliste, psychiatre ou chirurgien de guerre, tantôt administrateur hors pair ou clown pour les enfants hospitalisés, il est prêt à relever tous les défis, à assumer toutes les responsabilités. Outre ses talents de médecin, Paul est doué d'une extraordinaire empathie, d'un humour ravageur et d'une humilité incroyable.

Grégory l'a tout de suite admiré, très vite apprécié.

Juste derrière le 4 × 4 au-dessus duquel flotte le drapeau orné de la croix rouge, une camionnette qui transporte le plus gros du chargement. C'est Giorgia, une logisticienne italienne, qui la conduit. Grégory jette un œil dans le rétroviseur et s'aperçoit que la fourgonnette les colle de très près :

— Giorgia devrait prendre ses distances…

— Que veux-tu, elle est amoureuse de toi ! plaisante le médecin. Elle ne supporte pas de s'éloigner à plus de dix mètres…

— N'importe quoi !

— Et puis tu connais le dicton : *Femme qui conduit, piétons en sursis !*

Un chien traverse la route, l'infirmier enfonce la pédale de frein. Giorgia ne parvient pas à stopper à temps, et le fourgon percute le Toyota. Grégory et Paul sont projetés vers l'avant mais le choc est sans gravité.

— Qu'est-ce que je disais ! soupire le chirurgien. *Femme qui conduit, assureur qui frémit et carrossier qui s'enrichit !*

— J'ai déjà pris ce fourgon, ses freins sont morts ! objecte le Français.

— Je plaisante, Grégory. Les nanas conduisent bien mieux que nous. Enfin, bien mieux que toi en tout cas !

Ils sortent du véhicule pour constater les dégâts : le Land Cruiser n'a presque rien, mais la calandre de la camionnette a changé de forme.

— C'est bon, dit Grégory. Rien de bien méchant.

Giorgia aussi est descendue. Dans un anglais chantant, elle alterne excuses envers ses collègues, et insultes envers la vieille fourgonnette. Paul la dévisage avec sévérité :

— Ça sera retenu sur ta paye ! prévient-il. À mon avis, il y en a bien pour six mois de salaire… Qu'est-ce que tu en penses, Greg ?

— Hum… Je dirais même huit mois.

L'Italienne part au quart de tour, tout juste si elle n'envoie pas un coup de pied dans le pneu du fourgon.

— Et tu vas être virée, assène le Suisse.

— *Virée ?* répète la jeune femme. Mais pourquoi ?

— Pour mauvaise conduite, bien sûr.

La logisticienne aperçoit enfin le sourire facétieux de son chef.

— Bon, on y va ? dit-il. Giorgia, tu passes devant, OK ? Je tiens à revenir vivant de ce merdier…

Ils reprennent la route et Paul baisse la vitre pour allumer une cigarette. Ce samedi est une belle journée ensoleillée, ce qui est plutôt rare en cette saison. La ville, assiégée depuis près de deux ans, baigne dans un calme étrange.

La veille, un obus a tué dix personnes dans le quartier de Dobrinja. Mais aujourd'hui, pas de bombardements, pas de tirs de sniper.

Une belle journée, oui. Les Sarajéviens en profitent pour sortir à l'air libre, pour arpenter les rues à la recherche de nourriture. Profiter de l'accalmie pour acheter des provisions, prendre des nouvelles. Ceux qui n'ont plus d'argent, et ils sont nombreux, font du troc sur le marché de Markale : un paquet de cigarettes contre un kilo de farine, une montre contre un morceau de viande.

Grégory est arrivé en Bosnie au mois de décembre de l'année précédente, après douze mois à travailler dans le même hôpital que Séverine. Contrairement à ce qui s'est passé au début de sa première mission au Kenya, il a vite trouvé ses marques à Sarajevo. En partie grâce à Paul.

Ils se garent devant Kosevo, le principal hôpital de la capitale. Ils reçoivent aussitôt de l'aide pour transporter leur précieux chargement à l'intérieur du bâtiment bombardé plusieurs fois, mais qui tient encore debout, même si la moitié des services ont dû fermer.

Grégory fait un détour par la maternité pour donner les paquets de couches qu'il a reçus. Les bébés ressemblent à des momies miniatures : enroulés dans des morceaux de draps, on n'aperçoit que leurs petits visages. Ils sont deux par berceau. De toute façon, ils ne restent pas longtemps ici : après l'accouchement, les mères ne passent qu'une journée ou deux au sein de l'hôpital. Du moins celles qui ont eu la chance de pouvoir s'y rendre. Beaucoup accouchent désormais chez elles pour éviter d'être tuées pendant le trajet.

Il y a quelques semaines, Grégory a assuré les soins post-opératoires d'une patiente enceinte de huit mois, conduite à Kosevo après avoir reçu un éclat de shrapnel dans le ventre. Si elle respire encore, c'est parce que le projectile a coupé la tête de l'enfant qu'elle portait.

C'est son bébé qui lui a sauvé la vie. Aura-t-elle toujours goût à l'existence, après ça ?

Cette nuit, Grégory a rêvé d'elle. Elle demeurera dans sa mémoire, refusera d'en partir. Comme tant d'autres…

À midi, il partage un café avec une chirurgienne serbe et une infirmière bosniaque qui n'ont pas dormi depuis plus de quarante-huit heures. Ils sont nombreux à avoir fui la ville assiégée. Ceux qui restent font de leur mieux pour soigner les malades, les blessés. Malgré le manque de personnel, le manque de lits, le manque de médicaments. Le manque de tout.

Même la morgue manque de place…

À 12 h 15, le bruit d'une violente explosion déchire le ciel bleu de Sarajevo.

Ce ne sera pas une belle journée, finalement.

Ce sera même l'une des pires qu'ait connues la capitale.

Dans les minutes qui suivent, Grégory apprend qu'un obus vient de tomber sur le marché de Markale, bondé à cette heure.

Un véritable carnage.

On parle de centaines de blessés, de dizaines de morts.

Les voitures acheminant les premières victimes se présentent devant l'hôpital. Ensuite, c'est une vague, un tsunami sanglant qui déferle sur Kosevo. Ceux qui arrivent de Markale racontent l'horreur en quelques mots. L'obus est tombé sur un auvent, explosant à hauteur d'homme. Les dégâts sont inimaginables. Partout, des corps hachés, déchiquetés. Des gens décapités.

L'anesthésiste qui procède habituellement au triage est parti visiter sa famille hier. En son absence, c'est Grégory qui endosse le rôle de responsable-trieur.

Faire au mieux pour le plus grand nombre, avec les moyens disponibles.

Donner la priorité à ceux qui ont le plus de chances de survivre avec le moins de séquelles possible.

Tandis que les chirurgiens, dont Paul Schmid, se préparent dans les blocs opératoires du sous-sol, Grégory se retrouve en première ligne.

Mettre de l'ordre dans un indescriptible chaos. Garder son calme et son sang-froid au milieu des cris, des gémissements, des râles d'agonie, des appels au secours.

Les corps s'alignent sur des civières improvisées, sur des draps ou des couvertures. Dans le hall, dans les couloirs.

Très vite le sol devient rouge. Une mare de sang envahit l'hôpital.

Ne pas flancher, ne pas s'effondrer.

Ne pas perdre la raison.

Grégory se penche sur une femme dont les jambes ont disparu. Ses yeux ouverts fixent le plafond, elle vient de succomber. Il remonte le drap sur elle et passe aux victimes suivantes.

Envoyer cet homme au bloc opératoire. Laisser cette femme agoniser par terre, parce que tenter de la sauver reviendrait à en condamner trois autres. Ou parce qu'elle resterait gravement handicapée jusqu'à la fin de ses jours.

Choisir.

Sauver cette jeune fille, condamner cet adolescent.

Soigner ce quadragénaire, laisser mourir cet enfant qui a perdu la moitié du visage et dont un éclat a transpercé la boîte crânienne.

Choisir.

Endurer les suppliques d'une mère, d'un père.

Certains tombent à genoux devant lui, comme s'il était Dieu.

Leur promettre qu'on va soigner leur enfant, leur frère ou leur sœur, tout en sachant qu'ils passeront après d'autres et mourront peut-être là, dans ce couloir.

Un homme empoigne Grégory par le bras. Il doit avoir quarante ans, il est accompagné de son fils adolescent. Ils ont du sang plein les mains et le visage. Mais ce n'est pas *leur* sang. En anglais, le Serbe lui explique qu'il vient d'emmener son épouse et sa petite fille aux urgences. Qu'il faut les sauver, s'occuper d'elles. Il force Grégory à marcher jusqu'à l'endroit où elles sont allongées, à même le sol. L'infirmier jauge les dégâts en moins de deux minutes, tandis que l'adolescent lui glisse à l'oreille :

— Ma mère s'appelle Sima. Ma sœur, c'est Adriana.

Choisir.

Tenter de sauver la femme.

Sacrifier la petite fille qui n'a que peu de chances de survivre à ses atroces blessures. Son corps a été criblé d'éclats, les dégâts sont trop importants. Elle souffre de graves hémorragies internes mais son visage est presque intact.

Le visage d'une poupée.

Elle doit avoir deux ans de plus que Charlène. Elle lui ressemble, avec ses cheveux blonds et bouclés. Adriana ouvre les yeux, regarde Grégory quelques secondes avant que ses paupières ne se referment.

Ce regard-là le poursuivra longtemps. Sans doute jusqu'à la fin de sa vie.

Son verdict est tombé, mais il tente de rassurer le père et son fils en leur promettant qu'ils vont prendre rapidement en charge les deux blessées. Il distribue les ordres aux infirmières qui le secondent puis s'éloigne vers d'autres dilemmes effroyables.

Choisir.

Et chaque fois, mourir un peu.

***

12 février 1994

Les gens continuent de partir. Une semaine après le massacre du marché de Markale, certaines victimes succombent à leurs blessures malgré les opérations et les soins.

Grégory a oublié de dormir depuis plusieurs jours et tient debout par miracle.

Après l'explosion de l'obus et la journée noire du 5 février, il a confié à Paul Schmid ses doutes sur la façon dont il avait géré l'afflux de blessés. Le chirurgien l'a rassuré et même félicité : *Le triage des blessés est l'une des choses les plus difficiles qu'il puisse nous être donné de faire. Et d'après ce que j'ai pu voir, tu t'en es bien sorti, Grégory. Grâce à toi, des dizaines de vies ont été épargnées.*

Ces quelques mots ne suffiront pas à refermer les cicatrices laissées par cette tragique expérience, Grégory le sait. Mais ils lui ont permis de continuer sa mission, de garder la force nécessaire.

En traversant le couloir du service réanimation de l'hôpital, il croise Dragan, le père d'Adriana, morte sur son brancard peu après son arrivée. Le mari de Sima, toujours entre la vie et la mort. Chaque jour, le Serbe vient prendre des nouvelles de son épouse, opérée deux fois depuis son admission.

Chaque jour, il repart avec un espoir ténu, mais tenace.

Lorsqu'il voit Grégory, il lui lance un regard chargé d'une colère silencieuse. L'infirmier lui adresse un signe de tête et poursuit son chemin. Il n'a pas le temps de partager sa douleur, il se doit aux patients qui l'attendent. Il monte d'un étage pour arriver au service chirurgie, pénètre dans une chambre, y trouve une infirmière bosniaque qui prodigue des soins à une jeune femme ayant perdu le bras gauche durant l'explosion. Sur le lit d'à côté, une quinquagénaire dont le visage est entièrement bandé. Elle restera aveugle, sourde et défigurée. Mais elle vivra, si toutefois elle en a l'envie et le courage. Les soignants ont dû ajouter un troisième lit dans cette pièce devenue trop exiguë. Sur ce couchage supplémentaire, Mirko, un jeune garçon de six ans que Grégory suit avec attention. Il était sur le marché de Markale quand l'obus a éclaté. Le blast l'a projeté à plus de dix mètres, il souffre de plusieurs fractures. Comme pour sa voisine de chambre, l'onde de choc a détruit ses tympans et l'a rendu sourd. Ses yeux n'ont pas été touchés et son visage n'est que très légèrement brûlé. En revanche, l'effet de souffle a provoqué chez lui des lésions pulmonaires et digestives. Il ne peut plus manger et doit garder un apport permanent en oxygène.

Dès qu'il voit l'infirmier, Mirko esquisse un sourire sous son masque en plastique. Entre eux, le courant passe bien. Grégory lui caresse la tête puis change la perfusion qui le nourrit, vérifie ses constantes. Avant de quitter la chambre, il donne à Mirko un robot miniature aux couleurs rutilantes, aux bras et jambes articulés. Il tourne le remontoir et pose le jouet sur la table de chevet. Le robot fait quelques pas tout en bougeant ses bras. Le visage du jeune Bosniaque s'illumine, ses yeux pétillent.

***

Grégory entre dans la chambre. L'ampoule au plafond clignote, il a mal aux yeux. Dans cette grande pièce, un seul lit situé tout au fond, près d'une fenêtre fermée. Sous la couverture bleu pâle, une forme chétive, immobile. Grégory s'approche. Ses semelles crissent sur le lino usé, brisant le silence.

Mirko lui sourit, son robot entre les mains.

C'est alors que l'infirmier voit une tache de sang sur la couverture. De la taille d'une pièce de monnaie, elle grossit de seconde en seconde. Il baisse le drap jusqu'aux chevilles de l'enfant.

À la place de son abdomen, un trou béant laisse apparaître ses viscères.

Grégory recule lentement, fixant l'horrible blessure. Son talon bute sur quelque chose. Il se retourne, baisse les yeux : la petite Adriana est allongée sur le sol. Son corps est en lambeaux, seul son visage est intact.

Le visage d'une poupée.

Au moment où elle ouvre les yeux, Grégory se réveille en sursaut. Il met une seconde à se souvenir qu'il est sur un lit de camp dans la salle de repos de l'hôpital. Il s'assoit sur le grabat, passe une main sur son visage, songe qu'il devrait se raser, puis consulte sa montre : il a dormi à peine une demi-heure, mieux que rien. Il se rend dans les sanitaires et s'asperge le visage d'eau froide.

Longtemps qu'il n'y a plus d'eau chaude à Kosevo.

Il s'inspecte dans le vieux miroir, peine à se reconnaître. Il a maigri, ses yeux verts sont cernés de mauve, il est pâle comme un linge. Il n'a que vingt-six ans, en paraît dix de plus.

Les images de son cauchemar sont toujours là, en filigrane. Dès qu'il s'endort, il plonge dans un précipice, et parfois, la fatigue aidant, ses rêves obscurs se mêlent à la réalité.

Il quitte la salle de repos, décide d'aller voir Mirko pour conjurer son cauchemar. Le jeune Bosniaque est en compagnie de Dragica, sa mère, qui le visite dès qu'elle le peut, quand les tirs de snipers et les bombardements s'arrêtent. Elle serre la main de son fils qui a posé le robot sur son torse et le contemple comme un véritable trésor. Dragica adresse un sourire reconnaissant à l'infirmier. Rassuré, celui-ci repart vers d'autres patients.

Grégory ne regrette pas son choix. Il ne regrette pas d'avoir mis les pieds en enfer. Bien sûr, il y a ceux qu'il ne peut sauver. Que personne ne peut sauver. Mais il y a aussi tous ceux qui s'en sortent, qui ont une deuxième chance.

En fin de journée, Grégory appelle Séverine depuis le bureau de Paul. Quand son épouse s'inquiète, il la rassure en lui racontant les mercis, les miraculés. Il garde pour lui les morts, les craintes, les angoisses. Puis il échange quelques mots avec Charlène qui lui demande quand il reviendra et s'il a bien reçu ses dessins.

— Oui, ma puce, ils sont au-dessus de mon lit, dans ma chambre. Je les regarde tous les matins et tous les soirs avant de m'endormir. Et je reviendrai dans un peu plus d'un mois, ma chérie !

Quand Grégory raccroche, il a un moment de flottement. Chaque fois qu'il parle à son épouse et à sa fille, il ressent cet étrange sentiment.

Qu'est-ce que je fais là ? Pourquoi ne suis-je pas près d'elles ? Suis-je un mauvais mari ? Un mauvais père ?

Ça s'estompe en général très vite.

Ça s'estompe, ça ne disparaît jamais.

Alors qu'il quitte le bureau du chef, il entend des cris à l'accueil de l'hôpital. Il s'en approche et découvre Dragan, entouré d'un médecin et d'un infirmier. Le Serbe a les mains posées sur le mur, il secoue la tête. Grégory comprend que Sima vient de décéder.

Cet homme, comme tant d'autres, aura tout perdu dans cette guerre.

Il voudrait le réconforter, n'en a pas la force.

Il repart vers la salle de repos, se change et décide de rentrer. Il loge dans un bâtiment qui jouxte l'hôpital et accueille les expatriés de la Croix-Rouge. Une chambre spartiate avec un lit, un petit bureau et une chaise. Une salle de bains et un W-C par étage.

Devant la porte principale, il allume une cigarette. Une infirmière serbe le rejoint, il lui offre une Marlboro. En anglais, ils se demandent si la nuit sera calme ou si elle se teintera de rouge.

— Encore en train de draguer ?

Grégory se retourne et aperçoit Paul.

— Qu'est-ce qu'il a dit ? interroge l'infirmière qui ne comprend pas un mot de français.

— Il a dit qu'il faisait froid, prétend Grégory.

Paul pique une cigarette dans le paquet de son subordonné.

— Ta femme va bien ? s'enquiert-il avec un clin d'œil.

— Oui. Et la tienne ?

— Elle m'a appelé tout à l'heure, totalement paniquée… J'ai cru qu'un tsunami avait englouti Genève, mais c'était simplement parce que le congélo a pété !

Quelques minutes plus tard, Dragan sort de l'hôpital. Il se dresse face à Grégory qui voit briller ses yeux dans l'obscurité. Le Serbe pointe un doigt accusateur vers l'infirmier, et d'une voix tremblante de colère, lui jette au visage des mots qu'il ne comprend pas. Paul essaie de le calmer, un agent de sécurité s'approche, Dragan tourne les talons et disparaît. Interloqué, Grégory demande à l'infirmière de traduire les propos du Serbe. Elle hésite, écrase son mégot dans le cendrier, se racle la gorge :

— Il a dit que… que vous aviez laissé mourir sa fille et n'aviez pas réussi à sauver sa femme. Il a dit : J'espère qu'un jour, vous saurez ce que ça fait de perdre sa femme et son enfant.

J'ai de plus en plus froid, mon amour. Je tremble le jour, je tremble la nuit. Ces jours et ces nuits qui se mélangent, se confondent dans cette obscurité sans fin.

J'essaie de compter les secondes, les minutes.

Je n'y arrive plus.

J'ai perdu le fil, j'ai perdu mes derniers repères.

Je perds mes dernières volontés.

Pendant des heures, j'ai essayé de soulever le couvercle de ma prison. J'y ai mis toutes mes forces je te le jure, mais il n'a pas bougé d'un centimètre. Sans doute ont-ils posé dessus le poids du monde pour s'assurer que je ne sortirai jamais de ma tombe.

Alors, j'ai appuyé mon front sur mes genoux. Ma tête est lourde, ma tête est pleine.

D'horreurs et de menaces.

Si tu savais, mon amour... Si tu savais le cauchemar qu'on m'inflige.

Je ne peux même pas crier mon innocence.

Parce que innocent, je ne le suis pas.

Ils ne m'ont laissé aucune chance de me repentir de mes erreurs, de mes fautes.

De mon crime.

Si tu savais, mon amour... Si tu savais mes regrets et ma peine.

Mes mauvais choix, ma mauvaise étoile que je ne peux même plus voir briller depuis que le ciel a disparu.

La mort ne m'a jamais effrayé. Ça, tu le sais, mon amour.

Mais crever ici, dans cette effroyable solitude, dans cette tombe anonyme, dans cette cruelle indifférence…

Si tu savais, mon amour…

5

Avril 1994

France, aéroport de Nice

Les retrouver, enfin. Les embrasser, les serrer contre lui, sentir leur odeur, leur peau contre la sienne.

Séverine et Charlène sont venues le chercher, comme chaque fois qu'il rentre de mission. Grégory est en France pour trois semaines et le trajet en avion, avec escale à Paris, lui a semblé interminable, tant il avait hâte de les revoir.

— Vous m'avez tellement manqué, mes chéries !

— Tu as l'air fatigué, mon amour…

— Non, ça va, ne t'en fais pas.

— Je vais te montrer mon nouveau vélo, papa !

— Oh, j'ai hâte, ma princesse !

C'est Séverine qui prend le volant et les voilà partis pour deux heures de routes sinueuses et magnifiques. Charlène ne cesse de babiller. Tout ce qu'elle n'a pas pu dire à son père pendant les deux mois qui viennent de s'écouler sort dans le désordre le plus complet. L'école, la maîtresse, ses camarades, ses copines, le cours d'équitation, Charly le poney Shetland, la varicelle… Grégory tente de suivre le flot ininterrompu, mais il n'est pas vraiment dans cette voiture. Comme à chacun de ses retours, il lui faudra quelques heures, voire quelques jours, pour quitter la guerre et revenir à la paix.

— Tu fatigues ton père, ma puce ! sermonne gentiment Séverine.

— Non, laisse ! répond Grégory. Continue ma princesse…

Charlène lui raconte que le jour de Pâques, sa mère lui a organisé une chasse aux œufs à la Sapinière, la vieille maison des grands-parents de Grégory, située tout en haut du grand terrain boisé qui entoure leur chalet.

— Quand j'étais petit, j'allais toujours m'amuser là-bas, moi aussi ! dit son père.

Fidèle à son habitude, Séverine conduit avec prudence, ce qui convient parfaitement à Grégory. Se réadapter à la vie normale, aux routes où l'on ne risque pas de se faire tirer dessus par un sniper, aux maisons intactes qui n'ont pas été éventrées par un obus. Lors de la traversée des villages, regarder les gens vivre leur vie, faire leurs courses, discuter sur les trottoirs ou aux terrasses des cafés.

Quitter la guerre, revenir à la paix. Comme si on se réveillait d'un cauchemar sans fin.

Et profiter de chaque minute, chaque seconde.

***

Grégory pose ses avant-bras sur la rambarde qui ceinture le manège et regarde sa fille, coiffée d'une bombe, perchée sur le dos de Charly. Dès qu'elle passe à sa hauteur, il lui adresse un signe de la main, elle lui renvoie un sourire. Séverine a profité de la présence de Grégory pour s'octroyer un week-end spa avec ses deux meilleures amies. Même si elle ne le lui dira pas, il a compris que ses absences répétées lui pesaient de plus en plus. Il a conscience qu'elle doit gérer seule le quotidien en plus de son travail : Charlène et ses mille et une activités, les corvées ménagères, les courses, les pannes de voiture, l'entretien de la maison et du jardin… Heureusement, elle travaille à temps partiel depuis trois mois, ce qui semble la soulager un peu. Mais sans doute préférerait-elle avoir son mari près d'elle. C'est lui qui lui a proposé de s'occuper de Charlène pendant trois jours, l'incitant à organiser ce week-end entre filles.

Une fois la leçon terminée et le Shetland brossé, Charlène grimpe dans la voiture. Fatiguée, la petite fille reste silencieuse. Dès qu'ils arrivent à destination, Grégory lui prépare son bain, mais Charlène n'a pas envie de se laver. Après la douceur, il emploie un ton plus ferme. Il lui faut presque se mettre en colère pour que Charlène accepte de se rendre dans la salle de bains. Son père veut l'aider à se laver, elle refuse.

— Non, pas toi ! dit-elle d'un ton décidé. C'est moi qui le fais, pas toi.

Encore une chose que Grégory ignorait. Il s'éloigne un peu de la baignoire, la laissant se savonner et s'amuser avec ses jouets.

Après avoir rechigné à se laver, Charlène rechigne à manger, au prétexte que *quand c'est maman, c'est meilleur.* Grégory sent sa patience s'effriter, mais il garde son calme.

— Tu sais, ma princesse, je vois chaque jour des enfants qui ont faim. Qui rêveraient d'avoir ce que tu as dans ton assiette. Chaque jour, je vois des enfants qui n'ont plus de maison, qui n'ont plus de maman ou plus de papa…

— Moi aussi, j'ai plus de papa.

Il lui a lu une histoire, en y mettant moins de fantaisie qu'à son habitude. Il n'avait pas le cœur à faire le clown, ce soir.

Grégory s'enfonce dans le canapé en face de la télévision.

Moi aussi, j'ai plus de papa.

Il avait rarement reçu coup aussi violent.

Violent, tout autant que mérité.

Avant de lui lire l'histoire, il lui a rappelé que quand il était loin, il pensait à elle tout le temps. Il lui a redit que ses absences étaient dues à son travail, rien qu'à son travail, qu'il devait aider les gens qui étaient dans la souffrance et la peur.

Moi aussi, des fois j'ai peur.

Puis Charlène s'est endormie. Grégory, lui, ne trouvera pas le sommeil cette nuit.

Ça ne l'empêchera pas de faire des cauchemars.

***

Dès que Séverine est revenue de son week-end prolongé, Charlène s'est assagie. Comme par magie.

Tandis que sa femme donne le bain à la petite, Grégory est face à la télévision. Il regarde un reportage sur le génocide au Rwanda.

Des milliers de Tutsis massacrés par les Hutus.

Séverine descend et observe son mari, une nouvelle fois hypnotisé par les images atroces qui défilent dans la lucarne. Elle s'assoit près de lui, prend sa main dans la sienne.

— Tu ne peux pas être partout, dit-elle. Tu ne peux pas tous les sauver.

— Tu as raison. Il faudrait juste qu'il y ait… qu'il y ait plus de gens comme moi, en fait.

— Il faudrait surtout qu'il y ait moins de haine, rectifie son épouse.

***

Grégory est en France depuis quinze jours. Il ne lui reste qu'une semaine avant de repartir dans les Balkans.

Il lui reste *encore* une semaine avant de repartir dans les Balkans.

Avec effroi, il se rend compte qu'à certains moments, il a hâte d'y retourner.

La veille, Séverine lui a dit qu'il était attiré par le risque, le danger et l'adrénaline. Elle a peut-être raison, finalement.

Sera-t-il capable, au terme de cette mission en Bosnie, de reprendre un emploi d'infirmier dans un hôpital ou une clinique de l'Hexagone ? Sera-t-il capable de se poser, de ne plus vivre dans l'urgence et la guerre ?

Séverine lui a avoué qu'elle aimerait qu'après Sarajevo, il redevienne un mari et un père. Qu'il fasse une pause dans ses missions humanitaires. Grégory a répondu qu'il comprenait ses désirs, qu'ils étaient légitimes.

Mais au fond de lui, il ignore s'il saura trouver son équilibre dans cette nouvelle vie.

***

L'heure de la séparation.

Plus que quelques minutes, quelques secondes.

Les plus difficiles, les plus cruelles.

Grégory a beau la rassurer, lui dire qu'il reviendra très vite, Charlène se met à pleurer. Séverine fait de son mieux pour ne pas imiter sa fille et Grégory lui promet qu'après cette mission, il restera en France, près d'elles.

Il les serre contre lui puis s'avance vers la porte d'embarquement.

Il se retourne et les regarde, une dernière fois.

6

2 juillet 1994

Bosnie-Herzégovine, Sarajevo

Le siège de Sarajevo dure maintenant depuis plus de deux ans. Les bombardements sont quotidiens, et Grégory a pris l'habitude de se réveiller au bruit des obus qui fendent le ciel de la capitale dans un sinistre sifflement. À tel point que lorsque les canons se taisent, il a l'impression que quelque chose ne tourne pas rond.

Aujourd'hui, c'est l'anniversaire de Séverine, et son mari a l'intention de l'appeler en fin de journée. Il a aussi posté une carte *via* les services de la Croix-Rouge et espère qu'elle arrivera à bon port et à temps. Trouver une carte d'anniversaire à Sarajevo relève du miracle, mais il a réussi !

Ce matin, Grégory est parti en direction de l'aéroport pour récupérer médicaments et matériel envoyés par Genève. Il est monté dans un Land Cruiser blindé qui fait partie d'un cortège de quatre véhicules.

La ville est quasiment déserte, les habitants se terrant chez eux tant qu'ils n'ont pas l'obligation de sortir.

Partout, des ruines, des gravats.

Partout, la désolation.

Parfois, un civil qui a osé sortir. Une femme qui court, le dos voûté, son cabas à la main.

Courir, afin de ne pas être une cible trop facile pour les snipers embusqués.

Plus loin, deux hommes marchent à l'abri d'un blindé de la Forpronu.

Le convoi s'engage dans *Sniper Alley*, l'avenue principale de la capitale. Dans cette rue où les tirs sont incessants, quelques habitants viennent prendre de l'eau potable à l'une des seules sources disponibles de la ville et repartent en courant.

La veille, Grégory a soigné un Serbe, resté à Sarajevo malgré la guerre. Emil Jovanović, un architecte reconnu, a reçu une balle dans la jambe tandis qu'il cherchait de la nourriture pour sa famille.

Je suis Sarajévien avant tout, a-t-il décrété. *Alors, je ne m'en irai pas.*

Les deux hommes ont longuement devisé, Emil maîtrisant bien l'anglais.

Vous, vous soignez les corps, a-t-il dit à l'infirmier. *Moi, bientôt, j'espère que je pourrai soigner les bâtiments.*

Il a ajouté que quand on assassine un peuple, c'est un *génocide*. Et pour l'assassinat d'une ville, le Serbe a inventé un mot que Grégory a traduit par *urbicide*.

La Bibliothèque nationale et les trésors qu'elle abritait, le palais présidentiel, le siège de la Croix-Rouge, la Mosquée Blanche… La liste est interminable. D'après Emil, les trois quarts des bâtiments de l'époque ottomane ont d'ores et déjà été détruits. Même constat pour les bâtiments de l'époque austro-hongroise.

Les Serbes veulent anéantir cette ville parce qu'elle est multi-ethnique, multiculturelle, a-t-il continué. *Ici, vous pouvez voir une église orthodoxe à côté d'une synagogue, d'une mosquée et d'une cathédrale catholique.*

Grégory n'avait jamais pensé à cela, il doit bien l'avouer. Il voyait dans chaque maison détruite une famille jetée à la rue, mais ne s'était pas ému des pertes culturelles engendrées par le conflit.

Quand je vois tomber une pierre, je vois tomber un morceau d'histoire, a conclu Emil.

Revenu de l'aéroport, Grégory aide à délivrer son précieux chargement qui permettra à Kosevo de soigner durant plusieurs semaines. Alors qu'il attrape un colis à l'arrière du Land Cruiser, Paul le rejoint :

— Il faut que je te parle, Grégory.

L'infirmier lui a rarement vu mine aussi sombre. Intrigué, il le suit jusqu'à son bureau.

— Assieds-toi, s'il te plaît.

Grégory obéit, désormais inquiet du ton employé par son supérieur.

— J'ai une mauvaise nouvelle, Grégory. Une terrible nouvelle...

Paul a du mal à continuer, comme si les mots refusaient de franchir ses lèvres. Il prend un stylo, le triture dans tous les sens.

— Qu'est-ce qui se passe ? s'impatiente Grégory.

— Séverine a eu un accident de voiture, annonce enfin le chirurgien.

— Elle est blessée ?

— Elle... Elle est décédée.

Son sang se fige dans ses veines, son cœur se disloque. Paul quitte son fauteuil et pose sa main sur l'épaule de l'infirmier :

— Et... ta fille était à l'arrière de la voiture, ajoute le médecin.

La tête de Grégory oscille lentement de droite à gauche, dans un réflexe de survie.

— Elle... Elle non plus n'a pas survécu à ses blessures... Je suis désolé, Grégory. Vraiment désolé.

L'infirmier se lève, tel un robot. Il chancelle dans un atroce silence. Il titube, comme s'il était ivre-mort. Paul le retient au moment où il s'effondre.

***

3 juillet 1994
Aéroport de Sarajevo

Grégory ôte son gilet pare-balles. Paul l'accompagne jusqu'à l'avion qui s'apprête à décoller en direction de Genève. Le Français a le visage dévasté. Ses yeux sont gonflés de chagrin et d'insomnie.

— Une équipe t'attend à Genève pour faciliter ton retour en France, dit Paul. Je te souhaite beaucoup de courage, Grégory. Toute l'équipe pensera à toi, et moi, je t'appellerai dans quelques jours. Si tu as besoin de nous, n'hésite pas.

L'infirmier hoche simplement la tête, incapable de prononcer le moindre mot. Il se hisse à l'intérieur de l'appareil où une employée de la Croix-Rouge le prend aussitôt en charge, et l'installe sur le siège qui lui a été attribué.

À bord, se trouvent trois blessés et une infirmière suisse qui veille sur eux. Il y a également deux expatriés qui rejoignent leur famille. Ils connaissent bien Grégory, mais n'osent pas lui adresser la parole, le laissant à sa peine.

L'avion décolle et, par le hublot, Grégory voit Sarajevo disparaître.

Il tente de retenir ses larmes, fixe ses mains bandées.

Quand il a repris connaissance, il était sur une civière. En voyant Paul penché sur lui, il a compris que cette fois, il ne s'agissait pas d'un simple cauchemar. Il a bousculé le médecin, s'est relevé. Il a hurlé, tapé avec ses poings contre les murs de la salle de soins sous le regard impuissant de l'équipe. Puis il s'est à nouveau écroulé.

Toute la nuit, il a oscillé entre larmes et sidération.

Tout perdre, en une seconde.

Pire que lorsqu'il avait douze ans.

Il n'a que peu d'informations sur les circonstances de l'accident, mais elles ressemblent à celles qui ont tué son père. Tard dans la nuit, il a eu la mère de Séverine au téléphone qui lui a parlé d'une sortie de route après un virage, de la voiture tombée dans un ravin. Séverine conduisait toujours avec une extrême prudence, la vitesse ne peut donc pas être la cause de l'accident. En cette saison, les routes sont sèches et sûres. A-t-elle voulu éviter un animal qui traversait la chaussée ? S'agit-il d'une défaillance mécanique ?

Quelle que soit l'origine du drame, Séverine et Charlène sont mortes. Elles ont peut-être souffert des heures avant que les secours ne soient prévenus.

Grégory imagine leur terreur, leur douleur... Leur solitude.

Ce qu'il n'imagine pas, c'est la suite de son existence, comme si elle s'était disloquée dans le même ravin.

Alors que le commandant de bord annonce qu'ils survolent la mer Adriatique, Grégory ressent un choc violent. Dans sa tête viennent de retentir des paroles qu'il avait enfouies au plus profond de lui.

Les mots de Dragan.

J'espère qu'un jour, vous saurez ce que ça fait de perdre sa femme et son enfant.

***

7 juillet 1994

France, Alpes-de-Haute-Provence

Deux cercueils côte à côte, au pied de l'autel. Blancs, tous les deux, et recouverts de fleurs blanches et roses.

Les mots du curé, que Grégory n'a pas entendus.

Il y avait un tel fracas dans sa tête qu'aucune parole n'aurait pu l'atteindre.

Les mots de la mère de Séverine, entrecoupés de sanglots.

Lui n'a pas été capable de rendre hommage à son épouse ni à sa fille. Il a juste lutté pour ne pas s'écrouler au beau milieu de la cérémonie religieuse dans l'église bondée.

Puis ce fut l'épreuve du cimetière.

Voir disparaître les femmes de sa vie dans le caveau familial.

Séverine, d'abord.

Charlène, ensuite.

Le soir venu, Chantal, sa mère, a insisté pour passer quelques jours avec lui. Il paraît qu'il ne doit pas *être seul.* Mais Grégory a refusé, prétextant justement avoir besoin de solitude. Alors, la porte s'est refermée, le silence s'est imposé.

Assis dans la chambre de Charlène, il regarde le lit vide. Les poupées, les peluches, les feutres sur le bureau, les photos au mur.

Assis dans la chambre de Charlène, il regarde ce qu'il reste de sa vie.

Rien.

Il prend sa tête entre ses mains comme s'il voulait l'écraser.

Le lendemain de son retour de Sarajevo, il est allé voir les gendarmes pour avoir des informations sur l'accident. Ils n'ont pas pu lui révéler grand-chose.

Sortie de route, plongeon dans le ravin. Voiture broyée. Pas de témoin.

Voyant la barrière de sécurité arrachée, un habitué de cette route de montagne s'est arrêté. Il a aperçu la voiture au fond du vallon, a appelé les secours. Lorsqu'ils ont réussi à atteindre le véhicule, il était trop tard.

Grégory leur a relaté les menaces du Serbe et les gendarmes l'ont écouté avec politesse et respect. Sans aucune conviction, ils ont promis de vérifier si un certain

Dragan Mirosavic était récemment entré sur le territoire français.

Ce matin, ils ont appelé Grégory pour lui apprendre qu'ils n'avaient pas trouvé trace du Serbe. Pour eux, l'affaire est classée. Mais Grégory demeure persuadé que c'est Dragan qui s'est vengé.

Trouver un coupable, une raison.

Car si ce n'est pas Dragan qui est responsable de leur mort, c'est forcément lui.

S'il avait été là, elles seraient peut-être encore en vie.

S'il avait été présent, c'est peut-être lui qui aurait pris le volant.

S'il avait été là, il aurait pu les sauver.

Or Grégory n'était pas là. Préférant sauver d'autres vies.

Il tape l'arrière de son crâne contre le mur, les larmes se remettent à couler.

Il a perdu son père dans un accident de voiture. Il a perdu sa femme et sa fille dans un accident de voiture.

Comment le sort peut-il s'acharner de la sorte ?

Grégory n'a jamais cru en Dieu.

Pourtant, ce soir, il le déteste. Comme il n'a jamais détesté personne.

7

Octobre 1994

France, Alpes-de-Haute-Provence

Au village, certains disent qu'il a perdu la raison.

Il reste enfermé chez lui, avec ses souvenirs, ses regrets et ses fantômes.

Le patron de l'unique supérette de la vallée a accepté de lui livrer de quoi survivre. Il raconte à qui veut l'entendre que Grégory n'est plus qu'une ombre qui parle à ses disparues.

Il devrait dire qu'il parle à ses *disparus*.

Parce qu'il n'y a pas qu'à Séverine et Charlène que Grégory parle. Il y a aussi tous ceux qu'il a vus partir, au Kenya ou en Bosnie.

De temps en temps, on voit sa mère monter jusqu'à son antre.

Au village, on hésite entre la pitié et la peur. Entre la compassion et la défiance.

Dans la vallée, la rumeur dit que sa famille est maudite, qu'elle attire le malheur.

Et que ce n'est *certainement* pas un hasard. Qu'il y a *forcément* une raison.

Quelques-uns auraient aperçu Grégory en montagne, marchant tête baissée quand le crépuscule s'abat sur les hommes.

Il y en a même qui, au petit matin, l'auraient vu face à l'église en train d'insulter le Seigneur.

Au début du mois d'octobre, on a retrouvé un oiseau cloué sur un arbre, tout près de la source du Diable. Des décennies que ce n'était pas arrivé. Ça a suffi à réveiller la légende séculaire, transmise de génération en génération : celui qui souhaite pactiser avec Satan doit d'abord l'inviter à apparaître à cet endroit précis grâce à une offrande de sang.

Bien sûr, les murmures se sont propagés à la vitesse de l'éclair.

Qui, à part Grégory, voudrait fraterniser avec le Malin ?

Certains prédisent qu'on le retrouvera pendu à un arbre.

D'autres affirment qu'il se laissera mourir de faim.

D'autres encore prétendent l'avoir surpris à rôder dans le village le soir venu, épiant les enfants au travers des fenêtres.

C'était lui, ils en sont sûrs.

Heureusement, il y en a qui préfèrent ne rien dire et respecter sa peine et son chagrin.

Au village, certains disent qu'il se rend au cimetière en pleine nuit. Qu'il escalade le mur pour aller fleurir la tombe de sa femme et de sa fille.

Parce qu'il fuit les vivants.

Parce qu'il ne veut voir personne à part les morts.

***

Novembre 1994

Grégory a passé sa journée dans le sous-sol de la Sapinière, la vieille maison de ses grands-parents, située en haut du vaste terrain qui entoure le chalet. Depuis la mort de Séverine et de Charlène, il se réfugie souvent là-bas. Cette maison où il aimait aller jouer lorsqu'il était gamin. C'était son château fort, son royaume. Il y inventait toutes sortes d'histoires, y réécrivait les légendes et les contes.

Aujourd'hui, la bâtisse est seulement un endroit triste et silencieux. Alors pourquoi s'y réfugie-t-il encore ? Sans doute parce qu'elle lui rappelle l'insouciance perdue.

À la tombée de la nuit, Grégory redescend vers son chalet. Il a la surprise de trouver Sophie Lagarde, la maire du village, sur sa terrasse. Elle est en train de regarder à l'intérieur de son salon par la fenêtre.

— Bonsoir.

Elle pousse un cri et se retourne.

— Bonsoir Grégory, tu m'as fait peur !

— Désolé.

— Non, c'est moi qui suis désolée de te déranger…

Elle semble étonnée de l'allure du jeune homme. Après tout ce qu'elle avait entendu… Certes, il a maigri, mais demeure une force de la nature. Malgré la pâleur de son teint, il conserve ce visage magnifique qui a fait chavirer tant de cœurs féminins dans la région.

— Qu'est-ce qui t'amène, Sophie ?

— D'abord, je voulais prendre de tes nouvelles, prétend-elle.

Grégory hausse les épaules en guise de réponse.

— Et puis je ne sais pas si tu es au courant pour Marion ?

— *Marion ?*

— C'est la petite qui a disparu un peu avant midi. La fille des Geniest, les boulangers de Saint-Paul. Elle a six ans. Elle jouait devant la maison quand elle s'est volatilisée.

— Et… ?

— Eh bien, je fais le tour de tout le monde pour demander si quelqu'un l'a vue.

Grégory esquisse un sourire triste. Son chalet est placé au bout d'une piste, à l'orée d'une forêt. Seuls quelques promeneurs égarés passent par ici.

— Non, je ne l'ai pas vue, répond-il. Navré.

Il pousse la porte d'entrée et s'aperçoit que Sophie se tord le cou pour scruter l'intérieur de la maison.

— Tu veux vérifier qu'elle n'est pas sous mon canapé ? propose-t-il alors d'une voix calme. Ou bien dans mon congélateur peut-être ?

Sophie écarquille les yeux.

— Je ne l'ai pas vue et elle n'est pas ici. Mais tu peux t'en assurer, si tu veux.

Il ouvre la porte en grand, allume la lumière et l'invite à entrer. Elle hésite un instant, Grégory a l'impression qu'elle est morte de trouille. En tout cas, elle a l'air sidérée par ce qu'elle découvre. Elle s'attendait sûrement à le trouver échoué au milieu d'un capharnaüm, nageant dans la saleté et le désordre. Ce qu'elle voit, c'est un intérieur parfaitement rangé et nettoyé.

Grégory esquisse un deuxième sourire, encore plus triste que le premier.

Au bout de quelques pas, Sophie fait demi-tour, direction la sortie.

— C'est ridicule, dit-elle.

— En effet. J'ignore où est cette petite. La seule chose que j'espère de tout cœur, c'est que ses parents vont la retrouver très vite… Au revoir, Sophie.

— Au revoir, Grégory.

Enfin seul, il allume le feu et s'assoit dans le canapé, serrant contre lui la peluche favorite de Charlène.

Alors, comme chaque soir, il laisse les flammes se repaître de sa peine.

***

1er décembre 1994

Entre médicaments et alcool, il marche sur un fil tendu au-dessus du vide. Pourquoi ne tombe-t-il pas dans le précipice qui le nargue et l'attire chaque jour un peu plus ?

Pour ne pas accabler sa mère, déjà durement éprouvée.

Peut-être aussi parce qu'il brûle de recroiser un jour la route de Dragan.

La radio ou la télévision lui apportent des nouvelles du monde. Partout, les guerres continuent. Les gens meurent sous les bombes ou les balles.

Aujourd'hui, ça fait deux semaines que la petite Marion a disparu.

Et Grégory sait qu'on ne la retrouvera jamais. Parce qu'il a égaré la définition du mot espoir.

Il en a oublié le goût, le souvenir et le sens.

Lorsque le téléphone sonne, en début de soirée, il se demande qui peut encore s'intéresser à lui. Sa mère, sans doute, qui ne l'a pas lâché. Celle pour qui il est resté en vie.

Mais c'est la voix de Paul qu'il entend. Lui non plus ne l'a pas lâché. Il l'a appelé régulièrement, se heurtant souvent à un mur de silence.

Parce qu'il l'admire et le respecte, Grégory accepte ses intrusions dans la solitude qu'il s'inflige.

— Grégory, je pars au Rwanda le 15 janvier. Il y a beaucoup à faire là-bas. La situation est catastrophique. Je te veux dans mon équipe.

Grégory laisse passer quelques secondes avant de répondre.

— Tu essaies de me sauver, Paul ?

— Malgré toute l'estime que je te porte, je ne suis pas payé pour te sauver. Je te veux dans mon équipe, parce que tu es l'un des meilleurs infirmiers que j'ai croisés. Voilà pourquoi.

Cette fois, Grégory ne répond pas.

— Je te laisse une semaine pour réfléchir, reprend Schmid. Cette mission s'annonce difficile et j'espère que tu accepteras de partir avec moi. J'ai besoin de toi. *Ils* ont besoin de toi… À bientôt, Grégory.

8

Février 1995

Rwanda, district de Karama,
150 kilomètres au sud-ouest de Kigali

Des dizaines d'enfants chantent, assis en arc de cercle dans la grande pièce. D'autres, placés au milieu, forment une ronde joyeuse.

Modeste, huit ans, tape dans ses mains tout en regardant ses petits camarades. Non loin de lui, Elijah, sept ans, a les yeux dans le vague. Sur son crâne, une profonde cicatrice qui se termine au milieu de son front. Souvenir douloureux d'un coup de machette auquel il semble avoir survécu. Mais la directrice de l'orphelinat confie à Grégory que ce petit garçon ne parle plus, qu'il faut l'aider à se nourrir, à se laver. L'aider, pour tout.

Modeste, lui, sourit tout le temps. Pourtant, il y a quelques mois, il a vu son père et son frère mourir sous les coups de gourdin des miliciens Interahamwe. Il a vu ses deux sœurs et sa mère être violées puis assassinées à coups de machette ou de lance.

Modeste a réussi à s'enfuir. Il a couru longtemps, s'est terré dans la forêt pendant des jours et des jours, sans manger et sans boire.

Comment a-t-il survécu ? Comment peut-il encore sourire ?

Grégory ne cessera jamais de se poser ce genre de questions.

Dans cet orphelinat, il est venu apporter médicaments, pansements et rations protéinées. Sur place, une déléguée du Service de recherches du CICR recense les enfants pour tenter, un jour, de retrouver leurs parents ou un membre de leur famille, si toutefois il leur en reste.

Avant de partir, Grégory regarde ces rescapés qui dansent et qui chantent. Derrière ces visages, il devine des âmes brisées, des traumatismes irréparables. Il imagine sans peine les cauchemars qui les hantent. Qui les hanteront jusqu'à la fin de leur vie.

Le pire, Grégory croyait l'avoir vu en Bosnie.

Il se trompait.

Le Rwanda, pays aux mille collines, est devenu en trois mois le pays aux mille fosses communes.

Depuis son arrivée, le Français est chargé d'inventorier et d'aider les centres de santé, dont bon nombre sont en cours de reconstruction. Il passe beaucoup de temps sur la route, allant de village en village. Comme il l'a fait pour cet orphelinat, il apporte aux infirmiers et aux médecins locaux des médicaments, du matériel médical et des conseils. Il est également chargé de superviser une campagne de vaccination des enfants sur tout le territoire. Après le génocide, les épidémies se répandent, aidées par la famine et le manque d'eau potable.

Grégory quitte l'orphelinat où les chants des enfants résonnent encore. Dans quelques années, ces comptines se transformeront-elles en chants de haine et de vengeance ? En chants de guerre et de mort ?

Il repart en direction de Kibeho où il doit visiter un dispensaire. Vu la distance qui le sépare de Kigali, la capitale, il a prévu d'y passer la nuit.

Chaque fois qu'il sillonne les routes du Rwanda, Grégory découvre à quel point ce pays est beau.

Ciel d'ambre sur montagnes d'émeraude, rubans de nacre sur lacs turquoise…

Les collines verdoyantes que les cultures en terrasses font parfois ressembler à des pyramides incas…

Le soir, avant de s'endormir, il raconte cette beauté stupéfiante à Séverine et Charlène. Mais il ne leur dit pas que ces paysages somptueux ont été le théâtre de l'un des pires génocides du xxe siècle.

Ici, en cent jours à peine, près d'un million de personnes ont perdu la vie dans des conditions atroces. Sans que le reste du monde lève le petit doigt.

À l'entrée de Kibeho, Grégory a la surprise de trouver Paul adossé à son 4 × 4.

— Qu'est-ce que tu fais là ? s'étonne l'infirmier.

— Je me suis dit que tu devais t'ennuyer sans moi. En outre, je me dois de surveiller ton travail.

— Au contraire, une journée sans toi, c'était un peu comme des vacances !

— Ce sera noté en rouge sur le rapport de mission… En fait, j'étais dans le secteur et trop fatigué pour me taper la route jusqu'à Kigali ce soir. Paraît que t'as un plan pour dormir ici ? Une suite dans un hôtel quatre étoiles avec piscine et spa, c'est bien ça ?

— Tout à fait, acquiesce Grégory. Je crois même qu'il y a un sauna. Ça te permettra de faire fondre quelques bourrelets.

— Illusion d'optique : je n'ai aucun bourrelet.

— Ça doit être ta chemise qui te boudine alors.

— Exactement. Elle a rétréci au lavage. Et puis ma grand-mère dit toujours : il vaut mieux faire envie que pitié… Elle dit aussi : quand Dieu a créé la France, il a songé que c'était le plus beau pays du monde. Il a eu peur que ça fasse des jaloux, alors il a créé les Français !

— La mienne, elle disait toujours : un dictateur qui meurt, c'est une banque suisse qui ferme !

Ils remontent en voiture pour rejoindre le centre du village. Innocent, le nouveau bourgmestre, les accueille chaleureusement. Après lui avoir serré la main, Grégory et Paul constatent que le centre de soins de Kibeho n'est plus qu'une ruine. Une grande maison qui a en partie été incendiée. Le médecin qui gère ce centre fait ce qu'il peut avec les moyens du bord. C'est-à-dire avec quasiment rien.

Paul demeure en retrait, laissant Grégory faire son travail. L'infirmier prend des notes : le nombre d'habitants à soigner, dont le nombre d'enfants, le matériel nécessaire, ce qui peut être récupéré, ce qui est bon à jeter.

Les besoins sont colossaux.

Après la visite du dispensaire, le bourgmestre leur montre ce qu'il reste de la commune où il est né. Une dizaine de bâtiments beiges, construits de part et d'autre d'une large place rectangulaire en terre ocre, qui abritaient des salles de classe, des services communaux ou des commerces. Au fond, une immense église de la même couleur.

Innocent leur explique qu'en avril de l'année dernière, l'ancien bourgmestre de Kibeho a réuni ici, dans les bâtiments, les écoles et l'église, toute la population tutsie du village. Sont venus s'y réfugier les habitants des communes voisines. Tous espéraient ainsi échapper aux battues meurtrières.

Ils étaient des milliers.

Deux jours plus tard, le bourgmestre est revenu avec des militaires, des miliciens Interahamwe et des habitants hutus, armés de fusils, de machettes, de lances ou de gourdins. Ils avaient aussi des grenades et de l'essence.

Ils ont mis deux jours à les massacrer.

Tous, jusqu'au dernier.

Les seuls rescapés sont ceux qui ont réussi à se faire passer pour morts.

— Partout où vous voyez de l'herbe, c'est qu'il y a des corps dessous, ajoute Innocent. Là, il y en a une dizaine. Le long du bâtiment à votre gauche, peut-être une cinquantaine…

Grégory a soudain la nausée. Il marche sur des cadavres.

— En tout, je peux dire qu'il y a environ quinze mille personnes enterrées ici, conclut Innocent. Il y en avait des milliers dans l'église, on les a ensevelies juste derrière.

***

Le soir, Grégory et Paul trouvent refuge chez Innocent. Ils dormiront par terre, dans la pièce principale, sur les matelas pliables qu'ils transportent toujours dans le coffre de leur 4 × 4. Cette maison n'est pas celle d'Innocent, car la sienne a été brûlée avec toute sa famille à l'intérieur. Il s'est installé dans celle-ci dont les propriétaires hutus ont fui au Zaïre après la victoire du FPR, le Front patriotique rwandais, en juillet 1994. Dans cette case, logent aussi trois autres rescapés : Angélique, Emmy et Bosco. Une sorte de colocation, en attendant que les habitations soient reconstruites dans les collines verdoyantes de Karama.

Toute la soirée, ils parlent du passé mais aussi de l'avenir. Ces gens ont tout perdu, il leur reste néanmoins l'espoir et la dignité.

— Dieu a voulu qu'on soit encore là, alors il faut bien qu'on survive, dit Emmy.

Bosco a été amputé de l'avant-bras droit. Agriculteur, il se demande comment il va pouvoir cultiver ses champs, si toutefois il trouve un jour des graines. Paul lui annonce que le CICR va organiser une distribution d'outils et de semences dans tout le pays, qu'ils en recevront bientôt. Bosco est un Hutu dit « modéré ». Pour avoir refusé d'assassiner ses voisins, il a failli mourir et a vu sa famille être massacrée.

Angélique et Emmy sont également hutues, elles étaient mariées à des Tutsis. Leur époux et leurs enfants ont été exterminés, leur maison détruite.

— Moi, on m'a tué Jackson, mon mari. Et on m'a tué Amani et Dieudonné, mes enfants, dit Angélique.

Elle ajoute qu'elle ignore où ils sont enterrés, sans doute près de l'église. C'est en s'enduisant du sang des autres et en faisant la morte qu'elle a pu s'enfuir après le départ de la milice. Elle a marché sur des tas de corps pour sortir de la paroisse. Elle dit qu'elle a beaucoup pleuré mais qu'elle ne pleure plus, parce que ça ne sert à rien.

Grégory et Paul les écoutent relater le cauchemar qu'ils ont vécu, et aussi l'histoire de leur pays. Innocent leur raconte qu'avant la colonisation belge, il y avait trois castes et non trois ethnies au Rwanda :

— Les Tutsis, c'étaient les éleveurs. Les Hutus, les agriculteurs, et les Twas, les artisans. Si tu étais hutu et que tu achetais des vaches, tu pouvais devenir tutsi. Si tu vendais tes vaches et que tu voulais seulement cultiver ta terre, tu devenais hutu.

Innocent explique que les Belges ont transformé ces castes en ethnies et ont décidé de les hiérarchiser, donnant des privilèges aux Tutsis : accès à l'éducation ainsi qu'aux postes à responsabilité. Les colonisateurs ont créé une discrimination raciale et, en 1931, ils ont décrété que l'ethnie devait figurer sur la carte d'identité.

— Alors, un Tutsi ne pouvait plus devenir hutu et vice et versa, dit Innocent.

Cette discrimination a fait naître une haine entre Hutus et Tutsis. Quand le Rwanda est devenu indépendant, en 1962, les Hutus, majoritaires dans le pays, ont pris le pouvoir.

— À cette époque, la situation s'est inversée, poursuit Innocent. Les Tutsis n'avaient plus accès à rien. On nous appelait les cafards ou les cancrelats. C'était de plus en plus difficile. Et puis il y a eu des massacres, souvent des massacres de Tutsis… Surtout à partir des années 1990.

Bosco n'est pas d'accord avec Innocent et livre sa version :

— D'accord, Tutsis et Hutus parlent la même langue et ont la même religion. Mais les Hutus viennent du sud et de l'ouest de l'Afrique, alors que les Tutsis, ils viennent de la vallée du Nil. Il y a des différences, ajoute-t-il en posant un doigt sur son visage.

Innocent hausse les épaules :

— Et alors ? Qu'ils viennent de là ou de là-bas, ils vivaient bien ensemble, non ?

Bosco acquiesce et un silence se fait autour du feu.

— De toute façon, comment vous voulez expliquer que des gens tuent d'autres gens ? reprend Innocent. Moi, je n'y arrive pas…

Encore un long silence.

Soudain, Angélique s'adresse à Grégory :

— Tu as une femme et des enfants, toi ?

L'infirmier prend quelques secondes pour trouver la force de répondre :

— Oui, j'avais une femme et une fille. Mais moi aussi, on me les a tuées.

***

Juillet 1995, Rwanda, Kigali

C'est vrai, ma princesse, aujourd'hui j'ai soigné des assassins… Peut-être que ce sont des monstres, oui. Mais parmi eux, j'en suis sûr, il y avait des innocents… Si, je t'assure ! Et puis tu sais, c'est le travail de papa de soigner tous les gens… Oui, mon ange, papa soigne même ceux qui ont fait du mal aux autres. Parce que tout le monde mérite d'être aidé quand il est malade ou blessé… Oui, ma puce, même ceux qui ont tué des enfants… Mais bien sûr que maman est d'accord ! D'ailleurs, tu n'as qu'à le lui demander…

Ce matin, Grégory a pris place dans un convoi de trois véhicules. À l'arrière du Toyota qu'il conduit, il y a un photographe et un caméraman. À côté de lui est assis Paul.

Dans les deux autres, plusieurs délégués du CICR et des membres de la Croix-Rouge rwandaise.

Direction le pénitencier 1930 à Kigali.

Rentrer dans une prison, une première pour Grégory. Même si l'aide aux détenus fait partie de l'ADN du CICR, l'infirmier n'a jamais eu l'occasion de participer à ce genre de mission. Quand Paul le prévient qu'il risque d'avoir un choc, la tension artérielle de Grégory monte d'un cran : qu'est-ce qui pourrait bien le *choquer* après tout ce qu'il a vu au Soudan ou en Bosnie ? Après tout ce qu'il a vu et entendu depuis son arrivée au Rwanda ?

Les véhicules se garent devant la prison, un immense bâtiment en briques rosées qui ressemble à une forteresse imprenable d'un autre âge. Les membres de l'équipe patientent le temps qu'un des délégués montre aux fonctionnaires les autorisations nécessaires à cette visite. Puis Grégory et Paul récupèrent leur matériel médical, tandis que leurs coéquipiers se chargent des cartons de médicaments. Un brouhaha monte dans le ciel, provenant de derrière la muraille, et la tension de Grégory augmente à nouveau.

Ils passent la première porte, suivie d'une série de grilles pour atteindre la dernière. C'est à cet instant que Grégory ressent le fameux *choc* : une marée humaine. Des milliers de corps, des milliers d'hommes debout, des milliers de visages dont beaucoup sont tournés vers lui. Il se penche vers Paul et murmure :

— Ils sont combien là-dedans ?

— La prison est prévue pour deux mille cinq cents prisonniers, se contente de répondre le Suisse. Tu verras, à l'intérieur des blocs, c'est pire…

La dernière grille franchie, les membres de l'équipe doivent se frayer un chemin dans la foule compacte, parmi ces hommes serrés les uns contre les autres.

— Ils sont presque sept mille ici, reprend Paul. Et ça empire de semaine en semaine. Dans peu de temps, ils seront dix mille. C'est pareil dans toutes les prisons du pays.

Douze blocs, un hôpital, une mosquée et une église. Une ville dans la ville.

Le photographe et le caméraman capturent des images, des visages, des paroles. Ils ont obtenu l'autorisation du ministre de la Justice de réaliser un documentaire. Mais les gardes ne sont jamais très loin, épiant chaque mot prononcé par les détenus.

Deux délégués de la Croix-Rouge pénètrent dans un bâtiment administratif, Grégory leur emboîte le pas. Mais Paul le retient par la manche :

— Eux, ils sont là pour référencer les détenus. Ils viennent chaque mois pour noter sur un registre les nouveaux arrivants. Leur nom, leur prénom, leur âge, etc. Ils essaient également de savoir lesquels sont morts. Ici, à 1930, il en meurt en moyenne deux chaque jour. Avec ces informations, on tente de prévenir leurs familles. Et puis il est important qu'ils soient enregistrés, comme ça il y a une preuve qu'ils sont ici.

Grégory saisit le sous-entendu : s'ils viennent à succomber durant leur détention, les autorités ne pourront pas les *effacer* facilement.

L'infirmier et le médecin continuent leur difficile chemin au milieu des détenus. Quelques centaines d'hommes portent l'uniforme rose, vêtement officiel des prisons rwandaises, mais la plupart sont vêtus d'un simple short. Certains ont la chance d'avoir des tongs, beaucoup sont pieds nus dans la fange. Ils n'ont pas la place de s'asseoir, de s'allonger, de se mouvoir. Ou alors, ils le font à tour de rôle. Quand Grégory et Paul passent près d'eux, ils exhibent leurs blessures aux pieds, aux jambes, aux bras. Certains ont le visage tuméfié.

— Il doit y avoir pas mal de bastons, ici, suppose l'infirmier.

— Je crois que c'est plutôt l'œuvre des gardiens, lui glisse Paul.

En levant la tête, Grégory voit les hommes massés derrière les grilles des différents blocs. Eux aussi le regardent. Jamais autant de paires d'yeux n'avaient été rivées sur lui, son malaise grandit de seconde en seconde.

Dans la cour, l'odeur était répugnante.

À l'intérieur des blocs, elle est insupportable.

Ici, pas de cellules, pas de lits. Plutôt de minuscules pièces où sont superposés des couchages sommaires. Ils sont au moins trois par paillasse et se relaient pour s'y étendre. Beaucoup vivent dans les couloirs et dorment à même le sol.

— Quatre personnes au mètre carré, constate Paul. Bientôt, ce sera cinq. Et ensuite, je ne sais pas…

Partout, des hommes malades. Certains ne tiendront plus très longtemps.

— Tuberculose, malaria, pneumonie, énumère Paul. Et puis ils n'ont pas assez à manger, alors les moins débrouillards meurent de faim. Chaque matin, il y a un tirage au sort pour choisir cinq prisonniers par bloc qui auront le droit d'aller à l'hôpital de la prison. Les cas les plus graves sont transférés à l'extérieur, souvent trop tard.

Les deux soignants atteignent *l'hôpital* de la prison. Grégory reste bouche bée en pénétrant dans la grande pièce où quelques chanceux sont couchés sur une couverture, les autres étant allongés par terre. Hygiène zéro, matériel obsolète. Les médecins et infirmiers sont des détenus.

— Mais c'est pas possible, murmure le Français.

— J'ai rencontré le ministre de la Justice après ma première visite ici, révèle Paul. C'était au mois de janvier.

Le Suisse lui explique que le nouveau gouvernement essaie sincèrement d'améliorer les choses, mais que le FPR a pris la tête d'un pays exsangue. Nombre de tribunaux, notamment à Kigali, ont été détruits par les bombardements. Ailleurs dans le pays, ils ont été incendiés ou saccagés. Beaucoup de juges, de procureurs et d'avocats ont été massacrés. Plus de locaux, plus de personnel pour juger ces prisonniers et des arrestations qui se multiplient.

Grégory réalise enfin que la plupart des pauvres hères qu'il vient de croiser sont des génocidaires. Il réalise que ces milliers d'hommes ont participé à l'un des pires massacres de l'histoire. Qu'ils ont tué des enfants, des femmes, des hommes. À l'aide de machettes, de gourdins, de lances ou de fusils.

Il a envie de quitter cet endroit sur-le-champ, ne supportant plus l'odeur pestilentielle qui y règne. Face au regard de Paul, Grégory tente de recouvrer son calme, son sang-froid.

Soigner, quelle que soit la nationalité, la religion.

Soigner, quels que soient les crimes commis.

Comme s'il parvenait à lire dans ses pensées, Paul ajoute :

— Tu sais, ici il y a beaucoup de coupables, mais il y a aussi des innocents. Les arrestations sont essentiellement basées sur les dénonciations des rescapés. Et parfois, ces dénonciations sont inspirées par la convoitise du bien d'autrui. Tu veux te débarrasser de ton voisin pour récupérer son bétail, sa maison, ses terres ? Tu n'as qu'à dire qu'il a participé au génocide. Tu es sûr de ne pas le revoir avant plusieurs années !

Grégory hoche la tête pour lui signifier qu'il a compris, qu'il ne le lâchera pas.

Toute la journée, ils enchaînent les consultations. Paul a troqué sa blouse de chirurgien contre celle de *simple* médecin. Il a pris l'habitude d'être polyvalent au cours de ses missions humanitaires. Aujourd'hui, ils s'occupent du bloc 2 et ne parviendront évidemment pas à voir tous ceux qui y ont été affectés. Distribuer les médicaments, les biscuits protéinés et les comprimés vitaminés. Certains refusent de les avaler, craignant que ça ne les rende stériles.

— Une rumeur tenace, ici ! lui dit Paul.

Les gardiens restent à l'écart, alors certains se confient durant les soins.

Benjamin, dix-huit ans, est là depuis six mois. Il a été arrêté sur dénonciation alors qu'il est tutsi. Mais il paraît qu'il a une tête de Hutu.

— Quand ils viennent te chercher, les militaires te conduisent à la brigade. Et ils te tabassent pendant des jours. Ils voulaient que j'avoue que j'étais un Interahamwe. Mais moi, j'ai jamais fait partie de la milice ! Au bout d'une semaine, je suis monté dans un pickup avec douze autres prisonniers. Et on nous a conduits ici... Avant qu'on n'entre, les gardiens nous ont tabassés, encore. Histoire de nous souhaiter la bienvenue.

Tout en lui nettoyant une plaie infectée à l'épaule, Grégory l'écoute avec attention. Il est certainement la seule personne à qui ce jeune homme pourra confier son calvaire.

— Après, tu es enregistré par le capita général, le directeur si tu préfères. On te donne une couverture, une assiette, un gobelet et un savon. Ensuite, on t'affecte à un bloc. Au début, j'ai eu très peur parce qu'à 1930, il y a plein de Hutus et que moi, je suis un Tutsi. Des fois, je les entends raconter comment ils ont massacré untel ou untel et ça me glace le sang... Mais finalement, ils ne m'ont pas tué. Et puis j'ai eu de la chance d'atterrir ici.

Grégory le considère avec étonnement.

— Ouais, parce que les prisons sont tellement surpeuplées, qu'il y en a qui sont jetés dans des trous. C'est comme ça à Mont Kigali... Là-bas, ils n'ont pas à manger, ils ne peuvent pas se laver. Ils sont couverts de poux et ils meurent lentement…

Grégory lui fait une piqûre d'antibiotique et pose un large pansement sur sa plaie.

— À 1930, on peut manger, même si c'est pas tous les jours. On peut prendre une douche de temps en temps. Et puis nos familles ont le droit de venir nous voir. Bon, c'est que quelques minutes et à travers les grilles de la cour, mais c'est déjà ça, non ?

Grégory hoche la tête.

— Ils m'ont prévenu que quand ils pourront me juger, je ne sais pas quand, il faudra que je prouve que j'ai pas participé au génocide. Comment je vais la trouver, cette preuve ?

Grégory jette un œil à la longue file d'attente et n'a d'autre choix que de mettre un terme à la conversation :

— Voilà, j'ai fini. Et j'espère que bientôt, tu pourras te défendre devant un tribunal. Que tu pourras prouver que tu es innocent. Bon courage, Benjamin.

Après les détenus du bloc 2, Paul et Grégory visitent le bloc des mineurs, les enfants de moins de seize ans. Ils sont à l'intérieur, et les conditions de leur détention sont un peu moins indignes. Ils ont plus de place, plus de nourriture aussi. Grégory s'aperçoit que plusieurs d'entre eux ont tout juste dix ans.

Dans certains regards, la peur et la solitude. Dans d'autres, la mort.

Mais aucune trace de l'enfance.

Peut-être parce qu'ils sont enfermés ici.

Peut-être aussi parce qu'ils ont tué.

Ce soir-là, quand il rentre dans sa chambre, Grégory s'effondre sur son lit, exténué. Comme toujours, le sommeil refuse de le prendre. Les images et les mots tournent dans sa tête.

Paul l'a prévenu qu'il souhaitait lui confier d'autres missions en prison, Grégory a accepté.

Pour apaiser son malaise, il songe à ce qu'il a vécu deux jours auparavant. À l'arrière de son Land Cruiser, il y avait Honorine, quatre ans, une petite fille qui semblait perdue. Elle portait une jolie robe et serrait contre elle une peluche. Grégory s'est arrêté à l'entrée d'un village, devant un pont qu'il ne pouvait emprunter avec son véhicule. Il a pris Honorine dans ses bras et a marché à la rencontre de Divine, une jeune Tutsie qui patientait sur le pont.

Plus il avançait, plus Divine pleurait.

Puis Grégory a remis Honorine dans les bras de sa mère qui l'a serrée contre elle. Dix mois qu'elle n'avait pas vu sa fille, perdue pendant les massacres.

Honorine n'a pas reconnu sa mère. Mais elles ont le temps de reconstruire leur amour, leur vie.

Des moments comme celui-ci, Grégory aimerait en vivre tous les jours.

Allongé sur son lit, il ferme les yeux et sourit. Il n'est plus à Kigali, au Rwanda, en Afrique. Il est ailleurs, dans un monde qu'il a patiemment construit et dont lui seul possède la clef.

Charlène vient s'asseoir tout contre lui et joue avec Pim, sa peluche favorite.

— C'est vrai qu'aujourd'hui tu as soigné des assassins, papa ?

— C'est vrai, ma princesse. Tu as raison, aujourd'hui j'ai soigné des assassins.

— Tu as soigné des monstres, papa ?

— Peut-être que ce sont des monstres, oui. Mais parmi eux, j'en suis sûr, il y avait des innocents…

9

1er juin 1996

France, Alpes-Maritimes, aéroport de Nice

Sa mère l'attend dans le hall. Grégory la serre dans ses bras, elle l'embrasse au moins dix fois. Elle l'observe, le détaillant de la tête aux pieds. Durant toute sa mission, il n'est pas rentré en France, même pendant ses périodes de congé. Deux CDD de neuf mois, un an et demi qu'elle n'avait pas vu son fils.

Tu as maigri, non ? Et puis tu as la barbe, maintenant ? Tu es tellement bronzé… ça te va bien, ça fait ressortir tes yeux !

Il sourit, tout en portant ses bagages jusqu'à la voiture.

Ils s'arrêtent en chemin pour déjeuner dans un petit restaurant sans prétention. Chantal voudrait que son fils relate son long séjour en Afrique centrale, mais il n'est guère bavard. Alors, elle l'inonde de questions.

— C'était dur, là-bas ?

— Oui, les gens ont beaucoup souffert et souffrent encore…

— Tu as fait quoi ?

— J'ai vacciné des enfants, j'ai organisé la réfection des centres de santé, j'ai soigné des prisonniers…

— Des prisonniers ?

— Oui, des prisonniers, maman… Parle-moi plutôt de toi.

Chantal n'a pas grand-chose à raconter. Son petit commerce de prêt-à-porter survit tant bien que mal, malgré la concurrence de la vente par correspondance. Heureusement qu'elle a de fidèles clientes.

— Je t'ai préparé la chambre d'amis, glisse-t-elle dans la conversation.

Il la considère d'un air désolé.

— C'est gentil, mais je préfère rentrer chez moi.

Elle soupire, cherche les mots. Elle aimerait qu'il vende ce maudit chalet où il a grandi, certes, mais où il a appris la mort de son père et où il a vécu avec Séverine et Charlène. Qu'il s'installe à Menton ou à Nice, près de chez elle.

— C'est pas bon pour toi de continuer à vivre là-bas, dit-elle. Avec tous ces mauvais souvenirs !

— Il n'y a pas que des mauvais souvenirs, corrige-t-il. Il y en a aussi de merveilleux.

— Je sais, mais…

— Pour le moment, je préfère être là-bas, maman.

Pour couper court à cette discussion, il ajoute :

— Peut-être qu'un jour, je changerai d'avis.

Ils arrivent chez lui vers 16 heures et Chantal redescend aussitôt en direction de Nice, après avoir fait promettre à son fils qu'il viendrait la voir durant l'été.

Grégory constate que sa mère a tout nettoyé avant son retour, il n'y a pas un grain de poussière dans la maison.

C'est impeccable.

C'est silencieux.

C'est triste et vide.

Il s'effondre sur le canapé, en face de la cheminée sur laquelle sont posés des cadres, des portraits de Charlène et de Séverine. Il reste là des heures, sans bouger, respirant à peine. Laissant l'obscurité engloutir la vallée, le chalet, son corps et son esprit. Il n'allume pas la lumière, ne bouge pas un cil.

Comme s'il attendait que la porte d'entrée s'ouvre, d'une seconde à l'autre, et qu'elles apparaissent.

On est là, papa !

S'il se concentre, peut-être que...

Mais non, rien n'y fait.

Vers 22 heures, il s'allonge, à la recherche du sommeil. Au loin, les chants traditionnels, les rires des enfants. Progressivement, il repart en Afrique, sur les terres cannelle du Rwanda. Mais très vite, les collines verdoyantes sombrent à leur tour dans les ténèbres. Tandis qu'il marche sur une large piste, il aperçoit un corps près d'un oratoire. Un homme qu'on a oublié d'enterrer. Un squelette vêtu d'un pull blanc et d'un pantalon bleu marine, tous deux en lambeaux.

Grégory rouvre les yeux dans un sursaut. Où que son inconscient le conduise, il y a la mort et la souffrance.

La soif le pousse à sortir de sa léthargie. Il allume enfin la lumière et laisse couler l'eau au robinet plusieurs minutes avant de remplir un verre. Dès qu'il le porte à ses lèvres, un autre souvenir jaillit de sa mémoire.

Il se retourne, voit Uwineza qui a pris sa place sur le canapé. Une jeune Tutsie rencontrée à Kigali. Il l'avait soignée pour un début de pneumonie et avait diagnostiqué chez elle une déshydratation sévère. Elle lui avait alors raconté son histoire, sa fuite éperdue pour échapper au *nettoyage*.

J'étais comptable pour une multinationale, j'avais ma voiture et ma maison, j'avais une bonne vie. J'étais mariée à un Hutu, et dix jours après le début des massacres, on a décidé de fuir Kigali. Il avait réussi à m'avoir une fausse carte d'identité avec la mention « Hutue », et on est partis en direction du Zaïre. Depuis le début du génocide, je n'étais pas sortie de la maison et ce jour-là, ce que j'ai vu...

Grégory s'installe dans un fauteuil. Son verre d'eau à la main, il regarde Uwineza. Les larmes sont montées jusqu'à ses yeux, mais elle trouve la force de poursuivre :

Au loin, j'ai vu que les Interahamwe avaient érigé des barrières partout pour ralentir et contrôler les voitures. Quand on s'est approchés, j'ai réalisé que ces barrières étaient faites de… de corps qu'ils avaient empilés les uns sur les autres. Des femmes, des enfants, des hommes…

Uwineza prend un mouchoir dans la poche de sa robe orange pour essuyer délicatement ses grands yeux bruns. Grégory l'encourage d'un sourire.

Au deuxième barrage, ils ont sorti une femme de la voiture juste devant la nôtre et ils l'ont tuée sur place, avec la machette. Ils l'ont découpée en morceaux… Je me souviens que je me suis fait pipi dessus et que je me suis dit que la prochaine, c'était moi… Mais nous, ils nous ont laissés passer. Après Kigali, il y avait encore des barrages. À la radio, ils ne cessaient d'appeler au meurtre : « Il faut tuer tous ces cafards ! Il faut tuer tous ces cafards… » J'ai dit à mon mari qu'il devait partir seul, qu'ils finiraient par s'apercevoir que ma carte était fausse et me tuer. Je ne voulais pas qu'il meure avec moi, alors on s'est séparés. Il a gardé la voiture, je suis partie à pied sur les routes. J'ai marché longtemps… Sur le bas-côté, il y avait de grands trous débordant de cadavres. J'en ai vu des centaines et des centaines… Certains avaient déjà commencé à pourrir, d'autres avaient été mangés par les chiens.

Grégory fixe son banal verre d'eau. La voix d'Uwineza continue de retentir dans sa tête. Elle est toujours là, près de lui.

Je ne trouvais pas beaucoup à manger, mais il fallait avancer… Un jour, j'avais très soif et j'ai vu une rivière en contrebas de la route. Je suis descendue, je me suis agenouillée et j'ai bu l'eau sale. D'un seul coup, je me suis aperçue qu'il y avait plein de morts dans l'eau, tout autour de moi… Il y en avait au fond, il y en avait qui flottaient et venaient vers moi… Et depuis, je ne parviens plus à boire de l'eau, vous comprenez ?

— Oui, Uwineza, je comprends, murmure Grégory.

Il pose le verre sur la table basse, incapable d'avaler son contenu malgré la soif qui le tenaille. C'est la première fois que ça lui arrive, alors qu'il a rencontré cette femme il y a plusieurs mois.

Lorsqu'il relève la tête, le canapé est vide, Uwineza est repartie sur ses terres natales.

Grégory se dit que le cerveau est un organe compliqué. Il se dit que l'homme est un animal compliqué.

Il ouvre le frigo et découvre que sa mère n'a pas fait les choses à moitié : il y a à boire et à manger ! Il attrape une canette de soda, la vide d'un trait. Puis il s'engage dans l'escalier menant aux chambres et à la salle de bains. Chaque marche est une épreuve. Sa mère a raison : il devrait vendre cette maison, la quitter définitivement.

Elle a raison, mais il en est incapable.

Sur le palier, il hésite à aller plus loin.

Leur chambre, devenue *sa* chambre.

Leur grand lit, devenu *trop* grand.

Au bout du couloir, la chambre de Charlène. Sur la porte, un gros cœur rose en papier mâché qu'elle avait fabriqué avec l'aide de Séverine.

Son prénom écrit avec des gommettes juste au centre.

Papa, tu mets un clou pour que je l'accroche à ma porte ?

Grégory se faufile jusqu'à la salle de bains et prend une douche. Il est bien obligé d'entrer dans la chambre parentale pour récupérer des vêtements propres, avant de redescendre bien vite au rez-de-chaussée. Dans le bar, il choisit une bouteille de Diplomático.

Pendant dix-huit mois, il n'a quasiment pas bu d'alcool, sauf quand un Rwandais lui en offrait. C'était plus par courtoisie que par envie. Ce soir encore, il n'en a pas envie, il en a *besoin*. Dans le tiroir du buffet, il retrouve ses fidèles somnifères et en avale deux.

Quelques verres de rhum plus tard, il s'endort sur le canapé.

De l'autre côté, le cadavre près de l'oratoire l'attend patiemment…

***

5 juin 1996

Ce matin, elles sont enfin revenues à la maison. Quand Grégory s'est réveillé, Séverine était allongée près de lui et Charlène jouait dans le jardin.

Vers 10 heures, il descend au village. Il allume la radio et écoute les informations. Après la piste cahoteuse, le 4 × 4 s'engage sur une petite route sinueuse. C'est alors que le journaliste annonce que trois membres du CICR ont été assassinés la veille au Burundi. Trois hommes de nationalité suisse qui venaient de réparer une source d'eau potable dans un camp de réfugiés à Mugina. Les mains serrées sur le volant, Grégory secoue la tête.

— Ç'aurait pu être moi, murmure-t-il. Séverine aurait pu devenir veuve et Charlène orpheline.

Il gare le véhicule sur un parking situé devant le bureau de poste et s'engage dans la rue principale du village. En le reconnaissant, les habitants semblent ébahis de le voir.

Comme s'ils étaient persuadés qu'il ne reviendrait jamais.

Parce qu'on ne revient jamais de l'enfer.

Il les salue, répond à leurs questions.

Tu étais où, cette fois ?

C'était comment, le Rwanda ?

Ça devait être terrible, non ?

Ils s'entretuent encore ?

Terrible, oui. Mais comment pourraient-ils simplement effleurer la réalité du monde ? Tant qu'on n'a pas vu, on ne sait pas.

Il fait quelques courses, finissant de remplir le frigo avec tout ce qu'aiment Charlène et Séverine. De quoi leur préparer de bons petits plats.

Il place les provisions dans le coffre de sa voiture puis remonte jusqu'à chez lui. Le chalet est silencieux, elles ont dû partir se promener. Elles seront là pour le déjeuner.

Aussitôt arrivé, il se met aux fourneaux. Malgré le temps, il n'a pas perdu la main ! Vers midi, tout est prêt et Grégory dresse la table. Trois assiettes, trois verres, trois serviettes… Son gratin cuit dans le four, dégageant une bonne odeur dans toute la maison.

Grégory consulte la vieille pendule posée sur le buffet : déjà 12 h 30, et elles ne sont toujours pas là. Il ouvre la porte d'entrée et, debout sur le seuil, il fixe le portail en bois. Au-delà, les sommets sont encore coiffés de neige, le ciel est d'un bleu pur et profond.

La piste qui dessert le chalet reste déserte et Grégory retourne à l'intérieur.

Il contemple les trois assiettes, les trois verres, les trois serviettes.

L'expression de son visage change brusquement. Il glisse le long du mur jusqu'à toucher le sol et se met à sangloter, tel un orphelin.

***

24 juin 1996

Il connaît les chemins secrets, ceux que la plupart des touristes et nombre de villageois ignorent. Ceux qui permettent de s'unir à la montagne, de saisir sa puissance, de se nourrir de sa force.

Il connaît les chemins secrets, ceux que la plupart des gens ignorent.

Ceux qui permettent de s'unir aux absents.

Grégory passe beaucoup de temps à marcher dans les forêts, à dévaler les éboulis, à grimper vers les sommets. Parfois, sur les sentiers les plus faciles, il tient Charlène par la main et lui montre un chamois, une marmotte, un lagopède. Il lui dit le nom des arbres, celui des roches ou des fleurs. Il s'endort avec elle près des lacs et des torrents, ils jouent à cache-cache dans les hautes herbes qui colonisent le pourtour des vieilles bergeries d'alpage.

Le soir, il lui lit des histoires ou bien en invente spécialement pour elle. Il lui raconte les légendes des pays qu'il a traversés, les fables qui coulent de village en village. Il lui parle un peu de son travail, des enfants qu'il a soignés, de leurs sourires retrouvés.

À peine rentré de sa randonnée, après une douche rapide, il a cuisiné pour elles. Puis il a mis le couvert.

Trois assiettes, trois verres, trois serviettes.

Elles le rejoignent et s'assoient autour de la table.

— Tu n'es pas trop fatiguée, ma princesse ?

— Non, papa, ça va.

Grégory les contemple avec amour.

Avec tout cet amour dont il ne sait plus que faire.

Il récupère la cocotte sur la plaque de cuisson et revient vers la salle à manger. Soudain, il s'arrête net, heurtant la réalité de plein fouet.

Non, pire que la réalité.

À la place de sa fille et de sa femme, deux cadavres hideux le fixent de leurs orbites vides.

Grégory lâche la cocotte qui s'écrase sur le plancher. Il recule, se retrouve dos au mur, horrifié et tremblant.

Il prend la fuite et claque la porte derrière lui, comme pour enfermer les choses qui ont remplacé Charlène et Séverine. Il franchit le portail et continue à courir en direction de la forêt.

***

La nuit est tombée depuis longtemps quand Grégory rentre chez lui. Il s'arrête sur la terrasse, n'ayant pas le courage de pénétrer dans la maison.

Et si ces horreurs étaient toujours là ?

Il s'assoit dans un fauteuil et écoute la nuit, la lente et apaisante respiration de la montagne. Des larmes silencieuses inondent son visage.

Puis Grégory ferme les yeux et se demande si c'est ça être fou.

10

16 décembre 1996

Fédération de Russie, Tchétchénie, Novye Atagi,
20 kilomètres au sud de Grozny

Ce matin, les arbres se sont transformés en statues de sel, blanches et brillantes. Les températures extrêmes n'ont pas découragé Grégory qui s'est lancé dans une marche aux alentours de l'hôpital. Il n'est pas censé quitter l'enceinte du dispensaire sans être escorté par un collègue tchétchène, mais l'envie de solitude était trop forte. Tant pis pour les consignes de sécurité. Après tout, il ne s'est guère éloigné et tout semble calme.

Cela fait deux semaines qu'il a rejoint Novye Atagi et son hôpital de campagne ouvert début septembre par le CICR, à quelques encablures de la capitale Grozny.

La guerre, qui s'est arrêtée à la fin de l'été, n'a pas épargné les bâtiments civils de la région. Une bombe est tombée sur l'hôpital numéro 4, pulvérisant son département de chirurgie, engloutissant sous des tonnes de gravats son personnel et ses patients. Genève a donc décidé de créer ce centre pour prendre en charge les blessés du conflit qui continuent à avoir besoin de soins, ou ceux qui ont le malheur de croiser une mine antipersonnel. Dans une école désaffectée, tout a été prévu pour accueillir et opérer une centaine de patients, mais ils ne sont finalement pas si nombreux à venir se faire soigner, et l'hôpital tourne presque au ralenti.

Dès son arrivée, Grégory a senti de vives tensions avec une partie des villageois et on lui a expliqué que certains faisaient pression sur les humanitaires pour qu'ils donnent plus de travail aux habitants, que ce soit pour faire fonctionner l'hôpital ou pour les travaux de rénovation toujours en cours. Il faut dire qu'au lendemain du conflit, quatre-vingt-dix pour cent de la population est au chômage. Sans compter que certains combattants tchétchènes voient d'un mauvais œil les principes de neutralité du centre : soigner les blessés, quelle que soit leur origine ou leur confession.

Soigner dans les deux camps.

Soigner des femmes alors qu'on est un homme.

Grégory a du mal à se faire à cet endroit. Ce qu'il vit ici est moins stressant que ce qu'il a enduré à Sarajevo, mais son malaise refuse de se dissiper. Pourtant, il a rejoint une équipe d'expatriés solide et chaleureuse, secondée par une équipe locale de la Croix-Rouge, dévouée corps et âme à sa mission.

L'infirmier s'arrête près de la rivière qui traverse le village en un sillon boueux et s'assoit sur un tronc d'arbre couché.

Il ressent un profond soulagement d'être à nouveau en mission.

À nouveau utile en ce monde.

Il se force à oublier qu'il est souvent impuissant face aux horreurs commises par l'être humain.

Oublier qu'il a parfois soigné des criminels de guerre.

Mais comme chacun a droit à un avocat, chacun a le droit d'être secouru.

Il a accepté ces principes lorsqu'il s'est engagé.

Il ne devra jamais les oublier ni les renier.

Il devra y rester fidèle.

Cette après-midi, il accompagnera une équipe à Grozny. Un caméraman et un documentariste ayant pour mission de recueillir les témoignages des habitants de la capitale après dix-huit mois de guerre. De réaliser un film sur l'aide apportée par le CICR à la population. Ils ont accepté que l'infirmier se joigne à eux.

Ils passeront quarante-huit heures dans la ville martyre, puis les deux hommes retourneront à Genève, tandis que Grégory reprendra sa mission à Novye Atagi.

***

En russe, Grozny signifie effrayant et sinistre.

La capitale de la Tchétchénie n'a jamais aussi bien porté son nom.

Grozny, après les combats.

Un champ de ruines.

Un cimetière pour des milliers de civils, dont certains pourrissent encore sous les gravats.

Ceux qui n'ont pas pu fuir se sont terrés dans les caves, comme des rats.

Aujourd'hui, ils sont de retour à la surface, au milieu des immeubles et des maisons démolis, des routes pulvérisées par un déluge de bombes. Quant à ceux qui avaient quitté la ville, ils reviennent progressivement chez eux.

Pour découvrir que *chez eux* n'existe plus.

Des femmes balayent les décombres, d'autres y récupèrent ce qui pourra servir : casseroles, réchauds, sommiers ou vieux matelas. Un homme pousse une brouette pleine de briques qui permettront de reconstruire un mur effondré.

Le réalisateur se heurte souvent au silence, aux refus.

À quoi bon parler de cette guerre ?

À quoi bon évoquer la souffrance ?

Ils s'arrêtent devant une école et l'interprète parlemente avec la directrice des lieux qui finit par accepter la présence de la caméra. Dans la cour, les enfants nettoient les débris dans un joyeux brouhaha. Comme s'il s'agissait d'un jeu. Deux garçons les entraînent jusque dans une salle de classe. Au plafond, un énorme trou causé par un obus.

— Heureusement qu'on n'était pas en cours ! rigole l'un d'entre eux.

Ils sont contents d'être de retour dans leur école, persuadés qu'ils vont reprendre leur vie d'avant. Comme si le passé pouvait s'effacer aussi facilement que la craie sur le tableau noir.

Grégory soigne quelques bobos, distribue des bonbons et du chocolat. Il sort son Polaroid de son sac, et les garçons prennent la pose, avec des sourires immenses, pleins d'espoir et de vie.

Plus loin, les hommes du CICR filment un gamin de huit ans qui s'amuse avec un vieux lance-roquette. Il joue à la guerre, visant une cible imaginaire avec l'arme abandonnée par les séparatistes tchétchènes.

Des armes, il y en a partout.

Des larmes, aussi.

Ici, c'est une fillette qui marche sur un tas de gravats. Quand ils lui demandent ce qu'elle fait là, elle répond qu'elle cherche son école qui s'érigeait à la place de cet amoncellement de pierres, de briques et de poutrelles.

Là, ce sont des femmes et des hommes qui viennent remplir des seaux avec l'eau distribuée par un camion-citerne de la Croix-Rouge. Dix litres par personne et par jour.

Un inestimable trésor.

En fin d'après-midi, ils aperçoivent une femme qui vend des paquets de cigarettes sur le bord de la route. Ils nouent rapidement le contact, elle s'appelle Zina et décide de leur montrer l'endroit où elle vit. Ils la suivent jusqu'à un immeuble aux façades noircies qui paraît sur le point de s'écrouler. La jeune femme leur explique que le bâtiment, touché par une explosion, a brûlé pendant dix jours. Certains balcons se sont écroulés, il n'y a plus aucune vitre, plus d'eau ni d'électricité. Zina est russe, mais elle a grandi à Grozny et s'est mariée avec un Tchétchène.

Elle leur dit que son mari est un lâche, qu'il s'est enfui au début de la guerre, la laissant seule avec ses enfants. Puis, peu après, elle a appris que son époux était mort en tentant de quitter le pays.

Elle survit grâce aux colis alimentaires distribués par les organisations humanitaires : du riz, quelques conserves, un peu de sucre et de café. Elle n'a pas d'autres vêtements que ceux qu'elle porte depuis le début de la guerre : un manteau usé par les années, une robe multicolore, des bottes noires.

Ils montent jusqu'au huitième étage, l'escalier ayant miraculeusement résisté au bombardement, et pénètrent dans un appartement dévasté dont la cuisine a brûlé. Un morceau de la façade a disparu, donnant sur un balcon en équilibre. Certaines vitres ont été remplacées par du plastique, mais l'appartement est ouvert aux quatre vents et il y règne une température glaciale.

Zina leur présente Anton, son fils de six ans, qu'elle enferme à double tour dans leur unique chambre lorsqu'elle part vendre ses cigarettes. L'autre chambre, celle des enfants, a été pulvérisée par un obus.

Craintif, le garçon blond aux yeux bleus leur adresse un sourire timide. Il tient dans ses mains une vieille poupée estropiée à laquelle il manque une jambe et un bras.

— C'est la poupée de Layla, soupire Zina en anglais.

Son regard s'est troublé, mais elle retient ses larmes comme si pleurer était une perte de temps.

— C'était ma fille.

— Que lui est-il arrivé ? demande Grégory.

— Elle est morte au printemps. Des soldats russes sont venus ici, dans l'immeuble. Je n'étais pas là et… elle a dû avoir peur quand ils ont défoncé la porte. Alors, elle a sauté par la fenêtre.

Grégory sent son cœur se serrer. Charlène aussi est tombée dans le vide.

Zina leur précise ensuite qu'Anton ne parle plus, et qu'elle ignore s'il retrouvera la parole un jour.

Grégory offre au garçon une tablette de chocolat ainsi qu'une poignée de bonbons, et le suit jusqu'à la salle à manger encombrée par des débris de toutes sortes, poussés dans un coin. Dans le reste de la pièce, Zina a réussi à aménager un petit salon avec un vieux canapé, une table et deux chaises. Elle a même cloué un cadre sur le mur, une nature morte dénichée dans les décombres. Tandis que le documentariste l'interroge sur ce qu'elle a vu et vécu durant la guerre, Grégory demeure auprès d'Anton. Le jeune garçon lui montre son cahier de dessins, ses pinceaux usés et ses petits godets de peinture. En tournant les pages, Grégory découvre l'horreur.

Pas une fleur, un soleil ou un arbre.

Seulement des fusils, des bombes, des flammes et des cadavres d'hommes ou d'animaux.

Et dans les yeux bleus d'Anton, une peur viscérale.

En sortant de l'immeuble, Grégory allume une cigarette. C'est en Bosnie qu'il s'est mis à fumer. Ce n'est pas en Tchétchénie qu'il va s'arrêter.

***

17 décembre

Réveil difficile.

Les trois hommes ont dormi dans un centre de la Croix-Rouge, sur de vieux lits de camp.

Mais ce n'est pas l'inconfort qui a empêché Grégory de se reposer. Ce sont les yeux du petit Anton. Cette terreur incommensurable qui peut s'y lire.

Alors qu'ils partagent un café dans la salle commune, la nouvelle tombe.

Cette nuit, un groupe d'hommes s'est introduit dans l'hôpital de campagne de Novye Atagi. Ils avaient des armes de poing équipées de silencieux et sont entrés dans les chambres qui n'étaient pas fermées à clef.

Cinq infirmières et un logisticien ont été froidement exécutés durant leur sommeil. Le directeur du centre est blessé.

Grégory reste sans voix, sans réaction. Touché par la foudre.

Cette nuit, il aurait dû mourir.

18 décembre

Grégory assiste à la mise en bière de ses collègues à la morgue de Naltchik. Puis le convoi, composé d'une quinzaine de véhicules et d'un camion transportant les six cercueils, se remet en route en direction de l'aéroport, situé à une centaine de kilomètres.

Des membres de la Croix-Rouge sont arrivés de Genève pour les soutenir. Dans un hangar glacial, avec le bruit des avions qui décollent ou atterrissent, les cercueils sont alignés avant d'être recouverts du drapeau du CICR. Un hommage silencieux est rendu aux victimes, puis les morts et les survivants montent dans un avion en direction de la Suisse.

Grégory se demande s'il reviendra dans ce pays meurtri. La guerre est-elle vraiment terminée ? Les généraux russes vont-ils digérer l'humiliation que les Tchétchènes leur ont infligée ?

La guerre est finie, certes, mais les braises sont encore brûlantes. Et l'incendie pourrait reprendre, à n'importe quel moment...

À bord de l'avion, certains sortent du silence et se mettent à raconter leur nuit à Novye Atagi. Les tueurs s'exprimaient en tchétchène, ils ont épargné les infirmiers et médecins locaux, n'ont abattu que des expatriés. Grégory les écoute, avec un sentiment diffus de culpabilité.

S'il avait été présent, qu'aurait-il fait ? Aurait-il pu sauver quelqu'un ? Serait-il mort, lui aussi ?

Durant le trajet, il parvient à s'endormir quelques minutes.

Alors, ses yeux plongent dans ceux d'Anton…

11

Juin 1997

France, Alpes-de-Haute-Provence

— C'est vraiment sympa, ici. Ça ne vaut pas la vraie montagne suisse, mais c'est joli !

Assis sur un rocher, Paul contemple le paysage. Grégory s'est installé non loin de celui qui est devenu son ami depuis leur mission au Rwanda. Il l'a invité à passer quelques jours chez lui, et le chirurgien a tout de suite accepté. Il est venu sans son fils et sans sa femme, voulant profiter d'un moment *entre hommes*. Comme s'il n'était pas assez souvent absent… D'après ce que Grégory a compris, Véronique et Paul se sont disputés récemment, et le chirurgien considère que cette courte séparation leur fera le plus grand bien.

Ce matin, Grégory a proposé une randonnée à son ami, mais la marche ne semble pas être son loisir favori.

— Bon, on repart ? dit l'infirmier en se levant.

— On repart où ?

— On est censés atteindre le sommet !

— Ça va le chalet ?

— Hein ?

— Tu es fou ou quoi ? traduit Paul. On est bien ici, non ? Pourquoi tu veux qu'on continue de grimper ?

— Ben…

— Est-ce que j'ai des cornes ?

— *Des cornes ?*

— Oui, est-ce que j'ai des cornes sur la tête ?

— Je sais pas, demande à ta femme !

— Je dis ça parce que tu m'as peut-être confondu avec un bouquetin !

— Aucun risque ! ricane Grégory. Tu es bien moins élégant qu'eux quand tu marches. Tu ressembles plus à...

— Vas-y, envoie... Un manchot sur la banquise, c'est ça ?

— J'aurais pas trouvé mieux ! s'esclaffe Grégory. Et encore, un *vieux* manchot.

— La prochaine fois qu'on part en mission, je te fais la misère, prévient Paul.

Grégory s'allonge dans l'herbe, les yeux dans le ciel.

— Ce sera où, tu crois ?

— C'est pas les guerres qui manquent, soupire le chirurgien. C'est même l'activité préférée des hommes. Avec le cul, bien sûr... D'ailleurs, t'en es où, toi ? Tu as rencontré quelqu'un ?

— Non, avoue Grégory.

Soudain embarrassé, Paul garde le silence un moment.

— Excuse-moi, dit-il. Je n'aurais pas dû...

— T'inquiète, le rassure Grégory. C'est juste le *Tu as rencontré quelqu'un ?* On dirait ma mère !

— Tu souffres encore beaucoup ?

Grégory met une interminable minute à répondre :

— Il y a des moments où j'ai envie de m'ouvrir les veines.

Paul ferme les yeux un instant, sous le choc.

— D'autres où j'ai envie de me jeter dans le vide, ajoute l'infirmier. Mais de temps en temps, je pense à une autre...

— Vraiment ? C'est qui ? s'impatiente le chirurgien.

— Elle s'appelle Zina. Elle vit à Grozny.

— Euh... J'aurais préféré que ce soit ta voisine ou la postière à vrai dire !

— Je ne l'ai vue qu'une heure ou deux, mais... Je pense à elle souvent. À elle et à Anton, son fils. Alors que je ne les reverrai jamais.

— Il y a des chances, en effet… Et sans parler d'amour, tu n'as pas envie parfois d'une petite aventure sans lendemain ? Tu sais, un resto ou un ciné et puis une nuit sympa avec une jolie fille ! Tu es jeune, en pleine forme et beau comme c'est pas permis : j'imagine que ça ne doit pas être bien difficile pour toi !

Grégory esquisse un sourire.

— J'ai couché avec la nouvelle instit du village la semaine dernière.

— Ah, je le savais ! Et alors ?

— Alors rien.

— Comment ça, *rien* ?

— Elle est mariée, elle a un gamin. On a passé une après-midi ensemble et voilà. Fin de l'histoire.

Nouveau silence, seulement brisé par les cris des chocards qui tourbillonnent au-dessus de leurs têtes.

— Et tu crois que le temps finira par apaiser ta douleur ? espère Paul.

— Peut-être. Le temps use tout, alors pourquoi pas la douleur…

Aujourd'hui, le couvercle de ma sépulture s'est ouvert.

Le canon d'un fusil s'est dirigé vers moi, tenu par celui qui a décidé de m'enterrer là. Debout en haut du trou, il me fixait avec un sourire démoniaque. Dans ses yeux bleus, j'ai lu à quel point il jouissait de me voir croupir dans ce trou sale et visqueux.

Joyeux Noël, sale chien ! *a-t-il lancé.*

L'un de ses complices a récupéré le bidon métallique qui me sert de toilettes. Après l'avoir vidé, il me l'a rendu. Il m'a ensuite lancé un sachet de biscuits, un thermos de thé et ma vieille couverture.

Quelques minutes pendant lesquelles j'ai pu apercevoir une faible clarté. Je l'ai bue, comme on boit de l'eau au milieu du désert.

Je voulais hurler, implorer qu'on me sorte de là. Mais je crois qu'il me reste encore un peu de dignité et d'honneur, mon amour. Il m'en reste assez pour ne pas supplier mon bourreau.

Le couvercle s'est à nouveau fermé, les ténèbres se sont abattues sur moi, tel un coup de poing en pleine tête.

Si tu savais, mon amour… Cette envie de tuer qui bouillonne dans mes tripes, qui fait frémir mes mains et battre mon cœur !

Si tu savais, mon amour… Si tu savais la haine qui coule dans mes veines.

12

15 décembre 1997

Bosnie-Herzégovine, Novi Grad
à l'ouest de Sarajevo, quartier de Dobrinja

Grégory roule doucement sur la route qui traverse Dobrinja, l'ancienne ligne de front, tout près de l'aéroport de Sarajevo. Des immeubles à perte de vue, massés le long de la bande d'asphalte. Tout autour, des champs, des petites maisons de pierres dont il ne reste parfois que les murs. Carcasses de voitures calcinées, bâtiments noircis, éventrés, dont les vitrages ont été soufflés par les bombardements.

Pourtant, ce n'est pas une ville morte. Beaucoup de gens vivent encore ici, sur les cendres fumantes de la guerre et de la haine.

Grégory stoppe son 4 × 4 sur le bord de la chaussée, juste avant la ligne de démarcation faite de poutrelles métalliques et de barbelés.

Frontière entre quartiers serbe et musulman.

Après son éprouvant séjour en Tchétchénie, il est revenu ici, à Sarajevo, pour une mission de neuf mois sur le point de s'achever, mission pendant laquelle il a participé à la formation des infirmiers locaux.

Il descend de son véhicule et observe un groupe de gamins serbes qui jouent au foot au milieu de la route, tout près des barbelés. L'un d'eux appelle d'autres garçons, des musulmans qui sont de l'autre côté. Ils ont envie de s'amuser ensemble.

Comme avant.

Parmi les enfants, Grégory repère Tihomir. C'est lui qu'il est venu voir aujourd'hui.

L'adolescent l'accueille avec un sourire crâneur, pour faire croire que tout va bien. Ses cheveux blonds sont coupés en brosse. Il porte un sweat à capuche aux manches bien trop longues. Il a quinze ans désormais, mais paraît plus jeune. Parce qu'il est petit et chétif.

Mais si son allure rappelle celle d'un enfant de onze ou douze ans, l'insouciance et l'espoir ont déserté son regard. On y lit une éternelle méfiance, défiance. Et une éternelle colère.

Grégory parle mal sa langue. Avec les rares mots qu'il connaît, ils parviennent quand même à communiquer.

— Je vais bien, t'en fais pas. Je me débrouille et puis j'ai eu de la chance !

De la chance... Grégory se remémore le jour où cet enfant est arrivé à l'hôpital de Sarajevo dans les bras de son père qui appelait à l'aide.

Il s'en souvient, comme si c'était hier.

Grégory laisse l'adolescent à sa partie de foot et monte au cinquième étage d'un des immeubles. Le père de Tihomir lui serre la main et lui offre un café. Grégory est venu lui apporter la nouvelle, celle qui va peut-être améliorer leur vie. Ils discutent un moment, l'homme connaissant un peu l'anglais, puis Grégory prend congé.

Avant de quitter les lieux, il retourne vers Tihomir et lui donne une tape amicale dans le dos.

— Va voir ton père, il a quelque chose à te dire...

— Plus tard, répond l'adolescent. Je finis ma partie !

L'infirmier remonte dans sa voiture et reprend la route en direction de la capitale.

En mars 1994, alors qu'il marchait sur un chemin au milieu des champs, Tihomir a posé le pied sur une mine antipersonnel. L'explosion l'a projeté sur une autre mine, à plusieurs mètres de là.

Dans le quartier de Dobrinja, elles sont encore partout, enfouies dans le sol, dans les champs, les terrains vagues. Sur les chemins et au bord des routes.

Il faudra des décennies pour les enlever. En attendant, elles continueront à tuer, à mutiler. À faucher des vies par centaines.

Il y a trois ans, Tihomir a sauté sur une mine.

Il a fallu amputer une partie de son pied droit.

Et ses deux mains.

Grégory se souvient de ce garçon qui, sur son lit d'hôpital, regardait fixement ses bras coupés. Il n'oubliera jamais les mots qu'il a prononcés, peu après son réveil.

Je voulais juste cueillir des cerises.

Aujourd'hui, Grégory est venu annoncer au père de Tihomir que des prothèses pour son fils étaient prêtes à l'hôpital de Sarajevo. Certes, elles n'ont qu'une visée esthétique et ne remplaceront jamais ses mains ou ses doigts. Toute sa vie, Tihomir restera dépendant pour les gestes les plus simples, mais elles l'aideront peut-être à se sentir mieux dans sa peau.

Il y a quatre jours, les ONG ayant participé à la campagne pour l'interdiction des mines antipersonnel ont reçu le prix Nobel de la paix.

En apprenant la nouvelle, Grégory n'a pu retenir ses larmes.

13

Mars 1999

Nord-ouest de la Colombie, région de Chocó

Le Río Atrato déroule ses eaux couleur terre à perte de vue. La pirogue glisse doucement sur les flots, traçant un sillon brillant à la surface du fleuve.

À cet instant, difficile de croire que cet endroit est l'un des plus dangereux au monde.

L'une des rives de l'Atrato est tenue par les Forces armées révolutionnaires de Colombie, les FARC, tandis que celle d'en face est tombée aux mains des Autodéfenses unies de Colombie, les AUC.

Sur le Río Atrato, on navigue au beau milieu de la ligne de front. Malgré le drapeau de la Croix-Rouge qui flotte dans le vent, Grégory se demande s'ils vont arriver à destination.

S'ils vont arriver vivants.

Pourtant, il ne ressent nulle peur.

Au fond, ce serait un bel endroit pour mourir.

Après quelques mois passés en France, l'infirmier est reparti en Indonésie de janvier à juin 1998. Il était basé sur l'île de Nouvelle-Guinée, à Irian Jaya. Là-bas, rien de commun avec la Bosnie, la Tchétchénie ou le Rwanda. Certes, de violents combats ont eu lieu entre l'armée officielle indonésienne et le mouvement de libération de Papouasie, mais durant son séjour, l'ennemi principal était la sécheresse qui a causé malnutrition et épidémies de malaria. Soigner les habitants des villages reculés, les vacciner, voilà quelle a été sa mission principale.

Six mois pendant lesquels il a vu plus de sourires que de larmes, entendu plus de rires que de cris.

Six mois où il a rencontré des peuples fiers, des hommes et des femmes courageux.

Six mois pour découvrir des îles montagneuses à la beauté époustouflante.

En quittant Irian Jaya, Grégory a eu l'impression de quitter un paradis. Malheureusement, alors qu'il venait de rentrer en France, il a appris que des soldats indonésiens avaient perpétré un bain de sang sur l'île de Biak, au motif que les Papous avaient organisé une fête en faveur de l'indépendance et hissé leur étendard, le drapeau de l'étoile du matin.

Alors, Grégory s'est souvenu que le paradis n'existe pas.

Chantal dit que ce travail est devenu une drogue. Elle a sans doute raison. Ses courts séjours dans l'Hexagone lui semblent interminables. Bien sûr, il aime à revoir sa mère, il aime à retrouver ses montagnes natales. Mais très vite, il tourne en rond, inutile.

La blessure causée par la mort de Séverine et de Charlène refuse de cicatriser. Et dès qu'il est de retour en France, la plaie s'infecte, et la douleur, déjà violente, devient insupportable.

Durant sa mission en Indonésie, Grégory a eu une liaison avec Margrit, une déléguée suisse. C'est elle qui a fait les premiers pas, il l'a laissé venir jusqu'à lui. Elle était jolie, intelligente, drôle.

Mais elle n'était pas Séverine.

Et chaque fois que Grégory faisait l'amour avec elle, le plaisir était bref et le dégoût qui arrivait peu après s'éternisait. L'impression de tromper Séverine, de la trahir.

De la tuer, une nouvelle fois.

Parfois, Grégory songe qu'il a perdu les femmes de sa vie parce qu'il s'est pris pour Dieu. Ce 5 février 1994, après le massacre de Markale, c'est lui qui a décidé de sauver ou de laisser mourir les blessés.

Mais qui, à part Dieu, a le pouvoir de choisir qui vivra et qui mourra ?

Il se surprend à maudire le médecin qui aurait dû être à sa place et lui a laissé cette écrasante charge sur les épaules.

Depuis qu'il est en Colombie, Séverine et Charlène ne sont pas apparues devant lui. Plutôt que de le rassurer sur sa santé mentale, cette disparition l'inquiète. Grégory a conscience que les voir ou les entendre est le signe qu'il souffre d'une forme de folie. Mais il est bien placé pour savoir que chacun réagit comme il peut à la souffrance, au chagrin et à l'injustice.

Il a toujours cette impression d'avancer au bord d'un précipice, sur un sentier glissant.

Un jour, il le sait, il basculera dans le vide.

La pirogue heurte une branche, arrachant Grégory à ses pensées.

Ce matin, ils ont quitté Apartadó pour un voyage qui leur prendra sept heures. L'infirmier fait partie d'une unité sanitaire mobile qui visite les endroits les plus reculés du pays, en proie à un conflit armé féroce qui dure depuis des décennies.

Il y a une semaine, Grégory s'est rendu à Mapiripán, une commune au sud de Bogotá, posée sur les rives du Río Guaviare. Les habitants lui ont raconté ce qui s'y est passé un an auparavant. Les AUC ont débarqué dans leur village, les accusant de collaboration avec les FARC. Pour s'assurer que la peur se répande dans toute la région et que personne n'ait envie d'apporter son aide aux FARC, les AUC ont décidé de faire des *exemples*. Une quarantaine de villageois ont été torturés en public puis assassinés et démembrés sous les yeux de leurs voisins et de leurs familles. Pour finir, les miliciens ont jeté ce qu'il restait d'eux dans le Río Guaviare après leur avoir rempli le ventre de pierres pour être sûrs qu'ils ne remonteraient pas à la surface et que leurs proches ne pourraient jamais récupérer leurs dépouilles.

Partout dans le monde, la même violence, la même terreur, la même horreur.

Mêmes cris, mêmes larmes.

Mêmes rêves détruits, mêmes vies brisées.

Partout sur le globe, la cruauté des hommes, leur imagination fertile mise au service de la souffrance et de la mort.

On ne compte plus les disparitions inexpliquées, les meurtres, les enlèvements. On ne compte plus les jeunes gens, filles ou garçons, enrôlés de force dans un camp ou dans l'autre pour servir d'esclaves ou de soldats. Les AUC, les FARC ou encore l'Armée de libération nationale, l'ENL, menacent, tuent, violent ou pillent, pour inciter la population à coopérer avec eux ou la dissuader de rejoindre le camp adverse. Sans compter les exactions commises par les narco-trafiquants.

Pris dans cet étau de violence, les villageois se réfugient dans des bidonvilles aux abords des grandes métropoles telles que Medellín ou Bogotá. Ceux qui restent se terrent chez eux par peur de croiser les milices armées, et n'osent plus faire le voyage jusqu'aux dispensaires.

C'est pour cela que Grégory et ses collègues se rendent à leur chevet.

La veille, il a parcouru une centaine de kilomètres sur des pistes creusées d'ornières que même le Land Cruiser a eu du mal à affronter. Puis il a fallu quatre heures à dos de cheval pour parvenir au village où attendaient les malades.

Enfin à destination, l'équipe décharge les pirogues, aidée par les habitants. Le médecin confie les médicaments de base aux femmes du village pour soigner ce qui peut l'être, puis les consultations s'enchaînent pour toutes celles et ceux qui n'ont pas vu de soignant depuis des mois, voire des années.

Tout au long de la journée, Grégory et ses collègues écoutent aussi les villageois parler des maux invisibles.

La peur, l'angoisse, les cauchemars.

Grégory se charge de la vaccination des enfants. Dans un grand sac, il a apporté un petit présent pour chacun d'entre eux qu'il leur offre juste après la piqûre. Les yeux pétillent, les sourires illuminent les visages.

Le plus précieux des cadeaux, la plus belle des récompenses.

Voilà pourquoi il est ici.

Voilà pourquoi il risque sa vie.

Voilà pourquoi demain, il recommencera.

***

Avril 1999

Colombie, Bogotá, quartier Santa Fe

Ce soir, Grégory a accepté de suivre quelques collègues dans un bar de Bogotá. Ils sont sept, trois expatriés et quatre membres de la Croix-Rouge colombienne. Cinq hommes et deux femmes. Les étrangers évitent en général de sortir la nuit par peur des kidnappings, mais le fait d'être en nombre les rassure.

Dans le bar, ils retrouvent un groupe appartenant à une ONG colombienne, Children of the Andes Foundation, et décident de faire table commune. Ils commandent de la Club Colombia, l'une des bières les plus populaires du pays, et devisent à bâtons rompus dans la langue de Shakespeare. Grégory écoute davantage qu'il ne parle, avide d'en apprendre plus sur ce pays qu'il ne connaît pas encore.

À la fin du repas, Alejandro, un médecin de la fondation, explique aux membres de la Croix-Rouge ses actions dans la capitale. Grégory a du mal à croire ce qu'il entend. Pourtant, après ces années passées au cœur des conflits, plus rien ne devrait le surprendre.

Alejandro leur raconte le peuple des égouts. Car ici, comme à Medellín, à Cali ou d'autres grandes villes, des gens sont obligés de vivre dans les canalisations. Une fois la nuit tombée, tout un peuple de misère, dont beaucoup d'enfants, se réfugie dans les entrailles putrides de la cité pour échapper aux escadrons de la mort qui patrouillent dans les rues de Bogotá.

Leur mission ? Nettoyer la ville des *parasites*.

Leurs cibles ? Ceux que ces milices privées considèrent comme des délinquants : les enfants des rues qui volent pour manger, les toxicomanes qui volent pour acheter leur dose, mais aussi les prostituées ou les travestis.

Ils sont enlevés, assassinés et leurs dépouilles sont jetées dans des décharges publiques.

— Là où est leur place selon ces fous, ajoute Alejandro.

Ils sont tués par balle ou poignardés. Mais Alejandro constate que le feu est de plus en plus utilisé pour ce qu'on nomme ici le *nettoyage social*.

— Le feu, symbole de purification, ajoute-t-il.

Il y a peu, les hommes d'un de ces escadrons de la mort ont fait sortir vingt-deux enfants d'un égout, les ont regroupés à la surface et les ont aspergés d'essence avant de les faire brûler vifs.

Grégory ferme les yeux un instant. Il a l'impression de tomber dans un gouffre de plus en plus profond, de plus en plus sombre.

Sans doute ne touchera-t-il jamais le fond de cet abîme.

Car sans doute n'y a-t-il pas de limite à la barbarie humaine.

Pourtant, il continuera à sauver ceux que le monde oublie et voudrait effacer. Malgré les moments de découragement, malgré l'écrasant sentiment d'impuissance, il continuera à se battre en se raccrochant aux sourires arrachés à la guerre.

Tandis qu'Alejandro décrit la vie de ces miséreux qui croupissent sous terre en compagnie des rats, qui dorment et mangent au milieu des excréments, Grégory vide d'un trait son verre d'*aguardiente*. Il lève le bras pour en avoir un autre.

Puis encore un autre.

Mais il lui faudrait des litres d'alcool pour oublier, ne serait-ce qu'un instant, que sa chute n'aura pas de fin.

14

Septembre 1999

Suisse, banlieue de Genève

Grégory contemple le ventre rond de Véronique. Ça lui rappelle quand Séverine attendait Charlène. Jamais elle n'avait été aussi belle… Paul et sa femme n'ont pas souhaité connaître le sexe de l'enfant qui naîtra dans deux mois. Mais l'infirmier a compris qu'ils espèrent une petite fille. Le chirurgien a convié Grégory à passer une semaine chez lui, dans sa jolie maison avec vue imprenable sur le lac Léman. Les deux amis sirotent un verre sur la terrasse, gardant un œil sur Julien, le fils de Paul, qui joue sur la balançoire du jardin.

— Faudrait que tu songes à signer un CDI avec le CICR, dit soudain Paul. Ils te l'ont déjà proposé, n'est-ce pas ?

— Oui.

— Et pourquoi tu n'as pas accepté ?

— J'en sais rien, avoue Grégory. Pour garder ma liberté, peut-être.

— Foutaises ! Tu pourras toujours démissionner si tu veux aller voir ailleurs.

— C'est sûr… Je te promets d'y penser !

Paul remplit leurs verres et trinque à nouveau avec l'infirmier :

— Content que tu sois là, mon pote ! J'ignore pourquoi, mais ta présence me fait du bien.

— Vraiment ?

— Ouais… Quand je t'ai vu débarquer à Sarajevo, j'ai eu un coup de foudre pour toi.

Grégory avale de travers, manquant de s'étouffer avec son cocktail.

— Du calme ! ricane Paul. Je ne vais pas te sauter dessus cette nuit, je sais me tenir !

L'infirmier le dévisage avec étonnement.

— Si tu voyais ta tronche ! rigole le chirurgien. Je parle d'un coup de foudre *amical*. Parce que d'un point de vue sexuel, tu n'es pas tout à fait mon type. Je les préfère moins baraquées, blondes et avec une jolie poitrine. Je sais, c'est banal.

— Moi aussi, je t'ai immédiatement apprécié, confie Grégory.

— Il faut dire que j'ai de nombreuses qualités.

— Exact. À part ton humour à deux balles, je confirme.

— Hey, elles te font bien marrer, mes blagues !

— Je me force parce que tu es mon chef.

— Tiens, écoute l'histoire du mec qui sort du supermarché…

— Ah, celle-là, tu ne me l'as pas encore racontée ! sourit Grégory.

— Donc, c'est un type très bien habillé qui sort du supermarché avec un caddie débordant de victuailles, genre vins français, chocolats, langoustes… Il pousse son charriot jusqu'à sa belle Mercedes et là, sur le parking, il voit un mec en guenilles qui arrache de l'herbe au pied d'un arbre. Alors qu'il range ses courses dans le coffre, le mec l'aborde et lui demande une pièce. Le proprio de la Mercedes lui répond qu'il n'a pas de monnaie, juste une Gold. Et il ajoute : *Pourquoi ramassez-vous de l'herbe ?* L'autre lui répond : *C'est pour manger, et j'en rapporte aussi à la maison pour nourrir mes enfants et ma femme. Parce qu'on n'a pas d'argent, vous comprenez !…* Là, le type bien habillé lui tend sa carte et lui dit : *Voici mon adresse, venez donc manger à la maison.*

Tout en racontant sa blague, Paul fait des mimiques irrésistibles.

— *Vraiment ?* s'étonne le mendiant. *Mais… je peux venir avec ma femme et mes six enfants ? Bien sûr !* répond le proprio de la Mercedes. *Venez avec toute votre famille, je vous en prie ! Plus vous serez nombreux, plus vite ma pelouse sera tondue !*

15

3 février 2000

Fédération de Russie, république d'Ingouchie

Finalement, Grégory est revenu en Russie.

Finalement, la guerre est revenue en Tchétchénie.

En août 1999, Boris Eltsine a nommé Vladimir Poutine premier ministre. En septembre, les bombardements massifs ont repris en Tchétchénie et notamment à Grozny. Officiellement, il s'agit d'opérations anti-terroristes après les attentats meurtriers commis en Russie et attribués par le pouvoir aux séparatistes tchétchènes.

On ira buter les terroristes jusque dans les chiottes, a déclaré Poutine au début de cette seconde guerre.

Pourtant, ce sont bien des civils qui sont sous les bombes. Les Russes ont lancé un ultimatum : ceux qui n'avaient pas quitté Grozny le 11 décembre ont été considérés comme des terroristes.

Plusieurs milliers d'entre eux ont tenté de fuir, et certains se sont retrouvés ici, dans la république voisine d'Ingouchie. Ceux qui en ont les moyens louent une pièce dans une ferme ou une maison. Mais beaucoup se sont réfugiés dans les vieux wagons abandonnés de la ligne Grozny-Vladikavkaz. Puis des tentes ont été montées à la va-vite dans la boue et le froid. Ainsi est né le camp de déplacés de « Spoutnik » près de Nazran.

Grégory y est arrivé au mois de janvier, deux jours après que Poutine a pris la place d'Eltsine à la tête du Kremlin.

Impossible d'aller en Tchétchénie, trop dangereux. Alors, les humanitaires tentent de venir au secours des réfugiés, en leur apportant une aide médicale et alimentaire.

Grégory travaille jusqu'à quinze heures par jour. Il y a tant de victimes à soigner, tant de souffrances à apaiser… Chaque matin, une immense file d'attente se forme devant le centre de soins. Les blessés les plus graves sont évacués vers les hôpitaux de la région quand c'est possible. Ils sont nombreux à mourir en chemin.

Les humanitaires tentent de recueillir des témoignages, mais la plupart des réfugiés refusent de parler, craignant encore les représailles. Certains, pourtant, acceptent de raconter, et des informations commencent à circuler sur le terrible camp de filtration de Tchernokosovo où les Russes *trient* les Tchétchènes qui fuient leur république. Officiellement, on vérifie qu'ils ne sont pas des terroristes et on les relâche aussitôt. Officiellement, ne sont internés là-bas que les combattants, les *bandits* comme les nomme le Kremlin.

Mais *là-bas*, il y a des enfants, des femmes et des vieillards.

Là-bas, on pratique la torture. Pour obtenir des renseignements, des aveux.

Certains évoquent des coups de matraque ou de marteau, le supplice de l'électricité, les viols.

Et puis il y a ces femmes qui disent avoir *perdu* leurs fils, enrôlés de force par les séparatistes tchétchènes. Parfois, des adolescents de quatorze ou quinze ans, contraints de prendre les armes. S'ils refusent, ou si leur famille refuse, ils sont considérés comme des traîtres et abattus.

Il y a trois jours, Grégory a soigné Albika, une femme qui présentait une plaie à la jambe. D'une voix faible, elle a raconté qu'elle venait d'Alkhan-Iourt, un village proche de Grozny.

Les soldats russes nous ont fait sortir des maisons, des caves et des abris. Ils ont exigé qu'on leur donne tout ce qu'on avait : bijoux, argent, objets précieux. Ceux qui ont refusé, ou ceux qui n'avaient rien, ont été exécutés sur-le-champ. Quand ils ont obtenu ce qu'ils voulaient, les soldats ont aligné tous les hommes et les garçons de plus de dix ans et les ont assassinés d'une balle dans la nuque. Ensuite, ils ont arraché leurs dents en or et ont brûlé plusieurs maisons.

En lui prodiguant les soins, Grégory a constaté que l'intérieur de ses cuisses était couvert d'hématomes. Avec l'aide de l'interprète, il lui a demandé ce que les soldats lui avaient fait subir. Albika a répondu qu'elle ne s'en souvenait plus.

Qu'elle ne voulait pas s'en souvenir.

Les témoignages accablants se succèdent : partout, des exactions, des crimes de guerre. Les soldats russes ont reçu des ordres clairs : laver l'affront subi trois ans auparavant.

Nettoyer la Tchétchénie.

La veille, une colonne de réfugiés qui se dirigeait vers la frontière avec l'Ingouchie a été bombardée. Depuis cette nuit, ceux qui ont survécu à l'attaque arrivent au camp dans le désordre le plus complet. Beaucoup de blessés à soigner, beaucoup de gens terrorisés qui ont été séparés de leurs proches au cours de cette fuite éperdue.

Dans l'après-midi, Grégory est sommé de lever le pied : des heures qu'il n'a pas mangé, pas dormi. Il accepte de prendre une pause durant laquelle il avale un sandwich, un mauvais café et fume une cigarette, assis non loin du dispensaire.

C'est alors qu'il le voit.

Égaré dans la foule, seul au milieu des autres.

Anton.

Grégory se fraie un passage parmi les réfugiés pour atteindre le jeune garçon. Il a une blessure au bras, du sang sur le visage, mais aucun doute, c'est bien le fils de

Zina. Il a à peine grandi, à peine changé, comme si le temps s'était arrêté. Et dans ses mains, la poupée de Layla, encore plus abîmée qu'il y a trois ans. Après une hésitation, Anton s'agrippe à l'infirmier comme à une bouée de sauvetage. L'a-t-il reconnu ? L'enfant ne parle toujours pas, mais grâce à l'interprète, Grégory lui pose quelques questions. Avec des gestes, des hochements de tête, il explique qu'il a perdu sa mère dans les bombardements et qu'il a suivi les gens qui marchaient sur la route.

Après des soins, une boisson chaude et un repas, Anton est plus calme. Grégory lui promet qu'il va tout faire pour retrouver Zina. Il le confie à l'interprète et part à la recherche de la disparue. Il arpente les allées boueuses du camp, la peur au ventre. Et si elle avait péri sur le bord de cette route ?

Des heures à chercher, à espérer l'impossible.

En vain.

Le soir tombe quand Grégory revient au dispensaire, seul et désemparé. Il assure à Anton que sa maman sera là demain. En attendant, il l'emmène dans la tente où il loge, lui offrant son lit de camp et son chauffage d'appoint pour la nuit. Le jeune garçon garde les yeux ouverts sur son nouveau traumatisme. Il tremble de la tête aux pieds malgré les couvertures, et serre éperdument la poupée qui a remplacé sa sœur. Alors, Grégory prend sa main dans la sienne et lui parle, longtemps. Il lui raconte ses souvenirs, son pays. Même s'il ne comprend pas le français, la voix de l'infirmier semble rassurer Anton qui s'endort enfin.

Le lendemain matin, Grégory confie à nouveau Anton à l'interprète. Une fois encore, fouiller le camp à la recherche de Zina. Autant chercher une goutte d'eau dans un océan. Et pendant ce temps, ne pas soigner ceux qui arrivent du front, laisser ses collègues se débrouiller sans lui.

Les heures passent, la neige se met à tomber, un mauvais vent se lève sur la misère, la peur, la faim et l'angoisse. Il n'y aura jamais assez de tentes ni de couvertures pour tout le monde. Certains mourront de froid après avoir survécu aux bombardements.

La nuit ne tardera plus, Grégory est éreinté. Il est sur le point d'abandonner lorsqu'il l'aperçoit enfin. Le même manteau élimé par les années, les mêmes cheveux longs et châtains. C'est elle, il en est sûr. Cette silhouette fine qui erre au milieu des victimes, qui titube de fatigue. Il la rejoint, la prend par les épaules et la force à se retourner.

Oui, c'est bien la mère d'Anton. Grégory ressent un profond soulagement.

Zina est livide, ses lèvres sont bleues, ses yeux divaguent. Sa robe déchirée laisse entrevoir une plaie béante au niveau de la cuisse. Elle s'écroule devant lui, à bout de forces.

Il la prend dans ses bras pour la conduire jusqu'au centre. Elle est blessée mais elle survivra, à condition qu'il la place près d'un chauffage rapidement.

Plus de huit cents mètres dans la neige, la boue. Grégory aussi est à bout de forces.

La nuit tombe brutalement sur le camp, il accélère et parvient enfin au dispensaire.

Et dans les yeux d'Anton, pour la première fois depuis longtemps, des larmes de joie.

***

Février touche à sa fin. Les réfugiés, dont la plupart sont des femmes, des enfants et des vieillards, continuent d'affluer dans les différents camps d'Ingouchie, qui surgissent de terre comme autant d'immondes verrues au milieu du triste paysage. Dans les villages proches de la frontière tchétchène, certains ont trouvé abri dans les caves, les greniers, les étables, les vieilles voitures.

Grégory et ses collègues sont dépassés par les événements. Ils distribuent les colis alimentaires qui peinent à parvenir jusqu'à eux, offrent des soins, des médicaments, des couvertures. Mais ils n'ont pas assez de bras, pas assez de matériel. Partout, des gens meurent de froid, de faim. Ils succombent à toutes sortes de virus ou d'infections. Et il arrive que les soldats russes fassent irruption dans ces magmas de misère. Officiellement, ils recherchent des terroristes qui auraient réussi à franchir la frontière. Parfois, ils arrêtent un adolescent, une femme, un vieil homme. Et on ne voit jamais revenir celles et ceux qu'ils emmènent.

Pendant une dizaine de jours, Grégory a veillé sur Zina et Anton. Il les a logés dans sa propre tente, dormant par terre et partageant avec eux ses rations d'eau potable et de nourriture. La jeune femme était dénutrie, déshydratée. Sa blessure à la jambe s'était infectée et elle traînait une mauvaise toux.

Désormais, Zina est sur pied, et l'infirmier a réussi à trouver un abri pour elle et son fils. À une trentaine de kilomètres de la frontière, ils sont hébergés dans une ferme appartenant à Zelimkhan, un veuf septuagénaire. Moyennant un modeste loyer payé par Grégory, il accepte de les loger. Zina lui donne un coup de main dans les travaux de la ferme et Zelimkhan se charge de les nourrir.

Le vieil Ingouche a fait installer le téléphone dans sa demeure il y a de cela quelques années. Il est l'un des rares habitants du coin à le posséder et en est très fier. Grâce à cela, Grégory peut prendre des nouvelles de Zina et d'Anton.

Ce matin, il a envie de les voir.

Il a du mal à se l'avouer, mais ils lui manquent. En théorie, il n'a pas le droit de partir seul sur la route, chaque déplacement devant se faire au moins à deux véhicules. Il décide néanmoins d'enfreindre les règles de sécurité et enfile son gilet pare-balles et son dossard du CICR avant d'emprunter discrètement une voiture.

L'imposant 4 × 4 Toyota, qui arbore sa croix rouge en guise de laissez-passer, avale sans problème les kilomètres de routes recouvertes d'un mélange de boue et de neige. Parfois, l'infirmier croise un blindé russe. Parfois, c'est une charrette tirée par un cheval de trait ou un mulet.

Il voit enfin apparaître la vieille ferme, bâtiment trapu posé au bout d'une piste cahoteuse, au milieu des champs endormis. Dès qu'il descend du véhicule, la porte d'entrée s'ouvre sur Zina qui lui adresse un sourire chaleureux et ému. Elle a bien meilleure mine qu'il y a trois semaines, lorsque Grégory l'a récupérée dans le camp. Sa beauté sans artifices, le regard qu'elle lui offre, le touchent en plein cœur.

Il entre dans la pièce principale de la maison, chauffée par un vieux poêle à bois, et trouve Anton en train de dessiner sur la grande table. Le garçon pose les crayons de couleur offerts par l'infirmier et se précipite vers lui. Comme toujours, il marque une hésitation, attendant que Grégory ouvre les bras pour venir se blottir contre lui.

Zina connaît des rudiments d'anglais, Grégory a appris quelques mots de russe. Ils parviennent donc à se comprendre. Et les regards valent souvent plus que les paroles.

La jeune femme arbore fièrement de nouveaux vêtements.

— Ils appartiennent à la fille de Zelim ! explique-t-elle. Elle est partie il y a longtemps à Moscou et a laissé sa garde-robe ici.

Zelimkhan est chez son cousin pour la journée, ils sont donc seuls. Les deux adultes laissent Anton à ses dessins cauchemardesques et vont dans la cuisine où Zina prépare des *chepalgash*, sortes de galettes remplies de fromage et d'oignons.

— Ça fera plaisir à Zelim, dit-elle. Il adore ça et Anton aussi. Tu veux goûter ?

Ils sont tout près l'un de l'autre, se dévorent des yeux. Grégory est troublé, bien plus qu'il ne le voudrait. C'est alors qu'elle pose le front contre son épaule. Il hésite puis passe ses bras autour d'elle.

— J'aurais aimé avoir un mari comme toi. Beau, courageux et gentil comme toi…

Une heure plus tard, Grégory remonte à bord du Land Cruiser. Sur le seuil de la maison, Zina et Anton lui adressent un dernier signe, un dernier sourire.

Tout au long du trajet qui le ramène vers le camp, l'infirmier tente de recouvrer la raison. Des pensées étranges lui traversent le cerveau, son cœur bat un peu trop fort.

La ramener en France, elle et son fils. Refaire ma vie avec elle.

Il secoue la tête, comme pour chasser cette folie.

— Cet endroit te rend cinglé, c'est pas possible ! Tu ne peux pas faire ça à Séverine et à Charlène !

Pourtant, il doit se rendre à l'évidence : tandis qu'il la soignait, veillait sur elle jour et nuit, il est tombé doucement amoureux de Zina. Et il s'est attaché à Anton, comme un père à un fils.

Pourtant, il doit se rendre à l'évidence : bientôt, il faudra quitter ce pays et la laisser derrière lui.

Les abandonner, elle et son fils.

***

12 mars 2000

L'hiver a décidé de s'acharner sur les réfugiés d'Ingouchie. Comme si le printemps refusait de venir réchauffer ces milliers d'âmes en perdition. De leur offrir un espoir, un rayon de soleil, une renaissance. Comme si la nature refusait de se réveiller au milieu de la guerre et de la folie des hommes.

Il a neigé la veille, et ce matin, des langues de glace se sont formées sur les allées du camp et autour des tentes blanches souillées par la boue.

Quand Grégory voit un 4 × 4 de l'armée russe se garer devant le dispensaire, sa tension artérielle monte en flèche. Il arrive que des soldats de passage viennent se faire soigner pour des blessures légères, et le médecin comme les infirmiers ne refusent jamais de les aider. Telle est la devise du CICR : soigner tout blessé, quelle que soit sa nationalité ou son rôle dans le conflit. Mais Grégory préfère que les militaires restent éloignés du camp ; ils ont leurs hôpitaux de campagne alors que les Tchétchènes, eux, n'ont plus rien.

Un caporal se dirige vers lui, un jeune homme qui doit avoir moins de trente ans. Dans un anglais parfait, il demande à l'infirmier de le suivre jusqu'au véhicule. Grégory obéit et découvre, allongé à l'arrière, un enfant vaïnakh[1]. Les deux Russes lui expliquent qu'ils l'ont ramassé sur le bord de la route, et qu'il a l'air sérieusement blessé. Qu'ils n'ont ni le temps ni l'autorisation de le conduire à l'hôpital, mais qu'ils ont fait un détour pour le déposer ici. L'enfant est emmené en salle de soins, le médecin le prend en charge tandis que Grégory raccompagne le caporal jusqu'à son 4 × 4.

— J'espère que vous allez le sauver, dit le soldat. Trop d'enfants sont déjà morts.

Il y a tant de tristesse dans sa voix, tant de désillusion dans ses yeux… Grégory lui tend une main que le caporal serre avec force avant de grimper dans son véhicule et de disparaître.

En fin de matinée, Grégory fait croire à ses collègues qu'il est malade et s'échappe à bord d'un 4 × 4, non sans

1. Nom commun aux peuples tchétchène et ingouche.

un sentiment de culpabilité. L'envie de voir Zina et Anton est irrépressible.

Zelimkhan ne sera pas à la ferme aujourd'hui : il travaille comme menuisier au village le plus proche, attendant la fin de l'hiver pour se remettre à cultiver ses champs.

Sur la route, le vieux Land Cruiser dérape plusieurs fois, mais Grégory parvient à bon port en moins d'une heure. Le toit de la ferme est recouvert d'une fine couche de neige et Anton est en train de jouer avec Khrabrost, un énorme berger du Caucase qui ressemble à un ours. Grégory a appris par Zelimkhan que Khrabrost signifie *courage,* et le chien, qui a adopté le petit garçon, serait sans doute prêt à tous les sacrifices pour le protéger.

Mais arrivera-t-il à lui faire retrouver la parole un jour ?

Anton se précipite vers Grégory qui le soulève du sol pour le faire voler dans les airs. Puis il entre dans la maison, tandis que l'enfant retourne près de Khrabrost.

Zina sort de la cuisine, une serviette enroulée autour de ses cheveux mouillés. Malgré la température hivernale, elle ne porte qu'un débardeur et Grégory ne peut s'empêcher d'admirer ses épaules, son cou gracieux et son décolleté orné de la croix orthodoxe. Même si elle a épousé un musulman, Zina n'a pas renié la religion de ses parents.

Ils se regardent en silence, franchissant les barrières invisibles les unes après les autres. Elle fait un pas vers lui, il sent le danger s'approcher. Il sait qu'il ne pourra y résister, il est sûr qu'il en paiera le prix. Peu importe.

Zina est tout près de lui, désormais. Elle donne un tour de clef dans la serrure, laissant son fils dehors, puis prend la main de Grégory dans la sienne et l'entraîne vers la chambre sans un mot.

***

25 mars 2000

Le printemps, enfin. Une lumière neuve diffuse un rayon d'espoir sur le camp. Les températures sont montées de plusieurs degrés. En plaine, les dernières neiges s'écoulent vers les rivières en une multitude de petits ruisseaux.

Le nombre des réfugiés s'est stabilisé, l'afflux s'est tari. Mais l'état de santé de ceux arrivés cet hiver se dégrade. Le manque d'eau potable et de nourriture, la promiscuité et le froid font des ravages.

Grégory travaille d'arrache-pied, parfois seize heures par jour. Pour se pardonner à lui-même d'abandonner ses malades trois fois par semaine pour une parenthèse en compagnie de Zina.

Pour se pardonner de tromper sa femme.

Car même si elle est morte, il a l'impression de la trahir.

Il traite Anton comme son fils, alors que Charlène lui envoyait des dessins pour lui hurler à quel point il lui manquait.

Pour elle, il n'était pas assez présent. Il n'était pas là quand elle est morte.

Mais ce qu'il ressent pour Zina est plus fort que ce terrible sentiment de culpabilité. Ce qu'il ressent pour Zina, il ne l'a jamais ressenti pour personne.

Il ne l'aime pas plus qu'il a aimé Séverine. Qu'il *aime* Séverine.

Il l'aime différemment.

Il ignore comment finira cette histoire, ce qu'il fera au terme de sa mission ici. Il ignore ce que lui réserve l'avenir, mais il a décidé de ne pas lutter contre cette passion aussi soudaine que puissante.

Zina ne lui demande rien. Elle ne lui pose pas de questions, ne fait pas de projets. Elle se contente de l'aimer, ardemment, furieusement. Entre ses bras, il se sent plus grand, plus beau, plus fort.

Invulnérable.

Aujourd'hui, en compagnie de trois collègues du CICR, Grégory se trouve dans un autre camp d'Ingouchie, situé à moins de cinquante kilomètres de celui où il est basé. Ici œuvre une équipe de Médecins sans frontières. La moitié de ses membres sont tombés malades à cause d'une épidémie d'hépatite E qui s'est propagée à la vitesse de la lumière. Grégory et ses compagnons resteront trois jours sur place. La veille, pendant le trajet qui a duré près de quatre heures, ils ont croisé beaucoup de militaires russes, ont dû franchir nombre de barrages filtrants où les soldats ont pris un malin plaisir à les retarder. Depuis ce matin, ils sont enfin au travail, et Grégory fait de son mieux pour s'occuper des patients, surtout des enfants et des personnes âgées.

Ce sont immuablement les plus fragiles qui paient le prix fort.

En milieu d'après-midi, il s'octroie une pause et passe la main à une infirmière suédoise de MSF qui a profité de son arrivée pour dormir un peu. Grégory traverse le camp, encore plus misérable que celui où il vit depuis des mois. Entre les tentes kaki, sur des étendoirs de fortune, les pieds dans la boue, des femmes font sécher le linge lavé à la rivière. Une vieille Tchétchène apprend à se servir des béquilles que l'ONG lui a fournies, une autre se balance sur une chaise branlante en maudissant à voix basse un dieu auquel elle continue de croire. Un homme revient de la forêt voisine avec des morceaux de bois dans une brouette qu'il a fabriquée lui-même. Plus loin, de jeunes garçons disputent une partie de foot sur un carré de terre à peu près sèche. Le long d'une tente, deux fillettes dorlotent une horrible poupée faite de chiffons et de paille.

Grégory a toujours été surpris de voir les enfants jouer au milieu de la guerre et de la misère. Toujours surpris de leur inventivité, de leur créativité. Un morceau de bois, une caisse en plastique, un bout de corde… Tout peut devenir jouet. Et lorsqu'ils s'amusent, ils ont le don de s'exiler dans un autre monde. D'oublier, ne serait-ce qu'un moment, qu'ils se trouvent à des centaines de kilomètres de leur maison, de leur école, de leur vie. Qu'ils pourrissent dans un camp de réfugiés né de la folie des hommes.

Au bout du village improvisé, un bois de feuillus s'étale à perte de vue, tandis que les hautes montagnes de la chaîne du Caucase, drapées de neige, se dressent au lointain, sentinelles inaccessibles. En haut d'une colline qui surplombe le camp, Grégory aperçoit une tour de clan. L'infirmier a découvert qu'elles sont nombreuses dans cette république. Aujourd'hui abandonnées, elles servaient de tours de guet et aussi de lieux d'asile où il était interdit de verser le sang. Asya, l'interprète, lui a raconté que jadis, certains hommes s'y réfugiaient plusieurs années durant pour se soustraire à une vengeance…

Grégory ressent le besoin de marcher, de se purifier. Il continue son chemin jusqu'à atteindre l'orée du bois. Encore une entorse au règlement, mais il en a l'habitude. Il s'enfonce dans la forêt par un chemin étroit, respire à pleins poumons l'air pur, comme pour oublier la puanteur des camps, l'odeur fétide de la misère, celle du sang et de la putréfaction.

Les odeurs de la guerre.

Il se promet que de retour en France, il ira passer quelques heures dans une parfumerie, qu'il s'enivrera de l'odeur du pain frais ou des croissants chauds.

Tout en marchant, il songe à Zina. Il a appris que son vrai prénom était Zinaïda qui signifie *de la famille de Zeus* ou *fille divine.*

Divine, elle l'est, aucun doute. Chaque jour, elle prend de plus en plus de place dans son cœur, lui qui se croyait condamné à vivre dans le regret éternel. Parfois, grâce à elle, il parvient même à oublier un instant qu'il est le mari d'une femme assassinée. Le père d'une fillette assassinée. Qu'il est veuf et inconsolable.

Oui, Zina a les pouvoirs d'une déesse. Mais bientôt, il faudra quitter l'Ingouchie...

Grégory aperçoit un renard qui se faufile bien vite entre les arbres. Des pistes plus ou moins carrossables s'entrecroisent au cœur du massif, extensions de la route principale qui borde le camp. Grégory s'assoit sur une énorme souche, allume une cigarette et ferme les yeux. Écouter la nature, les êtres miniatures qui la peuplent. Pour effacer le fracas des bombes, les hurlements des victimes, le bruit des larmes.

Glissements, sifflements, chuchotements, craquements. Plus loin, le clapotis de l'eau ; plus haut, le souffle du vent dans la cime des arbres.

Et soudain, des cris.

Grégory coupe sa respiration et tend l'oreille. Des voix d'hommes, les cris d'une femme.

Il se relève d'un bond, se dirige vers la droite d'un pas rapide. Puis il se met à courir. Il bifurque à gauche, continue à accélérer sur une large piste en terre. Au détour d'un virage, il s'arrête net comme s'il venait de heurter une vitre : vingt mètres devant lui, un UAZ-469, véhicule léger de l'armée russe, est garé sur le bord de la piste. Un sergent est adossé à la voiture et fume une cigarette. Trois mètres plus loin, deux autres militaires *s'occupent* d'une femme. Ils tentent de la maîtriser, de la plaquer au sol, d'arracher ses vêtements. Ils la frappent violemment, elle tombe par terre, se débat.

Grégory sait qu'il devrait faire demi-tour sur-le-champ, d'autant plus qu'il ne porte pas son gilet pare-balles. Seulement sa parka siglée de la Croix-Rouge. Il n'a aucune chance face à trois hommes armés de fusils d'assaut.

Mais la victime en a encore moins.

L'infirmier donne de la voix. En anglais, il signale sa présence. Les trois hommes tournent la tête, la jeune femme appelle au secours. Les soldats remontent leur cache-cou jusque sur leur nez, empêchant Grégory de voir leurs visages. Le sergent qui était contre la carrosserie de l'UAZ attrape son fusil. Il se place devant la plaque d'immatriculation du véhicule et pointe son arme lourde en direction de l'intrus.

Grégory avance les mains levées devant lui en signe d'apaisement, et s'arrête à deux mètres du sergent. Toujours en anglais, il ordonne aux Russes de laisser la fille tranquille. Puis il montre la croix rouge qui orne son blouson.

— *Ukhodite !* s'écrie le sergent. *Ukhodite ! Go away ! Go away !*

Alors qu'un des hommes, un simple soldat, entrave la fille, que le sergent le tient en joue, le troisième, un caporal, s'approche en dégainant son pistolet.

— *Get off, asshole !*

Grégory ne bouge pas et répète qu'il ne partira pas sans elle.

Ensuite, tout va très vite.

Les deux hommes se jettent sur lui, il résiste du mieux qu'il peut. Il distribue les coups, envoie le caporal valser contre un arbre. Mais il finit plaqué sur le capot du 4 × 4. Le sergent lui ligote les mains dans le dos puis le force à s'agenouiller sur le côté de la voiture avant d'appuyer le canon de son pistolet sur sa nuque.

— Vous n'avez pas le droit ! rugit l'infirmier. Je suis de la Croix-Rouge, vous n'avez pas le droit ! Laissez-la tranquille !

Le canon fait pression de plus en plus fort sur ses cervicales et son regard croise celui de la jeune fille qu'il a tenté de sauver. Une Vaïnakh qui doit avoir une quinzaine d'années. Sans doute une réfugiée partie chercher du bois dans la forêt.

Grégory essaie de se relever. Un coup de crosse à l'arrière du crâne le projette face contre terre. Les cris deviennent lointains, le paysage devient flou…

Quand il rouvre les yeux, Grégory a l'impression d'avoir quitté ce monde pendant des années.

Son inconscience n'a duré que quelques minutes.

La joue gauche sur le sol, il avale de la terre chaque fois qu'il respire. Aussi tranchants qu'un scalpel, les cris retentissent à nouveau dans son cerveau endolori.

Il tente de changer de position, n'y parvient pas. Il comprend que le sergent a posé un pied sur sa colonne vertébrale, le privant du moindre mouvement.

Les cris se transforment en gémissements.

Il bouge légèrement la tête, et ce qu'il voit le transforme en bête fauve. Il se débat malgré la douleur, se contorsionne pour tenter de recouvrer sa liberté. Mais le sergent appuie de tout son poids sur son dos et il a les chevilles et les mains ligotées.

Impossible de venir en aide à la jeune fille.

L'infirmier se met à pleurer de rage, de douleur, de désespoir.

Ça fait rire le sergent.

Grégory encaisse les images comme autant de coups de poing.

Les cris de la victime comme autant de coups de poignard.

Quand le sergent ordonne à ses hommes d'en finir avec elle, Grégory n'a plus la force de hurler. Le soldat retrousse la manche de son uniforme, dévoilant un scarabée noir tatoué sur son avant-bras droit.

Il saisit son couteau de combat et Grégory ne parvient pas à fermer les yeux.

***

La nuit ne tardera plus à tomber.

Le cauchemar n'est pas terminé.

Grégory a réussi à ramper jusqu'à un arbre contre lequel il s'est adossé. Grâce à un moignon de branche basse, il tente de couper le lien qui entrave ses poignets. Il lui faut presque une heure pour y parvenir. Il se penche en avant pour libérer ses chevilles et se rue vers la jeune femme. Il tombe à genoux près d'elle, pose l'index sur sa carotide.

Quand ils sont partis, elle vivait encore. Mais avec au moins dix coups de couteau dans la poitrine et le ventre, elle n'avait aucune chance.

Pendant de longues minutes, Grégory chavire sur son corps lacéré, martyrisé, profané. Puis il récupère ses vêtements éparpillés et la couvre du mieux qu'il peut. Il se relève difficilement, prend la dépouille dans ses bras, refusant de l'abandonner là, à la merci des charognards.

Elle a le droit à une sépulture. Sa famille a le droit de savoir ce qui lui est arrivé.

Elle doit peser environ soixante kilos, mais Grégory tient bon. Parfois, il est obligé de la déposer sur le sol, pour reprendre sa respiration, quelques forces.

Il n'en a plus beaucoup.

Le jour s'enfuit quand il traverse le camp. Le silence se fait sur son passage. Quel est donc ce fou qui porte une morte dans ses bras ? Alors qu'il approche du dispensaire, deux collègues du CICR l'aperçoivent et se précipitent à son secours. Une fois déchargé de son fardeau, Grégory s'effondre.

Plus de volonté. Plus de larmes.

Plus de foi.

***

12 avril 2000

Le lendemain du drame, Grégory a assisté aux obsèques de la jeune fille. Un simple linceul offert par un Ingouche, un simple monticule de terre à côté d'un autre. Avec une planche en bois plantée à la verticale.

Grégory a appris qu'elle s'appelait Rosa, qu'elle avait seize ans. Sa mère n'a pas pleuré, mais il lui a semblé qu'elle se consumait de l'intérieur. Elle l'a remercié d'avoir ramené le corps de sa fille et lui a offert la chaîne en argent que Rosa portait autour du cou. Une chaîne avec un pendentif de loup hurlant à la lune.

Puis, dans la journée, il a été ramené à Nazran, dans le camp où il travaille depuis le mois de janvier. Le chef de la délégation lui a demandé s'il souhaitait une assistance psychologique, s'il souhaitait mettre un terme à sa mission, et Grégory a pris quelques heures pour y réfléchir. Le soir même, il a affirmé qu'il était capable de continuer.

Incapable d'abandonner Anton et Zina.

Incapable d'abandonner tous ces gens qui souffrent.

Le chef a pris note de son témoignage, mais lui a fait comprendre que les coupables de ce crime de guerre demeureraient impunis. Grégory n'a vu ni leurs visages, ni l'immatriculation du véhicule.

L'infirmier lui a alors avoué qu'il quittait parfois le camp en douce pour rendre visite à Zina et Anton. Il lui a avoué ses sentiments, et le chef a décidé de fermer les yeux, lui intimant tout de même la plus grande prudence.

Grégory continue de soigner sans relâche les blessures du monde. Pour essayer de panser ses propres plaies. Deux fois par semaine, il rejoint Zina et Anton. Il a dit son calvaire à la jeune femme, en français pour qu'elle ne comprenne pas. Mais les mots du malheur sont universels, et elle fait de son mieux pour le consoler, l'apaiser, le rassurer.

Aujourd'hui n'est pas un jour comme un autre.

Aujourd'hui, Grégory a pris une grande décision.

En début d'après-midi, il a passé la main à l'une de ses collègues, prétextant avoir besoin de repos. Il s'est changé à la va-vite dans sa tente puis a pris une voiture pour s'enfuir vers elle. Au volant du Toyota, il sourit.

Il sourit pour la première fois depuis que Rosa est morte sous ses yeux.

Retrouver Zina, toucher sa peau, sentir son parfum, écouter sa voix.

Grâce au téléphone dont Zelimkhan est si fier, il l'a prévenue de sa venue. Elle aura donc envoyé Anton se promener autour de la ferme, avec Khrabrost en guise de garde du corps. Bien sûr, le jeune garçon a compris ce qui se noue entre sa mère et Grégory. Il ne semble pas lui en vouloir et continue de le regarder comme un héros, un sauveur.

Pendant tout le trajet, Grégory répète son texte à voix haute. Il a demandé à Asya de lui traduire quelques phrases en russe et les a apprises par cœur.

— Zina, je vais bientôt rentrer chez moi, en France.

Le visage de la jeune femme se contractera sans doute légèrement mais elle restera stoïque, habituée à l'abandon et à la souffrance.

— Je vais rentrer chez moi et j'aimerais que toi et Anton, vous veniez vivre avec moi. Tu pourrais devenir ma femme, il pourrait devenir mon fils. Je pourrais devenir ton mari et son père. On pourrait s'aimer et vous pourriez oublier la guerre.

Le visage de Zina s'illuminera, elle tombera dans ses bras.

Et Grégory oubliera la guerre.

***

30 avril

Cette après-midi, le médecin du centre, le chef d'opérations et deux infirmières sont partis dans un camp qu'aucun humanitaire n'a visité jusqu'à présent. Un camp improvisé où survivraient plus de deux cent cinquante familles à une centaine de kilomètres de Nazran.

Grégory est donc l'unique soignant au dispensaire. Seuls Asya, un logisticien et un garde de sécurité sont présents. Les patients défilent entre ses mains et il tente de les soigner au mieux, même si son esprit est ailleurs, auprès d'Anton et de Zina.

Anton est triste parce qu'il ne pourra pas emmener Khrabrost avec lui, mais Grégory lui a promis qu'il aurait un chien dès qu'ils arriveraient en France.

L'infirmier s'occupe d'Akbolat, un garçon de l'âge d'Anton. Il s'est fait mal en jouant dans le stade de foot improvisé du camp, et la plaie s'est infectée. Grégory nettoie la blessure, pose un pansement et remet à sa mère six comprimés d'antibiotique. Au moment où il termine avec Akbolat, des cris retentissent à l'extérieur. Peu après, la porte de la salle de soins s'ouvre avec fracas et un militaire russe apparait. Akbolat et sa mère quittent précipitamment la pièce, Grégory fait face au soldat en arme. En regardant les insignes qui ornent ses épaules, il découvre qu'il a affaire à un gradé, un praporshchik, l'équivalent d'un adjudant dans l'armée française. Asya lui traduit ses propos :

— Un de ses hommes est blessé, il veut que tu le soignes.

Sans le quitter des yeux, Grégory répond :

— Dis-lui qu'ils doivent aller à l'hôpital, que le médecin n'est pas là. Et que moi, je ne suis pas médecin.

Mais le praporshchik prétend qu'un infirmier suffira. Pour éviter que la situation ne s'envenime, Grégory accepte de soigner son blessé. Le sous-officier le remercie sèchement puis s'éclipse avant de revenir avec un starshina[1], tous deux supportant un troisième homme, incapable de marcher et sur le point de s'évanouir. Les deux soldats allongent leur camarade sur la table, et Grégory évalue la situation : une morsure à la jambe, un impact de balle à l'épaule.

Le starshina explique que son homme s'est fait tirer dessus par un *terroriste*. L'infirmier déboutonne la veste du jeune homme et constate qu'il ne s'agit pas d'une blessure causée par arme de guerre, plutôt par une arme de petit calibre. Il comprend alors que ce sergent vient de lui mentir. Ces trois-là ont dû essayer de voler de la nourriture dans une ferme et les villageois se sont défendus. Et visiblement, ces fermiers possédaient un chien. Cela arrive souvent ces derniers temps : les soldats russes sur le front ne reçoivent pas assez de rations et doivent se débrouiller pour trouver de quoi survivre.

Les blessures du soldat ne datent pas d'aujourd'hui, plutôt de l'avant-veille. Ses supérieurs ont dû tenter de le soigner par eux-mêmes. Comme son état s'est dégradé, ils ont finalement décidé de le montrer à un médecin.

— Il s'appelle Anatoli, ajoute le starshina.

— Il a perdu beaucoup de sang, répond Grégory. Ses plaies se sont infectées. Il est mal en point, il faudrait l'emmener à l'hôpital.

— Trop loin, réplique le praporshchik. Faites ce que vous pouvez. On le conduira à l'hôpital plus tard. Merci, monsieur.

La réponse de l'adjudant confirme à Grégory que les soldats se sont rendus coupables d'une exaction et préfèrent ne pas avoir à expliquer l'origine des blessures. L'infirmier leur ordonne de sortir pour cesser de polluer sa salle de soins avec leurs chaussures pleines de boue. Il demande également à Asya de sortir et de faire patienter les réfugiés

1. Starshina : grade le plus élevé parmi les sergents dans l'armée russe.

qui attendent leur tour. Anatoli gémit de douleur sur la table. Il perd parfois connaissance mais revient la seconde d'après. Grégory lui ôte ses chaussures, son pantalon, sa veste. Puis il se lave les mains, enfile des gants en latex et met un masque. Il attrape une paire de ciseaux pour découper le tee-shirt à manches longues qu'Anatoli a revêtu sous son uniforme. Le jeune homme ne porte plus que son caleçon.

Grégory lâche les ciseaux, s'assoit sur un tabouret et le considère un moment.

Comme s'il se sentait dépassé par la tâche.

Comme si ce qu'il s'apprêtait à faire était insurmontable.

Enfin, il se remet debout et récupère des sangles dans un tiroir. Il attache son patient à la table, au niveau du thorax et des genoux. Il l'observe un moment encore : Anatoli ressemble à un enfant qu'on aurait déguisé en soldat.

Grégory attrape des compresses dans l'armoire, un scalpel dans un tiroir fermé à clef, puis s'approche à nouveau du jeune homme. Anatoli rouvre les yeux, tombe sur ceux de l'infirmier.

Toute la haine du monde.

Avec la main gauche, Grégory plaque les compresses sur la bouche de son blessé. Avec la droite, il enfonce violemment le scalpel dans sa blessure à l'épaule. Anatoli se cambre de douleur, s'étouffe sous son bâillon. Grégory retire le scalpel, laissant le liquide vital s'écouler de la plaie désormais béante.

Il sort quelque chose de la poche de son jean et le montre à Anatoli. Les yeux exorbités du soldat fixent la chaîne et le pendentif de Rosa.

— Tu le reconnais, fumier ?... Et moi, tu me reconnais ?

Anatoli essaie de se dégager. Les sangles l'en empêchent.

— Moi, je t'ai reconnu, ajoute l'infirmier en posant son index près du scarabée tatoué sur l'avant-bras du blessé.

Il continue à faire pression sur sa bouche pour juguler ses cris, et pose son autre main sur son nez, privant Anatoli du moindre souffle d'air.

Il n'y a plus qu'à attendre.

Attendre et tenir bon.

Car la mort prend son temps.

Anatoli se débat avec l'énergie du désespoir. Il s'étouffe, il panique. Ses bras et ses jambes tentent de faire céder les sangles qui le collent à la table. Mais Grégory a de la force. De la force et de la fureur.

Pendant les minutes qui suivent, ses yeux ne lâchent pas ceux d'Anatoli.

Ceux de cet homme qui a violé et assassiné Rosa.

Ceux de cet enfant déguisé en soldat.

Pendant d'interminables minutes, leurs larmes se mélangent.

Celles du bourreau.

Celles de la victime.

— Votre homme est mort, annonce Grégory. J'ai fait ce que j'ai pu, mais ses blessures s'étaient infectées et son sang était empoisonné. Son cœur a lâché. Je suis désolé.

Asya hésite avant de traduire. Elle craint la réaction du starshina. Celui-ci reste un moment incrédule, secouant la tête. Il donne un violent coup de pied dans une pierre qui vole à dix mètres de là. Puis il saisit Grégory par le col de sa blouse et le plaque contre le mur le plus proche. L'infirmier ne se défend pas, prêt à payer le prix de son crime.

Au grand soulagement de tous les membres du dispensaire, le praporshchik intervient et ordonne à son subordonné de se calmer. Ils récupèrent l'uniforme d'Anatoli, le jettent dans le véhicule militaire.

— Enterrez-le, ordonne l'adjudant. Mettez son nom et son âge sur la croix. Anatoli Diatov, dix-huit ans. On viendra vérifier. Et vous avez intérêt à lui avoir donné une vraie sépulture, avec la croix orthodoxe.

Le logisticien et le garde de sécurité se sont chargés de mettre le cadavre dans le camion réfrigéré qui sert de morgue et de désinfecter le dispensaire. Demain, Anatoli sera enterré, loin de ses parents, loin des siens. S'il a de la chance, un prêtre dira quelque prière pour l'accompagner dans son dernier voyage.

Toute la nuit, Grégory regarde ses mains.

Toute la nuit, il affronte les yeux terrifiés d'Anatoli.

Toute la nuit, il se demande ce qu'il est devenu. S'il est toujours un humanitaire ou s'il est en train de basculer dans le camp des bourreaux.

Une fois encore, il s'est pris pour Dieu. Et il le paiera forcément un jour.

Toute la nuit, Grégory regarde ses mains.

Ces mains qui ont sauvé tant de vies.

Qui viennent de tuer un homme sans défense.

Un enfant déguisé en soldat.

16

30 juin 2000

France, aéroport de Nice

Anton serre la main de Zina avec force, ayant peur de la perdre dans la foule, comme il l'avait perdue sur la route entre la Tchétchénie et l'Ingouchie.

Partout, des gens pressés, bien habillés, qui tirent des valises ou portent des sacs. Qui parlent une langue qu'il ne connaît pas, sauf les quelques mots que Grégory lui a appris.

L'infirmier n'a pas demandé à sa mère de venir le chercher, aujourd'hui. Il ne l'a même pas prévenue de sa date de retour. Elle lui en voudra sûrement, mais il saura se faire pardonner. Il ne souhaitait pas que Zina et Anton la rencontrent dès leur arrivée en France.

Chaque chose en son temps.

Et du temps, ils en ont.

Ils s'attablent dans un restaurant de l'aéroport, bruyant et bondé. Anton ne cesse d'épier ce qui se passe autour de lui, craignant peut-être que des soldats ne débarquent ou qu'une bombe ne s'abatte sur le bâtiment. Grégory tente de le rassurer, en vain.

Incapable de déchiffrer le menu, Zina le laisse choisir pour eux. Elle aussi paraît impressionnée par ce qui l'entoure. Pourtant, elle est déjà allée à Moscou et même à Londres dans sa jeunesse. Et puis cela fait presque un mois qu'ils ont quitté l'Ingouchie, grâce à l'aide du CICR.

Ils sont restés en Suisse trois semaines, le temps de mettre les papiers en ordre et de pouvoir rallier la France. Malgré tout, Zina et Anton demeurent inquiets. Comme si tout cela n'était qu'un rêve. Comme si, d'un instant à l'autre, on allait les renvoyer dans ce camp sordide ou sous les bombes à Grozny.

À Genève, Grégory a eu du mal à les faire sortir de leur chambre d'hôtel. Il pensait naïvement que Zina aurait envie de marcher dans les rues, d'admirer les vitrines des magasins, de dîner au restaurant.

Chaque chose en son temps.

Et du temps, ils en ont à revendre.

Ce bref séjour en Suisse a permis à Anton et Zina de renouer avec le confort. Le jeune garçon est resté médusé face au miracle de l'eau courante, froide ou chaude, coulant directement aux robinets. À la ferme de Zelimkhan, il y avait le téléphone, mais il fallait aller chercher l'eau dans le jardin. À Grozny, c'était à un kilomètre de l'immeuble.

Un matelas confortable, une baignoire et une douche. Des choses qu'il avait oubliées ou n'avait jamais connues.

Après le déjeuner, Grégory loue une voiture qu'ils récupèrent sur le parking. Une fois les bagages dans le coffre – Zina et Anton n'ont quasiment rien – Grégory prend le volant de la Volkswagen. Les reflets du soleil sur la Méditerranée hypnotisent la jeune Russe.

— C'est beau, dit-elle avec un accent à couper au couteau. Magni… fique ?

Grégory hoche la tête et lui envoie un sourire tendre. Depuis le mois d'avril, elle apprend le français. Elle fait des progrès chaque jour.

— Magnifique ! répète-t-elle. *Velikolepnyy* !

— Toi, *velikolepnyy*, répond Grégory.

Tout au long du trajet qui les conduit vers les Alpes, ils sont peu bavards. Tous trois se posent mille questions, font face à mille doutes.

À l'arrière de la berline, Anton serre la poupée dans ses bras. La joue collée à la vitre, il regarde les gens dans les voitures qui croisent la leur. Ils n'ont pas l'air d'avoir peur, ni de fuir. Anton a oublié ce qu'était un monde sans guerre. Il avait à peine quatre ans quand les premières bombes sont tombées sur Grozny. Sa sœur, Layla, en avait huit quand elle est morte.

Côté passager, Zina admire les paysages. La Méditerranée est déjà derrière eux, mais la route traverse de merveilleux endroits. De toute façon, même un terrain vague lui paraîtrait merveilleux. Parce qu'il existe un homme honnête et généreux en ce monde. Parce qu'elle a eu la chance de le rencontrer. De sa main droite, elle effleure la croix orthodoxe qui ne la quitte jamais.

— Merci, mon Dieu, murmure-t-elle dans sa langue natale.

Concentré sur la route, Grégory ne l'est pas vraiment. Dans sa tête, l'excitation, l'angoisse, le stress. Vont-ils aimer le lieu où il les conduit ? Vont-ils s'adapter à ce nouveau pays, cette nouvelle culture ? Anton va-t-il retrouver la parole ?

Séverine et Charlène vont-elles lui pardonner ?

Deux heures plus tard, Grégory gare la voiture devant le chalet. Il aide Anton à déboucler sa ceinture, l'invite à descendre. Le garçon ouvre de grands yeux face à cette maison, pourtant modeste.

— Bienvenue chez vous, dit Grégory.

Il déverrouille la porte d'entrée, actionne le compteur électrique et ouvre les volets. Il s'aperçoit alors que Zina et son fils sont restés sur le seuil. Il les prend tous deux par la main, les attire à l'intérieur.

— C'est chez vous, répète-t-il. *Chez vous.*

Zina et Anton font le tour du rez-de-chaussée en silence.

Ne pas les brusquer.

La jeune femme s'est immobilisée devant la cheminée, face aux photos où il tient Charlène et Séverine dans ses bras. Il s'avance, saisit les cadres pour les enlever, mais Zina arrête son geste.

— Non, laisse-les là, ajoute-t-elle en anglais.

Elle repose elle-même les clichés à leur place.

— Ta femme est très belle. Ta fille aussi. Elles sont toutes les deux très belles. Et tu as le droit de les aimer encore.

Grégory a donné la chambre de Charlène à Anton. Il lui a montré la salle de bains, plus vaste que celle de l'hôtel à Genève. Il lui a montré qu'ici aussi, il y avait de l'eau qui coulait au robinet, et même de l'eau chaude si on le désirait.

Zina trouve la maison magnifique. Elle dit que c'est trop de confort. Qu'elle a l'impression d'être une reine, qu'elle ne mérite pas tant d'égards et d'attentions.

Tandis qu'il prépare le repas du soir, Grégory sait qu'il ne retournera pas de sitôt en mission. Il sait qu'il va demeurer auprès d'eux et va devoir chercher un travail dans la région.

Pour la première fois depuis bien longtemps, il a l'impression de ne plus tomber dans le vide.

Après le dîner, Grégory et Zina restent un moment aux côtés d'Anton. En russe, elle lui raconte une histoire que Grégory ne peut pas comprendre mais qui apaise le petit garçon. Dès qu'il s'endort, ils quittent la chambre à pas de loup et redescendent au salon. Un verre de vin, le feu dans la cheminée, serrés l'un contre l'autre. Un bonheur simple, dont ils avaient oublié le goût et la saveur. Puis ils montent se coucher à leur tour et s'endorment rapidement, trop fatigués pour partager autre chose que leurs rêves.

***

Grégory se réveille tôt, comme à son habitude. Il contemple Zina qui dort à poings fermés tout près de lui. Cette nuit, il a rêvé d'Anatoli dont le regard refuse de lâcher le sien. Il n'a pas dit à Zina qu'il était un meurtrier. C'est un fardeau qu'il doit porter seul. Mais des visages et des regards terrifiés, Grégory en a plein la tête. Qu'ils soient bosniaques, tchétchènes, rwandais, soudanais ou colombiens, ses fantômes seront toujours là.

Une soif tenace le pousse à se lever. C'est alors qu'il découvre Anton endormi sur un tapis, au pied de leur lit. Dans la position fœtale, il serre la poupée contre lui et suce son pouce. Grégory se rassoit sur le matelas, désemparé.

À Grozny, Anton et Zina n'avaient plus qu'un matelas pour deux. En Ingouchie, ils partageaient la même chambre. À Genève, son lit n'était qu'à quelques mètres du leur.

Depuis quand ce petit garçon n'a-t-il pas dormi seul ?

La peur l'a poussé jusqu'ici, cette peur qui ne le quittera pas de sitôt, comme les fantômes de Grégory.

Il prend Anton dans ses bras et le dépose près de sa mère, avant de remonter les couvertures sur son corps chétif. Aussitôt, le petit garçon va se coller à Zina sans même se réveiller.

Grégory les considère un moment dans la lumière discrète du petit jour. Il sent la vie revenir dans ses veines.

Il les regarde et sourit.

Il sourit et il pleure.

17

5 novembre 2000

France, Alpes-de-Haute-Provence

Grégory place les médicaments dans un godet en plastique et entre dans la chambre de Mme Lefranc.

— Bonjour Marguerite ! lance-t-il. Comment allez-vous, ce matin ?

— Ça va, Grégory, répond la vieille dame. Quand je vous vois, tout va mieux !

Elle a un sourire généreux et sincère.

— Vous avez passé un bon dimanche ? ajoute-t-elle.

— Ouais, j'ai fait un peu de montagne, c'était sympa.

Il dépose les médicaments sur la table qu'il approche du lit, vérifie la perfusion de sa patiente.

— Le déjeuner ne va plus tarder, précise-t-il.

— Ce qu'on nous sert ici me coupe l'appétit, soupire Marguerite avec une grimace.

Elle est entrée à l'hôpital de Digne à la suite d'une mauvaise chute, il y a trois semaines, le même jour que Grégory. Et l'infirmier voit bien qu'elle maigrit à vue d'œil.

— Je comprends, mais faites un effort. Sinon, vous ne parviendrez jamais à reprendre des forces… Vous allez avoir de la visite, aujourd'hui ?

— Ma fille, je pense. Si elle n'a pas trop de travail.

Sa fille, Marguerite l'attend tous les jours. Elle est venue une fois après l'opération et depuis, elle n'a pas remis les pieds dans le service. Pourtant, elle habite à seulement trente kilomètres de Digne.

— Eh bien j'espère qu'elle sera là cette après-midi, dit Grégory. Bon appétit Marguerite.

Il l'abandonne pour passer à la chambre suivante. Pas le temps de faire plus, de faire mieux. Il faut tenir la cadence, d'autant qu'une de ses collègues est en arrêt. Grégory se retrouve avec un étage entier à gérer.

Il va de chambre en chambre, offrant quelques minutes à chacun. Il aimerait consacrer plus de temps à ceux qui sont seuls, mais son planning ne le lui permet pas.

Il n'a eu aucun mal à obtenir un emploi dans la région. Vu son expérience, il a même eu le choix entre plusieurs établissements et a opté pour celui où travaillait Séverine et où il a déjà fait des remplacements entre deux missions. Il a signé un contrat de six mois, renouvelable. Il doit deux gardes de nuit par semaine, mais arrive généralement à avoir son samedi ou son dimanche.

Zina et Anton s'habituent à leur nouvelle vie, même s'ils restent pour le moment très casaniers. La barrière de la langue étant un problème majeur, Grégory a demandé à Michèle, son ancienne institutrice désormais jeune retraitée, de leur dispenser des cours de français. Elle a accepté et Zina progresse vite. Elle sera bientôt capable de se débrouiller seule dans la langue de Molière. Pour Anton, c'est plus difficile. Il ne parle toujours pas. Les cours de Michèle semblent malgré tout porter leurs fruits : le jeune garçon comprend désormais un certain nombre de mots en français, ce qui facilite leurs échanges.

Grégory a demandé à Zina comment était Anton avant la mort de Layla, avant ce jour maudit où elle a sauté par la fenêtre. Elle lui a confié que c'était un petit garçon très réservé, assez craintif et timide. Il parlait, certes, mais il parlait peu et avait des difficultés d'apprentissage. Grégory a donc l'intention de l'emmener chez un pédopsychiatre, afin d'avoir l'avis d'un professionnel. En théorie, Anton devrait aller à l'école, mais Grégory a jugé qu'il était prématuré de le lâcher dans la nature. Il est bien trop fragile pour affronter les autres, leurs questions ou leurs sourires en coin.

Dès qu'Anton maîtrisera un peu le français, Grégory lui fera lui-même la classe à la maison.

Zina et son fils sortent rarement, restant la plupart du temps au chalet. Grégory a tout de même réussi à leur faire visiter son village natal et quelques coins de montagne qu'il affectionne particulièrement. Les regards, curieux, inquisiteurs ou ravis, se sont tournés vers lui et sa nouvelle famille. Grégory a confié à la boulangère, une ancienne camarade de classe, que Zina et Anton venaient de Russie et avaient vécu des choses difficiles, sans fournir plus de détails. Il lui a dit ce qu'il y avait à savoir, histoire que l'ensemble de la population soit mis au courant, ce qui a été le cas en moins de deux jours. Ici, loin des grandes villes où l'on peut se protéger derrière l'anonymat, il sait que l'intégration de Zina et de son fils prendra du temps. Il sait que certains les considéreront toujours comme des étrangers, tandis que d'autres les accepteront avec bienveillance.

Quant à sa mère, elle a d'abord été surprise, pour ne pas dire sidérée, de voir son fils amoureux d'une autre. Sidérée qu'il ait ramené un petit garçon muet, traumatisé par la guerre. Grégory a bien vu l'inquiétude au fond de ses yeux, même si elle a réservé un accueil chaleureux à Zina et à Anton.

Les aides-soignantes servent le déjeuner et Grégory veille à ce qu'elles aident celles et ceux qui ne parviennent pas à s'alimenter seuls ou ont perdu l'envie de manger. D'autres ne se donnent pas cette peine, et il a du mal à comprendre le manque d'empathie dont font preuve nombre de ses collègues. Ils accomplissent leur travail mécaniquement, sans la moindre compassion. Comme s'ils avaient entre les mains des objets et non des êtres humains.

Il prend une courte pause vers 13 heures et descend dans le jardin qui ceint l'hôpital. Assis sur un banc, il boit un café et fume une cigarette. Zina lui a préparé des petits sandwichs en forme de triangles, pleins de surprises et de saveurs différentes. Il en mange deux avant de remonter à l'étage. Marguerite a fermé les yeux face à la télévision. Son repas est intact, elle a seulement avalé son yaourt. Grégory s'assoit sur le fauteuil, juste à côté du lit, et la regarde un moment. Un soir, alors que la plupart des patients dormaient, Marguerite lui a raconté une partie de sa vie. Une vie difficile, une femme simple. Un courage ordinaire, tellement admirable. En retour, Grégory lui a relaté ses missions en Bosnie et en Afrique. Il a gardé pour lui les horreurs affrontées là-bas, ne parlant que des belles histoires. Mais Marguerite sait lire entre les lignes…

Lorsqu'elle se réveille, lorsqu'elle le voit, elle sourit.

— Ça fait longtemps que vous êtes là, charmant jeune homme ? demande-t-elle.

— Je viens d'arriver, répond-il.

— Je ne ronflais pas, au moins ?

Grégory se met à rire, elle aussi.

— Pas le moins du monde, chère Marguerite !

Il récupère la serviette en papier sur le plateau et dispose trois sandwichs devant elle, gardant les trois derniers pour un autre patient.

— C'est ma femme qui les a préparés. Ils sont divins !

Il aide Marguerite à se redresser dans son lit et elle se délecte de cet encas.

— C'est mon meilleur repas depuis des semaines, dit-elle. Et vous savez quoi ? J'ai envie d'un café !

— Hum… Pas sûr que le café soit bon pour vous, objecte Grégory.

Face à son regard, il finit par céder et fait un aller-retour jusqu'au distributeur.

— Vous êtes un ange, le remercie Marguerite.

À cet instant, le visage d'Anatoli apparaît sur le mur de la chambre et un frisson glacé secoue l'infirmier de la tête aux pieds.

— Un ange, répète Marguerite.

***

À 18 h 30, Grégory se change et quitte l'hôpital. Il s'arrête pour faire des achats dans un petit supermarché : une liste de provisions demandées par Zina, des feutres, des crayons et des cahiers pour Anton qui continue à s'exprimer au travers de ses dessins. Toujours des flammes, du sang et des morts. Mais, parfois, une touche de couleur, une once d'espoir. Une fleur, un sourire, un animal, un arbre. Michèle, l'ancienne institutrice, trouve qu'il a un don, un vrai talent, et pense que dessiner est devenu sa manière de communiquer. Cette nuit, le jeune garçon est une nouvelle fois venu se réfugier dans leur chambre. En se levant ce matin, Grégory l'a trouvé sur le tapis, au pied du lit. Il l'a pris dans ses bras et l'a ramené dans sa chambre. Il ne quitte pas sa poupée, sauf pour se laver et pour manger.

Il y a quelques jours, Anton a dessiné Layla. Un portrait qui n'avait rien d'un dessin d'enfant. D'après Zina, c'était extrêmement ressemblant. Il a ensuite déposé son dessin près du portrait de Charlène, sur la cheminée. Zina s'est empressée de l'enlever mais Grégory lui a demandé de le laisser en place.

Car Zina n'a qu'une vieille photo de sa fille.

Les phares du 4 × 4 éclairent un paysage triste : les couleurs de l'automne sont déjà parties, la neige n'est pas encore arrivée. Pendant le trajet, qui dure un peu plus d'une heure, Grégory se demande si trois traumatisés qui vivent ensemble peuvent espérer guérir un jour.

Ce soir, c'est Grégory qui raconte une histoire à Anton. Il la lui raconte en français, bien sûr, pour l'habituer à cette langue compliquée mais si belle. Et même si l'enfant ne comprend pas la moitié des mots, la voix de Grégory le rassure. Comme le soir où il l'a récupéré dans le camp, en Ingouchie. Ce fameux soir où il lui a tenu la main en lui promettant qu'il retrouverait sa mère.

Dès qu'Anton s'endort, Grégory rejoint Zina au rez-de-chaussée. Depuis qu'elle est en France, la jeune femme a repris du poids, ce qui lui va à ravir. Pour la première fois, elle lui parle de son mari. Cet homme qu'elle a épousé sans amour car une femme enceinte doit se marier en Tchétchénie sous peine d'être rejetée par tous.

— On a retrouvé sa carte d'identité sur un corps, dans un charnier, explique-t-elle en anglais. Par moments, je me dis qu'il a pu la mettre sur un cadavre pour disparaître.

— Est-ce qu'il est… officiellement mort ? demande Grégory.

— Oui, j'ai son avis de décès avec mes papiers et ceux de mes enfants.

— Et ça t'inquiète de savoir qu'il est peut-être toujours en vie ?

— Non, assure Zina. À vrai dire, je me fous de savoir ce qu'il est devenu.

Au beau milieu de la nuit, Grégory est réveillé en sursaut. Il allume sa lampe de chevet, Zina dort d'un sommeil de plomb. Il tend l'oreille, entend à nouveau un bruit qui provient du couloir. Il se lève discrètement et se dirige vers la chambre d'Anton. La porte est fermée et c'est bien le jeune garçon qui donne des coups dedans. Grégory s'annonce :

— Anton, c'est moi, c'est Greg. Je vais entrer.

Il abaisse la poignée. À sa grande surprise, la porte résiste. Il entend Anton sangloter de l'autre côté.

— Calme-toi, n'aie pas peur.

Grégory ne se souvient pas qu'il y ait eu une clef pour cette serrure. Elles sont identiques pour toutes les portes intérieures, et la seule en possédant une est celle des toilettes. Anton se serait-il enfermé et ne parviendrait-il plus à ouvrir ?

Grégory constate que l'unique clef est bien à l'intérieur des W-C et la récupère. Dans la chambre, il trouve Anton en larmes, à genoux sur le sol, sa poupée dans les mains. Il relève le jeune garçon, s'assoit sur une chaise et le prend sur ses genoux. Il caresse ses cheveux, le serre contre lui, murmurant des mots rassurants. Il faut un long moment pour qu'il se calme enfin. Alors, Grégory le remet dans son lit et reste près de lui jusqu'à ce qu'il se rendorme, continuant à se demander comment Anton a pu s'enfermer tout seul. Peut-être a-t-il inséré un objet dans la serrure et n'a-t-il pas réussi à faire la manœuvre inverse ?

Quand Grégory revient dans sa propre chambre, Zina est réveillée. Il lui raconte ce qui vient de se passer, et elle révèle que c'est elle qui a cloîtré Anton avant de se coucher. Grégory reste interloqué une seconde puis sent la colère le submerger :

— Pourquoi tu as fait ça ? Ton fils était mort de peur !

— Il doit apprendre à dormir seul, répond la jeune femme. Il doit plus venir ici. C'est mal qu'il vient ici.

— Ah ouais ? Et c'est bien qu'il soit terrorisé, à genoux sur le parquet ? balance Grégory. Tu crois qu'il n'est pas assez traumatisé comme ça ?

Zina n'a pas compris toute la phrase, mais a saisi l'essentiel. C'est la première fois que Grégory hausse le ton et elle baisse les yeux.

— Tu n'as pas de cœur, c'est ça ? assène-t-il.

Il descend au rez-de-chaussée et allume une cigarette, qu'il fume en faisant les cent pas. Alors qu'il écrase le mégot dans un cendrier, Zina le rejoint.

— Pardon, dit-elle. Je voulais pas que toi tu es en colère. J'ai fait comme ça parce que je pensais que Anton…

Incapable de poursuivre en français, elle passe à l'anglais et lui explique qu'elle a eu peur que le comportement de son fils gêne Grégory, qu'il s'énerve et ne le supporte plus. Qu'elle a eu peur qu'il les jette à la rue ou les renvoie dans leur pays.

— Jamais je ne vous jetterai à la rue, dit-il. Jamais, tu entends ? Je… Pour qui tu me prends, enfin ? Je ne suis pas un salaud, je ne suis pas comme ton mari ! Je ne veux plus que tu enfermes Anton dans sa chambre, d'accord ?

Elle hoche la tête, il la prend dans ses bras.

— Et je ne veux plus que tu aies peur de moi, Zina. Jamais… C'est d'accord ?

— D'accord, oui. Je promets.

Il la repousse gentiment, la fixe droit dans les yeux avant de poursuivre :

— Veux-tu m'épouser, Zina ?

18

2 février 2001

France, Alpes-de-Haute-Provence

Grégory a posé quelques jours de congé. Une tasse de café à la main, il regarde par la fenêtre. Dans le jardin, Anton joue avec Pouchkine, le chiot qu'il lui a offert à Noël. Ils sont vite devenus inséparables, et Grégory a accepté que l'animal dorme dans la chambre du jeune garçon.

Depuis, il n'est pas revenu dans la leur.

Grégory a récupéré Pouchkine au refuge de la SPA où une femelle berger allemand abandonnée par ses maîtres, a mis bas. Ce n'est pas un chien de race, plutôt un solide corniaud. D'après les bénévoles du refuge, le mâle était peut-être un labrador. C'est Zina qui a décidé de lui donner le nom d'un poète russe et le chiot, âgé de cinq mois, adore effectivement les livres de la bibliothèque qu'il déchiquète dès que l'un d'eux est à sa portée.

Zina astique la cuisine pourtant propre. Grégory a renoncé à la dissuader de briquer la maison du sol au plafond. On dirait qu'elle a besoin de se sentir utile, de ne pas être un poids pour lui. Dès qu'elle sera vraiment à l'aise avec le français, et dès qu'Anton pourra aller à l'école, il compte bien lui proposer de trouver un emploi. Maintenant qu'ils sont mariés, elle a le droit de rester en France et d'y travailler. Et dans quelque temps, Anton sera légalement son fils, puisque Grégory a commencé les démarches pour l'adopter.

Bientôt, ils formeront une vraie famille.

Ils se sont unis dans l'intimité, presque dans le secret. Ne connaissant personne, Zina a demandé à Michèle d'être son témoin. Quant à Grégory, il aurait voulu que ce soit Paul, mais le chirurgien était en mission à l'étranger et n'a pas réussi à se rendre disponible. Il a donc fait appel à Benjamin, un ancien copain de l'école primaire qui n'est autre que le fils de Michèle. Chantal était leur unique invitée.

Grégory embrasse Zina dans le cou.

— Je t'aime, murmure-t-il.

Il monte ensuite à l'étage et se déshabille dans la salle de bains. Avant la douche, il entre dans la chambre parentale pour récupérer des vêtements propres. Il s'arrête net sur le seuil de la grande pièce. Séverine est assise sur le lit, vêtue d'une nuisette en satin que Grégory lui avait achetée à Genève.

C'est la première fois qu'il la voit depuis son retour de Tchétchénie. La première fois qu'elle est dans la maison en même temps que Zina.

Elle le fixe d'une drôle de façon. Comme lorsqu'elle avait un reproche en tête mais préférait se taire.

Dans la chambre d'Anton résonne la voix de Charlène.

Grégory sent l'émotion lui serrer la gorge.

Séverine passe une main dans sa chevelure blonde et tourne la tête vers la fenêtre. La lumière d'hiver éclaire son visage gracieux, légèrement flou. Elle pivote à nouveau vers lui et murmure :

— Elle ne t'a jamais dit *je t'aime*.

Grégory ferme les yeux et quand il les rouvre, Séverine a disparu. Il reste un long moment, nu comme un ver, debout à l'entrée de la pièce. Puis il essuie ses larmes et se rhabille, oubliant la douche. Il redescend, enfile sa parka. Zina est toujours en train de nettoyer la cuisine.

— Je vais au village, dit-il. Tu as besoin de quelque chose ?

— Non, merci, répond-elle.

Il grimpe dans sa voiture et s'engage sur la piste déneigée.

Ses mains tremblent, les larmes reviennent.

Dès qu'il arrive au village, il s'arrête à la supérette où il achète un bouquet de fleurs et trois paquets de cigarettes. Il reprend sa route, direction le cimetière.

Immobile face à la sépulture, dans le froid et le vent, il regarde le portrait de Séverine, celui de Charlène. Enfin, il pose son bouquet sur la pierre.

Il a beau fouiller sa mémoire, il ne parvient pas à la contredire.

Séverine a raison : Zina ne lui a jamais dit *je t'aime*.

19

Mai 2001

France, Alpes-de-Haute-Provence

Anton n'a toujours pas retrouvé la parole. Le pédopsychiatre a expliqué qu'il s'agissait d'un cas difficile, d'un traumatisme grave. N'importe quel enfant ayant vécu ce qu'Anton a vécu serait traumatisé. Or, Anton était déjà un enfant fragile, et l'impact de la guerre, de l'abandon de son père et de la mort de Layla a été décuplé. Le médecin a dit qu'il fallait être patient et continuer à le rassurer, ne jamais le brusquer. L'infirmier est tout à fait prêt à faire le nécessaire, mais Zina se montre plus impatiente, plus dure. Elle dit qu'il doit aller à l'école, qu'il doit se remettre à parler. Elle dit que dans la vie, il faut savoir lutter, se battre. Sinon, on meurt.

C'est sans doute la guerre qui l'a rendue aussi implacable et Grégory ne parvient pas à lui en vouloir. Aurait-elle pu traverser toutes ces épreuves si elle n'était pas une guerrière, une combattante ?

Chacun gère la peur et la douleur à sa manière.

Zina parle désormais français couramment et Michèle dit qu'elle est vraiment très douée. Elle descend seule au village faire les courses depuis que Grégory lui a acheté une voiture d'occasion pour qu'elle ait son indépendance.

L'hôpital a renouvelé son contrat et il continue son service en gériatrie. Souvent, il songe à la Bosnie, à la Tchétchénie, au Rwanda. Il songe à tout ce qu'il a vécu là-bas, aux équipes soudées et totalement investies face à l'adversité. Au danger, aux risques, à l'adrénaline.

Il pense aux sacrifices des soignants, expatriés ou non, des ingénieurs et de tous les collaborateurs.

Ici, ce n'est pas du tout la même ambiance.

Ici, certains soignants, médecins y compris, n'accordent que peu de valeur aux patients. Comme s'ils avaient oublié pourquoi ils avaient choisi ce métier.

Ici, Grégory s'ennuie, même si ses journées sont plus que remplies. Bien sûr, il est utile et prend son travail à cœur. Mais il a l'impression d'être un fauve en cage. Pourtant, il n'envisage pas de repartir à l'étranger. Il a abandonné Séverine et Charlène, les a tuées par son absence. Hors de question de courir ce risque avec Anton et Zina.

Aujourd'hui, Grégory ne travaille pas. Zina est partie chez le coiffeur et lui s'est installé dans le garage pour réparer la porte qui a mal supporté les assauts de l'hiver. Depuis la remise, il entend Anton jouer avec Pouchkine. Le chiot est devenu un chien de quarante kilos ne quittant jamais le jeune garçon qui vient de fêter ses onze ans.

Anton et son chien sont juste sous la fenêtre du garage à présent. Grégory les observe sans être vu.

Anton caresse l'animal, le serre contre lui.

Et soudain, il lui parle.

Grégory est sidéré d'entendre sa voix pour la première fois. Une voix fluette, fragile. Quelques mots que l'infirmier ne comprend pas, car prononcés en russe. Une vive émotion le submerge et quand l'enfant et le chien s'éloignent, il reste un moment immobile, se demandant s'il a rêvé. Non, Anton a bel et bien parlé. Il se dit que Zina sera heureuse de l'apprendre, qu'elle sera folle de joie. L'instant d'après, il se ravise : il ne lui dira rien pour le moment. Si elle sait qu'Anton parle à son chien, elle va s'acharner pour qu'il lui parle, à elle, au risque de le bloquer définitivement. Mieux vaut garder ça pour lui.

Une sonnerie le tire de ses pensées et il met quelques secondes à se souvenir que c'est celle de son téléphone portable. Il ne parvient pas encore à s'habituer à cet objet pratique mais envahissant. Il décroche et entend Paul à l'autre bout des ondes. Actuellement au Liberia, le chirurgien vient prendre de ses nouvelles, comme il le fait régulièrement. Il lui relate son quotidien, Grégory fait de même. Son boulot à l'hôpital, au service gériatrie. Sa nouvelle vie avec Zina et Anton.

— Je suis content pour toi, mon ami ! conclut Paul. J'ai hâte que tu me présentes ta femme et ton fils…

— Dès que tu reviens en Europe, promet Grégory.

— Et… ça ne te manque pas trop ? ajoute Paul.

— Quoi donc ?

— Hey, tu vois très bien de quoi je parle !

— Un peu, avoue Grégory.

— Je m'en doutais !… Alors, si tu as envie de revenir en mission, fais-moi signe, OK ?

— D'accord, Paul. Fais gaffe à toi.

— Toi aussi. Les mamies sont redoutables, tu sais. L'autre jour, il y en a une qui a jeté un sort à l'une de mes infirmières : le lendemain, elle s'est réveillée avec un clafoutis à la place de la tronche… J'en ai vomi mon p'tit déj !

— Les miennes sont moins dangereuses ! rigole l'infirmier.

— Ouais, ben méfie-toi quand même.

Lorsqu'il raccroche, Grégory ressent à nouveau ce vide au fond de lui.

Quelque chose qui sonne creux dans son ventre, dans sa tête et dans sa vie.

20

25 juin 2001

France, Alpes-de-Haute-Provence

Parfois, Grégory emmène Anton avec lui sur les sentiers et même jusque sur les sommets. Le jeune garçon est un bon marcheur, il a de l'endurance. Quand ils restent en dehors des zones protégées, Pouchkine les accompagne.

Aujourd'hui, Grégory est parti seul. Besoin de se retrouver en tête à tête avec la montagne, avec les arbres et les roches.

Mais seul, Grégory ne l'est jamais vraiment. La cohorte de ses fantômes le suit de près. Ils sont là, tout autour de lui. Leurs visages, leurs regards, leurs voix. Pas après pas, kilomètre après kilomètre, ils se relaient pour le tourmenter.

Grégory ne tente plus de les chasser. Pour les oublier, les effacer, il faudrait qu'il renonce à sa mémoire. À sa vie.

Pour les oublier, il faudrait qu'il se brûle la cervelle.

La petite Adriana, le corps criblé d'éclats, lui a rendu visite cette nuit. Elle n'était plus dans le couloir de l'hôpital Kosevo à Sarajevo. Elle était dans sa chambre, sur son lit. Et Dragan, son père, se tenait embusqué à l'entrée de la pièce.

J'espère qu'un jour, vous saurez ce que ça fait de perdre sa femme et son enfant.

Oui, Dragan, ton vœu s'est réalisé. J'ai perdu ma femme et ma fille, et j'ai perdu tant de femmes et tant d'enfants… Mais j'en ai sauvé des dizaines, peut-être des centaines !

Grégory est toujours persuadé que c'est le Serbe qui a assassiné Séverine et Charlène. Une conviction, une certitude qu'il a partagée avec Zina. Elle n'a pas essayé de le contredire, disant que les hommes sont capables de tout. Et surtout du pire. Que la haine et la vengeance coulent dans leurs veines.

Grégory chemine dans des gorges profondes, sur un sentier dangereux. Des années qu'il n'était pas venu ici, sur ce chemin que Séverine détestait, à cause du vertige.

Le vertige, Grégory ignore ce que c'est. Il s'arrête un instant, s'approche du bord.

Il suffirait d'un pas. Fermer les yeux et avancer d'un pas.

Pourquoi cette envie de mort alors qu'il est en train de reconstruire sa vie ? Pourquoi cette envie de se jeter dans l'abîme alors qu'il est en train d'en sortir lentement ? Alors qu'Anton et Zina ont besoin de lui ?

Non, Zina n'a pas besoin de lui.

Zina n'a besoin de personne.

Elle est la force incarnée, capable d'affronter toutes les situations, tous les drames, toutes les guerres. Son regard bleu est parfois aussi dur que la pierre, aussi froid que la glace. Zina n'est pas un petit animal fragile et craintif. C'est une louve, une lionne. Elle est Athéna, elle est Minerve. Quand ils font l'amour, il a l'impression que c'est elle qui le pénètre. Qu'elle lui insuffle le feu, le courage, et même la rage. Avec Séverine, il ne ressentait pas ce plaisir aussi intense, explosif, presque effrayant. Ce sentiment d'étreindre une déesse, une divinité plutôt qu'une femme.

Souvent, alors que Zina s'est endormie, il éprouve un malaise diffus. Ce maudit sentiment de culpabilité qui refuse de le quitter.

Elle ne t'a jamais dit je t'aime.

Séverine, elle, ne cessait de le lui répéter.

Grégory se remet à marcher, aussi vite qu'il peut, s'éloignant du vide. Au bout des gorges, il attaque le sentier qui mène à un refuge. Il songe à Anton, beaucoup plus fragile que sa mère. Ce garçon qu'il se surprend à aimer comme son fils. La semaine dernière, il a eu une attaque de panique en pleine nuit. Pouchkine s'est mis à aboyer, ce qui a réveillé Grégory et Zina. Il s'est précipité dans la chambre du garçon et l'a trouvé debout contre un mur, sa poupée dans les bras, les yeux exorbités, la bouche entrouverte. On aurait dit qu'il était face à un monstre. Grégory l'a rassuré, de longues minutes.

Zina, elle, est restée sous la couette.

Elle a voulu lui enlever sa vieille poupée qui ne ressemble plus à grand-chose. Grégory s'est interposé, lui interdisant de la jeter à la poubelle. Elle a obéi, comme toujours. Mais même quand elle obéit, Grégory a l'impression qu'elle est victorieuse et qu'il est perdant.

En plus des attaques de panique, Anton peut se montrer agressif et même violent. Grégory en a fait l'expérience récemment : sous ses yeux médusés, alors qu'il lui donnait un cours de français, le jeune garçon s'est transformé en fauve rugissant et brisant tout sur son passage.

Le pédopsychiatre l'avait prévenu : les symptômes du stress post-traumatique sont nombreux et la violence peut en faire partie, tout comme l'anxiété, les cauchemars, les troubles alimentaires...

En fin de journée, Grégory rentre chez lui. Anton est dans le jardin, assis contre le tronc d'un sorbier. Pouchkine est couché à côté de lui. L'infirmier s'approche mais Anton ne bouge pas, le regard dans le vide.

— Ça va, mon fils ?

Pas de réponse, bien sûr, et toujours ce regard absent. Grégory s'assoit près de l'enfant qui a les poings fermés, comme s'il y cachait un inavouable secret. L'infirmier passe une main dans ses cheveux, espérant une réaction. Anton tourne les yeux vers lui. Au même moment, ses mains s'ouvrent.

Dans la droite, le corps d'un papillon.

Dans la gauche, ses ailes.

— Mais pourquoi tu as fait ça, Anton ?

Le jeune garçon contemple son forfait, avant que ses poings ne se referment et que son regard ne s'enfuie à nouveau, loin de ce jardin, de cette vallée, de ce pays.

Le soir, Grégory le rejoint dans sa chambre et tente de lui expliquer qu'il ne doit pas faire souffrir les autres, animaux y compris. Que tout être vivant mérite le respect, que leur douleur n'apaisera pas la sienne. L'infirmier ignore l'impact de ses paroles sur Anton. Il sait seulement qu'il doit continuer à lui parler, qu'il doit chaque jour renforcer le lien entre eux. En réponse au laïus de Grégory, Anton prend une feuille et, en quelques coups de crayon, dessine un papillon identique à celui qu'il a mutilé. Il accroche ensuite le dessin en face de son lit. Grégory suppose que c'est une façon de se punir, d'affronter son *crime* en face.

— Demain, je t'emmène en balade, dit-il. On ira en forêt, tu veux ?

Anton hoche la tête et lui offre même un sourire. Puis il se serre contre lui, ou plutôt s'agrippe à lui, comme ça lui arrive parfois. De longues minutes, ils restent ainsi, collés l'un à l'autre dans un silence peuplé de cris, de détonations et de larmes.

***

Zina a décidé de se joindre à eux. Ils marchent tous les trois sur une large piste qui serpente dans la forêt, au-dessus du village. Pouchkine trotte cinquante mètres devant. Le soleil tape fort, l'air se charge de l'arôme puissant des résineux, Grégory se sent bien. Le sentier surplombe un torrent où il repère une bassine naturelle creusée dans la roche.

— J'ai envie de me baigner ! dit-il. Vous venez ?

Ils descendent vers la rivière, posent leurs affaires sur un gros rocher plat et Grégory se déshabille aussitôt, ne gardant que son caleçon. Sans hésitation, il s'immerge dans l'eau en poussant un cri.

— Elle est froide ! dit-il en riant.

Zina le considère avec un sourire carnassier, comme si elle s'apprêtait à le dévorer.

— Allez, Anton, viens ! ajoute Grégory. Viens te baigner !

Indécis, le jeune garçon consulte sa mère du regard. Pouchkine, lui, s'est déjà jeté à l'eau pour rejoindre Grégory. Anton ôte son tee-shirt et son pantalon de randonnée. Il plonge le bout du pied dans l'onde glacée et le retire aussitôt.

— Allez, viens ! l'encourage l'infirmier en lui prenant la main.

Anton se met à rire, fait mine de résister. C'est alors que Grégory voit des marques sur ses cuisses. Il porte les mêmes balafres en haut du bras gauche.

Tandis qu'Anton continue de rire, Grégory devine l'origine de ces cicatrices.

Scarifications.

Mutilations.

Les mâchoires du froid ne cessent de déchiqueter mes chairs à vif.

Si au moins je pouvais me mouvoir pour me réchauffer…

Mes jambes et mes bras s'engourdissent et je ne pourrai bientôt plus bouger un seul de mes muscles.

Je me suis réfugié sous ma couverture répugnante, mon amour. Je tremble, tel un gamin abandonné dans une profonde forêt enneigée. Comme dans ces contes pour enfants qui dévoilent toute la cruauté du monde… Toute la cruauté de l'homme.

Je ne voudrais pas que tu me voies tel que je suis, mon amour. Sale et terrorisé. Et pourtant, je prie pour que tu apparaisses dans ma tombe. Je prie pour voir ton visage, pour entendre ta voix. Pour sentir la douceur de tes mains sur ma peau glacée d'effroi.

Mais plus le temps passe, plus je me dis que tu m'as abandonné.

Comment t'en vouloir, mon amour ?

Je suis un meurtrier, et dans cet intolérable silence, je me répète à voix basse que j'ai mérité le terrible sort qui est le mien.

Mais non, même le pire des criminels ne mérite pas ça !

J'ai bu un peu de thé, mangé quelques biscuits. Tu vois, je refuse que la mort me prenne, je me bats encore. Ainsi que tu me l'as demandé.

Mais combien de temps vais-je résister, mon amour ?

21

15 juillet 2001

France, Alpes-de-Haute-Provence

Grégory a ouvert un album photo sur la table de la terrasse. Il remplit les dernières pages avec les clichés récents. Il choisit ceux où Zina fixe l'objectif de son regard décidé. Ceux où Anton sourit, ce qui est rare et difficile à immortaliser.

Zina lui a confié que leur fils s'est déjà mutilé à plusieurs reprises. Un jour, il s'est brûlé la main gauche avec un briquet. Grégory avait vu la cicatrice, ignorant qu'elle était le résultat d'une blessure volontaire. Pour le rassurer, Zina a ajouté qu'il allait mieux depuis qu'ils étaient en France, auprès de lui.

Il va guérir et ce sera grâce à toi.

Elle lui demande si elle peut consulter l'album commencé en 1994, Grégory accepte. Des photos prises en Bosnie, des portraits de Séverine et Charlène. Ensuite, Grégory y a placé des souvenirs de son premier séjour en Tchétchénie, de ses missions en Colombie ou au Rwanda. Des paysages, des collègues, des patients qu'il ne voulait pas oublier.

— Je suis sûre que tu as envie de repartir, dit soudain Zina. C'est vrai, non ?

Grégory hésite avant de répondre.

— Oui, parfois, admet-il. Mais je n'ai pas envie de vous laisser, Anton et toi.

Elle allume une cigarette, tire une bouffée et la lui donne.

— Tu sais, chez nous on dit que pour tirer un train, il faut une locomotive puissante. Et qu'il faut que la locomotive ait toujours du carburant, sinon le train ne peut plus avancer.

Grégory attend la suite.

— Toi, tu es la locomotive. Anton et moi, on est les wagons. Et ton carburant, c'est partir en mission. C'est aider les gens. Alors, si tu n'as plus de carburant, le train va s'arrêter. Et on n'ira nulle part.

22

15 septembre 2001

Bosnie-Herzégovine,
15 kilomètres au nord de Srebrenica

Grégory a quitté Sarajevo ce matin. Il se rend dans un hôpital de Srebrenica où il passera deux semaines à former des infirmiers pour les soins aux blessés par mines antipersonnel. Il a accepté une mission de trois mois en Bosnie qui commencera par cette région où a été perpétré le pire massacre de la guerre et où les mines continuent de tuer et de mutiler chaque jour.

Il est au volant d'un Land Cruiser flambant neuf à bord duquel se trouve Amir, un interprète, ainsi que Rebecca, une déléguée du CICR chargée de la recherche des personnes disparues.

Tout en conduisant sur les routes défoncées, Grégory se demande comment se passent les premiers jours d'école d'Anton qui vient d'entrer en classe de CM2.

S'il s'adapte, malgré ses nombreux handicaps.

Si les autres l'acceptent, malgré ses différences.

Les laisser a été difficile, il a failli renoncer. Mais Zina le lui a répété : ces missions humanitaires sont essentielles pour lui, essentielles à son équilibre.

Je refuse que tu sois malheureux à cause de nous, tu dois continuer ta vie. Je ne veux pas que tu deviennes un autre homme que celui que j'ai rencontré en Tchétchénie. Là-bas, j'ai vu ce que tu es capable de faire pour les autres. Et tu ne peux pas les abandonner pour nous.

Anton a mal vécu son départ. Pour Grégory, cette mission de courte durée est un test, et la réaction de son fils décidera de son avenir professionnel.

Rebecca allume la radio, arrachant Grégory à ses pensées. Sur les ondes, on parle en boucle de l'attentat. De ces milliers d'innocents ensevelis sous les tours du World Trade Center. Le monde est en état de sidération. Grégory sait que cet événement tragique générera une guerre, peut-être plusieurs. Il sait que les victimes de Manhattan engendreront des milliers d'autres victimes. Et il ne peut s'empêcher de songer au million de morts du Rwanda qui n'ont pas eu le même retentissement médiatique que les trois mille de New York. Il ne peut s'empêcher de constater que la vie humaine n'a pas la même valeur partout.

Sur le chemin qui les mène à l'hôpital de Srebrenica, ils ont prévu une halte dans un petit village où Rebecca doit rencontrer une certaine Mme Hodzic. Après avoir tourné en rond un moment, ils finissent par trouver le lieu du rendez-vous.

Mme Hodzic s'est assise dehors, devant sa pauvre maison dont une partie du toit est bâché. Elle porte une robe sans âge mais propre, et un foulard usé couvre sa chevelure brune. La peau de son visage est un parchemin qui raconte les années de misère. Grégory s'installe au bout de la longue table en bois, placée sous les arbres. Il laisse sa collègue Rebecca mener la discussion, aidée par Amir, l'interprète.

Mme Hodzic sort de sa poche les preuves qu'avant, elle avait une famille, une vie, un futur et un passé. Les photos arrivent dans les mains de Grégory. Sur ces clichés, religieusement conservés, on la voit sourire auprès de son mari, de son fils et de sa fille. On la voit, enfant, tenir fièrement son jeune frère par la main.

Son frère a été tué sur le front, ainsi que son mari. Sa fille n'a pas survécu au siège de Srebrenica où il n'y avait ni eau ni nourriture. Et elle est sans nouvelles de Mehmed, son fils, emmené par les Serbes après la prise de la ville.

Rebecca extirpe de sa sacoche un livre des objets personnels et le pose devant la Bosniaque. Avant de l'ouvrir, elle le considère quelques secondes de ses yeux noirs et profonds, durcis par l'horreur. Enfin, elle se met à tourner les pages et ils attendent une réaction qui ne viendra peut-être pas. Les photos se succèdent : blousons, tee-shirts, pantalons, bijoux sans grande valeur, briquets…

Alors qu'elle approche de la fin du recueil, Mme Hodzic s'immobilise. Fixant une chemise bleue avec un petit logo brodé sur la poitrine, elle a cessé de respirer. Son doigt se dirige lentement vers la photo du vêtement puis elle relève la tête. Grégory croise son regard où se lisent désormais l'effroi, le chagrin. Le désespoir.

Elle se met soudain à hurler :

— Mehmed ! Mehmed… *Moj sin !*

Elle prend son visage entre ses mains, continuant de crier :

— Mehmed, mon fils !

Rebecca lui glisse quelques mots inutiles à voix basse. Que dire, à cet instant précis ?

Mme Hodzic se tape la tête contre la table, Rebecca tente de l'en empêcher. Grégory se précipite et l'attrape par les aisselles pour l'obliger à se lever. Il la serre dans ses bras, elle pose son front ensanglanté contre son épaule et pleure en silence. Malgré les sanglots et les cris, Grégory sait qu'ils viennent d'accomplir leur mission.

Au bout d'un moment, la femme essuie ses larmes et Grégory l'aide à se rasseoir. Tandis qu'il récupère sa trousse de secours dans le 4 × 4, Rebecca note sur un registre les informations.

Mehmed Hodzic, né le 7 janvier 1980, disparu le 13 juillet 1995 à Srebrenica.

Grégory désinfecte la plaie de sa patiente, met un pansement sur la blessure.

Celle-ci guérira vite.

D'un regard, d'un silence, Mme Hodzic le remercie. Enfin, elle sait où se trouve son fils, disparu depuis six longues années. Après être sorti de la boue d'un charnier, Mehmed va recouvrer une identité et recevoir une sépulture digne de ce nom où sa mère pourra se recueillir.

Enfin, l'insupportable attente a pris fin.

***

22 octobre 2001

Bosnie-Herzégovine, Sarajevo, district de Vratnik

Grégory a terminé sa mission à Srebrenica. Il œuvre désormais dans les hôpitaux de la capitale où sont accueillies les victimes du centre et de l'ouest du pays. Il partira dans quelques jours pour Banja-Luka dans le nord de la Bosnie. Depuis son arrivée, il y a eu un mort et neuf blessés par mines, dont trois enfants. Grégory le sait, il faudra une éternité pour nettoyer ce territoire infesté d'engins explosifs. En attendant, le personnel soignant doit être formé au mieux pour faire face aux blessures atroces qu'engendrent ces armes.

Dans un mois et une semaine, il rentrera en France, il rejoindra sa femme et son fils. Zina dit qu'Anton s'habitue à l'école, que ce n'est pas facile tous les jours, qu'il finira par s'adapter. Zina dit qu'il lui manque mais qu'elle est fière de lui.

Zina dit qu'elle fleurit la tombe de Séverine et de Charlène chaque semaine.

Avant de quitter Sarajevo, Grégory s'est donné une autre mission. Grâce au GPS du véhicule, il se rend facilement à l'adresse qui, elle, a été bien plus difficile à trouver. C'est une grande maison adossée à la colline, dans le quartier de Vratnik, à l'est de la capitale. Il abandonne le 4 × 4 à une centaine de mètres de sa destination et s'approche à pied. Un courant électrique puissant parcourt l'ensemble de ses nerfs, son cœur cogne dans sa poitrine. Il s'arrête devant la boîte aux lettres et constate que ses informations étaient exactes.

Porodica Mirosavic. (Famille Mirosavic.)

C'est bien ici que vit l'assassin de Séverine et de Charlène. Dans cette vieille maison triste au toit noirci par la mousse et à la façade jaune pisseux.

Avec le pied, Grégory pousse le portail qui tient debout par miracle et s'avance dans le jardin laissé à l'abandon. Il monte les marches menant au perron et s'immobilise devant la porte d'entrée. Son cœur bat de plus en plus fort.

Il songe à Anatoli.

À ce qu'il a fait, à ce qu'il pourrait faire.

Il frappe trois coups et patiente. Quelques secondes plus tard, c'est un jeune homme qui ouvre. L'infirmier croit reconnaître le frère d'Adriana, le fils de Sima. Peut-être le complice de Dragan.

— *Da ?*

Grégory le fixe droit dans les yeux. S'il avait un miroir en face de lui, il saurait à quel point il est effrayant.

— Dragan Mirosavic.

Le jeune homme qui doit avoir à peine plus de vingt ans fronce les sourcils.

— Dragan ?

Grégory continue en anglais :

— C'est votre père, non ?

— Oui, c'est mon père.

— Je veux le voir.

— Pourquoi ?

Grégory bouscule le jeune Serbe et pénètre dans la maison.

— Où est-il ?

Le fils de Dragan le saisit par un bras, bien décidé à l'expulser de son domicile. Mais il ne fait pas le poids face à Grégory, bien plus grand et plus fort que lui. L'infirmier le plaque contre un mur et serre sa poigne autour de son cou.

— Où est ton père ?

Les yeux prêts à jaillir de leurs orbites, le Serbe ne répond pas. C'est alors qu'une voix retentit à l'étage :

— *Milos ? Šta se dešava ?* (Milos ? Qu'est-ce qui se passe ?)

Grégory décolle le jeune homme du mur, le retourne et lui fait une clef de bras. Milos pousse un cri, tente de se dégager. En continuant à tordre son bras, Grégory le force à s'engager dans l'escalier.

— *Pazi tata !* hurle Milos. (Attention, papa !)

— Ta gueule ! fait Grégory en augmentant la pression sur son épaule martyrisée.

Ils arrivent sur le palier qui dessert trois portes.

— Milos ?

La voix provient de la chambre du fond. Sans réfléchir plus d'une seconde, Grégory se débarrasse du fils en le poussant dans la salle de bains de toutes ses forces. Tandis que Milos s'assomme sur le carrelage, l'infirmier prend la clef et enferme le jeune homme dans la pièce.

— *Milos ? Šta se dešava ?* répète Dragan.

Grégory se dirige vers la chambre, les poings serrés. Il découvre Dragan couché sur un vieux lit, sous une épaisse couverture. Le visage émacié, il ressemble à un mort. Mais en un éclair, il reconnaît celui qui vient de faire irruption dans sa maison.

Ses yeux plongent dans ceux de Grégory :

— Qu'est-ce que tu viens faire chez moi ? demande-t-il dans un anglais toujours aussi parfait. Tu as tué ma femme et ma fille, tu veux tuer mon fils, maintenant ?

— Je n'ai tué ni ta femme ni ta fille, rétorque Grégory d'une voix glacée. Elles sont mortes à cause d'un obus tiré par les Serbes.

— Qu'est-ce que tu veux ? répète Dragan.

— C'est toi qui as assassiné ma femme et ma fille ? interroge Grégory.

Un rictus se dessine sur le visage cadavérique de Dragan.

— Elles sont mortes ? Quelle bonne nouvelle !

Grégory se jette sur lui, l'attrape par les pans de sa chemise et le soulève comme s'il ne pesait rien. Il s'aperçoit alors que ce n'est pas un homme qu'il tient entre ses mains.

C'est une moitié d'homme.

Dragan a été amputé des deux jambes, juste en haut des cuisses. Grégory lâche prise et le Serbe retombe sur son lit avec une grimace de douleur.

— Surpris, le Français ? éructe-t-il en reprenant son souffle.

Grégory recule de quelques pas. Il contemple ce qu'il reste de son ennemi et constate qu'il lui manque également la main droite.

— Quand as-tu été blessé ?

— Quand sont-elles mortes ? réplique Dragan.

— C'est toi qui les as tuées ?

De sa main gauche, Dragan attrape la croix orthodoxe qui pend au bout de sa chaîne en or et l'embrasse en fermant les yeux.

— Toi aussi, tu peux crever, murmure-t-il.

Milos a repris connaissance et donne des coups dans la porte de la salle de bains. Il hurle comme un dément et ne va pas tarder à la défoncer. Grégory saisit le couteau qui traîne sur un plateau, à côté des reliques d'un repas. Il bloque le bras gauche de Dragan, lui plante la lame dans la gorge.

— C'est toi ? répète-t-il.

— Tu voudrais bien le savoir, hein ? ricane le Serbe. Mais tu ne sauras rien !

Grégory hésite. Le bout de la lame est juste sur la carotide. Un seul geste et Dragan cessera définitivement de sourire.

Le visage de Séverine, quand elle lui disait *je t'aime*.

Le rire de Charlène, quand elle lui disait qu'il était le plus beau des papas.

Les hurlements de Milos qui proviennent du couloir.

Dragan soutient son regard, continuant de le provoquer.

Un seul geste pour transformer cet insupportable sourire en un rictus de mort.

Un seul geste pour qu'il baisse enfin les yeux.

Un seul geste pour les venger, pour apaiser cette faim qui le dévore depuis six longues années.

Un seul geste pour achever un homme mutilé, faible et sans défense.

Au moment où sa main s'apprête à enfoncer la lame, les yeux d'Anatoli percutent les siens. Grégory lâche le couteau qui rebondit sur le carrelage.

— T'arrives pas à tuer un mort ? exulte le Serbe.

L'infirmier quitte brusquement la pièce, s'engouffre dans l'escalier et se précipite jusqu'à sa voiture. Il met le contact et démarre sur les chapeaux de roue. Le pied sur l'accélérateur, il parcourt ainsi quelques kilomètres avant de stopper son véhicule sur le bas-côté. Il frappe le volant plusieurs fois, poussant des cris de rage. Puis il pose l'arrière de son crâne sur l'appuie-tête et ferme les yeux. Des sanglots violents secouent ses épaules.

— Pardon, mes chéries ! murmure-t-il. Pardon, mes amours…

23

8 décembre 2001

France, Alpes-de-Haute-Provence

Quand Grégory est descendu de l'avion, il y a une semaine, Anton s'est jeté dans ses bras. Il s'est agrippé à lui comme à une branche tendue au-dessus du vide. Ému, Grégory l'a serré longtemps contre lui.

Aujourd'hui, il se demande si Anton était seulement heureux de le revoir ou si cette démonstration affective était un appel au secours.

Car Anton va mal. Plus mal qu'avant sa mission. Ça crève les yeux, même si Zina affirme le contraire.

Il est 16 h 20, l'infirmier est posté à la sortie de l'école primaire du village. Quelques parents, essentiellement des mères, sont venus chercher leurs gamins. Il les connaît toutes, ou presque, les salue d'un signe de tête, embrasse celles qu'il a côtoyées sur les bancs de cette même école. Il sent les regards posés sur lui sans que cela l'embarrasse. Il a l'habitude que les femmes le dévisagent, voire qu'elles se retournent sur son passage.

Séverine lui a dit un jour que son visage et son corps avaient été sculptés par les dieux.

Quels dieux ? avait-il demandé.

J'en sais rien et je m'en fous ! avait-elle répondu en éclatant de rire. *Du moment que ce visage et ce corps sont à moi, le reste je m'en fous ! Mais s'il y en a une qui essaie de me les piquer, je lui arrache les yeux !*

La sonnerie retentit, il se souvient qu'à son époque, c'était encore une cloche. Certains élèves sortent en trombe tandis que les deux institutrices s'égosillent :

— On ne court pas, les enfants !

Ils arrivent par grappes, par groupes. Anton, lui, apparaît en dernier. Il est seul et il marche. Quand il voit Grégory, il lui envoie un regard presque désespéré. L'infirmier l'embrasse sur la joue :

— Va dans la voiture, faut que je parle à ta maîtresse. Il y a Pouchkine qui t'attend… Et il y a ton goûter aussi. Mais c'est toi qui le manges, pas le chien, OK ?

Lorsque Grégory sort de l'école, trente minutes plus tard, il a un visage sombre. Anton est sagement assis sur la banquette arrière en train de caresser Pouchkine.

— Mets ta ceinture, ordonne l'infirmier.

Il démarre et jette un œil dans le rétroviseur pour vérifier qu'Anton s'est bien attaché.

Mme Gianoli s'est montrée franche et directe. Anton ne parvient pas à s'intégrer, il ne parvient pas à suivre les cours et les autres gamins ne sont pas tendres avec lui. L'institutrice lui a également fait part d'un incident que Zina a passé sous silence. Au mois de novembre, Anton a frappé un autre garçon. La victime a affirmé qu'elle jouait tranquillement dans la cour quand Anton s'est jeté sur elle.

Il s'est peut-être moqué de lui, il l'a peut-être provoqué, a-t-elle avoué. *Comment le savoir ? Vu qu'Anton ne parle pas, je n'ai pu avoir que la version du petit Kévin… Dieu merci, on les a vite séparés et il n'y a pas eu trop de dégâts. Et heureusement, les parents de Kévin n'ont pas fait d'esclandre.*

Tout au long du trajet, Grégory se demande pourquoi Zina ne lui a pas parlé de cet épisode. Sans doute pour ne pas le perturber dans sa mission. Pour le préserver. Une fois à la maison, Grégory laisse Anton jouer avec Pouchkine, se détendre dans le jardin. Il fait part à Zina de sa discussion avec l'institutrice et la jeune femme l'écoute avec attention.

— Bien sûr que c'est difficile, conclut-elle. Tu croyais quoi ? Que tout allait bien se passer et très vite ? C'est normal que ce soit dur. Mais il doit s'accrocher, se battre.

Se battre... Toujours ces mots de guerre, de lutte.

— Et je ne t'ai pas raconté cette bagarre, parce que je ne crois pas que ce soit important, ajoute Zina. Deux gosses qui se frappent dans une cour d'école, ce n'est vraiment rien !

Évidemment. Quand on vient de Tchétchénie, deux enfants qui échangent quelques coups pendant la récréation, ça paraît insignifiant.

— Je vais lui parler.

— Si tu veux, acquiesce Zina. Je te fais confiance. Et lui aussi, il te fait confiance.

Il rejoint Anton dans le jardin, l'observe un moment. Il fait déjà nuit, et Grégory ordonne à l'enfant de rentrer se mettre au chaud. Il l'accompagne dans sa chambre, laisse Pouchkine monter avec eux.

— Anton, est-ce que ça se passe bien à l'école ? interroge Grégory.

Le jeune garçon attrape sa poupée, la serre contre lui. Il fixe le mur, comme si cette conversation l'ennuyait au plus haut point.

— Anton ? Regarde-moi, s'il te plaît...

L'enfant accepte de tourner la tête.

— Et réponds-moi, poursuit Grégory. Est-ce que ça se passe bien ?

À l'ensemble des questions, Anton répond oui ou non, d'un signe de tête.

Non, ça ne se passe pas bien.

Oui, les autres enfants sont méchants avec moi. Oui, ils se moquent de moi.

Non, je n'ai pas envie de leur parler.

Non, je ne comprends pas tout ce que dit la maîtresse.

Puis Anton prend une feuille blanche, un feutre noir.

Quand le garçon lui tend la feuille, Grégory a l'impression de recevoir un coup de poing en pleine face.

Anton a dessiné de façon remarquable une tombe avec une croix. Sur la stèle, il a inscrit son prénom.

— Non, Anton, tu n'es pas mort ! réagit l'infirmier.

Hochement de tête qui veut dire : *Si, je suis mort.*

Et soudain, la voix d'Anton, ou plutôt un murmure, arrive aux oreilles de Grégory :

— Et les morts, ça va pas à l'école.

***

24 décembre 2001

C'est désormais Michèle qui fait la classe à Anton. Zina le conduit chaque matin de la semaine chez l'ancienne institutrice ravie de reprendre du service. Certes, Anton ne va plus à l'école communale, mais Grégory l'a inscrit au cours de judo pour qu'il continue à côtoyer d'autres enfants et, espère-t-il, qu'il prenne un peu confiance en lui. Anton étant rétif, l'infirmier lui a précisé que c'était une contrepartie non négociable.

Il a fallu qu'il insiste pour que Zina accepte ce compromis. Pour elle, Anton devait surmonter ses difficultés, s'intégrer, se faire une place parmi les autres.

Pour le moment, le garçon est en vacances, et Grégory a décidé ce matin de lui faire découvrir la randonnée en raquettes. Ils sont dans la forêt, sous un ciel clair et sur une neige tendre. Pouchkine est loin devant, comme à son habitude. Zina n'a pas souhaité les accompagner, voulant consacrer sa journée à préparer le réveillon.

Elle dit que pendant longtemps, ni elle ni Anton n'ont eu de vrai Noël, que celui-ci doit être merveilleux. Grégory songe que ce soir, Séverine et Charlène seront à table avec eux. Charlène sera à côté d'Anton, Séverine près de Zina. Il ne pourra pas les en empêcher et ne le souhaite d'ailleurs pas. Cette nuit, tandis qu'ils faisaient l'amour, le visage de Séverine s'est superposé à celui de Zina, comme si soudain, elle portait un masque. Grégory en a été profondément troublé et a dû fermer les yeux.

Anton n'a pas reparlé depuis l'épisode de la chambre. En tout cas, pas à Grégory. Car il l'entend parfois murmurer lorsqu'il se croit seul à l'étage. Parle-t-il tout seul ? Se confie-t-il à sa défunte sœur ? Ou seulement à son chien ? L'important, c'est qu'il parle. Bientôt, Grégory en est persuadé, Anton retrouvera le chemin de la parole. Lui seul décidera du jour et de l'heure.

Ils font une pause et s'assoient sur un tronc d'arbre couché.

— Tu sais, Anton, je vais repartir en mission dans un mois. Tu comprends ?

L'enfant hoche la tête.

— Les gens ont besoin de moi, là-bas. Et toi, tu as besoin de moi ?

Nouveau hochement de tête.

— Moi aussi, j'ai besoin de toi. Alors, je te promets de revenir souvent. Et je compte sur toi pour m'écrire tous les jours.

Anton fronce les sourcils.

— Dans quelque temps, tu en seras capable, j'en suis sûr. Et tu me confieras tout ce que tu as envie de me dire, d'accord ? Ça m'aidera beaucoup.

L'enfant opine.

— Et puis tu peux me faire un dessin, aussi : tu le mets dans une enveloppe et tu demandes à ta mère de me l'envoyer. De mon côté, je t'écrirai, comme ça, toi et moi, on ne sera jamais séparés.

Anton n'a pas tout saisi, et Grégory est obligé de répéter, en employant d'autres mots. D'un énième hochement de tête, l'enfant promet de dessiner pour Grégory. Il lui promet d'apprendre à lire et à écrire.

Grégory sort une photo de sa poche. Un cliché où ils posent devant l'objectif de Zina. Il l'a fait tirer en deux exemplaires, en remet un à son fils.

— Grâce à cette photo, tu es toujours avec moi.

Anton prend l'image et la regarde un moment avant de la placer dans la poche intérieure de son blouson. Sur ce pacte silencieux, ils se remettent en route. Au bout de dix mètres, Anton se retourne vers son père :

— Des fois, je la vois.

L'infirmier est surpris d'entendre la voix de son fils. Il met quelques secondes à répondre :

— Qui ?

— Layla.

— Et… ça te fait peur ?

— Non. On parle ensemble.

— C'est normal, tu sais. Tu as le droit de ne pas l'oublier, de lui parler.

— C'est mieux si elle ici et moi non.

Grégory décrypte le message rapidement.

— Tu voudrais être mort à sa place, c'est ça ?

— Oui.

— Tu te sens coupable ? Mais elle n'est pas morte à cause de toi !

— Si.

Désarçonné, l'infirmier cherche une réponse.

— Mais elle a dit pardon, ajoute le jeune garçon.

— Elle… Tu veux dire qu'elle t'a pardonné ?

— Oui. Elle, oui.

— Et toi, tu ne veux pas te pardonner à toi-même ?

— Non, pas possible.

Grégory se penche pour mettre son visage à la hauteur de celui d'Anton. Il le prend par les épaules.

— Tu veux me raconter ce qui s'est passé ce jour-là ?

— Jamais je dirai.

— D'accord. Je ne te force pas… Mais si un jour tu veux m'en parler, je suis là, d'accord ? Je suis prêt à t'écouter et je pense que ça te ferait du bien.

— Jamais je dirai, répète le jeune garçon. Il faut que tu demandes à Layla. Peut-être à toi, elle voudra dire.

Sur ces mots, Anton se remet en marche, emportant avec lui son terrible secret.

24

Février 2002

Sénégal, Casamance, Ziguinchor

Les mines, encore.

Partout sur la planète, elles guettent patiemment leur proie. Un homme, une femme ou un enfant à tuer, à mutiler. Une vie à détruire.

Une main, un bras ou une jambe à arracher. Un visage à défigurer.

Quand les combattants s'en sont allés, vainqueurs ou perdants, elles perpétuent leur travail de destruction.

Aux quatre coins du monde, sournoises, lâches.

Invisibles et aveugles.

Dans les champs, au bord des routes, sur les petits chemins, elles attendent d'accomplir leur mission.

Répandre la peur, la souffrance et la mort.

Ici, en Casamance, au sud du Sénégal, elles sont les innombrables témoignages du conflit entre le mouvement séparatiste casamançais et le gouvernement de Dakar. Un affrontement qui dure depuis le début des années 1980.

Un énième et fragile cessez-le-feu a été signé il y a quelques mois, mais la région demeure dangereuse.

Grégory et Paul se sont retrouvés à Ziguinchor, la principale ville de Casamance. Le CICR épaule les équipes locales confrontées à l'horreur des mines, et tandis que Paul pratique la chirurgie de guerre sur les victimes et forme les chirurgiens sénégalais, Grégory assure les soins post-opératoires.

Même s'ils se réjouissent de l'interdiction de ce type d'armes adoptée par quatre-vingts pour cent des pays de la planète, ils savent qu'elles continueront à tuer pendant des décennies. Sans compter toutes celles toujours susceptibles d'être utilisées par les milices non gouvernementales et les États ayant refusé de signer le traité d'Ottawa : les États-Unis, Israël, la Chine, l'Inde, la Russie…

Grégory et Paul ne s'étaient pas vus de plusieurs mois mais n'ont jamais cessé de se parler. Ils sont heureux de travailler à nouveau ensemble, même si le mot *heureux* n'a pas sa place quand on doit amputer la jambe d'un gamin de cinq ans. Mais ils partagent le même engagement, les mêmes valeurs et se complètent parfaitement.

En plus d'intervenir dans l'hôpital de Ziguinchor, Paul, Grégory et leurs collègues ont pour mission d'équiper au mieux en médicaments et matériel les cases de santé réparties dans toute la région. De petits centres de soins où officient des médecins, parfois de simples infirmiers, et qui permettent à la population qui ne peut se déplacer de trouver de l'aide.

Grégory est arrivé en Casamance il y a dix jours. Fidèle à sa promesse, il a déjà envoyé deux cartes postales à Anton. Quelques phrases que Michèle ou Zina lui traduiront. Quelques mots simples pour décrire ce qu'il fait ici. Il sait que ses absences perturbent le jeune garçon, il espère que ces attentions lui permettront de mieux supporter la situation.

Je pense à toi, je reviendrai bientôt.

Quant à Zina, il l'appelle tous les deux ou trois jours. Elle lui répète de ne pas s'inquiéter, de ne pas culpabiliser.

En fin d'après-midi, Grégory et Paul se baladent en ville. Ils croisent de nombreux enfants en haillons qui déambulent par petits groupes, et se font aborder plusieurs fois par les gamins qui espèrent des pièces ou de la nourriture. Certains sont très jeunes, d'autres sont déjà des adolescents.

En début de soirée, les deux hommes se posent à la terrasse d'un petit restaurant typique, tenu par une charmante Sénégalaise. Avant le déclenchement des hostilités, la Casamance était un endroit prospère et fertile, surnommé le grenier du Sénégal. C'était aussi une région qui attirait beaucoup d'étrangers.

Paul commande un *c'est bon,* du poisson braisé, et Grégory opte pour le plat national, le *tiep bou dienn,* lui aussi à base de poisson. Quand ils ont terminé leurs plats, Seynabou, la patronne, vient s'asseoir à leur table.

— Ça vous a plu ?

— Délicieux, acquiesce Grégory.

— Vous cuisinez divinement bien ! ajoute Paul.

— Vous faites quoi, ici ? Il y a longtemps qu'on ne voit plus trop de touristes...

Paul lui dévoile leur mission et elle décide de leur offrir le repas. Ils ont beau protester, elle ne cède pas et leur prépare même un café. Elle en profite pour s'installer à nouveau à leur table.

— Ici, on a toujours été des rebelles ! explique-t-elle. Nous, on est des Casamançais, pas des Sénégalais. L'ancien président nous avait promis l'indépendance, mais il n'a pas tenu parole...

— Pourquoi il y a tous ces gamins qui mendient dans la rue ? demande Grégory. Ce sont des orphelins ?

— Non, répond Seynabou. C'est les petits talibés. Leurs parents sont trop pauvres pour les élever, alors ils les confient aux daaras.

— C'est quoi les daaras ? interroge Paul.

— Les écoles coraniques. Il y en a partout en ville. Leur marabout les envoie mendier tous les matins et aussi l'après-midi. Moi, je leur donne seulement le matin, ajoute Seynabou. J'ai mes habitués ! Ils me tendent leur gamelle et je mets dedans ce que j'ai cuisiné la veille et que les clients n'ont pas mangé.

— Et quand ils ne mendient pas, ils font quoi ? poursuit Grégory.

— Ils apprennent le Coran, bien sûr ! C'est pas bien, ces écoles… Moi, je dis que les parents, ils doivent s'occuper de leurs gamins. Mais bon, c'est comme ça dans tout le pays… Encore un café ?

— Volontiers, répond Grégory.

Dès qu'elle s'éloigne, Paul esquisse un sourire malicieux.

— On dirait qu'elle t'apprécie beaucoup… Si tu n'as pas envie d'être seul cette nuit, je suis sûr qu'elle te tiendra compagnie !

Grégory sourit à son tour :

— Je viens juste de me remarier, rappelle-t-il.

— Et alors ? Zina est à plus de cinq mille kilomètres d'ici !

L'infirmier le considère avec étonnement :

— Tu trompes souvent ta femme ? demande-t-il.

— Disons que ça m'est arrivé, avoue le médecin.

Seynabou dépose les cafés et envoie un regard explicite à Grégory. Puis elle s'éloigne de sa démarche chaloupée et le Suisse soupire :

— Mais ça n'arrivera pas ce soir ! Clairement, c'est toi qu'elle veut. Moi, elle ne me voit même pas…

Après le deuxième café, ils prennent congé de Seynabou et repartent vers le logement que leur a trouvé la Croix-Rouge. Ils marchent dans les larges rues de Ziguinchor, encore animées. Derrière les clôtures, s'épanouissent manguiers, citronniers, anacardiers…

Paul est silencieux, il semble préoccupé.

— Ça va ? s'enquiert Grégory.

— Pas vraiment. Je crois que… Je crois que j'ai de plus en plus de mal à supporter…

L'infirmier ne le brusque pas, le laissant trouver les mots.

— De plus en plus de mal à couper les jambes et les bras des gosses… Tu comprends, je suis chirurgien, pas bûcheron ! La scie, ça m'emmerde, je préfère le scalpel !

Il se met à rire, d'un rire qui sonne terriblement faux.

— Je comprends, acquiesce Grégory.

Quelques pas plus loin, le Suisse poursuit :

— Je pense aussi à tous ceux qui ne passent pas entre mes mains. Tous ceux qui agonisent sur le bord d'un chemin ou dans un terrain vague. Tous ceux qu'on retrouve trop tard.

Grégory pose une main sur son épaule.

— Tu vas pas me lâcher ? s'inquiète-t-il. Tu ne vas pas les abandonner ?

— Non, Greg. Je vais terminer ma mission ici. Mais je ne sais pas si j'aurai le courage de partir à nouveau… Et toi ? Tu tiens le choc mieux que moi, on dirait !

— Disons que je préfère vacciner les gamins en Indonésie que de faire des pansements sur les amputés. Mais c'est ceux-là qui ont le plus besoin de toi. Parce que si personne n'est là pour les amputer, ils mourront. Et si tu n'apprends pas aux chirurgiens à le faire, ils mourront aussi.

— Je crois que j'ai donné ma part. La nuit, je rêve que je scie des jambes et des bras. Cette nuit, j'ai même rêvé que je sciais le cou d'un gamin.

Grégory allume une cigarette.

— Tu ne pourras pas t'arrêter, prédit-il. Si tu le fais, tu te sentiras vide et inutile.

— Peut-être. Mais si je continue, je risque de devenir fou…

***

12 avril

Dans quinze jours, Grégory rentrera en France pour deux semaines de congé.

Depuis son arrivée en Casamance, un enfant est mort à cause des mines. Trois autres ont dû être amputés, ainsi qu'une femme qui a perdu ses deux jambes. Sur son drap blanc, elle fixe le plafond à longueur de temps, se demandant pourquoi elle n'a pas succombé. Grégory lui répète qu'elle aura bientôt des prothèses, qu'elle pourra remarcher. Elle ne semble même pas l'entendre. Pourtant, il ne lâche pas, ne se décourage pas. Il a même envoyé une voiture chercher son mari et son bébé dans leur village. Ils sont restés près d'elle une journée, ça a paru lui insuffler un peu de vie.

Il y a deux jours, il a reçu un dessin d'Anton. Un portrait saisissant de Zina qu'il a scotché sur le mur, en face de son lit. Le jeune garçon lui en a déjà envoyé une dizaine, tous plus beaux les uns que les autres. Certains sont sombres, d'autres plus lumineux.

Anton est un artiste, ça ne fait aucun doute.

Aujourd'hui, Grégory est de repos et flâne en ville. Il s'est rendu sur le port où il a vu beaucoup d'enfants mendier. Il en a vu d'autres travailler, portant des caisses ou des seaux énormes, bien trop lourds pour eux, nettoyant les bateaux pour glaner quelques pièces ou quelques poissons. Se déplaçant en bandes, des gamelles en plastique jaunes ou orange à la main. Certains n'avaient pas six ans.

Dans la matinée, Grégory arrive au marché de Boucotte avec ses étals regorgeant de fruits, de légumes et de la pêche du jour. Les enfants mendiants, vêtus de guenilles, y sont encore plus nombreux. Grégory fait une halte au restaurant où il dîne souvent avec Paul. Dès qu'elle l'aperçoit, Seynabou lui propose un café. Il s'installe dehors, continuant à observer les petits talibés. Il échange un billet contre de la monnaie avec Seynabou, car il leur a donné toutes ses pièces sur le port. Un groupe passe près de lui et Grégory repère un enfant, âgé de six ou sept ans, qui a du mal à marcher. Un pansement sale entoure sa cuisse et il traîne la jambe. L'infirmier lui offre une pièce et l'interroge sur sa blessure. Le garçon ne parle pas le français, Seynabou accepte de jouer les interprètes.

— Il dit que ses copains l'ont poussé, qu'il est tombé d'un muret et qu'une barre de fer lui a déchiré la jambe.

Grégory remarque qu'il porte des traces de lacération dans le cou et à l'arrière du crâne, ainsi que sur les bras.

— Ça lui fait très mal ? interroge-t-il.

— Oui, très mal. Tout le temps...

— Comment s'appelle-t-il ?

— Jawara.

Alors que Grégory s'apprête à lui demander où il vit, l'enfant se sauve avec ses amis.

— C'est l'heure de rejoindre leur maître, explique Seynabou. L'heure de rapporter les gamelles !

— Et s'ils n'ont rien trouvé ? s'inquiète Grégory.

D'un geste de la main, la jeune femme lui fait comprendre que ceux qui déçoivent leur marabout seront battus.

— Tu sais où est son école ? poursuit l'infirmier.

— C'est un petit du daara d'Idrissa. C'est à deux rues d'ici. Tu vas y aller ?

— Oui. Ce gamin a besoin de soins. Et je pense que c'est urgent.

— Tu es un bon samaritain, toi ! rigole la jeune femme. Et même un *beau* samaritain !

— Je suis surtout un samaritain *marié*, précise le Français avec un clin d'œil.

— Misère ! gémit Seynabou. Un homme fidèle et il fallait que ça tombe sur moi !

Grégory lui paie le café, l'embrasse sur la joue et part en direction de l'école coranique d'Idrissa. Cinq minutes plus tard, il découvre une maison carrée, dont les portes et fenêtres sont obstruées par des tôles rouillées et trouées. Vu de l'extérieur, ce daara ressemble plus à deux garages accolés qu'à une habitation. Grégory préfère demeurer à distance pour le moment, histoire d'observer la scène discrètement. Un jeune homme est assis devant l'école, sur une sorte de chaise longue. Dans sa main, une lanière de cuir. À tour de rôle, les petits talibés lui remettent leurs gamelles et l'homme, sans doute le fameux Idrissa, en vérifie le contenu. Grégory le voit placer l'argent dans la poche de son pantalon. Pour ce qui est de la nourriture, il met de côté une partie des gamelles, celles contenant les meilleurs plats. Lorsqu'il est déçu par le butin rapporté, la lanière en cuir s'abat sur les enfants. Grégory connaît désormais l'origine des traces que porte Jawara sur la nuque et les épaules.

Quand le marabout a fini de vérifier la collecte du matin, les gamins se lavent les mains, tous dans la même bassine. L'eau devient vite sale. Ils s'assoient ensuite par terre dans le sable, juste devant le daara, par groupe de cinq. Le maître donne trois gamelles à chaque groupe et les enfants se restaurent en silence.

Les petits talibés mangent donc ce que les habitants ont bien voulu leur donner.

Dès que les gamelles sont vides, les enfants se lavent à nouveau les mains, toujours dans la même eau, puis y nettoient les récipients avant d'entrer dans l'école. Pour ceux qui ne vont pas assez vite, nouveaux coups de lanière.

Une fois qu'ils sont tous à l'intérieur, Grégory s'approche.

C'est là qu'il entend la voix des enfants. Quand il est tout près, il les voit, assis en tailleur ou à genoux sur le sol sablonneux, une tablette en bois ou des feuillets à la main. Ils lisent à haute voix ce qui est inscrit dessus. Assis sur sa chaise, Idrissa surveille les petits talibés qui tentent de mémoriser les versets du Coran. Il demande à l'un d'eux de s'approcher et de lui réciter un passage. L'enfant s'exécute mais commet visiblement une erreur.

Plusieurs coups de lanière s'abattent sur lui.

Il reprend, les yeux pleins de larmes, se trompe encore.

Au moment où la lanière va cingler à nouveau, Grégory fait irruption dans la pièce. Les enfants se taisent, tournant la tête vers l'intrus. Le jeune Idrissa vient à la rencontre de l'infirmier. Même si Grégory a envie de l'étrangler avec sa lanière de cuir, il préfère lui tendre la main. Le contrarier pourrait s'avérer préjudiciable aux enfants.

— Je m'appelle Grégory, je suis infirmier pour la Croix-Rouge, je travaille à l'hôpital de Ziguinchor. Vous êtes Idrissa, le maître coranique ?

— Oui, Idrissa c'est moi, mais le marabout, c'est mon père. Il a plusieurs écoles, et quand il n'est pas là, c'est moi qui le remplace.

— Parfait. J'ai vu le petit Jawara, tout à l'heure, dit-il. Il a une blessure à la jambe, il faudrait le soigner.

— Je l'ai soigné. Les enfants, je m'en occupe bien, vous savez.

— Oui, j'ai vu le pansement. Mais il faut qu'un infirmier ou un médecin examine sa blessure.

Tandis qu'ils parlementent, certains enfants se sont endormis. Ils ont tous l'air de manquer de sommeil, dans un état de fatigue écrasant.

— Vous avez raison, monsieur, dit le jeune Idrissa. Mais on n'a pas l'argent pour l'emmener à l'hôpital.

— Je peux m'en charger. Et ce sera gratuit.

Idrissa hésite un instant avant de répondre :

— D'accord. Je pense que mon père il sera d'accord.

— J'en suis sûr, fait Grégory. Je peux l'emmener ?

— Non. Il faut que mon père il soit là. Il vient demain après-midi.

— OK, je reviendrai demain après-midi avec une voiture.

— Merci, monsieur.

Ils se serrent à nouveau la main et Grégory prend congé. Alors qu'il marche dans la rue, résonne à nouveau la voix des petits talibés.

Une insoutenable litanie.

***

Le lendemain, après le déjeuner, Grégory prend le volant d'un fourgon siglé de la Croix-Rouge et se rend à l'école coranique. Les enfants ont fini de manger et lavent leurs gamelles. Idrissa lui présente son père, Abdoulaye. Le marabout le salue poliment et le remercie de l'aide qu'il propose de leur apporter. En voyant le véhicule de la Croix-Rouge, il est rassuré et accepte que Grégory emmène le petit Jawara.

Le trajet ne dure pas longtemps, l'enfant ne dit pas un mot. Il a l'air impressionné et même apeuré, malgré les paroles rassurantes de Grégory qui a promis de le ramener en fin de journée si son état le permettait.

Une fois à l'hôpital, l'infirmier conduit l'enfant en salle de soins. Le contact est difficile puisque Jawara ne parle que quelques mots de français. Grégory part en quête d'un interprète. Il tombe sur Khadim, un employé chargé de nettoyer les couloirs et avec lequel il a sympathisé. Le jeune homme accompagne Grégory en salle de soins. Il échange un instant avec l'enfant qui semble enfin se détendre.

— Jawara, ça veut dire amoureux de la paix ! précise Khadim à l'intention de Grégory.

— C'est joli, répond l'infirmier avec un sourire.

Lorsqu'il ôte le pansement appliqué sur la cuisse du petit garçon, son sourire disparaît. Une vilaine plaie, profonde et infectée. Du sable et de la terre se sont glissés à l'intérieur des chairs, Jawara a du mal à bouger sa jambe, ce qui signifie que l'infection a déjà gagné du terrain. Il risque la gangrène.

— On va arranger ça, mon bonhomme ! Et tu vas passer quelques jours avec nous.

***

Jawara a droit à une chambre, un privilège dans cet hôpital. Grégory l'a placé sous traitement antibiotique. Après les soins, il lui a donné un jouet, des bonbons, et lui a même dégoté des vêtements propres à sa taille, grâce à l'aide précieuse de Khadim. Pour le remercier, Grégory lui offre un café dans la salle de repos. Ils en profitent pour faire plus ample connaissance. Khadim confie à Grégory qu'il aimerait faire des études pour devenir infirmier. Le Français lui propose de l'aider à postuler auprès de la Croix-Rouge sénégalaise

— Moi aussi, j'ai grandi dans une école coranique, lui explique alors le jeune homme.

— Vraiment ? Raconte-moi…

Khadim est né dans une zone rurale de Casamance, quatrième enfant d'une famille pauvre. Quand il a eu six ans, ses parents l'ont confié à un marabout, comme le font tant de parents qui n'ont pas les moyens de sustenter tous leurs enfants. Le marabout les prend entièrement en charge : il les loge, les nourrit et les éduque.

— Ils ont fourré quelques affaires dans un sac poubelle et m'ont donné à un homme qui est venu me chercher en bus jusqu'au village. On a roulé une journée entière pour arriver à Bignona. Je me suis retrouvé du jour au lendemain loin de mes frères et sœurs, loin de ma famille. Au milieu de plein d'autres garçons, aussi perdus que moi…

Khadim fait une pause dans son récit, visiblement éprouvant.

— Il fallait se lever à 4 heures du matin, faire sa toilette dans une bassine, la même pour tout le monde. Et puis ensuite, lire les tablettes où sont marqués des versets du Coran. Tu ne comprends même pas ce que tu lis, mais il faut apprendre par cœur pour pouvoir réciter. Et tu récites neuf heures par jour.

— *Neuf heures par jour ?* s'exclame Grégory.

— Oui. Et quand le maître t'interroge, t'as pas intérêt à te tromper, sinon tu morfles !

Khadim boit une gorgée de café et abaisse son tee-shirt, dévoilant une cicatrice sur l'épaule.

— Le but, c'est d'assimiler tout le Coran. Pouvoir le réciter par cœur et devenir un bon musulman… Donc, tu récites pendant neuf heures. Et pendant huit heures, tu mendies. Quatre heures le matin, quatre heures l'après-midi… C'est pour apprendre l'humilité. Tu prends ta gamelle et tu quémandes. Les gens te donnent de la nourriture qu'ils ont cuisinée ou pas, ils te donnent du sucre, parfois des vêtements. Si t'as de la chance, tu reçois de l'argent. La nourriture, c'est ce que tu manges à midi.

— J'ai vu, dit Grégory. Et le marabout en profite aussi, non ?

— Bien sûr, il mange ce que les gamins lui rapportent. Parce qu'il n'est pas payé pour le travail qu'il fait. Mais tu ne manges qu'une fois par jour, seulement à midi. Le soir, tu récites le Coran.

— Et les enfants dorment où ? demande Grégory.

— Par terre. On se faisait des lits avec nos habits ou ceux qu'on trouvait dans la rue.

— Si je comprends bien, les petits que j'ai vus tout à l'heure n'apprennent rien d'autre que le Coran et n'ont jamais le droit de s'amuser ?

— Jamais, confirme Khadim. Je me souviens que j'avais tout le temps sommeil, que je rêvais de dormir. Et si tu t'endors sur ta tablette, c'est les coups qui te réveillent !

Grégory secoue la tête.

— Des fois, le marabout t'emmène loin de la ville. Tu prends le bus avec lui et tu vas nettoyer les champs à la fin de la saison sèche. Tu bosses douze heures par jour, mais au moins, tu n'as plus à réciter le Coran et à mendier ! C'est comme des vacances.

— Une main-d'œuvre gratuite, en somme ?

— C'est ça. Tu travailles toute la journée sous un soleil de plomb…

— Et tes parents, ils sont venus te voir ? espère l'infirmier.

— Les parents ne viennent jamais. Ils n'ont pas l'argent pour payer le voyage.

Ils sortent de l'hôpital pour partager une cigarette.

— Mais il a de la chance, le petit Jawara, reprend Khadim. Parce qu'Abdoulaye, il est sérieux, il s'occupe bien des enfants. Et son fils aussi. D'autres marabouts sont pires qu'Abdoulaye ou Idrissa. Bien pires… Le mien, il… La nuit, il venait là où on dormait et il en choisissait un qu'il emmenait avec lui.

Khadim n'en dit pas plus, Grégory a compris.

— Un jour, un de mes copains, Ibra, n'a pas réussi à réciter un verset. Plusieurs fois de suite, il s'est trompé. Le marabout a pris sa tablette en bois et l'a frappé sur la tête avec. Si fort, que la tablette s'est fendue.

Nouvelle pause.

— Deux jours après, Ibra est mort, révèle Khadim. Il est mort à côté de moi.

— Tu es resté là-bas jusqu'à quel âge ? interroge Grégory.

— J'avais neuf ans quand je me suis tiré.

— Tu t'es enfui ?

Khadim hoche la tête.

— Avec deux autres copains, on s'est sauvés. On a pris le bus et on est allés à Dakar. Là-bas, il y a plein de talibés qui se sont échappés.

— Et vous faisiez quoi ?

— La même chose qu'à Bignona : on mendiait de la nourriture et de l'argent. Mais on gardait tout pour nous et on ne récitait plus le Coran ! Et plus jamais je le réciterai... ça c'est sûr, plus jamais. D'ailleurs, je ne m'en souviens même plus.

***

15 avril 2002

Jawara dort énormément. Khadim lui rend visite deux fois par jour et Grégory passe beaucoup de temps à son chevet. Pourtant, ce n'est pas son patient le plus touché. Mais peut-être est-ce le plus touchant... Grégory est retourné voir Idrissa et son père pour leur annoncer qu'il devait garder Jawara au moins une semaine. Les deux hommes n'ont pas fait d'histoires, remerciant seulement l'infirmier de son aide. Ils lui ont remis des feuilles où sont inscrits les versets du Coran pour qu'il les donne à Jawara. Grégory a refusé de les prendre au prétexte que l'enfant devait se reposer.

Malgré sa lanière en cuir, Idrissa semble sincèrement aimer ces enfants. Sans doute reproduit-il ce qu'il a connu, persuadé que c'est la bonne façon d'éduquer les petits garçons dont les parents ne veulent plus. Avant qu'il ne reparte pour l'hôpital, le jeune marabout lui a dit : *C'est important qu'ils sachent le Coran par cœur. Mon père dit que le Coran est notre guide vers Allah et nous permet de mieux nous connaître nous-mêmes et de trouver un but dans la vie. Et celui qui récite le Coran sans erreur sera avec les nobles anges messagers. Il sera récompensé.*

Grégory s'est contenté de hocher la tête et de tourner les talons.

Les seuls anges qu'il connaît sautent sur les mines et s'écrasent sur le sol, les ailes arrachées.

Ce soir, Grégory est épuisé. Il a eu une journée noire, avec l'arrivée de deux victimes des mines. La première était Younoussa, un petit garçon de l'âge de Jawara. Lorsqu'il a été conduit à Ziguinchor, cela faisait déjà dix heures que l'accident avait eu lieu. Ses parents l'avaient d'abord porté jusqu'à une case de santé, puis un habitant du village possédant une voiture avait roulé toute la nuit pour le déposer à Ziguinchor. Plus la prise en charge est tardive, plus le risque de mortalité est élevé. Vu les dégâts sur l'enfant, il s'agissait d'une mine à effet de souffle. Lorsqu'elle a explosé, elle lui a arraché la moitié d'une jambe et a aussi grièvement délabré l'autre, ainsi que ses parties génitales et sa main gauche. Paul a dû amputer le tibia de l'enfant et lui couper les doigts de la main. Il a réussi, pour le moment, à sauver sa jambe droite. Mais l'effet de souffle a également touché certains de ses organes et son pronostic vital est engagé.

La deuxième victime s'appelle Dior, une jeune femme de vingt-trois ans, mère de deux enfants, blessée par une mine à fragmentation, alors qu'elle travaillait dans une rizière le matin même. Ces armes, lorsqu'elles explosent, criblent les corps de morceaux de métal qui proviennent de l'enveloppe de la mine et des billes en acier qu'elle contient. Étant donné que Dior était penchée en avant au moment de l'explosion, elle a non seulement eu les deux mains arrachées et les bras déchiquetés, mais son visage a aussi été criblé d'éclats. D'autres fragments ont pénétré sa gorge et sa poitrine.

Paul, aidé par trois chirurgiens locaux, a dû l'amputer des deux mains. Si elle survit à ses autres blessures, elle restera aveugle et défigurée.

Malgré sa fatigue, Grégory prend le temps de visiter Jawara. Le petit talibé joue sur son lit avec le camion miniature que l'infirmier lui a offert. Sa blessure évolue bien, il pourra bientôt marcher sans douleur.

Puis le Français rejoint Paul dans son bureau. Le chirurgien est allongé sur un vieux sofa, les yeux rivés au plafond. Grégory s'assoit sur le fauteuil de son ami, gardant le silence.

— Dire que c'est un cerveau humain qui a inventé ces saloperies, soupire alors le médecin.

— Un cerveau *masculin*, précise Grégory.

— Sans aucun doute, acquiesce Paul.

Il s'assoit sur le canapé, considère l'infirmier avec des yeux remplis de fatigue et de découragement.

— Je crois que le gosse ne survivra pas, dit-il.

— Il y a peu de chances, en effet. Mais tu as fait tout ce qu'il était possible de faire.

— Tu te rends compte qu'il a sauté sur la mine hier soir ? poursuit Paul. Tu te rends compte qu'il a passé plus de dix heures dans cet état, à l'arrière d'une vieille bagnole sur des routes défoncées ? Tu imagines sa souffrance ?

Grégory hoche la tête.

— Quant à la jeune femme, reprend le chirurgien, même si elle s'en sort, elle est condamnée…

Grégory comprend ce que son ami veut dire. Une femme aveugle qui n'a plus de mains n'est plus capable de travailler ni de s'occuper des enfants. Et ici, comme dans maints endroits du globe, la société est sans pitié pour les handicapés. Son mari prendra une autre épouse, et si Dior a un peu de chance, elle sera accueillie dans un centre ou un foyer. Sinon, elle sera obligée de mendier dans la rue et mourra rapidement.

— Tu crois que c'est utile ce qu'on fait ? lance alors Paul.

— Oui, j'en suis sûr. Depuis que je te connais, essaie de compter les victimes que tu as sauvées et qui ont pu remarcher avec une prothèse. Qui ont presque pu reprendre une vie normale…

Paul lui adresse un sourire triste :

— Et toi, essaie de compter tous ceux qu'on n'a pas réussi à sauver. Tu verras que le ratio n'est pas positif.

Grégory secoue la tête.

— Même si on avait fait tout ça pour sauver une personne, une seule personne… Est-ce qu'il ne fallait pas le faire ?

Paul se met debout et pose une main sur l'épaule de son ami.

— Et si on allait rendre visite à la jolie Seynabou et à son merveilleux poulet yassa ? propose-t-il. On l'a bien mérité, non ?

***

Grégory soutient Paul dans les rues de Ziguinchor.

— Tu es une mère pour moi ! pouffe le chirurgien.

— Ouais, ben tu pèses lourd et *maman* est fatiguée !

— Arrête de chouiner ! T'es tellement vigousse que tu pourrais porter un camion-citerne !

— *Vigousse ?*

— Costaud, quoi !

Paul a bu trop de *soum-soum*, les différentes boissons alcoolisées que Seynabou planque derrière son comptoir. Il a goûté au vin de palme, à la liqueur pomme-cajou, et même à *l'effet rapide*, une mystérieuse boisson dont ils ignorent de quoi elle est faite. Grégory parvient enfin à déposer Paul sur son lit. Il est solide et demain, il sera sur pied. En revanche, l'infirmier prie pour qu'aucune victime ne soit amenée dans le courant de la nuit…

Au lieu de regagner son propre appartement, voisin de celui de Paul, Grégory se rend au chevet de Dior. Assommée par les sédatifs, la jeune femme ressemble à une momie égyptienne. Malgré les médicaments, elle gémit de douleur et Grégory prie l'infirmière de garde d'augmenter la dose de morphine. Puis il passe dans la chambre de Younoussa. L'enfant est toujours plongé dans un sommeil artificiel lui évitant de trop grandes souffrances. Demain, peut-être après-demain, il sortira de son coma. Il se réveillera dans un endroit inconnu, entouré d'inconnus. Il cherchera sa mère, son père, ses frères ou ses sœurs.

Demain, il découvrira qu'il lui manque une jambe et les doigts de la main gauche.

Dans quelques années, s'il survit jusque-là, il découvrira qu'il ne pourra jamais avoir d'enfants. Qu'il ne pourra même jamais trouver d'épouse.

En attendant, Grégory lui caresse le front.

— Accroche-toi, bonhomme. Tiens bon, je t'en supplie…

Il reste une heure près du petit garçon. Une heure à se demander comment des hommes ont pu enfouir une mine près d'un terrain où les gamins jouent au football. S'ils étaient conscients du crime de guerre qu'ils commettaient. Et il songe qu'il aurait dû faire comme Paul : se saouler avec l'alcool interdit de Seynabou.

Se saouler pour oublier.

Qu'un enfant de sept ans vient d'être condamné à perpétuité.

Qu'en ce monde, les mines font une victime toutes les vingt minutes.

***

18 avril.

Tenir une si petite main dans la sienne. Affronter la peur et les questions au fond des yeux.

Ne pouvoir y apporter aucune réponse.

Younoussa l'ignore encore, mais il va mourir dans un instant.

Grégory serre la main de l'enfant dans la sienne, pour lui donner la force d'affronter l'inconnu qui s'annonce. L'aider à traverser le large fleuve ou à prendre son envol.

Grégory sait que le petit garçon dont les doigts agrippent désespérément les siens va succomber dans quelques minutes.

Loin de son village, de sa maison, de sa maman.

Ses blessures internes étaient trop graves. Le blast, l'effet de souffle de la mine, a dévasté ses organes. L'infirmier a fait le nécessaire pour apaiser ses douleurs, pour qu'il s'endorme paisiblement.

Il ne peut rien de plus. À part lui tenir la main et lui offrir un sourire sincère, une voix douce.

Paul est au bloc, en train d'opérer un adolescent qui a reçu une balle dans la jambe, et Grégory a demandé aux autres soignants de quitter la chambre, affrontant seul l'insupportable tragédie. Le produit qu'il a mis dans la perfusion commence à agir, le visage de Younoussa se détend. Ses paupières clignent à intervalles réguliers.

— Endors-toi, mon chéri, murmure Grégory. Endors-toi loin de ce monde qui ne te mérite pas…

Une demi-heure plus tard, il remonte le drap sur le corps de Younoussa et quitte la chambre. Dans le couloir, deux infirmières attendent. La plus jeune, Yvonne, est en pleurs. Grégory la serre dans ses bras et lui dit :

— Il a fini de souffrir. Vous pouvez le descendre à la morgue et prévenir sa famille.

Puis il sort de l'hôpital, traverse le jardin. Il se laisse glisser le long du mur d'enceinte, replie ses genoux et pose son front dessus.

À l'abri des regards, il éclate en sanglots.

Loin de son village, de sa maison, de sa maman.

***

19 avril

Débarrassé de sa perfusion, Jawara se balade dans les couloirs de l'hôpital, fier de montrer ses nouveaux vêtements et son camion miniature. Il fait rouler le jouet sur le sol, imitant le bruit du moteur. Il ne semble plus avoir peur, comme si cet établissement était devenu sa nouvelle maison. Alors qu'il s'engouffre dans un escalier, il tombe nez à nez avec Grégory.

— Eh bien, bonhomme, ça va mieux on dirait ! rigole l'infirmier.

Jawara ne comprend pas un traître mot mais sourit à ce visage ami. Grégory le prend par la main et le conduit jusque dans le hall de l'hôpital.

— Allez, viens, on va se promener, dit-il.

L'enfant cache le jouet dans la poche de son short et suit l'infirmier. Autour de l'établissement, un petit jardin plein d'herbes folles où quelques manguiers ont poussé à leur guise. Et, oubliée dans un coin, une vieille balançoire.

Grégory pose Jawara sur la planche en bois et lui montre comment se tenir aux cordes. Puis il commence à lui faire prendre de la hauteur. Pendant les premières minutes, l'enfant ne paraît pas très rassuré. Mais très vite, il s'envole dans les airs, oubliant le Coran, les gamelles, le marabout et sa lanière de cuir.

Oubliant qu'on lui interdit d'être un enfant.

Entendre son rire, après avoir entendu les pleurs de la mère de Younoussa.

Entendre son rire, après avoir entendu le dernier souffle de Dior, morte dans la nuit.

Entendre son rire, y puiser la force de continuer.

***

22 avril

Quand Grégory ouvre la portière arrière du 4 × 4, Jawara comprend.

— Allez, bonhomme, grimpe ! dit l'infirmier en essayant de sourire.

La veille, le marabout est venu demander des nouvelles de son élève. Difficile de lui faire croire que l'enfant a encore besoin de soins. Grégory l'a gardé tant qu'il a pu, mais des patients vraiment malades attendent sa chambre.

Jawara s'installe sur la banquette arrière, Grégory attache la ceinture de sécurité et prend le volant. Il ne leur faut pas longtemps pour atteindre le daara. L'heure du déjeuner approche, les petits talibés sont en train de rapporter leurs gamelles. Idrissa et son père sont assis devant l'école et se lèvent lorsque Grégory descend du véhicule. Il déboucle la ceinture de Jawara et le regard que lui envoie l'enfant lui démolit le cœur. Il attrape sa main, le fait sortir de la voiture :

— Va rejoindre tes copains, dit-il.

Jawara s'accroche à lui comme à son dernier espoir. Idrissa s'avance, prêt à se saisir du petit garçon, mais Grégory l'arrête d'un geste.

— Laissez-nous le temps, d'accord ?

Le jeune homme repart en arrière et Grégory s'accroupit devant Jawara. Khadim lui a appris quelques mots en wolof, l'infirmier tente de s'en souvenir :

— On se reverra bientôt. On est amis, maintenant, d'accord ?

Jawara hoche la tête, Grégory l'embrasse sur le front et le pousse doucement vers ses copains qui observent la scène. Jawara serre la main d'Idrissa et d'Abdoulaye avant de rejoindre ses camarades.

— Merci de l'avoir soigné, monsieur, dit Abdoulaye.

— C'est mon métier, répond Grégory. J'ai apporté des choses pour vous et les garçons, ajoute-t-il en ouvrant le coffre du Land Cruiser. Des couvertures pour que les enfants dorment dessus, des bandes, du désinfectant, des pansements, des vêtements propres et du savon. Il y a aussi des barres de céréales. Elles sont protéinées, ça aidera les gamins à grandir et à être en forme. Vous les leur donnerez, je vous fais confiance ?

— Bien sûr, acquiesce Abdoulaye.

Idrissa rapporte les trésors à l'intérieur du daara, et le maître coranique prend la main de Grégory dans la sienne :

— Que Dieu vous garde.

Au lieu de retourner à l'hôpital, Grégory s'arrête au restaurant de Seynabou. La jeune femme a quelques clients mais s'occupe rapidement de lui.

— Qu'est-ce qui t'arrive ? Tu as une drôle de tête, on dirait que tu vas cadavrer ! dit-elle en posant les mains sur ses hanches.

— *Cadavrer ?* répète-t-il.

— Tu as la tête de quelqu'un qui va mal ! traduit Seynabou.

Grégory allume une cigarette, en offre une à la patronne. Deux clients lui jettent un regard réprobateur. Seynabou en a l'habitude.

— Alors, dis-moi ce qui t'arrive, demande-t-elle.

— Le petit Younoussa est mort. Et j'ai été obligé de ramener Jawara dans sa putain d'école ! Voilà ce qui m'arrive !

— Et où est ta faute dans tout ça ? s'étonne Seynabou. Est-ce que c'est toi qui as posé cette saleté de mine ?

— Évidemment non…

— Bon. Et est-ce que c'est toi qui as décidé d'envoyer Jawara dans cette école ? Non plus. Tu les as soignés, tous les deux. Tu as fait plus que n'importe qui pour eux. Tu crois que tu peux sauver le monde entier ?

Elle pose une main sur son bras, lui glisse un sourire :

— Tu te prends pas pour Dieu, au moins ?

— Non, dit Grégory en souriant à son tour. Pas du tout, mais…

— Mais tu as de la peine, soupire Seynabou. C'est comme ça, tu sais : ceux qui ont le cœur trop grand sont souvent tristes…

25

Février 2003

France, Alpes-de-Haute-Provence

— À quoi tu penses ? demande Zina.

Ils sont étendus sur le lit défait, en ce beau milieu d'après-midi. Un soleil d'hiver traverse la chambre en un rayon oblique et aveuglant où tourbillonnent mille grains de poussière.

— Je pense à Jawara, répond Grégory.

— Raconte, murmure-t-elle en se lovant contre lui.

Il parle du petit talibé tout en caressant les cheveux de sa femme. Puis il parle de Younoussa, de Dior et de tous les autres. Il oublie juste d'évoquer la jolie Seynabou.

— Ils ont de la chance de te connaître, d'avoir croisé ton chemin, dit-elle simplement. Tu vas repartir bientôt ?

— Non, lui assure-t-il.

— Alors tu vas retourner à l'hôpital ?

— Non plus, dit son mari. J'ai gagné pas mal de fric cette année et tu n'as rien dépensé ! Je vais me reposer un peu. Et j'ai surtout envie d'être près de toi et d'Anton... Il a vachement grandi depuis que je l'ai vu cet été !

— C'est quoi, *vachement* ?

— Ça veut dire beaucoup, explique Grégory.

— Oui, il a grandi, mais il reste petit pour son âge.

— Son père était grand ?

— Non, pas trop.

— Alors, comment veux-tu qu'Anton soit grand ? Son père était petit et toi, tu es minuscule !

— *Minuscule ?*

— Ça veut dire vachement petite ! s'esclaffe Grégory.

Elle lui file une tape sur la cuisse, il continue à rire tel un gamin. Elle s'assoit sur le bord du matelas et s'étire.

— Tu sais que t'es vachement belle ?

Elle tourne la tête, plongeant son regard de louve dans le sien.

— On ne dit pas *beaucoup* belle, rectifie Zina. On dit *très* belle.

— Tu m'as vachement manqué, ajoute-t-il.

***

Mai 2003

Ce matin, Grégory a accompagné Anton chez le pédopsychiatre.

Pourquoi il parle à sa mère et à moi, mais refuse de parler aux autres ? a demandé Grégory au médecin. *Il ne nous parle pas souvent, c'est vrai, et parfois il reste muet plusieurs jours d'affilée. Mais au moins, ça lui arrive. Alors qu'avec les autres, jamais un mot…*

Le pédopsychiatre lui a répondu qu'Anton souffrait désormais d'un mutisme sélectif. Il ne parle qu'aux gens avec lesquels il se sent parfaitement en confiance. Il s'agit donc d'un progrès qui laisse entrevoir un espoir pour l'avenir. Un jour, peut-être, Anton sera capable d'échanger avec tout le monde, mais le psychiatre préfère se montrer prudent : vu la gravité du trouble, rien n'est moins sûr. Et il se pourrait même qu'Anton retombe dans un mutisme total si un événement venait à réveiller ses blessures.

Grégory a ensuite conduit le jeune garçon chez Michèle pour qu'elle lui fasse la classe.

Tandis qu'Anton flâne dans le jardin de l'ancienne institutrice, Grégory échange quelques mots avec elle. Anton comprend désormais le français, c'est déjà une belle avancée. Pourtant, Michèle est inquiète pour la suite : comment lui apprendre à lire et à écrire s'il ne parle pas ?

— Ce n'est pas impossible, mais ce sera difficile, affirme-t-elle.

Grégory la rassure :

— Vous avez déjà fait beaucoup, et nous vous en sommes vraiment reconnaissants, sa mère et moi. Je suis certain que vous allez parvenir à le faire progresser encore, en français et dans d'autres matières. Et puis je pense qu'il va finir par vous parler à vous aussi. Ce n'est qu'une question de temps…

Alors qu'Anton s'installe à la table de Michèle, Grégory reprend le volant de sa voiture. Sur la route, il songe à Paul. Le Suisse forme désormais de jeunes chirurgiens souhaitant s'engager avec le CICR. Il dit qu'il a besoin d'une parenthèse et qu'il ignore combien de temps cette pause durera. De son côté, Grégory, contrairement à ce qu'il avait prévu, a cherché un travail dès mars. Un mois sans revêtir sa blouse d'infirmier et déjà, il tournait en rond.

Début avril, il a repris du service dans une clinique généraliste de la région.

Début mai, il a démissionné, incapable d'accepter de traiter les patients comme des clients. Incapable de prodiguer des actes inutiles mais lucratifs, tout en négligeant les soins nécessaires mais ne rapportant pas assez.

Incapable de s'adapter à une logique financière qui le dépasse.

La cadre de santé lui a dit qu'il était capricieux, qu'il était en France et pas en Afrique. Qu'il se prenait pour un héros alors qu'il n'était qu'un infirmier.

Grégory se demande s'il sera un jour capable de se réadapter à la vie en France tout en continuant à exercer son métier. Ou s'il parcourra inlassablement le monde et ses tragédies.

Le CICR l'a contacté deux semaines plus tôt, lui proposant une mission de six mois en Birmanie. Il a décliné l'offre, expliquant qu'il voulait profiter un peu de sa famille, qu'il avait besoin de repos.

Mais Grégory le sait, il ne résistera pas très longtemps.

Bientôt, il repartira.

26

15 juin 2003

République du Liberia, Monrovia

Le convoi quitte l'aéroport de Robertsfield, direction l'hôpital JFK de Monrovia. Grégory a pris place dans la voiture de tête, et c'est James, un délégué de la Croix-Rouge libérienne, qui conduit le 4 × 4. L'infirmier a eu peu de temps pour se préparer à cette mission. La situation s'aggravant de jour en jour dans la capitale du Liberia, le CICR a envoyé en urgence une unité médicale sur place ainsi que du matériel. Paul arrivera dans deux jours pour compléter l'équipe. Ses talents de chirurgien de guerre seront précieux vu le type de blessures qu'ils vont affronter.

Au fil des kilomètres, Grégory découvre un indescriptible chaos. Ils dépassent des centaines de civils qui marchent en colonnes le long des routes, allant dans la même direction qu'eux, vers le centre de la capitale.

En anglais, la langue officielle du pays, James lui explique :

— Ils viennent des villages autour de Monrovia, ils fuient les combats. Certains se sont réfugiés dans le stade de foot, d'autres dans le collège Boatswain… C'est un désastre !

Des femmes, des hommes, des enfants, portant sur le dos ou sur la tête ce qu'ils ont pu prendre avant d'abandonner leur maison : couvertures, vêtements, ustensiles de cuisine, provisions… Les humanitaires croisent des pickups où s'entassent des hommes armés. Ils franchissent plusieurs check-points, tenus par les hommes du président Charles Taylor, qui les ralentissent dans leur progression. Partout dans la ville, maisons et commerces dévalisés, dépôts de carburant pillés.

Une nouvelle fois, Monrovia sombre dans les ténèbres.

James rappelle à Grégory que la violence ne s'est jamais vraiment arrêtée dans son pays, sauf pendant les deux ans qui ont suivi l'élection de Charles Taylor. Dès 1999, les rebelles du LURD[1], un groupe soutenu par la Guinée, ont commencé à prendre possession du Nord du pays.

— Début 2003, c'est le Model, le Mouvement pour la démocratie au Liberia, qui a envahi le Sud. C'est un désastre ! Taylor ne contrôle plus grand-chose ! Un tiers du pays, peut-être.

Avant de venir, Grégory a pris la peine de s'informer. Même s'il n'a pas disposé de beaucoup de temps, il a appris l'essentiel. C'est d'ailleurs ce qu'il fait pour chacune de ses missions. Étudier les raisons des conflits qui mettent un pays à feu et à sang, connaître les différentes factions sur le terrain lui semble capital.

Ici, la guerre civile s'éternise, particulièrement atroce, sans aucune pitié pour les civils qui ont déjà péri par centaines de milliers.

James explique à Grégory que ce conflit a fait tache d'huile, ou plutôt tache de sang, jusqu'au pays voisin, la Sierra Leone. Le RUF, un groupe proche de Charles Taylor, y a déclenché des affrontements sanglants qui ont duré jusqu'en 2002, faisant plus de deux cent mille morts.

— C'était pour essayer de prendre le contrôle des mines de diamants du pays… Le pouvoir, l'argent, c'est toujours ça qui provoque les guerres, non ?

Grégory opine du chef, tandis que la voiture dépasse une famille de réfugiés. La mère, plusieurs couvertures

1. LURD : Libériens unis pour la réconciliation et la démocratie.

pliées en quatre sur la tête, un bébé dans les bras, un autre dans le dos, suit son mari qui porte un énorme sac de sport. Derrière eux, un petit garçon essaie de ne pas se laisser distancer. Grégory songe aussitôt à Younoussa ; le jeune Libérien lui ressemble étrangement…

— Il va tomber, Taylor, poursuit James. C'est sûr, il va tomber. Et après, il se passera quoi ?

Grégory aimerait pouvoir réconforter son collègue, mais n'a pas de réponse. La folie sanguinaire des hommes ne connaissant aucune limite, comment deviner ce qui attend ce pays ?

— Il y a quelque temps, j'ai travaillé en Sierra Leone. J'ai vu tous ces pauvres gens qui n'ont plus de mains… C'est un désastre !

— Comment ça, *plus de mains* ? s'étonne l'infirmier.

— Les rebelles du RUF tranchaient les mains des gens pour qu'ils ne puissent plus travailler… Au moment des élections, ils ont coupé les mains de tous ceux qui sont allés voter. Parce qu'ici, quand on a voté, on vous met une tache d'encre sur le doigt et ça reste plusieurs jours ! Alors c'est facile de savoir qui s'est rendu aux urnes… Mais bon, ils ont amputé des gosses aussi, alors qu'eux, ils ne votent pas. Quand vous marchez dans Freetown, vous ne voyez que ça : des gens sans mains… Quel désastre !

Grégory soupire. Il songe à Zina et à Anton, qu'il a une nouvelle fois abandonnés pour plonger au cœur de la violence…

— Une jeune femme m'a raconté qu'un jour, dans son village, les soldats du RUF ont fait un genre de… loterie.

Grégory descend la vitre du 4 × 4. Il manque d'air, retrouvant cette sensation d'étouffement.

— Ils avaient des bouts de papier et chaque villageois devait en choisir un. Dessus, il y avait marqué : une main, les deux mains, un pied, une jambe… la mort. Elle, elle a eu de la chance : c'était une seule main et ils lui ont coupé la gauche. Maintenant, elle travaille pour la Croix-Rouge, elle aussi !

Le convoi entre enfin dans Monrovia. Toujours autant de civils qui déambulent, chargés comme des mulets, à la recherche d'un abri. Grégory voit un enfant blessé, porté par deux adultes.

— Arrêtez-vous, on va le conduire à l'hôpital ! fait-il.

— Non ! s'écrie James. On ne doit pas s'arrêter ici, c'est trop dangereux…

— Mais on ne peut pas le laisser comme ça ! s'indigne le Français.

— Interdiction de s'arrêter. Ce sont les ordres.

Le blessé disparaît dans le rétroviseur. Ils n'arriveront jamais à temps, c'est certain, et cet enfant mourra. Mais comme pour donner raison à James, des coups de feu éclatent non loin du convoi, et le chauffeur enfonce la pédale d'accélérateur.

— Je vous ai dit de mettre votre casque ! hurle-t-il.

Grégory s'empresse de récupérer la protection à l'arrière du véhicule.

— Si on reçoit une rafale de AK47, c'est pas ça qui va nous sauver ! maugrée-t-il.

Les détonations des armes automatiques s'éloignent, James ralentit.

— Vous étiez où, avant ? demande-t-il.

— Bosnie, Tchétchénie, Rwanda…

— Le Rwanda, quel désastre, soupire le Libérien. Quel désastre…

Il leur faut encore une demi-heure pour atteindre l'hôpital JFK. Aussitôt, toute l'équipe aide le personnel à décharger le camion bourré de médicaments, pansements, matériel chirurgical, civières… Pendant qu'ils vident la remorque, trois blessés sont amenés à JFK : deux dans le coffre d'une voiture, le troisième dans une ambulance de la Croix-Rouge. Un jeune homme dont les jambes ont été brisées par une rafale d'arme automatique, une fillette qui a reçu une balle dans le bras et une femme qui présente une horrible plaie à l'abdomen. Au pas de course, Grégory et ses collègues expatriés font le tour de l'établissement. Dans les couloirs, les salles, partout dans l'hôpital, des victimes attendent des soins. Certaines sont allongées par terre par manque de lits.

Des cris, des appels au secours, des gémissements. Et des soignants débordés.

Un *désastre*, comme dirait James.

Moins d'une heure après son arrivée, Grégory enfile une blouse et se met au travail.

Son travail, sa vie.

Une malédiction, peut-être.

***

22 juin 2003

Gilet pare-balles sur le torse et casque sur la tête, Grégory et Paul traversent Monrovia à l'arrière d'un 4 × 4. Pour le moment, les conflits les plus intenses se concentrent à la périphérie de la ville, mais parfois, des échanges de tirs se font entendre au cœur de la capitale dont chacun sait qu'elle ne tardera plus à se transformer en brasier. Les réfugiés continuent d'affluer en masse, les blessés aussi.

Aujourd'hui, le CICR a décidé d'acheminer une aide à ceux qui se sont regroupés dans le stade de football, encore baptisé stade Samuel-Doe, du nom de l'ancien dirigeant. Paul et Grégory se sont portés volontaires pour aller soigner les blessés sur place ou faire évacuer vers l'hôpital ceux qui seraient sérieusement touchés. Leur véhicule, conduit par James, est suivi par un camion chargé de couvertures, d'ustensiles de cuisine, de vivres et d'eau potable. Dès lors qu'ils ont quitté JFK, James n'a cessé de parler. En français, Paul glisse à l'oreille de son ami :

— Il est toujours aussi prolixe ?

— Aujourd'hui, il est plutôt calme. Des fois, c'est bien pire.

— Non, parce que je suis à jeun, mais j'ai l'impression d'avoir bu douze gallons de whisky !

— Tu t'y feras, mon pote...

Le convoi pénètre dans le complexe sportif au moment où la pluie se met à tomber. Aussitôt le camion garé sur la piste d'athlétisme qui entoure la pelouse, les réfugiés accourent et les délégués tentent de faire régner un semblant d'ordre.

Se battre pour une couverture, un sac de riz ou de farine.

Si on en a encore la force.

Paul et Grégory récupèrent leur matériel et arpentent les campements de fortune sous les gradins du stade. Des familles entières survivent ici depuis plusieurs semaines, à même le sol, dans des conditions d'hygiène épouvantables. Beaucoup de blessures sans gravité mais qu'il faut désinfecter au plus vite pour éviter qu'elles ne deviennent mortelles. L'infirmier enchaîne les pansements avec dextérité, rapidité. Il pratique quelques injections d'antibiotiques, distribue les médicaments et consulte Paul dès qu'il a un doute.

Trois heures plus tard, l'équipe reprend le chemin de l'hôpital. Trois blessés graves sont partis dans des ambulances et une enfant de onze ans est installée entre Paul et Grégory à l'arrière du Land Cruiser. Susan souffre d'une vilaine plaie à la cuisse. Si elle n'est pas opérée d'urgence, elle perdra sa jambe.

La petite fille, séparée de sa famille pendant l'exode, a suivi la foule jusqu'au stade. Là, une vieille dame a bien voulu s'occuper d'elle et a fourni ces maigres informations aux soignants. Ils tentent d'établir un contact avec l'enfant. Susan demeure muette, recroquevillée sur sa douleur. Terrorisée de se retrouver dans une voiture avec trois inconnus, trois hommes. Dans ses bagages, Grégory a fourré plusieurs paquets de bonbons et il lui en reste une dizaine après la distribution de ce matin. Il en dépose un près de Susan qui hésite, puis finit par le prendre et le cacher dans la poche de sa robe.

— J'ai une petite fille, moi aussi, dit Paul. Elle s'appelle Marjorie.

Le chirurgien ne rencontre pas plus de succès que l'infirmier, mais il a une botte secrète : une collection de grimaces irrésistibles. Durant tout le trajet, il se déchaîne, se transformant en clown et en divers animaux.

Et enfin, il parvient à arracher un sourire à Susan.

***

27 juin 2003

Ce matin, Grégory a appelé Zina. Elle est inquiète, ayant vu aux informations que Monrovia plongeait dans le chaos. Son mari a tenté de la rassurer, lui promettant de ne pas sortir seul, de ne pas prendre de risques inutiles. Zina a fini par se détendre et lui a appris qu'Anton avait échangé quelques mots avec Michèle. Cette bonne nouvelle a mis du baume au cœur de l'infirmier. Et du baume, il lui en faut pour affronter ce qu'il voit ici à longueur de journée. JFK, unique hôpital de Monrovia encore en activité, est totalement saturé avec plus de cinq cents patients. La plupart sont des blessés par balle, soldats ou civils, adultes et enfants. Il y a aussi des blessés par hache, machette, lance ou couteau, sans oublier ceux qu'on a tenté de brûler vifs et qui en ont réchappé par miracle.

Grégory se demande si un jour, il s'habituera.

Il espère que ce jour ne viendra pas. Que le torrent de révolte qui brûle ses veines ne se transformera jamais en un filet d'eau tiède.

Il va de patient en patient, s'arrête près de la petite Susan que Paul a opérée le lendemain de son arrivée. Sa jambe est sauvée, elle devrait pouvoir remarcher dans quelques jours. Silencieuse, toujours terrorisée, elle fixe la porte de la chambre qui abrite deux autres lits occupés par des femmes. Elle fixe cette porte depuis des jours, comme si elle espérait voir ses parents la passer. Ou comme si elle espérait s'enfuir. Elle refuse de parler, refuse de manger. Grégory n'a eu d'autre choix que de la perfuser.

Cette nuit, il a peu dormi. Une insomnie comme une autre, peuplée de visages, de souffrances et de sang. Des heures durant, il a dû creuser profondément sa mémoire pour en exhumer les sourires et les victoires.

Conjurer les larmes, les cris. Et les défaites.

Cette nuit, tandis qu'il se battait contre ses démons, Grégory a fabriqué une poupée. Des bouts de tissus, de la ficelle, des boutons, des petits morceaux de bois, des feutres de couleur.

Quand il la pose à côté de Susan, la petite fille lâche enfin la porte des yeux. Elle regarde la poupée puis l'infirmier qui lui sourit. En anglais, il dit :

— C'est pour toi.

À sa grande surprise, Susan lui répond, dans un murmure à peine audible :

— Merci.

Il poursuit en anglais, puisqu'elle semble le parler :

— Je m'appelle Grégory, je suis français. Vas-y, prends-la. C'est pour toi, c'est un cadeau.

La petite Libérienne saisit la poupée et la cache sous son oreiller. Grégory sait qu'il doit se montrer patient. Alors, il s'éclipse sur la pointe des pieds. Une équipe du CICR cherche les parents de Susan, mais le chaos qui règne dans le pays risque de rendre leur enquête difficile. Peut-être ne retrouvera-t-elle sa famille que dans plusieurs semaines, voire plusieurs mois.

Peut-être ne la reverra-t-elle jamais.

L'infirmier s'octroie une pause et rejoint Paul qui remonte tout juste du bloc.

— J'ai envie d'une clope, dit le Suisse.

Les deux soignants se fraient un passage au milieu des brancards, des civières et des blessés pour atteindre la sortie de l'hôpital. Grégory offre une cigarette à son ami.

— Je viens d'opérer un gamin de trois ans, relate le chirurgien.

— Amputation ?

— Ce n'était pas nécessaire. D'autres l'avaient fait avant moi… Avec une machette.

— Je vois.

— Nous exerçons un métier merveilleux, mon frère !

C'est la première fois que Paul l'appelle ainsi, Grégory en éprouve une forte émotion.

— Il paraît qu'ils ont des plages paradisiaques dans le coin, reprend Paul en écrasant son mégot.

— Un jour, il faudra que je te donne la définition du mot *transition* ! sourit Grégory.

— C'est seulement que j'ai chaud, soupire le médecin. Et que je rêve de piquer une tête et de papoter avec les poissons.

— Papoter avec les poissons, c'est sympa, acquiesce l'infirmier. T'es sûr d'avoir toujours raison !

— Ça me rappelle une blague, enchaîne le Suisse : c'est un petit garçon tout mignon et tout sage, genre blondinet avec la raie sur le côté, qui est en train de reboucher un trou dans le jardin de la maison familiale avec une énorme pelle. Comme c'est tout près de la clôture, la voisine s'approche, regarde par-dessus le grillage et demande... File-moi une clope, s'il te plaît.

— Elle demande au gamin de lui filer une clope ? s'étonne Grégory.

— Non, *toi*, file-moi une clope !

Grégory lui tend son paquet et Paul poursuit :

— La voisine regarde par-dessus le grillage et demande : *Qu'est-ce que tu fais, mon petit ?* Le gosse lui répond : *Mon poisson rouge est mort, je viens de l'enterrer.* La voisine est étonnée... *Mais dis-moi, c'est un trou bien gros pour un si petit poisson !* Et là, le blondinet pose la pelle et balance : *C'est parce qu'il est dans le ventre de ton putain de chat, connasse !*

***

3 juillet 2003

Ce matin, Grégory a de nouveau traversé Monrovia pour porter assistance aux réfugiés massés dans un ancien temple de la capitale. Le même spectacle de désolation qu'au stade : des centaines de personnes qui campent dans le dénuement le plus total. Le Dr Logan, un généraliste libérien, est aussi du voyage. Certes, ce médecin n'est ni bavard ni sympathique, mais il est courageux et dévoué. Les camions bourrés de vivres et d'eau sont repartis une demi-heure plus tôt, vidés de leur précieux chargement, et les deux soignants, accompagnés de James, prennent à leur tour le chemin de l'hôpital JFK.

Grégory pense à Susan qui accepte désormais de lui parler.

Alors qu'ils empruntent une large avenue, ils sont stoppés par des soldats.

— Qu'est-ce qui se passe ? s'inquiète l'infirmier.

— Cortège présidentiel, répond James.

En sens inverse, plusieurs véhicules apparaissent, avec des hommes armés debout aux portières, et un 4 × 4 Mercedes dans lequel se trouve Charles Taylor. Sur le passage du convoi, la foule scande :

— *We want peace, no more war !*

Très nerveux, Logan ne cesse d'épier autour de lui. Dès que la voie est libre, James appuie sur l'accélérateur. Deux kilomètres plus loin, nouveau ralentissement, dû cette fois à un check-point verrouillé par les fidèles du président. Tandis qu'ils patientent, Grégory aperçoit un cadavre sur le trottoir. Celui d'un homme qui a visiblement été lynché. Vêtements arrachés, bras coupés, crâne défoncé… Grégory ferme les yeux et songe à Zina. Sa beauté, son corps qui lui manque, son sourire mystérieux. Il songe à ses chères montagnes, se demandant un instant ce qu'il fait là.

Là, au milieu des morts. Alors qu'il pourrait être auprès des vivants.

Une rafale d'arme automatique déchire le silence.

Leur véhicule, coincé dans une longue file de voitures, ne peut avancer. Au volant, James pousse un cri.

Deuxième rafale.

Un des hommes de Charles Taylor s'effondre, dix mètres devant eux. Grégory voit des miliciens en armes surgir sur les trottoirs, comme s'ils sortaient de nulle part. Comme s'ils jaillissaient de la bouche de l'enfer. Les coups de feu éclatent autour d'eux, le pare-brise du Land Cruiser vole en éclats.

Logan s'effondre sur le tableau de bord.

Grégory se couche sur la banquette arrière. James descend du 4 × 4, se met à courir, cherchant un abri. La seconde qui suit, une balle de gros calibre lui arrache la moitié du visage.

Non loin du véhicule, une maison abandonnée dont la porte est cassée. Avec le pied, Grégory pousse la portière arrière et, plié en deux, rejoint l'avant du 4 × 4. Au-dessus de sa tête, une vitre explose. Un autre projectile vient de traverser la voiture. Il extirpe le Dr Logan de son siège, le traîne sur quelques mètres jusqu'à la maison. Au moment où il ouvre la porte, une balle siffle tout près de son casque. Il parvient à entrer avec le blessé, tracte son corps inerte jusqu'au fond de la pièce. Il franchit une nouvelle porte, arrive dans une cour où gisent déjà deux cadavres. Il allonge Logan contre un mur, se penche sur lui. Impact au-dessus du gilet pare-balles, à la base du cou. Grégory déchire la manche de sa chemise, fait pression sur la blessure. De l'autre côté de la maison, détonations, hurlements. Massacres.

Une femme enceinte et son petit garçon surgissent dans la cour et Grégory leur fait signe d'avancer. Puis c'est un adolescent qui se réfugie auprès d'eux.

Logan respire encore, mais pour combien de temps ?

Tandis que les coups de feu continuent à éclater dans les rues adjacentes, la femme enceinte perd les eaux. Grégory demande à l'adolescent de le remplacer auprès de Logan et aide la jeune femme à s'étendre sur le sol. Il récupère un flacon de désinfectant dans la poche de son jean, se nettoie les mains. Il n'a jamais assisté une femme pendant un accouchement, aimerait que Logan soit à sa place.

— Ça va aller, dit-il. Ça va aller…

C'est alors qu'un homme armé fait irruption dans la cour. Ils restent tous bouche bée face au canon du fusil. Lentement, Grégory se met debout, levant les mains devant lui.

— *Red Cross !* dit-il. *Red Cross !*

La gueule du fusil pivote dans sa direction.

Le milicien hésite.

Durant d'interminables secondes, il hésite.

L'infirmier retient sa respiration. Il songe à Anton, à Zina. Il songe à sa mère. À Séverine et Charlène. À tous ceux qu'il aime et qui ne le reverront peut-être jamais. Les images défilent dans sa tête, tandis qu'il fixe le canon de l'arme pointée sur lui.

Finalement, l'homme fait demi-tour et disparaît. Grégory ferme les yeux une seconde, laisse son cœur se calmer. Puis il retourne auprès de la jeune femme qui subit les contractions. Son visage est couvert de larmes, son petit garçon s'accroche à elle. Elle retient avec courage ses cris de souffrance pour ne pas attirer d'autres miliciens dans leur cachette.

— Comment vous vous appelez ? interroge l'infirmier.

— Princess, répond-elle dans une grimace de douleur.

— Ça va aller Princess, répète alors Grégory en serrant sa main dans la sienne. Ça va aller...

***

6 juillet 2003

Quand Grégory s'approche, Princess lui adresse un sourire fatigué. Dans ses bras, le bébé né dans la cour. Elle a choisi de l'appeler Washington. C'est ce que voulait son mari, tombé un mois plus tôt, au début des combats.

Washington Grégory Kamara.

Kennedy, son premier fils, est sagement assis sur une chaise près du lit. Ils n'ont nulle part où aller, alors Grégory fait en sorte qu'ils puissent rester quelques jours à JFK. Mais ensuite, que vont devenir cette femme, son fils de quatre ans et son nourrisson ? Grégory n'a pas de réponse, pas de solution. Il les gardera ici tant qu'il le pourra, tant que l'hôpital l'y autorisera. Après, ce sera le stade ou le temple. Il caresse la joue de Washington, endormi au sein de sa mère.

Cet enfant né sous un déluge de feu.

Cet enfant né au moment où le Dr Logan rendait son dernier souffle.

Grégory quitte la chambre pour se rendre dans celle de Susan. Assise sur le bord de son lit, elle chuchote des secrets à sa poupée.

— Hello Susan. On va refaire ton pansement, OK ?

Elle hoche docilement la tête. Grégory récupère le matériel sur son plateau puis s'accroupit à hauteur des jambes de la fillette. Il ôte le bandage, nettoie la plaie recousue.

— Bientôt, on enlève les points. Quand j'aurai terminé, on ira marcher un peu dans le couloir, d'accord ?

Alors que l'infirmier pose une protection sur la cicatrice, la petite voix de Susan le surprend :

— Tu sais pourquoi mon pays s'appelle le Liberia ?

Étonné, Grégory lève les yeux vers elle :

— Non, je ne sais pas, prétend-il, devinant qu'elle a envie de lui donner la réponse.

— Parce que c'est là où sont arrivés les esclaves noirs libérés en Amérique.

— Vraiment ? rétorque l'infirmier. Explique-moi ça !

— C'était en 1822, raconte Susan d'un air docte. Ils sont venus en bateau et se sont installés ici, à Monrovia. Et tu sais pourquoi cette ville, elle s'appelle Monrovia ?

— Non, avoue Grégory.

— C'est en l'honneur du président américain Monroe.

— Donc, les anciens esclaves sont arrivés tout seuls jusqu'ici en 1822 ?

— Non, c'est les Blancs qui les ont amenés, la Société américaine pour la colonisation des gens de couleur libres. D'après mon papa, ce n'est pas seulement parce qu'ils étaient gentils : c'est parce qu'ils ne voulaient pas que tous ces Noirs restent en Amérique.

— Il y avait déjà du monde sur ces terres ? demande Grégory en déroulant le sparadrap.

— Oui. Les Kpelle, les Bassa, les Krahn… On les appelait les Bushmen.

— Et tout s'est bien passé entre eux ?

— Ben non, dit Susan avec un mouvement de tête. Les Freemen ont traité les Bushmen comme des esclaves. Ils les forçaient à travailler dans les plantations de caoutchouc.

— Tu veux dire que les anciens esclaves des plantations de coton ont réduit les indigènes en esclavage ? se désole l'infirmier.

— Oui. Et ils ont eu le pouvoir jusqu'à ce que Samuel Doe devienne président. Lui, c'était un Krahn.

— C'était une bonne chose, alors ?

— C'était un dictateur, rappelle Susan. Et après lui, c'est Charles Taylor, un autre dictateur. C'est pour ça qu'aujourd'hui, il y a la guerre, soupire-t-elle. Depuis que je suis née, c'est la guerre, de toute façon… C'est comment, la paix ?

— C'est beau… Tu n'as pas peur de sortir de chez toi. Tu n'as pas peur qu'on te tue, qu'on te tire dessus ou qu'on t'arrête alors que tu n'as rien fait. Et j'espère qu'un jour, tu verras ce que c'est. Mais dis-moi, Susan, comment tu sais tout ça ?

— Mon papa, c'est le maître d'école. Il dit qu'on doit apprendre toutes ces choses et plein d'autres encore si on veut être fort. Mais papa, je ne sais pas où il est… Et maman non plus.

Une larme coule sur la joue de la fillette, Grégory la prend dans ses bras.

— Mes collègues sont en train de les chercher, je suis sûr qu'ils vont les retrouver.

— C'est pour ça qu'ils m'ont prise en photo ?

— C'est pour ça, oui, acquiesce Grégory.

— Et si tes amis ne retrouvent pas mes parents, je vais aller où ?

— Eh bien… Tu iras dans un endroit où il y a plein d'autres enfants qui attendent leurs parents.

— Non, moi, je ne veux pas aller là-bas ! s'écrie Susan. Je veux rester avec toi ! ajoute-t-elle en se serrant contre lui.

Dans le couloir de JFK, Grégory s'adosse au mur. Mains derrière le dos, il fixe le sol. Sans le savoir, cette petite fille vient de lacérer son cœur, y ajoutant une énième fissure.

Jusqu'à quand tiendra-t-il le choc ?

***

22 septembre 2003

Le 11 août, Charles Taylor a démissionné. L'ex-président est parti en exil au Nigeria. Sept jours plus tard, un gouvernement de transition a été mis en place au Liberia et l'ONU a envoyé un contingent de maintien de la paix afin de désarmer les différentes factions.

Exsangue, meurtri, le pays reste dangereux, mais ses habitants peuvent enfin apercevoir une fragile lueur d'espoir.

Grégory continue à soigner les blessés, toujours nombreux. Il sait que sa mission prendra bientôt fin. Paul est déjà reparti en Suisse et l'appelle chaque semaine pour prendre de ses nouvelles.

Ce matin, il troque sa blouse d'infirmier contre son gilet pare-balles. Grâce à une collègue libérienne, il a réussi à se procurer une vraie poupée. Elle n'est pas neuve, elle est petite, mais très jolie.

Elle plaira à Susan.

La dernière fois qu'il est allé la voir, elle pleurait parce qu'on lui avait volé celle qu'il avait confectionnée.

Deux délégués du CICR, Essi et Jack, passent le chercher à JFK. Grégory regarde défiler les rues dévastées de la capitale. Quand ils arrivent à l'orphelinat, ses compagnons proposent de patienter dans la voiture.

Dans la cour de l'établissement, des enfants attendent un miracle qui ne viendra peut-être jamais : retrouver leurs parents, ou même seulement un membre de leur famille, un oncle, une tante, un cousin... une trace de leur passé piétiné par la guerre.

Dès que Susan voit Grégory, elle se précipite vers lui. Il la prend dans ses bras pour une longue étreinte.

— Bonjour ma chérie, murmure l'infirmier.

— Tu es venu me chercher ? espère-t-elle.

Il lui sourit, caresse son visage.

— Oui, ma puce. Je suis venu te chercher.

Après avoir échangé quelques mots avec la directrice et signé un registre, il attrape la main de Susan et la conduit jusqu'au 4 × 4. Essi et Jack accueillent la petite fille, qu'ils ont déjà rencontrée, puis elle s'assoit sagement sur la banquette arrière, aux côtés de Grégory.

— On va chez toi ?

— Non, répond l'infirmier.

— Où, alors ?

— C'est une surprise, dit-il avec un mystérieux sourire.

Le Land Cruiser quitte Monrovia, suivant des routes tout aussi dévastées que celles de la capitale. Maisons incendiées, carcasses de voitures, réfugiés qui rentrent chez eux, avec des couvertures ou des bassines sur la tête.

Une heure et demie plus tard, ils atteignent un village dont il ne reste pas grand-chose. Ils passent devant un bâtiment et Susan se met à crier :

— C'est une école !

— Oui, ma chérie, c'est une école.

— Elle est toute cassée...

La voiture ne peut aller plus loin et se gare devant l'établissement dont il reste le toit et les murs.

Essi prend un camescope pour filmer l'instant, mais laisse Grégory mener les opérations. Il attrape Susan par la main et le groupe se fraie un chemin entre les stigmates de la guerre qui jonchent la rue principale.

Au loin, une pauvre maison sans porte ni fenêtres.

Juste devant, les parents de Susan, ses trois frères et sa sœur.

Ils ont trouvé refuge dans ce village à cinquante kilomètres de celui qu'ils ont dû abandonner, chez un cousin de la mère de Susan. Grégory lâche la main de la fillette qui se met à courir en direction de sa famille. Quelques larmes de bonheur, quelques rires. Peu de mots.

Quand la petite fille revient vers lui, il s'accroupit à sa hauteur.

— Je t'avais promis qu'on les retrouverait, non ?

— Oui, murmure-t-elle.

Il prend la poupée dans la poche de son blouson.

— C'est pour toi, dit-il. Quand tu la regarderas, tu penseras à moi.

Elle hoche la tête.

— Je te reverrai pas, c'est ça ? suppose-t-elle.

Elle passe ses petits bras autour de son cou, colle sa joue contre la sienne.

— Continue à apprendre et tu seras la plus forte, dit-il.

— Un jour, quand je serai grande, j'irai en France. Pour te voir.

— Tu seras la bienvenue.

Quand il reprend la route en direction de Monrovia, Grégory a le sentiment qu'une couturière aux doigts de fée vient de rafistoler son cœur en lambeaux.

J'ai toujours aussi froid, mon amour. Les heures passent à m'écouter grelotter sous ma pauvre couverture trouée, devenue mon linceul.

Tu te souviens ? Tu me disais souvent que j'avais été sculpté dans le marbre et l'acier, que j'étais indestructible, invincible !

Tu te trompais, il faut croire.

Aujourd'hui, ou peut-être était-ce hier, ils ont à nouveau soulevé le couvercle de mon tombeau. Vider le seau, me jeter quelque nourriture, remplir mon thermos.

Que je ne meure ni de faim, ni de soif.

Que je crève de peur et de solitude.

Mes jambes que je croyais inertes se sont dépliées. Malgré les chaînes qui entravent mes chevilles, j'ai tenté de bondir hors du trou, comme on essaie de sortir de l'eau avant de se noyer. La crosse du fusil m'a violemment percuté et je suis retombé dans la fange.

Ils ont refermé ma tombe, j'ai entendu leurs pas s'éloigner.

Tu vois, mon amour, j'ai essayé. Je me bats encore.

Pourtant, mes forces m'abandonnent.

Du bout de mes doigts, j'ai touché le sang chaud qui inondait mon visage.

Ce sang qui coulait dans les veines de notre fille chérie. Et qui, bientôt, se figera dans les miennes.

27

15 janvier 2004

France, Alpes-de-Haute-Provence

Il est près de la cheminée, les yeux dans le feu. Hypnotisé par les flammes, leur éclat, leurs mouvements désynchronisés. Il sait qu'un danger approche. Il sait qu'un malheur va se produire mais ne bouge pas.

Car rien ne pourra l'empêcher.

Le premier choc contre la porte résonne dans sa poitrine tel un coup de semonce. Ce n'est pas quelqu'un qui s'annonce pour une visite amicale. C'est quelqu'un – ou quelque chose – qui veut entrer de force.

Deuxième coup, plus violent encore. La porte tremble sur ses gonds.

Il devrait monter à l'étage. Mais il demeure immobile, incapable de détourner son regard du brasier.

Troisième coup, la porte se fend de haut en bas.

Une peur terrible comprime son cœur et tord ses entrailles. Il a peur, mais ne peut se sauver. Une force invisible l'oblige à rester à genoux face à l'âtre.

Quatrième coup, la blessure qui coupe la porte en deux s'élargit dangereusement. Une main passe dans l'ouverture et tâtonne jusqu'à trouver la poignée.

Maintenant.

C'est maintenant qu'il faut agir.

Dans un sursaut salvateur, Grégory parvient à se lever et se précipite jusqu'à l'escalier qu'il gravit à toute vitesse. Des dizaines et des dizaines de marches.

Derrière lui, le bruit des bottes de son poursuivant.

Encore des marches, comme s'il montait au ciel. Son dernier voyage.

Le palier, enfin. Il entre dans la chambre, essaie de s'y enfermer. Mais la poignée de la porte a disparu. Il se précipite alors jusqu'à la fenêtre. Au moment où il en ouvre les battants, il découvre qu'il n'est pas au premier étage, plutôt à cent mètres du sol.

Il se retourne, l'agresseur est au seuil de la pièce. Un homme cagoulé qui pointe un fusil dans sa direction. Quand Grégory essaie de lui parler, il s'aperçoit avec horreur que ses lèvres et ses mâchoires sont soudées.

Passer par la fenêtre ou par les armes.

Les yeux noirs et haineux de l'assaillant plongent au fond des siens. Grégory voudrait se défendre, mais son corps n'est qu'un poids mort qui s'écrasera bientôt cent mètres plus bas.

Avec le canon du fusil, l'homme le pousse vers la fenêtre et, sous la pression, Grégory finit par basculer en arrière…

Il se réveille dans un sursaut silencieux. Le souffle court, la nuque trempée, les muscles tétanisés. Il repousse la couette, s'assoit sur le bord du matelas. Il écoute le silence rassurant. Aucun choc contre la porte d'entrée, aucun pas dans l'escalier.

Il enfile un tee-shirt et quitte la chambre où Zina dort profondément. Il s'engage dans l'escalier qui ne compte qu'une dizaine de marches et descend dans le salon où quelques braises rougissent dans la cheminée. Il ajoute une bûche, faisant renaître les flammes et la chaleur. Tout près de la cheminée, Pouchkine ne dort pas non plus. Il semble inquiet, aux aguets. Grégory lui offre une caresse puis il attrape son paquet de cigarettes, enfile son blouson et ouvre la porte. Comme suspendus dans l'air, des flocons de neige peinent à rejoindre le sol et rendent la nuit silencieuse. Grégory allume sa cigarette, fait quelques pas sur la terrasse, essayant d'évacuer les images de son cauchemar.

Chaque nuit est une lutte, une épreuve. Et les tourments s'invitent parfois en plein jour.

Lorsqu'il conduit, il lui arrive de voir des cadavres sur le bord de la chaussée.

Lorsqu'il marche en forêt, il lui arrive d'entendre les hurlements d'une femme, les pleurs d'un enfant.

Lorsqu'il parcourt les rues du village, il lui arrive de se sentir suivi.

Lorsqu'il rentre chez lui, il lui arrive d'avoir peur de trouver sa famille assassinée, sa maison incendiée.

Lorsqu'il respire, il lui arrive de sentir l'odeur putride de la mort.

Lorsqu'il rit, il lui arrive de pleurer.

Grégory écrase son mégot dans le cendrier au moment où Pouchkine pousse la porte et s'invite sur la terrasse. Grégory le caresse à nouveau, mais le chien a autre chose en tête. Il se dirige vers le côté du chalet et disparaît dans l'obscurité. En l'entendant pleurnicher, Grégory appuie sur l'interrupteur. Une ampoule s'allume sous l'auvent, projetant un peu de luminosité jusqu'au fond du terrain. Il aperçoit Pouchkine devant la porte du garage, qui gratte le sol.

— Viens ici !

Le chien n'obéit pas, continuant à chouiner et à racler le sol blanchi. Intrigué, Grégory le rejoint. La clef est dans la serrure alors qu'il est certain d'avoir fermé en fin de journée. Doucement, il pousse la porte en bois et voit une lueur au fond de la remise. Quelqu'un est assis sur l'établi et lui tourne le dos. Posée à côté de lui, une lampe électrique dont le faisceau est orienté vers le plafond. Grégory s'avance lentement, Pouchkine sur ses talons. La silhouette ne bouge pas. Vu que le chien ne grogne pas, c'est sans doute Anton. Mais Pouchkine n'est pas un bon chien de garde, plutôt un trouillard.

— Anton, c'est toi ?

Grégory attrape une pelle posée contre le mur puis allume la lumière. Le néon clignote plusieurs fois avant de baigner le garage d'une lueur blanche.

— Anton ? Qu'est-ce que tu fais là ?

Grégory repose la pelle et se dirige vers le jeune garçon, vêtu d'un tee-shirt à manches courtes alors que la température est négative. Tête baissée, mains sur les cuisses, il fixe le sol.

— Anton ?

L'adolescent relève la tête et ses yeux s'enfoncent dans ceux de son père. Regard froid, vide. Visage, mains et vêtements couverts de sang.

Grégory aperçoit un tournevis à côté d'Anton, lui aussi plein de sang. Il pose une main sur l'épaule du garçon qui semble revenir à la vie.

— Qu'est-ce que tu as fait ? murmure son père.

Anton baisse à nouveau les yeux et Grégory le prend à bras-le-corps pour le descendre de l'établi. Il le raccompagne à l'intérieur, l'installe près du feu. Il lui demande d'enlever son tee-shirt et constate les dégâts. À l'aide du tournevis, Anton s'est blessé sur le torse, au niveau du cœur. Une entaille profonde et large.

L'adolescent grelotte, il souffre.

— Je vais chercher de quoi te soigner, dit Grégory à voix basse. Reste près de la cheminée.

Dans la buanderie, il récupère la trousse de premiers secours et revient bien vite auprès de son fils qui regarde le feu, des larmes plein les yeux.

— On va essayer de ne pas réveiller ta mère, d'accord ?

Anton hoche la tête et Grégory nettoie la plaie. Une gaze, un pansement par-dessus. Il monte discrètement à l'étage, redescend avec un tee-shirt propre qu'il tend à Anton.

— L'autre, je le jette, dit-il. Que ta mère ne le voie pas.

Grégory ajoute du bois dans le foyer puis s'assoit près de son fils.

— Est-ce que tu veux me parler ? espère-t-il.

Le silence ne le surprend pas.

— Tu as fait un cauchemar ?

Un *oui* à peine audible sort de la bouche de l'adolescent.

— Moi aussi, révèle son père. J'ai rêvé qu'un homme me jetait dans le vide… Et toi ?

Les mains d'Anton se tordent l'une dans l'autre.

— Raconte-moi, s'il te plaît…

Impossible de lui faire prononcer le moindre mot. Grégory n'a plus sommeil, il sait qu'Anton ne se rendormira pas non plus. Alors, il prend une feuille, un crayon et les pose sur la table basse.

— Tu peux peut-être me dessiner ton cauchemar ? essaie-t-il. Mais si tu préfères, tu peux aller te reposer…

D'un signe de tête, Anton lui fait comprendre qu'il ne montera pas dans sa chambre.

De longues minutes passent, Pouchkine se remet près du feu et Grégory laisse Anton face à sa feuille blanche. Dans la cuisine, il se prépare un thé tandis que son fils saisit le crayon. Il s'assoit en retrait, se faisant discret. Du coin de l'œil, il voit la mine s'abattre sur la feuille. Geste appuyé, presque furieux. Au bout d'un quart d'heure, la main d'Anton lâche le crayon, son père revient s'asseoir auprès de lui.

— Tu me montres ?

Anton garde son dessin bien à l'abri sous sa main gauche. Soudain, il se lève et jette la feuille dans la cheminée. Elle virevolte une seconde, repoussée par la chaleur des flammes. Grégory en profite pour la saisir. Il ne la regarde pas, fixant son fils.

— J'aimerais voir ton dessin, dit-il. Tu veux bien ?

Anton porte une main à sa blessure et finit par hocher la tête.

Deux hommes très grands, chacun d'un côté de la feuille. Au milieu, un petit garçon à genoux, terrorisé. L'un des hommes porte une cicatrice ou un tatouage en forme de virgule sur la gorge. Son visage et son regard sont effrayants. Il n'y a aucun décor hormis la fenêtre ouverte dans le dos de l'enfant, et un lit souillé par ce qui ressemble à des traces de sang.

L'infirmier froisse le cauchemar jusqu'à le transformer en boule et le jette dans le brasier. Puis il passe un bras autour des épaules de son fils et l'attire contre lui.

— Repose-toi, dit-il. Je suis là, je veille sur toi…

Anton s'allonge, la tête sur les cuisses de son père. Dans ses yeux grands ouverts, comme dans ceux de Grégory, se reflètent les flammes de l'enfer.

Aux premières lueurs du jour, Grégory se réveille. Anton dort toujours, la dernière bûche s'est consumée.

Ça fait deux mois qu'il est rentré du Liberia où la situation s'est stabilisée.

Début septembre, en accord avec son mari, Zina a tenté d'envoyer Anton au collège. Grâce aux cours dispensés par Michèle, il a le niveau requis. Mais cette seconde tentative s'est une nouvelle fois soldée par un échec. Au bout de quinze jours, Anton a refusé de s'y rendre. Intraitable, Zina l'y a conduit de force. La semaine suivante, Anton a démoli l'un de ses camarades de classe à coups de poing. Même s'il ne mesure qu'un mètre soixante-deux pour cinquante-sept kilos, Anton peut se transformer en bête féroce. Il a été exclu de l'établissement, et les parents de l'autre garçon ont porté plainte. Dès qu'il est rentré en France, Grégory a proposé un arrangement amiable et, cinq mille euros plus tard, ils ont retiré leur plainte.

Depuis, Anton a repris ses cours particuliers et accepte de parler à Michèle. Grégory a découvert que son fils savait désormais lire le français aussi bien que le russe. *C'est un garçon très intelligent*, lui a confié l'ancienne institutrice.

Oui, Anton est intelligent. Mais il est rongé de l'intérieur par un mal que personne ne parvient à soigner ni même à apaiser. La guerre, le départ de son père, la mort de sa sœur… Des traumatismes que certains finissent par surmonter.

Anton ne fait pas partie de ceux-là.

Zina, en revanche, paraît être sortie indemne de ces épreuves inhumaines. C'est du moins l'image qu'elle renvoie. Car Grégory sait bien qu'elle aussi fait des cauchemars, qu'ils soient diurnes ou nocturnes. Parfois, il voit le chagrin percer au fond de son regard.

Anton se réveille à son tour et la douleur de sa blessure déclenche une grimace sur son visage d'enfant qui refuse de devenir un homme.

— Quand tu vas mal, tu devrais venir me voir plutôt que de te mutiler.

Dans les yeux d'Anton, il lit une réponse silencieuse et claire.

— Je suis souvent absent, c'est vrai, admet-il. Mais j'ai choisi de ne pas repartir, pas cette année en tout cas. Je me suis inscrit à une formation pour devenir infirmier de bloc opératoire. Je vais donc être près de toi et de ta mère chaque jour.

Anton est sceptique. Combien de fois son père lui a-t-il promis qu'il allait rester ?

— Maintenant que ta mère travaille, je peux me le permettre, ajoute Grégory.

Zina a trouvé un emploi dans un restaurant de la vallée. Au début, c'était pour la saison estivale, et puis le patron a décidé de la garder à l'année. Certes, ce n'est pas un plein-temps, mais son salaire cumulé à l'argent que Grégory a épargné devrait leur suffire à vivre un à deux ans.

— Tu as faim ? demande l'infirmier.

— Oui, papa.

Grégory ferme les yeux un instant. C'est la première fois qu'Anton l'appelle ainsi.

— Je vais te préparer un bon petit déjeuner, mon fils. Et ensuite, on prendra nos skis et on ira en montagne. C'est là-haut qu'on enterre les cauchemars…

***

Avril 2004

La formation d'infirmier de bloc opératoire se déroule à Digne-les-Bains, ce qui permet à Grégory de rentrer chaque soir. Il est apaisé de vivre à nouveau près de son fils et de son épouse, même s'il a parfois des envies d'ailleurs, des envies d'action et d'adrénaline.

Même si, souvent, il se sent impuissant loin de ceux qui souffrent.

Il compose avec ses cauchemars, ses tourments. Ils font partie de son quotidien, de ses journées comme de ses nuits. Il y a des moments où ils sont plus présents et plus violents que d'autres.

Des moments où Grégory a envie d'exploser son crâne contre un mur.

Il ignore pourquoi ces cruelles réminiscences sont plus envahissantes lorsqu'il n'est pas sur le terrain. Quand il est en mission, elles se replient dans les méandres de son cerveau, n'en sortant qu'à de brèves occasions. Mais dès qu'il est de retour en France, elles réapparaissent, tels ces cadavres gonflés d'air qui finissent immanquablement par refaire surface.

Au village, on le considère toujours comme un être à part. Un homme à mi-chemin entre le héros et le fou. Un homme marqué par le malheur, pour l'avoir côtoyé de trop près, pour être allé le chercher au bout du monde.

Au village, certains le croient coupable de la disparition de la petite Marion en 1994. C'est Michèle qui le lui a confié, sans toutefois lui révéler qui colportait ces ignobles soupçons.

Au village, les discussions vont également bon train sur Anton, cet adolescent qui ne parle à personne et à qui personne n'a envie de parler.

Les seuls moments où il se mêle aux autres, c'est durant les cours de judo auxquels il participe deux fois par semaine. Il est désormais ceinture marron et sera sans doute premier dan dès qu'il aura quinze ans, l'âge minimum pour ceindre son kimono de noir. En allant le chercher au dojo la semaine précédente, Grégory a échangé avec le professeur. Il lui a confirmé qu'Anton était très doué, mais qu'il était quasiment impossible d'établir un contact avec lui, même après trois ans et demi de pratique. *On dirait qu'il est dans son propre monde,* a dit le sensei. *Pas dans « notre » monde, dans un monde qui n'appartient qu'à lui…*

Est-ce qu'il vous a déjà parlé ? a demandé l'infirmier.

C'est arrivé, a confié le judoka. *Mais je n'ai dû entendre le son de sa voix qu'à une dizaine de reprises… Cela dit, il a son propre langage. On peut lire dans ses gestes, dans ses yeux…*

C'est vrai, a acquiescé Grégory. *En tout cas, je vous remercie de vous occuper si bien d'Anton. Je crois que la pratique du judo est importante pour lui.*

Je le crois aussi, a conclu le sensei.

Grégory apprend à son fils à aimer la montagne, que ce soit dans des chaussures de marche, sur des crampons ou des skis de randonnée. Il lui donne le goût de l'effort et de l'altitude, n'a pas besoin de lui enseigner les vertus de la solitude ou du silence. Il lui apprend à respecter ces lieux et tous les êtres qui en ont fait leur royaume. Ceux qui vivent sous terre, ceux qui fendent les airs, ceux qui ignorent le vertige et bravent les pentes abruptes. Ceux qu'on entend de loin, ceux qu'on remarque à peine. À chacune de leurs sorties, et sans prononcer le moindre mot, Anton pose mille questions. Chaque plante, chaque arbre, chaque insecte le fascine. Toujours muni d'un carnet, il croque en quelques coups de crayon tout ce qu'il observe, tel un naturaliste passionné. Zina les accompagne parfois, même si elle n'est pas très à l'aise sur les crêtes. Elle souffre d'un vertige que rien ne peut guérir. Une peur viscérale du vide.

Quand il n'est pas sur les sommets, Anton passe des heures à dessiner dans sa chambre. Il refuse de montrer ses œuvres à quiconque, mais son père a outrepassé cette interdiction plusieurs fois. Il a trouvé la clef du tiroir où Anton cache ses carnets et les a feuilletés. Il en a ressenti un profond malaise.

Malaise à tromper la confiance de son fils.

Malaise en découvrant la noirceur des dessins.

Mais Grégory a aussi été ébahi par le talent d'Anton. Le sensei ne s'est pas trompé : l'adolescent a inventé un monde qu'il fait vivre au fil des pages. Un monde peuplé d'êtres imaginaires, magnifiques ou maléfiques. Des hommes, des femmes, des enfants, des animaux. Et des êtres qu'il ne saurait classer dans aucune de ces catégories.

Mi-hommes, mi-bêtes. Mi-démons, mi-dieux.

Il y a aussi les paysages, créés de toutes pièces. Certains sont inspirés par la montagne, d'autres par la Tchétchénie. Souvent sombres et désolés, parfois verdoyants et enchanteurs.

Il y a des légions d'hommes en arme, des champs de bataille jonchés de cadavres. Il y a tout un monde souterrain, où grouillent d'étranges créatures, sortes de rongeurs à visage humain.

Grégory a tenté de retracer les histoires que son fils raconte au travers de ses œuvres. Mais pour y parvenir, il faudrait pouvoir entrer par effraction dans le cerveau d'Anton, comme il entre par effraction dans son jardin secret. Il aimerait savoir lequel de ces personnages incarne son fils. Est-ce ce héros magnifique qui porte une armure et une épée, et semble avoir pour mission de sauver l'humanité ? Est-ce ce petit garçon apeuré qui vit reclus dans une grotte obscure ?

Aucun de ces personnages n'a les traits délicats d'Anton. En revanche, il a reconnu facilement Zina sous les habits d'une déesse à l'allure guerrière. Quant à Grégory, il ressemble à cet instructeur qui enseigne le maniement des armes aux enfants. Il ne s'imaginait pas dans ce rôle, en a conclu qu'Anton le voit comme un homme qui apprend aux plus jeunes à se défendre.

Même Pouchkine a trouvé sa place dans cet univers à l'incroyable richesse. Ainsi que Khrabrost et Zelimkhan, Charlène et Séverine. Sans oublier Layla qui s'est glissée dans la peau d'une divinité évanescente siégeant dans les étoiles.

En refermant les carnets, Grégory s'est dit qu'Anton pourrait faire du dessin son métier. Il ne le voit guère dans une autre profession, mais c'est à Anton de décider, si toutefois il en est capable. Le monde réel doit tant l'effrayer qu'il ne souhaite sans doute pas l'intégrer.

Depuis que son père a choisi de rester en France, Anton ne s'est plus mutilé. Pourtant, même si Grégory tente de se persuader du contraire, il repartira en mission.

Il repartira, parce que les mines continuent leur travail de mort partout sur la planète. Parce que les fusils d'assaut continuent de blesser et de tuer les femmes et les enfants.

Il repartira, parce que les cris des victimes deviendront assourdissants. Parce qu'il est incapable de rester sourd aux appels de détresse hurlés à travers le monde.

Il repartira, ce n'est qu'une question de temps.

De temps et de courage.

De courage et de valeurs.

28

Novembre 2004

France, Alpes-de-Haute-Provence

Grégory prend une pause devant le centre de formation en compagnie de quelques collègues. Alors qu'il allume une cigarette, son portable sonne. Le numéro de Zina s'affiche, il décroche et s'éloigne du groupe. À l'autre bout des ondes, son épouse, d'habitude si calme, frise l'hystérie :

— Ils sont venus à la maison, ils ont pris mon fils !

— Hein ? Qui a pris Anton ?

— La police ! Ils sont entrés de force, ils ont tout fouillé et ils ont pris Anton !

— Mais pourquoi ?

— Ils ne veulent pas me dire ! hurle Zina.

— OK, calme-toi chérie… Tu es où, là ?

— À la gendarmerie. Ils ne veulent pas me laisser voir mon fils ! Ils m'ont même demandé si on avait un avocat !

— Ne bouge pas, j'arrive.

Grégory s'excuse auprès de ses collègues et se précipite jusqu'au parking.

Qu'a bien pu faire Anton ? A-t-il agressé quelqu'un ? L'adolescent est fragile et Grégory craint que les gendarmes ne le malmènent. Ils vont lui poser des questions auxquelles il ne pourra répondre. Poussé dans ses derniers retranchements, il pourrait devenir violent.

Grégory dépasse allégrement la vitesse autorisée. Tout au long de l'interminable trajet, il prend conscience de l'amour qu'il porte à ce garçon dont le sang est pourtant différent du sien.

Des kilomètres d'angoisse, de questions, de peur.

Enfin à destination, Grégory trouve Zina assise sur le trottoir, devant la petite gendarmerie. Elle vient à sa rencontre et tombe dans ses bras.

— C'est mon fils et je ne peux pas le voir ! gémit-elle.

— Calme-toi, murmure Grégory. Je vais arranger ça…

— Ils ont tout renversé dans la maison, ils étaient comme des fous !

— Ils t'ont fait du mal ? demande Grégory en voyant un hématome sur le poignet de son épouse.

— Je voulais pas qu'ils prennent Anton. J'ai essayé de les en empêcher, alors il y en a un qui m'a poussée et je suis tombée.

La colère transfigure soudain le visage de l'infirmier.

— Viens, on y va, dit-il.

Ils exigent de voir le chef de brigade. Le militaire à l'accueil les oblige à patienter alors qu'il n'y a visiblement personne dans les locaux. Ils ressentent cette longue attente comme une humiliation, mais restent courtois. Ne pas oublier qu'Anton est entre leurs mains, inutile de jeter de l'huile sur le feu. En chuchotant, Zina lui raconte à nouveau la scène de l'arrestation de leur fils, qu'ils ont plaqué au sol et à qui ils ont passé les menottes. Puis la perquisition dans la maison, le garage, la remise…

— Ils ont même frappé le chien, révèle Zina. Avec la crosse d'un de leurs fusils…

— Pouchkine ?

— Quand ils ont pris Anton, il s'est mis à aboyer et à montrer les crocs…

L'adjudant Hamon vient à leur rencontre, la mine sévère, et les invite à l'accompagner dans son bureau. Grégory le connaît mal, n'a pas d'opinion arrêtée sur lui. Au village, certains disent qu'il est peu amène, borné et brutal. Gardant un calme de façade, Grégory lui demande pourquoi ils ont arrêté Anton.

— Monsieur Delaunay, votre fils est en garde à vue pour tentative de meurtre.

Les deux parents mettent un instant à encaisser le choc.

— *Tentative de meurtre ?* répète Grégory. Vous devez faire erreur, monsieur !

— Ce n'est pas monsieur, c'est *adjudant*, rectifie Hamon.

— Vous vous trompez, *monsieur l'adjudant*, balance Grégory.

— Il a été formellement identifié par la victime, et plusieurs témoins l'ont aperçu près du lieu du crime, rétorque le gendarme.

Nouvel uppercut dans la mâchoire.

— Qui est la victime ? poursuit Grégory. Et comment va-t-elle ?

— La victime, c'est M. Geoffrey. Il est à l'hôpital.

— Robert Geoffrey ? Mais… Mon fils ne le connaît même pas !

— Pourtant, il a tenté de le tuer.

Le gendarme leur apprend qu'Anton a vu un médecin, ainsi que la loi le prévoit. Qu'on lui a désigné un avocat d'office qui n'est pas encore arrivé vu les délais de route. Et qu'il n'a pas prononcé un mot depuis son interpellation. Puis il leur relate brièvement l'agression dont il est soupçonné. L'adjudant regarde Grégory, ne s'adresse qu'à lui. Comme si Zina n'était pas là. Ou comme si elle ne comprenait pas un mot de français.

— Ça s'est passé dans la forêt communale de Saint-Paul. M. Geoffrey revenait de la chasse. D'après ses déclarations, il a posé son fusil à côté de son véhicule, a mis son gibier dans le coffre. C'est à ce moment-là que votre fils s'est saisi de l'arme et a cogné la victime avec. Il l'a frappé violemment, à plusieurs reprises. On peut dire qu'il s'est acharné sur lui. Coups de crosse, coups de pied, coups de poing…

— Il a dû provoquer Anton, lui faire du mal ! intervient Zina.

Comme s'il ne l'avait pas entendue, Hamon reprend :

— La victime a réussi à appeler les secours. Il a été conduit à l'hôpital dans un état grave. Plusieurs fractures et un traumatisme crânien. Nous cherchons toujours son fusil, c'est pour cela que nous avons perquisitionné votre domicile. Votre fils refuse de nous indiquer où il l'a mis... Si vous le savez, il vaudrait mieux nous le dire.

— Nous n'en avons aucune idée, répond Grégory d'un ton sec. Et je suis sûr que ces témoins font erreur. Mon fils ne peut pas avoir...

— L'entretien est terminé, le coupe Hamon. Rentrez chez vous, on vous tiendra informés.

Grégory essaie de garder un semblant de calme.

— Anton est un garçon fragile. Il ne parlera qu'à moi ou à sa mère. Donc, si vous nous laissez le voir...

— Vous ne le verrez pas, tranche le militaire.

Soudain, Zina se met debout et fusille Hamon du regard.

— Vous ne pouvez pas m'interdire de voir mon fils, dit-elle. Vous n'avez pas le droit !

— Si, j'ai le droit. Comme j'ai le droit de vous demander de quitter les lieux.

Quand la pluie a commencé à tomber, Grégory et Zina se sont réfugiés dans la voiture garée en face de la gendarmerie. Vers 17 h 30, alors que la nuit tombait, ils ont vu arriver l'avocat commis d'office et ont réussi à échanger quelques mots avec lui. Ils ont insisté sur la fragilité d'Anton, ses traumatismes, sur l'urgence qu'il y avait à l'extirper des griffes des gendarmes. Ils attendent désormais qu'il ressorte pour avoir des nouvelles de leur fils.

Grégory descend la vitre et allume une cigarette. L'horloge du tableau de bord lui indique qu'il est 18 h 10. Quand il voit que Zina grelotte, il lui donne son blouson.

— Il a l'air mauvais, ce flic, dit-elle. Et cet avocat, il a l'air nul.

Difficile de la contredire. Grégory reste silencieux, écoutant l'orage qui gronde sur les sommets. Il se demande pourquoi le malheur le frappe ainsi, une fois de plus. Pourquoi le sort s'acharne sur lui et ses proches. La rumeur de la malédiction qui suivrait sa famille de génération en génération lui revient à l'esprit.

Foutaises !

Le visage d'Anatoli se dessine sur le ciel d'ardoise. Ses yeux envoient un éclair en direction de Grégory.

Ce n'est pas Anton, le criminel. Le seul vrai meurtrier ici, c'est moi.

Alors que Grégory écrase son mégot dans le cendrier, la porte du bâtiment s'ouvre sur Me Caramy. Aussitôt, les deux parents se précipitent vers lui. L'avocat leur apprend qu'Anton est sur le point d'être déféré devant le juge des enfants.

— Vu les éléments accablants du dossier, je pense que le magistrat va le mettre en examen pour violences volontaires ayant entraîné une ITT de plus de huit jours. Votre fils n'a rien dit, je suppose qu'il ne dira rien non plus au juge ?

— C'est fort probable, acquiesce Grégory. Il faut expliquer à ce juge que ce n'est pas du mépris ou je ne sais quoi… Lui dire qu'Anton souffre de mutisme.

— Je le lui dirai, promet l'avocat.

— On peut l'accompagner chez le juge ?

— Non, vous n'aurez pas le droit d'être là. Mais moi, j'y serai.

Grégory donne un coup de pied dans une pierre.

— Vous avez vu Anton ? Comment va-t-il ?

— Difficile à dire. J'ignore s'il m'a écouté, ou même entendu. Bon, il faut que je file jusqu'au tribunal pour arriver avant lui... Vous pouvez me suivre si vous le souhaitez. Vous attendrez dehors mais...

— C'est ce qu'on va faire ! s'écrie Zina. Et il risque quoi, mon fils ?

— Jusqu'à cinq ans de prison et soixante-quinze mille euros d'amende.

Grégory a l'impression que le ciel lui tombe sur la tête. Zina vacille et se raccroche à l'épaule de son mari. À cet instant, trois gendarmes sortent du bâtiment. L'un d'eux tient fermement Anton par le bras. L'adolescent, menottes aux poignets, relève la tête vers ses parents. Son regard croise celui de Grégory, lui envoyant tout le désespoir du monde en pleine figure.

Zina se précipite, son mari met une seconde à la suivre. Peine perdue : deux gendarmes font barrage et Zina ne peut pas prendre Anton dans ses bras.

— Tiens bon, Anton ! s'écrie Grégory. On va te sortir de là ! Tiens bon !

Zina, elle, n'a plus la force de parler.

***

Mai 2005

— Bonjour Juliette ! C'est Grégory.

Il avance dans l'appartement et trouve la vieille dame assise sur le bord de son lit. Dès qu'elle le voit, elle sourit.

— Bonjour Grégory, comment allez-vous ?

— Bien, et vous ?

L'infirmier accompagne Juliette jusque dans la salle de bains. Il l'aide à se dévêtir et à entrer dans le bac à douche où elle s'assoit sur un siège en plastique. Il la laisse se laver, n'intervenant que pour les gestes qu'elle ne parvient pas à faire seule. Il raconte des blagues, puisant dans le répertoire de Paul, histoire de détendre l'atmosphère.

Il imagine à quel point ça doit être difficile pour cette femme qui s'est démenée toute sa vie, d'être obligée de demander de l'aide pour les choses du quotidien. Difficile de prendre sa douche en présence d'un homme.

D'avoir besoin d'assistance pour tout et n'importe quoi.

D'être dépendante d'autrui alors qu'on a passé sa vie à aider les autres.

Il enveloppe dans une grande serviette son corps fatigué et amaigri, mais dont il émane autant de force que de fragilité. Même ses rides sont belles. Parce qu'elles sont les témoignages des sourires, des rires et des colères. Des épreuves surmontées, des coups encaissés.

Après la toilette, Grégory aide Juliette à s'habiller. Il ne la presse pas, ne la brusque pas. Puis il lui prépare ses médicaments et même son café.

— Prenez-en un avec moi, propose-t-elle.

Il s'assoit en face d'elle, savoure son expresso. Depuis le début de l'année, Grégory travaille tous les samedis et dimanches pour un cabinet d'infirmiers libéraux. Il commence à 6 heures, finit à 22 heures. Tandis que ses collègues partent en week-end, il enchaîne les toilettes, les prises de sang, les injections, les soins post-opératoires. Il travaille également deux soirs par semaine, les jours où il quitte la formation plus tôt. Il travaille comme un forcené pour payer la somme à laquelle le juge les a condamnés, Zina et lui, en tant que représentants légaux d'Anton. Zina a également dû trouver un deuxième emploi pour faire face. Juste après la sentence, la mère de Grégory leur a donné une belle somme d'argent qu'ils tiennent à rembourser.

En plus de l'amende pénale, il faut payer les dommages et intérêts à Robert Geoffrey, ainsi que tous les frais de justice. Mais bientôt, leur dette sera réglée.

À coups de fatigue, de labeur et d'humiliations.

Anton a échappé à la prison ferme. Il a écopé d'une peine de deux ans avec sursis. Il est sous contrôle judiciaire, avec obligation de se présenter chaque semaine à la brigade de gendarmerie et de consulter un psychiatre de façon régulière.

Lorsqu'ils sont rentrés à la maison, ce maudit soir de novembre, Anton n'a rien dit. Épuisé, il est allé directement dans sa chambre. Le lendemain, Grégory l'a interrogé sur le fusil. Incapable du moindre mot, Anton s'est assis sur le siège passager de la voiture et a conduit son père jusqu'à une retenue d'eau non loin du chalet.

C'est là que tu l'as jeté ? a demandé Grégory.

Anton a hoché la tête.

Pourquoi tu as fait ça ? a poursuivi son père.

Dans un effort presque surhumain, Anton lui a expliqué qu'il avait jeté ce fusil pour que l'homme ne puisse plus massacrer avec. Qu'il l'avait frappé parce qu'il avait tué un chamois. Et qu'on ne tue pas les innocents.

Anton, la violence n'est pas une solution. Comme toi, je condamne ces hommes qui tuent pour le plaisir. Comme toi, je les déteste. Mais ce que tu as fait, c'est inacceptable. Tu t'es abaissé à son niveau. Tu t'es sali.

Les larmes sont montées dans les yeux bleus de l'adolescent.

Il y a d'autres façons de lutter. La violence ne doit jamais être employée. Jamais, tu entends ?

Grégory lui a parlé longtemps. Son fils a fini par promettre, d'un hochement de la tête, qu'il ne recommencerait plus.

Son père est allé révéler aux gendarmes où se trouvait le fusil, afin de montrer sa bonne foi.

À la suite de cet événement, Grégory et les siens sont devenus des pestiférés au village. Zina ne fait plus le service dans le restaurant, elle reste dans la cuisine, invitée à ne plus paraître devant les clients. Avec son fils, elle se montre encore plus intraitable qu'avant.

Quant à Anton, depuis les quelques mots prononcés près de la retenue d'eau, il n'a plus ouvert la bouche.

Et personne ne sait s'il reparlera un jour.

29

Octobre 2005

Pakistan, province du Cachemire, Muzaffarabad

Il y a une semaine, la terre a tremblé.

Si fort que les maisons, les immeubles, les ponts et les routes se sont écroulés tels des fétus de paille. Les secouristes du monde entier sont sur place, cherchant les rescapés sous les décombres, sortant les corps des victimes par centaines, par milliers. Le bilan, déjà effroyable, devrait s'alourdir encore et encore…

Grégory a atterri la veille à l'aéroport d'Islamabad, la capitale, elle aussi durement touchée par le séisme. Il y a retrouvé Paul, et ce matin, ils montent à bord d'un hélicoptère du CICR.

— Je déteste l'avion, mais je crois que l'hélico, c'est pire ! se lamente le Suisse.

— Détends-toi, sourit Grégory. Le vol dure une heure…

— Soit environ le temps de crever soixante fois !

— Je suis content que tu te sois décidé à reprendre du service, dit l'infirmier.

— Je l'ai fait uniquement pour avoir le plaisir de te donner des ordres au bloc !

Grégory a obtenu son diplôme fin juin, il va pouvoir assister son ami pendant les opérations. De quoi les rapprocher plus encore.

Ils atterrissent à Muzaffarabad, ville nichée sur les contreforts de l'Himalaya, là où le CICR a transformé un stade de cricket en hôpital de campagne pour les blessés de toute la région.

Dès leur arrivée, Paul et Grégory enchaînent les interventions délicates. Beaucoup de fractures, de plaies ouvertes et bien sûr, nombre de patients souffrant du syndrome d'écrasement, le « syndrome des ensevelis ». Bloqués sous les décombres durant des heures, voire des jours, leurs corps ont été comprimés et leurs muscles privés d'oxygène. Les toxines accumulées se sont libérées dans leur organisme lorsqu'ils ont été extraits de l'enfer. Certains devront être amputés, d'autres en mourront, ce « mauvais sang » endommageant leurs organes vitaux.

En fin de journée, Grégory et son ami prennent une pause devant l'une des tentes qui servent de bloc. Ils dînent d'un sandwich, boivent un café, fument une cigarette, tandis que les blessés continuent d'affluer sur les civières portées par les hommes du Croissant-Rouge pakistanais.

— Alors, premières impressions ? interroge Paul.

— Je me sens plus utile qu'avant, confie l'infirmier. Maintenant, je vais pouvoir suivre un patient du début à la fin. Et en prime, je peux te surveiller !

— Uniquement quand je suis bourré, on est d'accord ?

— Tu es impressionnant, avoue Grégory. Quand tu opères, tu es incroyable… Précis, rapide, calme. Tu es un magicien du bistouri !

— Fais gaffe, je frise l'orgasme, là !

— Je suis heureux de te retrouver, sourit Grégory.

— Moi aussi !

Ils admirent les étoiles qui scintillent au-dessus de la chaîne montagneuse la plus haute du globe. Se rendent-elles compte, depuis leur piédestal, que le monde des humains va si mal ? Ou sont-ils trop minuscules pour que l'univers fasse attention à eux ? Des fourmis qui s'entretuent pour un morceau de territoire, un accès à l'eau ou à la nourriture. Des insectes qui se battent contre la furie de la nature.

Avant le séisme meurtrier, le Cachemire était déjà le théâtre d'un conflit non moins meurtrier entre l'Inde, le Pakistan et la Chine. Un conflit qui dure depuis la fin des années 1940, une guerre si longue que le monde a fini par l'oublier.

— Comment va ton fils ? s'enquiert Paul.

Grégory ne répond pas immédiatement. Sans doute parce qu'il ne connaît pas la réponse à cette question.

— Il garde des séquelles de son passé et je pense qu'il ne s'en remettra jamais.

Paul se contente de hocher la tête face au tableau sombre dressé par son ami.

— Mais je garde espoir, ajoute Grégory. On va se battre, faire tout ce qu'on peut…

Ils retournent à l'intérieur de la tente où deux blessés attendent leur aide.

Paul et Grégory opéreront toute la nuit, dans un bloc de fortune.

Et les étoiles n'y verront que du feu.

***

L'hélicoptère survole des villages devenus décombres. Cette nuit, la neige est tombée sur la douleur, comme si la nature voulait cacher ses crimes, ensevelir les morts et les ruines sous une couche de pureté. Nettoyer le sang et les cendres, oublier qu'elle a tué.

Grégory a pris place dans le MI 26, ce géant des airs aussi haut qu'un immeuble de trois étages, capable de transporter des tonnes de matériel ou des dizaines de civières. En compagnie de plusieurs membres du Croissant-Rouge et de Ruben, un médecin suédois, il se rend dans un village de montagne devenu inaccessible par la route, et qui n'a reçu aucun secours. Il se prépare mentalement à ce qu'il va trouver là-bas : des morts, des blessés, des survivants qui n'ont plus rien. L'appareil transporte des vivres, des couvertures et des bâches qui permettront aux villageois de mettre un toit sur les abris qu'ils doivent être en train de construire.

Ils arrivent dans la vallée de Ghori et déchargent l'hélicoptère, tandis que les habitants des villages alentour commencent à affluer sur la zone. Ruben, Grégory et une équipe de dix personnes prennent le matériel médical et entament une longue marche jusqu'au village qu'ils doivent visiter. Les chefs de famille venus récupérer les vivres leur emboîtent le pas.

Ils sont attendus, il y a des gens à soigner. Mais pour beaucoup d'autres, il est trop tard.

Soudain, une rivière furieuse leur barre la route. Le pont qui permettait de l'enjamber s'est couché sur le côté. Les villageois s'engagent sur les ruines de l'ouvrage et les humanitaires n'ont d'autre choix que de les suivre. Ils avancent prudemment sur ce qui fut le garde-corps en s'appuyant sur le tablier renversé, dressé à la verticale. Grégory jette un œil vers le bas, vers les flots déchaînés et les rochers qui affleurent à la surface. De quoi se briser le crâne ou l'échine.

Ils parviennent enfin sur l'autre rive et reprennent leur ascension jusqu'au village martyr.

Du village en question, il ne reste rien. Les maisons se sont écroulées et les survivants ont récupéré des planches pour monter des abris de fortune sous lesquels s'entassent des familles décimées, terrifiées, affamées. Les morts ont été ensevelis à côté du cimetière, devenu trop exigu.

Grégory et Ruben s'installent dans l'unique bâtiment encore debout. Les villageois viennent à eux avec les blessés, attendant patiemment leur tour. Ejaz, un employé du Croissant-Rouge, se charge de la traduction.

Beaucoup de plaies à désinfecter et à panser. Chairs déchirées, écrasées. Regards hébétés, traumatisés. Sourires reconnaissants de ceux qui se pensaient abandonnés.

Un père se présente avec son fils de huit ans, Sony, qui a eu la main bloquée sous une poutre de béton pendant trois jours. Ruben ôte le pansement rudimentaire et découvre que les doigts se sont soudés entre eux. La main de Sony est littéralement en train de pourrir.

— Nous devons l'opérer, annonce-t-il. Il prendra l'hélicoptère avec nous.

— C'est le seul enfant qui me reste, précise le père. Mon autre fils et mes deux filles sont morts. Alors, prenez-en soin.

Ruben et Grégory hochent la tête, ne sachant quoi dire à cet homme qui n'a plus de larmes, plus de forces. Vient le tour d'un petit garçon d'une dizaine d'années. Ejaz traduit ses propos :

— Maman, elle va pas bien… Il faut que tu viennes.

Grégory abandonne Ruben pour suivre le garçon et demande à Ejaz de les accompagner. Ils traversent les vestiges du village. Un amas de débris, des maisons écartelées par la colère tellurique. Quelques vêtements éparpillés, des ustensiles de cuisine au milieu d'un chemin, des animaux domestiques qui cherchent leur pitance au cœur du chaos silencieux.

Shani, le petit garçon, les conduit jusqu'à la maison disloquée où il a grandi. Le toit s'est effondré et seuls deux murs sont encore debout.

— Elle est là, ma maman, dit-il.

Grégory découvre la mère de Shani, allongée à même le sol. Au premier regard, il a l'impression qu'elle est morte. En se penchant sur elle, il s'aperçoit qu'elle respire encore. Il comprend qu'elle a eu les deux jambes broyées et suppose que quelqu'un l'a sortie des décombres avant de la laisser là, une simple couverture pour linceul. Grégory se tourne vers Shani :

— Comment s'appelle ta maman ?

— Rehana.

— On va la soigner, ne t'en fais pas. Tu as quelqu'un qui peut s'occuper de toi, ici ?

— Non. Mon père, il est mort. Tout le monde est mort.

— Alors, tu vas venir avec nous. Tu es déjà monté dans un hélicoptère ?

— Non.

— Tu vas voir, celui-là est gigantesque ! C'est le plus gros du monde !

Grégory s'adresse ensuite à Ejaz :

— Va chercher une civière. Et demande à Ruben de rappliquer dès qu'il peut.

Ejaz repart en sens inverse tandis que Grégory perfuse sa patiente. Une femme d'une trentaine d'années, au visage délicat, qui ressemble un peu à Zina.

Elle lui a donné son accord pour cette mission, alors qu'il hésitait à les abandonner une fois encore.

Tu seras de retour pour Noël et nous, on t'attendra. Vas-y, ils ont besoin de toi là-bas.

Grégory ignore si Rehana survivra à ses blessures. Si elle pourra garder ses jambes, ou si Paul devra l'amputer. La seule chose dont il est sûr, c'est que s'il n'était pas là aujourd'hui, lui ou un autre humanitaire, elle serait morte avant le coucher du soleil.

Face au pont renversé, Grégory prend une grande respiration. Il va falloir franchir l'obstacle avec la civière. Ruben attrape la main de Shani et passe en premier. Les porteurs avancent à leur tour et font de leur mieux pour que Rehana subisse le moins de chocs possible. Grégory s'élance en dernier, tenant Sony de son bras gauche, s'accrochant à ce qu'il peut avec sa main droite. Ne pas glisser, ne pas tomber, ne pas flancher.

Le convoi atteint l'autre rive, les hommes tentent d'accélérer. Malgré la perfusion, l'état de la jeune mère s'aggrave. Shani, son fils, marche en silence aux côtés du brancard.

Enfin, ils aperçoivent l'hélicoptère. Ils déposent la civière au pied de l'appareil et, tandis que Ruben fait monter Sony dans le MI 26, Grégory se penche sur la jeune femme pour vérifier son état.

— Elle va bien, maman ? s'inquiète Shani. Tu vas la soigner, hein ?

Grégory se tourne vers le petit garçon. Il aimerait trouver les mots.

Il aimerait lui dire que oui, elle va bien. Que oui, il va la soigner, la sauver.

Qu'il ne sera pas seul au monde.

Mais Rehana n'a pas attendu le coucher du soleil pour partir.

Et ça, Grégory ne sait pas comment l'annoncer à Shani.

Une demi-heure plus tard, l'appareil est prêt à décoller en direction de Muzaffarabad.

Shani et sa mère ne sont pas montés à bord. Pourquoi l'équipe ramènerait-elle un corps sans vie et un enfant ne souffrant d'aucune blessure ? Embarrassé, Ruben s'adresse à Shani, d'une voix qui manque cruellement de compassion, et lui conseille de repartir vers son village. C'est alors que Grégory se dresse face à lui :

— On ne peut pas laisser ce gosse seul ici avec le cadavre de sa mère.

— On n'a pas le choix, réplique le Suédois. Notre priorité, ce sont les blessés.

— Je vais rester avec lui.

— Hors de question ! s'écrie Ruben. Tu montes dans l'hélico.

— Tu n'as pas d'ordre à me donner, rappelle Grégory. Alors, je m'occupe de lui et tu enverras une équipe me récupérer à cet endroit demain.

— Mais… Tu es dingue !

— Donne-moi deux rations de nourriture et de l'eau. Pour le reste, je me débrouille.

Face à la détermination de l'infirmier, le Suédois abandonne la lutte. Grégory récupère les vivres puis regarde le MI 26 s'éloigner dans les airs. Comme la nuit ne tardera plus, il improvise un campement de fortune et allume un feu. Il surveille Shani du coin de l'œil ; assis près de la dépouille de sa mère dont il a découvert le visage, il demeure silencieux. Rehana est enveloppée dans un drap blanc, à même le sol, Ruben ayant exigé que la civière soit récupérée. Grégory fouille son sac et y trouve son fidèle Polaroid. Il immortalise le visage de Rehana qu'on croirait paisiblement endormie. Lorsque la photo se révèle, il l'offre à Shani.

— C'est pour toi, mon garçon. Un souvenir de ta maman.

Surpris, Shani fixe le cliché avant de l'enfouir dans sa chemise, tout près de son cœur.

Plus tard, alors que les ténèbres s'abattent sur la vallée, il vient s'asseoir près de l'infirmier. Grégory donne une ration de nourriture au jeune orphelin qui, visiblement, n'a pas mangé depuis plusieurs jours. Il ne restait plus une seule couverture dans l'hélicoptère, alors Grégory prête sa parka à Shani pour le protéger du froid. Puis il prend dans son sac un dictionnaire anglais-kashmiri qui contient les mots principaux, et tente de nouer une conversation :

— Tu avais des frères, des sœurs ?

À cause de son accent, Shani met un moment à comprendre la question.

— Un frère, Mohem, et deux sœurs, Shazia et Nasreen. Mon père, c'était Muhammad.

Grégory poursuit, tant bien que mal :

— Demain, on enterrera ta maman avec ton père, tes frères et tes sœurs, OK ?

Shani hoche simplement la tête. Soudain, le portable de Grégory vibre.

— Alors Greg, tu as encore fait ta forte tête ? lance Paul à l'autre bout des ondes.

— Il paraît…

— Et qui va m'assister pour les opérations ?

— Je serai de retour demain. Je ne pouvais pas laisser ce pauvre gamin tout seul !

— T'as eu raison… Mais Ruben nous a chié une pendule. Une comtoise, même !

— Si tu savais comme je m'en fous ! sourit l'infirmier.

— Oh, je le sais bien ! réplique Paul. J'envoie une équipe te récupérer demain après-midi.

— Parfait. Merci Paul et bonne nuit.

— Bonne nuit, mon ami.

Grégory raccroche et constate que Shani s'est endormi, la photo de Rehana entre ses mains.

Les premiers rayons du soleil caressent les sommets enneigés, entamant leur lente descente vers les hommes. Étendu près des braises, son sac à dos en guise d'oreiller, Grégory admire le spectacle féerique. Il n'a pas fermé l'œil de la nuit, ne se sent pourtant pas fatigué. Il a seulement froid, ayant offert sa parka à Shani.

Il aimerait un café chaud, peut-être un croissant.

Il aimerait un bon lit, un véritable oreiller.

Il aimerait qu'il reste une cigarette dans son paquet de Marlboro.

Ce qu'il détesterait, en revanche, c'est être en train de dormir sous sa tente, alors que Shani aurait marché seul dans la nuit pour tenter de rejoindre sa communauté, abandonnant sa mère à la merci des charognards.

Le jeune garçon se réveille et tourne la tête vers le corps de Rehana. Ses yeux s'emplissent de tristesse quand il réalise qu'il ne s'agissait pas d'un mauvais rêve. Il rampe jusqu'à Grégory, vient se coller contre lui et contemple à son tour les sommets éclairés de magie. L'infirmier attrape la main du jeune garçon, la serre dans la sienne. Shani se met à parler, dans une langue que Grégory ne comprend pas. Pourtant, ces mots inconnus le touchent, faisant vibrer son âme, telles les cordes d'un violon triste.

Une demi-heure plus tard, l'infirmier prend le corps de Rehana dans ses bras et, sous le regard éberlué de l'enfant, il se met en route. Combien de kilomètres jusqu'au village ? Grégory se souvient juste que la veille, ils ont mis près de deux heures pour rejoindre l'hélicoptère. Dans ce sens, le dénivelé positif est d'au moins trois cents mètres et Grégory démarre son ascension difficile d'un pas lent mais régulier, son fardeau sur les bras.

Il pourrait laisser Rehana ici et monter au village pour y demander de l'aide.

Il aurait pu grimper dans cet hélicoptère et rentrer à Muzaffarabad. Après tout, sa mission était seulement de soigner les blessés, pas d'enterrer les morts.

Cette marche forcée, Grégory aurait pu l'éviter.

D'ailleurs, ce n'est plus une marche, plutôt un calvaire qu'il s'inflige. Tel un pénitent qui traîne sa chaîne et porte sa croix sur l'épaule, il porte le corps de cette femme sur des kilomètres escarpés.

Il porte son malheur, ses regrets, ses remords.

Tous ceux qu'il n'a pas réussi à sauver.

Grégory porte Charlène et Séverine, Younoussa et Dior.

Grégory porte Anatoli. Il porte la jeune Rosa.

Il processionne à la recherche d'un pardon qui ne viendra sans doute jamais.

Au pont renversé, l'infirmier dépose la morte sur la rive et s'assoit. Shani va remplir leur gourde que Grégory vide presque entièrement.

L'enfant le considère avec inquiétude.

— Ça va aller, promet Grégory. Ne t'en fais pas, ça va aller…

Après dix minutes de pause, ils se remettent en marche. Passer le pont avec un corps dans les bras se révèle un exercice d'équilibriste. Grégory glisse, manque de lâcher Rehana. Le drap qui la recouvre se déplie, laissant apparaître son visage de glace.

Enfin, ils atteignent la rive et l'infirmier s'octroie une nouvelle pause. Ses bras sont en feu, ses jambes sont en bois. Mais il sent qu'il doit continuer. Qu'il doit le faire pour Shani, pour lui, pour tous ceux qu'on oublie sur le bord de la route. Alors, il se remet en marche, d'un pas de plus en plus lent et incertain. Shani passe devant, comme pour l'encourager, de la gratitude plein les yeux.

Au sommet d'une pente difficile, Grégory flanche. Ses genoux se plient, il a tout juste le temps de confier Rehana au sol caillouteux. Il reprend son souffle, tremblant des pieds à la tête. Shani lui offre de l'eau, le réconforte de quelques mots. Puis il s'assoit près de l'infirmier et attend. Il semble se demander si le Français va se relever ou abandonner la lutte. Si le miracle va se produire.

Au bout d'une vingtaine de minutes, Grégory prend à nouveau Rehana dans ses bras et se remet debout. L'effort tiraille son visage, ses jambes ont du mal à reprendre le rythme. Heureusement, quelques centaines de mètres de sol plat s'ouvrent devant lui. Un souffle de vent soulève le drap. Un instant, Grégory a l'impression de voir le visage de Séverine, puis celui de Zina.

La douleur menace sa raison.

Combien de femmes martyrisées devra-t-il porter ?

Une nouvelle montée se présente. Avec son index, Shani lui montre le village qui se dessine au loin. Si loin… Le corps inerte de Rehana pèse de plus en plus lourd ; le village s'éloigne à chaque enjambée. La vue de Grégory se trouble, ses muscles se changent en fils de marbre. Il titube puis s'effondre d'un bloc. Dans sa chute, il se blesse au genou droit. Allongé près du corps de Rehana, il fixe le ciel. Shani lui tend la main mais Grégory n'a plus la force de la saisir.

— Laisse-moi un mo… ment, mon garçon… Laisse-moi… un peu de… temps…

Soudain, Shani se sauve. Il se met à courir et disparaît bien vite au sommet de la butte. Des larmes de douleur inondent le visage livide de Grégory. Au bout d'un temps dont il n'a plus la notion, il parvient à se traîner jusqu'à Rehana. Dans un effort titanesque, il se relève.

— Tu peux y arriver, murmure-t-il. Tu peux le faire…

Dix pas plus loin, ses jambes le trahissent encore. À genoux, la morte dans ses bras, il fixe le village devenu mirage. Lentement, il s'affaisse et Rehana roule sur le sol en même temps que lui. Sa tête heurte une pierre, il plonge dans les ténèbres.

Avant même que ses paupières ne se soulèvent, la douleur le percute. Grégory ouvre les yeux sur une bâche en plastique tendue au-dessus de lui. En tournant la tête, il tombe sur le visage inquiet de Shani. Un vieil homme est près d'eux : Grégory reconnaît Hassan, le chef du village, croisé la veille. Lorsqu'il se redresse, un vertige le renvoie en arrière. À la deuxième tentative, il parvient à s'asseoir sur la couverture. Une couverture offerte par le CICR.

Hassan s'adresse à lui en anglais, avec un accent à couper au couteau :

— Je m'appelle Hassan. Je suis le chef du village.

— Où est Rehana ? demande Grégory d'une voix cassée.

— Nous l'avons ramenée en même temps que vous. C'est Shani qui est venu nous chercher.

Grégory consulte sa montre : 14 heures.

— Shani nous a expliqué, reprend Hassan. C'est bien, ce que vous avez fait.

L'infirmier essaie de se relever. Mais ces maudits vertiges l'en empêchent. En portant une main à son visage, il réalise qu'il a une grosse plaie sur le front. Son genou droit a doublé de volume ainsi que son poignet gauche. Une femme apparaît, un plateau entre les mains. Elle dépose une tasse de thé noir près de lui.

— C'est tout ce que nous avons, dit Hassan.

— Merci, répond Grégory en buvant le breuvage fortement sucré.

Avec l'aide du chef, il arrive enfin à se remettre debout. En sortant, il découvre les survivants du village regroupés autour de l'abri. Silencieux, ils le dévisagent avec étonnement.

Tous l'ont rencontré la veille. Aucun d'entre eux ne pensait le revoir un jour.

— Nous allons enterrer Rehana, indique Hassan.

Grégory hoche la tête et Shani lui offre un bâton en guise de béquille. L'infirmier suit les habitants jusqu'au nouveau cimetière qui jouxte l'ancien. Deux villageois ont creusé un trou près de la tombe de la famille de Shani. Seuls les hommes du village sont présents, les femmes restant à distance. Hassan lit une prière tandis que le corps est déposé dans la terre, le drap blanc pour linceul. Shani ne peut retenir ses larmes et vient se blottir contre Grégory qui caresse ses cheveux dans un geste de réconfort. La cérémonie, qui dure normalement trois jours, est abrégée. Depuis le séisme, les funérailles s'enchaînent et les rites sont oubliés. En quittant le cimetière, Grégory interroge Hassan :

— Qui va s'occuper de Shani, maintenant ?

— C'est Humma et Yasir, répond le vieil homme en désignant un couple qui se tient en retrait. Ils ont perdu leurs deux fils dans le tremblement de terre.

Grégory s'adresse à Shani, priant Hassan de traduire ses paroles. Il lui demande s'il souhaite demeurer ici, avec cette nouvelle famille, ou s'il préfère que l'infirmier le conduise dans un orphelinat. Le jeune garçon hésite un instant puis s'exprime d'une petite voix.

— Il dit qu'il a peur d'aller en ville. Qu'il préfère rester ici, traduit Hassan.

Grégory espère que le vieil homme n'a pas travesti la réponse de l'enfant et acquiesce d'un signe de tête.

— Je dois partir, ajoute-t-il. Une équipe va venir me chercher.

— Vous ne pouvez pas marcher, rappelle Hassan.

— Donnez-moi un autre bâton, ça ira.

Le chef du village désigne deux hommes, chargés d'accompagner l'infirmier. À la sortie du village, Grégory fait ses adieux à Shani.

Des adieux simples, rapides.

Ils ne se reverront jamais.

Mais aucun des deux n'oubliera l'autre.

30

Décembre 2005

France, Alpes-de-Haute-Provence

Route large et droite, Grégory accélère. Aucun but précis, juste l'envie de rouler.

La neige n'est pas encore tombée sur la vallée, seulement sur les sommets. Paysage gris et triste, mélancolie visuelle qui consone parfaitement avec l'humeur de Grégory.

Les kilomètres défilent, qui le conduisent là où il ne devrait pas aller. Un coup de volant à gauche et le voilà qui monte en direction de la petite station de ski de fond. La chaussée devient étroite, sinueuse.

Dangereuse.

Grégory ralentit lorsqu'il passe à proximité du virage où la voiture a plongé. Il se range sur une aire de croisement et redescend à pied, longeant le muret de sécurité. À l'endroit fatidique, il s'assoit, les jambes dans le vide.

Plonger à son tour pour oublier l'horreur du monde.

Ça n'aurait aucun sens. Car sans lui, sans son travail, le monde serait plus horrible encore.

S'en persuader, chaque matin et chaque soir. Pour trouver la force de se lever, l'envie de dormir.

— Vous me manquez, mes chéries...

Balayée par le vent, sa voix se meurt aussitôt.

Alors, hurler. Cris de bête blessée qui, cette fois, résonnent au loin.

Des cris et des larmes qui ne servent à rien.

Soixante-seize mille morts, plus de cent mille blessés. Trois millions de sans-abri.

Tel est le bilan définitif du séisme qui a ravagé le Cachemire.

Grégory est rentré au début du mois, après soixante jours au Pakistan. Soixante jours au bloc opératoire, aux côtés de Paul et des autres chirurgiens.

Après de longues minutes à pleurer sur un muret de pierres, il reprend le volant et la direction de son chalet. Noël sera bientôt là, le village a revêtu son habit de fête. Quand Grégory le traverse, il ne peut s'empêcher de songer à Rehana, qui ne verra plus jamais la lumière. À Shani, qui n'a plus de parents, plus de frère, plus de sœurs. Est-il heureux dans sa nouvelle famille ? Bien sûr que non… Il le sera peut-être un jour, c'est du moins ce que Grégory espère.

Et Anton ? Sera-t-il heureux un jour ?

Grégory commence à en désespérer.

Lorsqu'il rentre, son fils est assis sur la terrasse, près de Pouchkine. Les yeux dans le néant, il semble dériver à la surface d'un océan de glace. À la suite de son passage devant le juge et à la découverte du fusil, il n'a plus prononcé un mot.

— Ça me ferait plaisir d'entendre ta voix, dit Grégory.

Où est-il dans ces moments-là ? À quoi pense-t-il ?

— Dis-moi ce que tu ressens. Dis-moi ce que je peux faire pour que tu sois heureux…

Face au mutisme du jeune garçon, Grégory bat en retraite. Il pénètre dans le chalet, se change, puis se met à préparer le déjeuner. Zina étant de service au restaurant à midi, ils vont manger en tête à tête et en silence. Grégory récupère le plat cuisiné par sa femme et qu'il n'a plus qu'à réchauffer au four. Tandis qu'il met le couvert, il perçoit la voix de son fils par la porte d'entrée restée entrouverte.

Anton parle à Pouchkine. En tendant l'oreille, Grégory comprend que c'est bien à lui que l'adolescent s'adresse.

— J'ai mal dedans, tout le temps... Il y a des choses mauvaises dans ma tête !

L'infirmier ferme les yeux. Peut-être sous l'effet de la douleur, peut-être pour mieux entendre les mots précieux prononcés par Anton. Il s'assoit derrière la porte, profitant de chaque syllabe.

Des mots durs, cruels. Mais des mots qu'il n'espérait plus.

— Heureux, ça existe pas...

Même s'il a envie de rejoindre son fils, Grégory préfère attendre la suite.

— Tu vas mourir, reprend Anton en caressant la tête de son chien. Tu vas mourir et maman aussi.

Grégory se mord la lèvre inférieure.

— Et puis moi, je sers à quoi ? Toi, tu soignes les gens, tu les sauves...

L'infirmier hésite à sortir. Sa présence pourrait braquer Anton, le conduire à se refermer sur-le-champ. Il décide donc d'entrer dans son jeu. Son fils parle à un chien ; pour lui, ce sera le mur de lambris qui lui fait face.

— On peut être heureux, assure-t-il. Pas tout le temps, c'est sûr. Le bonheur, ce sont des instants arrachés à la vie.

Grégory jette un œil à l'extérieur : Anton l'écoute avec attention.

— Ces moments-là, il faut savoir les trouver et les prendre. Je connais un jeune garçon qui a eu une enfance difficile... Malgré tout, je suis sûr qu'il a déjà volé des moments tels que ceux-là.

Les sourcils d'Anton se froncent, comme s'il cherchait à se remémorer un instant magique.

— Un jour, je me rappelle, il était perdu dans un camp. Il avait fui la guerre avec sa mère, les bombes les avaient rattrapés. Il était désespéré, mais j'ai retrouvé sa mère au milieu des milliers de réfugiés. Je me souviens de ses larmes de joie quand il l'a vue… Cet enfant adore les animaux. Et je me souviens aussi de son sourire lorsque je lui ai offert un chiot.

Grégory aperçoit Anton qui hoche la tête.

— Moi, j'ai peur de la mort, la mort des gens que j'aime. C'est normal, je crois. Mais il faut apprivoiser cette peur pour qu'elle n'empêche pas de vivre et j'essaie chaque jour… La mort, je la vois à longueur de temps. Et cet enfant du camp, il l'a vue aussi. Il l'a vue de trop près et quand il était trop jeune. Mais elle est loin désormais. La guerre et la mort sont loin, il peut cesser d'avoir peur maintenant…

L'infirmier fait une pause. En jetant un œil dehors, il s'assure qu'Anton l'écoute toujours.

— Quand j'avais quinze ans, reprend-il, je ne savais pas ce que je voulais faire de ma vie. Je me cherchais, je me posais des tas de questions… J'ai pris mon temps, et je suis sûr que le garçon que j'ai rencontré trouvera sa voie. Je suis certain qu'il fera de grandes choses quand le moment sera venu.

De l'autre côté de la porte, Anton secoue la tête. Il approche son visage du museau de Pouchkine et dit :

— Moi, je fais que des problèmes… C'est pour ça que maman ne m'aime pas.

Grégory est atterré par ce qu'il vient d'entendre. Il prend une minute pour donner une réponse.

— J'ai rencontré une femme, formidable et courageuse… Une mère qui a dû assurer sa survie et celle de son fils pendant la guerre. Elle a dû affronter des choses terribles. Alors c'est vrai, elle est parfois dure et elle ne sait pas dire ses sentiments. Mais son fils est tout pour elle, j'en suis certain. Et cet enfant, cet adolescent qui sera bientôt un homme, il a désormais un père. Un père qui l'aime comme son propre enfant…

Embarrassé par cet aveu, l'adolescent s'éloigne dans le jardin, suivi de près par Pouchkine. Grégory ouvre la porte en grand. Même si c'est par l'intermédiaire d'un chien, ils ont réussi à se parler. C'est presque un miracle. Des mots qui résonneront longtemps dans sa tête. Bien sûr, il les aurait préférés plus doux, plus gais. Mais Anton a retrouvé le chemin de la parole, c'est déjà un début.

31

Mai 2006

France, Corse, gorges de la Restonica

10 mai

Anton est assis sur la berge. Il caresse la tête de Pouchkine, le regard aimanté par les eaux claires du lac de Capitello. Un peu en retrait, Grégory et Zina ont privatisé une grande roche plate. Serrés l'un contre l'autre, ils profitent de ce moment hors du temps.

Si loin de la guerre, des bombes, des mines antipersonnel.

Si loin des séismes, des blocs opératoires, des famines.

Si loin de ce qu'ils ont vu ou enduré.

Ici, à près de 2 000 mètres d'altitude, ne restent que le silence, l'air, l'eau et le minéral. La lente respiration de la terre, le discret bourdonnement de la vie, le souffle tiède du Libecciu.

Depuis Corte, d'où ils sont partis ce matin, ils ont remonté les gorges de la Restonica par une route étroite et sinueuse, au milieu des pins et des roches. Autour du lac, les sommets conservent quelques lambeaux d'hiver prêts à fondre aux premières grosses chaleurs.

Ils sont sur l'île de Beauté depuis trois jours, y séjourneront deux semaines. Grégory s'est dit que la Corse serait l'endroit idéal pour découvrir ce que le mot *vacances* veut dire. Car pour Zina et Anton, c'est la première fois.

L'adolescent, d'habitude si réservé, a ouvert de grands yeux lorsqu'ils sont arrivés au port de Toulon pour embarquer sur le ferry. Après avoir regardé le soleil s'éteindre et les lumières de la ville s'allumer, il n'a cessé de parcourir de long en large l'énorme bateau, accompagné de son fidèle Pouchkine. Il a consenti à dîner, mais a refusé de dormir dans la cabine réservée par son père. Il a passé la nuit sur le pont, dans le bruit des vagues et du moteur. Son père l'y a rejoint au moment où la Corse se dessinait au loin.

— C'est beau, a dit l'adolescent. Merci, papa.

Cinq mots.

Cinq mots qui ont suffi à chambouler Grégory et à lui redonner espoir. Anton parle si rarement que son père peut dire combien de phrases il a prononcées depuis Noël... Chaque mot se transforme en un miracle fragile, suivi de la peur que ce soit le dernier, et que l'adolescent se claquemure définitivement dans le silence.

Ils ont posé leurs bagages entre Ajaccio et Cargèse, dans une bergerie aménagée en gîte. Dans quelques jours, ils investiront une autre maison près de Figari.

— On y va ? propose Grégory en scrutant le ciel menaçant. L'orage ne va pas tarder...

À regret, Anton admire une dernière fois le Capitello avant de rejoindre ses parents.

— On reviendra, si tu veux, ajoute Grégory en mettant le sac à dos sur ses épaules.

Anton se contente de hocher la tête et le trio s'engage dans la descente.

— On fait quoi, demain ? demande alors Zina.

— Ce qu'on veut ! lance son mari en souriant. Montagne ou plage, visite d'un village ou... sieste sur une chaise longue ! Tu as envie de quoi, Anton ?

Toujours essayer de le faire parler, même si c'est lui qui décide du moment où il offrira quelques mots. Pourtant, à la grande surprise de Grégory, son fils répond :

— Je voudrais voler.

— *Voler ?* répète Zina. Comment ça ?

— Comme ceux qu'on a vus hier, précise l'adolescent.

— Ah, tu veux faire du parapente, c'est ça ? devine Grégory.

— C'est trop dangereux ! s'émeut Zina.

— Non, tempère son mari. Il n'y a aucun risque en duo avec un professionnel…

Anton l'observe, de l'espoir et de l'impatience plein les yeux.

— Pas de souci, mon fils : demain, tu feras ton baptême de parapente ! Et je serai avec toi.

— Merci, papa.

Grégory n'en revient pas : ils viennent d'avoir une vraie conversation. Plus surprenant encore, Anton a exprimé un souhait, une envie, un désir.

Un instant durant, il ressemblait à un adolescent comme un autre.

Un instant durant, il n'était plus un enfant de la guerre.

***

17 mai

Les sirènes retentissent, sinistre présage. Puis le bruit des avions assombrit le ciel déjà noir. Elle saute de son lit, enfile ses chaussures. Elle est déjà habillée, toujours prête. Elle attrape la torche, se précipite vers la chambre des enfants. Ils sont réveillés eux aussi. Terrorisés, pelotonnés l'un contre l'autre. Elle les prend par la main, pousse la porte d'entrée et se rue dans l'escalier, traînant ses enfants derrière elle.

Tant d'étages à descendre avant d'atteindre la cave.

Tant de marches les séparent de l'abri qui les sauvera peut-être…

La douleur irradie ses bras, ses jambes, l'ensemble de son corps. Il tente d'accélérer, n'y parvient pas. Depuis quand marche-t-il dans cette rue large et déserte ? Chaque pas est une épreuve, l'air chaud embrase ses poumons. Il penche la tête pour vérifier qu'elle est encore en vie. Ses yeux le supplient de la sauver ; son visage est crispé par la souffrance qu'elle endure, le sang ne cesse de couler de la plaie béante qui traverse son abdomen. Au loin, il aperçoit l'hôpital. Il peut y arriver, il va y arriver…

Il vole, tel un oiseau de proie. En bas, une rivière minuscule, les montagnes écrasées. L'impression de liberté est totale, plus aucun poids sur la poitrine, plus aucune douleur dans la tête. Il plane, survolant la terre, la vie, son destin. Laissant son passé loin derrière lui.

C'est alors qu'il la voit. Même si elle est sur le sol, il la reconnaît.

Il la reconnaîtrait entre mille.

Il atterrit près d'elle, saisit son poignet et l'emmène vers le ciel. Comme lui, elle est devenue oiseau, agile et gracieuse. Ils se grisent de vitesse et d'altitude, heureux de se retrouver après l'interminable séparation.

En bas, le paysage change. Désormais, c'est une ville qui se dessine, avec ses immeubles hauts, ses rues et ses boulevards, ses voitures et ses habitants de la taille d'une fourmi.

Brusquement, ils surgissent à l'horizon.

Eux aussi savent voler.

Mais eux, ils sont armés…

Sa fille serre une vieille poupée contre elle, son fils serre la main de sa sœur. Courir, fuir, être plus rapide que les charges incendiaires qui vont s'abattre sur la cité d'une seconde à l'autre.

Des marches à n'en plus finir. Et le bruit incessant des moteurs, mêlé à celui des sirènes.

Les bombes fendent la nuit. Bientôt, elles exploseront sur un immeuble, un commerce, une maison. Elles tueront, aveuglément.

Elle attrape ses enfants par la main, les décollant du sol pour accélérer le mouvement.

Pourquoi cet escalier ne s'arrête-t-il jamais ? S'enfoncerait-il jusque dans les entrailles de la terre ?…

Plus il avance, plus l'hôpital s'éloigne. La route s'est transformée en piste boueuse et ses pieds s'enlisent dans la fange, rendant sa progression plus lente encore.

Il la regarde à nouveau, elle est toujours en vie. Ses yeux continuent à le supplier.

Sur le trottoir, un homme brûle en silence. Dévoré par les flammes, il se débat ; sa bouche se tord sur des cris inaudibles.

Il ne peut pas lui porter secours. C'est elle qu'il doit sauver. C'est pour elle qu'il est prêt à mourir.

Ses pieds s'enfoncent de plus en plus. Un soldat armé surgit sur sa gauche, pointant son fusil d'assaut vers lui. Cette fois, c'est terminé…

Les avions s'approchent. Une armada qui masque la lumière du soleil. Ils viennent droit sur lui, il ne sait comment les éviter. Elle lui dit qu'il n'a rien à craindre. Il est conscient qu'elle ment, qu'elle dit ça pour le rassurer.

Les appareils larguent leurs munitions. Il les regarde dégringoler vers le sol, incapable d'empêcher la catastrophe imminente. La ville s'embrase, des flammes immenses dévorent les maisons, les immeubles, les gens. Ils ont beau être de la taille d'un insecte, il les voit courir partout, il les voit brûler et mourir. Il les entend appeler au secours…

La première déflagration fait trembler les murs, une vive lueur leur arrache un cri.

C'est tombé au bout de la rue. La suivante sera pour eux.

Ils sont encore dans l'escalier, n'ayant toujours pas atteint le rez-de-chaussée.

Elle hurle quand la bombe détruit le toit de leur immeuble.

Zina se réveille au moment où ses enfants se transforment en torches humaines... Interminables secondes pour réaliser qu'elle n'est plus à Grozny. Qu'elle est en Corse, avec son fils et son mari.

Interminables secondes pour réaliser que Layla est bel et bien morte.

Elle s'approche de la fenêtre ouverte, respire l'air frais d'un milieu de nuit calme, écoute les insectes qui chantent. Elle se met à murmurer :

— Ton fils est en vie, il dort... Ton fils est en vie, mais tu n'as pas sauvé ta fille.

L'homme le tient toujours en joue. Il n'appuie pas sur la détente, se contente de sourire.

— Tu vas crever, de toute façon ! lance-t-il. Pas besoin que je gaspille une balle pour toi !

Il éclate de rire, se détourne de sa cible pour en chercher une autre.

Alors, il reprend sa lente marche dans la boue. Il en a jusqu'aux cuisses, désormais.

Elle le fixe d'un regard vide. Son visage se glace, ses membres se raidissent.

Elle vient de mourir dans ses bras, il vient d'échouer, là, à quelques mètres de l'hôpital.

Il la lâche, incapable de la supporter plus longtemps. Elle s'enfonce dans la fange mais il voit encore son visage blême et ses yeux vitreux.

Lui aussi s'enfonce. N'ayant plus la force d'avancer, il se laisse dévorer par la terre insatiable. Bientôt, seule sa tête dépasse encore, son corps ayant été avalé par la bête monstrueuse.

Grégory se réveille au moment où il ne parvient plus à respirer. Allongé sur le dos, les mains crispées et le front en sueur, il est rassuré par sa propre respiration. En tournant la tête, il aperçoit la silhouette de Zina près de la fenêtre. Il allume la lampe de chevet, elle pivote vers lui.

— Tu ne dors pas ? demande-t-il.

Elle se glisse à nouveau sous les draps, lui adresse un sourire rassurant.

— Tout va bien, dit-elle. Je voulais juste écouter les grillons... Rendors-toi, maintenant.

En bas, c'est un carnage. L'odeur de chair brûlée lui retourne l'estomac, les hurlements des victimes déchirent son cerveau. Depuis le ciel, il ne peut qu'assister à la tragédie, impuissant et désespéré. Heureusement, elle lui tient toujours la main.

— Ça va aller, n'aie pas peur ! dit-elle.

Sa voix, pourtant fluette, parvient à couvrir le bruit des bombardiers.

Soudain, un des avions les frôle, il perd l'équilibre et lâche sa main. Il a le temps de croiser son regard une dernière fois avant qu'elle ne pique tête la première vers l'enfer. Il la voit disparaître dans le brasier, se met à hurler.

Un autre Tupolev le percute, il vrille sur lui-même et plonge à son tour.

La chute est interminable, l'impact sera terrible. Il va s'abîmer dans la fournaise et brûler vif.

Anton se réveille juste avant de s'écraser sur le sol.

Les flammes sont toujours là, autour de lui. Sa peau et ses poumons sont en feu. Il met un instant à comprendre qu'il est tombé de son lit, à côté de Pouchkine.

Un instant à se rappeler que Layla est morte.

Morte par sa faute.

Il se colle contre son chien et fond en larmes.

***

25 mai

Depuis trois jours, Anton a pris l'habitude de venir là, en compagnie de son fidèle Pouchkine. Dans cette crique secrète, difficile d'accès. Chaque matin, il se lève aux aurores, quitte discrètement la propriété, traverse la route et descend en direction de la Méditerranée par un sentier escarpé.

Au bout, la récompense. Sable blanc, rochers ronds et lisses, majestueux pins parasols. Et l'eau turquoise à perte de vue.

Après avoir marché sur la plage, il s'assoit sur un mur de pierres, et quand le soleil apparaît, il se brûle les yeux sur ce fabuleux panorama.

Un goéland argenté passe au-dessus de lui.

Voler.

C'était comme un rêve. Une sensation incroyable.

Une émotion forte, belle.

Un de ces fameux instants de bonheur dont lui a parlé Grégory. Un instant arraché à la vie.

Dans les airs, sous cette aile géante, il a éprouvé un extraordinaire sentiment de liberté. Débarrassé comme par miracle de son carcan d'angoisse et de peur, il a même oublié son passé durant de longues minutes. Il aurait voulu que ça ne s'arrête jamais. Rester en haut, élire demeure dans les cieux. Percuter les étoiles, déserter le monde.

Mais il a fallu atterrir.

Il faut toujours atterrir.

Son père lui a juré qu'il recommencerait. Qu'une fois revenu dans les Alpes, il pourrait même apprendre à voler seul en parapente ou en deltaplane. Ce nouvel espoir rend la fin des vacances moins triste. Car ce soir, il faudra remonter dans le ferry et quitter cet endroit magique.

La veille, Anton a également découvert les chevaux. Il en avait déjà vu, bien sûr, mais n'était jamais monté en selle. Avec Grégory, ils ont fait une balade dans la forêt. Un autre moment arraché à la vie, un autre instant de liberté. Il s'est senti en totale communion avec sa monture, un véritable coup de foudre pour cet animal puissant et magnifique. Une communion avec son père, aussi. Qu'il découvre chaque jour un peu plus. Qu'il commence à aimer, bien plus qu'il ne l'aurait supposé.

Deux mots lui viennent à l'esprit quand il regarde cet homme.

Force et bonté.

Anton s'est engagé à rentrer à 9 heures, alors il appelle Pouchkine et ils repartent en direction de la route.

Ce soir, ils seront loin.

Ce soir, il sera inconsolable.

Pourquoi se sent-il si bien ici ? Peut-être parce qu'il est sur une île. Qu'il s'y juge à l'abri, protégé du danger. Comme si la guerre ne pouvait exister sur cette oasis. Comme si la fureur des hommes ne pouvait traverser les mers et s'abattre n'importe où, n'importe quand.

Lorsqu'il regagne la maison, ses parents sont déjà prêts à partir. Anton a tout juste le temps de prendre un petit déjeuner puis il grimpe dans la voiture, Pouchkine installé à côté de lui. Les kilomètres défilent, tous plus beaux les uns que les autres.

Tous plus tristes les uns que les autres.

Un peu avant Ajaccio, sur une voie rapide, Grégory stoppe la voiture dans une station-service. Tandis qu'il fait le plein du réservoir et que Zina va aux toilettes, Anton profite de la pause pour faire sortir le chien.

Un SUV Ford s'arrête à la station. Un homme en sort, apparemment pressé. Il récupère sa sacoche à l'arrière du véhicule où sont installés ses enfants, puis part directement vers la boutique. Anton remarque que l'homme a mal refermé la portière. Un instant plus tard, une fillette d'environ quatre ans descend du SUV sous le regard intrigué de l'adolescent. Elle hésite, cherchant son père des yeux, et fonce soudain vers la route qui longe la station.

Tout va si vite.

Quelques secondes à peine.

Quelques secondes qui précèdent la tragédie.

Anton lâche Pouchkine et s'élance, aussi rapide qu'un éclair.

Grégory voit son fils se précipiter vers la route, aperçoit la gamine. Il laisse tomber le pistolet, se précipite à son tour.

Il est trop loin. Il n'arrivera jamais à temps.

— Anton, non ! hurle-t-il.

La fillette a déjà le pied sur la nationale. Une Renault approche à toute vitesse, le choc est imminent. Le conducteur enfonce la pédale de frein et donne un coup de volant, évitant l'enfant qui continue à courir. En contresens, une Peugeot est lancée à soixante kilomètres à l'heure. Anton saisit la fugueuse et tente d'atteindre le bas-côté.

En levant les yeux de son smartphone, le conducteur de la Peugeot voit Anton devant son capot, la petite dans les bras.

Il n'a même pas le temps de freiner.

Un *non* déchirant brise la gorge de Grégory.

Impact.

32

20 juin 2006

France, Alpes-de-Haute-Provence

Grégory dépose le bouquet puis recule de deux pas. Sur son visage, de petites gouttes de pluie se mêlent à ses larmes.

— Je ne suis pas venu depuis un moment, mais je pense à vous tout le temps...

Il contemple le ciel menaçant, ne supportant plus de voir cette tombe où l'on a enseveli une partie de sa vie.

— Je vais repartir bientôt. En Afrique... Et là-bas aussi, je penserai à vous.

Il ramasse les fleurs fanées, les jette dans le container avant de quitter le cimetière. Puis il retourne au village et s'arrête à la pharmacie.

— Salut Greg ! lance Didier Marcenac. Comment va notre héros, aujourd'hui ?

— Ça peut aller. Il se remet doucement de ses exploits...

— Et comment va Zina ?

Marcenac aurait sans doute préféré que ce soit elle qui vienne chercher la commande. Car Grégory a remarqué que le pharmacien, maire du village depuis cinq ans, dévore son épouse des yeux. Marcenac n'est pas le seul, et l'humanitaire préfère ne pas s'en offusquer. La beauté de Zina ne peut qu'attirer les regards...

— Elle va bien, répond-il simplement.

Il récupère un sac rempli de pansements, de bandes et d'antalgiques et reprend la route.

Vingt minutes plus tard, il se gare devant le chalet.

— Je t'ai dit de ne pas descendre seul, râle-t-il en découvrant son fils sur la terrasse.

— Pouchkine voulait prendre l'air, se justifie l'adolescent.

— Il peut sortir sans toi, non ?... J'ai apporté de quoi refaire tes pansements. Tu viens ?

Anton attrape ses béquilles et se traîne jusque dans la salle à manger, Pouchkine sur ses talons. Zina prépare le déjeuner, une délicate odeur d'épices flotte dans la pièce. Anton se laisse tomber dans le canapé, Grégory installe son matériel sur la table basse et s'agenouille devant son fils.

Un miraculé.

La nuit, l'infirmier ne cesse de revoir les images, d'entendre le bruit du choc. Quelques secondes où il a cru qu'Anton était mort. Où il a cru avoir perdu un fils après avoir perdu une fille. Mais l'adolescent s'en est tiré à bon compte : deux fractures à la jambe droite et des plaies profondes au bras et à la hanche. Avec une bonne rééducation, il ne devrait pas garder de séquelles. La petite fille, épargnée par la collision, a été projetée au sol. Elle s'en est sortie avec une légère commotion cérébrale et des égratignures.

Grégory saisit le bras de l'adolescent qui se raidit aussitôt. Il a de plus en plus de mal à supporter qu'on le touche. Son père retire la bande et désinfecte la plaie.

— J'ai reçu un appel du maire d'Ajaccio, annonce-t-il soudain. Il souhaite te remettre la médaille de la ville pour ton acte héroïque ! Une récompense pour ta bravoure.

— C'est un grand honneur ! s'enorgueillit Zina.

— Nous irons lorsque tu seras guéri, ajoute son mari.

L'adolescent sourit. Il se moque de la médaille en question, se réjouit seulement à la perspective de retourner en Corse.

— Tu aurais pu mourir, Anton, dit Grégory en posant le pansement.

Son fils ne répond pas. Zina allume la télévision, en guise de diversion.

— Tu aurais pu mourir, répète l'infirmier.

— Et alors ? Toi aussi tu peux mourir quand tu sauves les gens, non ?

Grégory ne trouve pas de repartie. À la place d'Anton, il aurait réagi de la même manière.

— Ce que tu as fait est très courageux. Et je suis fier de toi.

— *Nous* sommes fiers de toi, rectifie Zina.

L'infirmier termine les pansements et donne un antalgique à son fils.

— Tu sais que je pars dans un peu plus d'un mois, Anton...

L'adolescent se contente de hocher la tête.

— Je suis heureux qu'on puisse se parler tous les deux... Et je voudrais qu'on continue, même quand je serai loin.

Grégory lui confie un petit paquet.

— C'est un téléphone portable, dit-il.

— Nous avons déjà un portable, rappelle Zina.

— Oui, mais celui-ci sera seulement à Anton, précise Grégory.

Il regarde son fils dans les yeux.

— J'essaierai de t'appeler deux fois par semaine, pour qu'on discute un peu toi et moi. Et j'espère que tu me répondras.

Anton ne lui accorde aucune promesse.

— Comment on fera pour les pansements quand tu seras en Afrique ? demande alors Zina.

— Je pense que les plaies seront guéries avant mon départ, explique Grégory en rangeant son matériel. Si jamais ce n'est pas le cas, on trouvera un infirmier. D'ailleurs, j'ai déjà contacté la nouvelle kiné qui s'est installée au village. C'est avec elle que tu suivras ta rééducation, ajoute-t-il à l'attention de son fils. Elle est très mignonne, tu verras !

Zina lève les yeux au ciel mais Anton ne réagit pas, hypnotisé par la télévision. Ses mains et ses lèvres se mettent à trembler, il ne respire plus. En pivotant vers l'écran, Grégory voit Vladimir Poutine en plein discours. Zina est plus rapide que lui ; elle saisit la télécommande et coupe l'image. Anton demeure en état de choc, comme s'il venait de croiser Satan en personne. Il se lève, vacille, perd l'équilibre. Son père le rattrape *in extremis*, Anton le repousse brutalement. Il prend ses béquilles, s'engage dans l'escalier sous le regard dépité de Grégory. Arrivé sur la dernière marche, l'adolescent appelle son chien qui court le rejoindre.

— Je n'aurais pas dû allumer la télé, soupire Zina.

— Tu n'y es pour rien, répond son mari. Je vais essayer de lui parler…

Grégory frappe deux coups contre la porte de la chambre et entre sans attendre de réponse. Il trouve Anton assis devant son carnet à dessins, les yeux pleins de larmes.

— Dis-moi ce que tu ressens.

Anton caresse la tête de Pouchkine, Grégory se pose sur le lit et cherche les mots.

— Oui, Poutine est toujours au pouvoir. Mais il va bien finir par dégager !

Anton triture un feutre, fixant sa dernière œuvre. Un dessin de la crique où il se rendait tous les matins. Un dessin qui ressemble à une photo souvenir.

— C'est magnifique… Tu sais que tu as un talent de dingue ?

— Il continue à tuer, dit alors Anton.

— Tu parles de Poutine, je suppose ?

— Lui, oui… Et Geoffrey. Il continue à tuer, aussi.

Grégory ne s'attendait pas à ce qu'Anton évoque le chasseur qu'il a roué de coups l'an passé.

— Il ne s'arrêtera jamais de chasser tant qu'il pourra marcher… Mais bon, tu ne peux pas comparer les deux ! Poutine est un dictateur, il a fait raser ton pays et il est responsable de la mort de milliers de civils. Geoffrey, c'est juste un con de chasseur !

Anton tourne la tête vers lui. Son regard clair est saisissant, troublant.

Terrifiant.

— Poutine, je peux rien faire. Mais Geoffrey, j'aurais dû l'achever, assène-t-il froidement.

Grégory reste sans voix. Alors qu'il s'apprête à répliquer, la porte s'ouvre sur Zina.

— Le déjeuner est prêt, annonce-t-elle. Vous venez ?

J'ignore depuis combien de temps je survis sous terre, mon amour. Sans lumière et sans repères, impossible d'égrener les minutes, les heures ou les jours.

Si tu savais, mon amour… Si tu savais comme ta voix me manque ! Comme j'aimerais entendre ton rire et celui de notre enfant.

Parfois, je tends la main dans les ténèbres et j'imagine que je touche ton visage délicat. Mes doigts descendent le long de ta gorge, s'attardent sur ton épaule. J'effleure tes seins, ton ventre, tes hanches. Je poursuis mon voyage imaginaire sur tes jambes au galbe parfait. Ces instants-là, ceux où je parviens à te dessiner dans le noir, où je sens ta peau contre la mienne, sont mes uniques moments de vie.

Le reste du temps, livré aux Enfers, je me meurs peu à peu.

J'ai l'impression que mon corps se fond dans la tombe, comme si la terre me digérait lentement.

33

29 juillet 2006

France, Alpes-de-Haute-Provence

Demain matin, il partira.

Loin, une nouvelle fois.

Ses bagages sont prêts, il a déjà la tête ailleurs, concentré sur la mission difficile qui l'attend. Il a enfin signé un contrat à durée indéterminée avec le CICR et lève l'ancre pour une année, entrecoupée de périodes de congé.

Étendu sur le lit, Grégory relit sa feuille de route.

— C'est dangereux, dit Zina en sortant de la salle de bains.

Il regarde sa femme, vêtue d'une nuisette en satin. Elle a attaché ses cheveux en une tresse qui lui descend jusqu'au creux des reins. Elle est magnifique, magnétique.

— Qu'est-ce que tu as dit ?

— Là où tu vas, c'est dangereux, répète Zina en s'allongeant près de lui.

Il préfère ne pas répondre, mais elle insiste. Visiblement, elle s'est renseignée.

— C'est pire qu'une guerre. C'est plusieurs guerres à la fois.

— Oui, on peut dire ça, admet Grégory. C'est ce qu'on appelle un conflit de basse intensité… Un terme assez mal choisi !

— Il y a beaucoup de morts, beaucoup de violence… Des groupes armés qui s'affrontent et qui ne connaissent pas de règles.

— La guerre n'a pas de règles, soupire l'infirmier. Sauf sur le papier.

— Tu seras prudent, n'est-ce pas ?

Il l'attire contre lui, l'embrasse dans le cou. Elle ferme les yeux, l'enlace à son tour.

— Oui, je serai prudent.

— Je ne veux pas qu'il t'arrive malheur, murmure Zina.

Est-ce sa façon de lui dire le *Je t'aime* qu'il espère depuis si longtemps ?

— Il ne m'arrivera rien, je te le promets.

Elle fait monter sa nuisette au-dessus de ses hanches, s'assoit sur lui et entame une série de mouvements lascifs dont elle seule connaît le secret. De gauche à droite, d'avant en arrière. Elle fait courir ses doigts puis ses lèvres sur sa peau en feu, Grégory a l'impression qu'il va imploser sous l'effet du désir. Il laisse Zina mener la danse licencieuse qui le conduira bien au-delà du plaisir.

Elle se penche, approchant son visage du sien.

— Je veux que tu reviennes vivant, ordonne-t-elle dans un souffle.

***

30 juillet 2006

— Il faut qu'on y aille, dit Zina. Sinon tu vas rater ton avion…

— Attendons encore cinq minutes, répond Grégory.

Il espère qu'Anton va se montrer, qu'il va revenir à la maison pour l'accompagner à l'aéroport ou, au moins, lui dire au revoir. Après le petit déjeuner, l'adolescent et son chien ont disparu. Grégory est monté jusqu'à la Sapinière, la vieille maison de ses grands-parents où Anton aime à se réfugier. Il ne l'y a pas trouvé. Depuis plusieurs jours déjà, l'adolescent n'a plus prononcé un mot. Grégory sait que c'est en lien avec son départ pour l'Afrique. Anton vit très mal cette séparation, même s'il y a peu, il disait être fier du métier choisi par son père.

— Il faut y aller, dit Zina en s'installant sur le siège passager. Il ne viendra pas te dire au revoir, il a trop de peine.

Telle une aiguille, cette phrase s'enfonce dans le cœur de l'infirmier. Mais Zina a raison, inutile de patienter davantage. Il prend le volant et démarre. C'est alors qu'il voit une grande enveloppe sur le tableau de bord.

— C'est quoi, ça ? demande-t-il.

— Aucune idée, répond sa femme.

À l'intérieur, Grégory découvre un dessin.

Un port, réplique fidèle de celui de Saint-Florent. Lever du jour, un voilier s'éloigne du débarcadère. À son bord, un homme lève la main en signe d'adieu. Sur le quai, de dos, un jeune garçon le regarde partir.

Finalement, Anton a trouvé une façon de lui dire au revoir…

Depuis qu'il a récupéré l'usage de sa jambe droite, Anton réapprend doucement la montagne. Ce matin, dès que ses parents ont eu le dos tourné, il s'est éclipsé. En compagnie de Pouchkine, il a emprunté un sentier forestier qui louvoie entre mélèzes, épicéas et pins noirs.

Tête baissée, poings fermés, il a avancé sur ce chemin de colère.

Une colère qu'il ignore contre qui diriger, et qui le transforme en grenade dégoupillée.

Il admire cet homme qui risque sa vie pour en sauver des dizaines, des centaines. Il aime ce père qui l'a arraché à la guerre et lui a offert une seconde chance.

Mais un mort peut-il ressusciter ? L'enfant assassiné à Grozny peut-il se réincarner dans le corps de cet adolescent dont l'esprit demeure un charnier ?

Anton se maudit d'avoir peur.

Cette peur qui ne le quitte jamais.

Il se maudit de nourrir ces idées sombres, de vivre dans les ténèbres.

Anton maudit Grégory de l'abandonner, une fois encore. Il le bénit d'aller aider ceux qui sont perdus dans les tourments de la guerre, dans cette horreur qu'il connaît mieux que personne.

Anton déteste Grégory, ce père qui le délaisse, le néglige.

Anton porte aux nues cet homme qui vole au secours des victimes à travers le monde.

Saturée de contradictions, la tête d'Anton est sur le point d'exploser.

Il quitte la forêt, grimpe un éboulis et s'assoit sur un rocher. De là, il a une vue parfaite sur le chalet et la piste. Il voit le 4 × 4 s'éloigner, les yeux pleins de larmes, de colère, de peine.

Pouchkine tente de le consoler en collant sa tête sur ses genoux.

En vain.

Une fois que la voiture a disparu, Anton se lève.

— Reste là, ordonne-t-il à son chien. Bouge pas.

Pouchkine obéit et regarde son maître escalader l'éperon rocheux qui surplombe la forêt. Arrivé en haut, Anton marche sur l'arête.

Funambule sur un fil tendu au-dessus d'un gouffre.

Il n'a pas récupéré totalement de son accident, son équilibre est précaire. Son pied droit dérape, il manque de basculer, se remet d'aplomb. Il continue, sur une ligne de plus en plus étroite et dangereuse.

Il baisse la tête vers le ravin vertigineux qui l'appelle de toutes ses forces.

Se jeter dans le vide, voler quelques secondes puis s'écraser en bas. Se fracasser sur les rochers, oublier la guerre, la mort, les bombes et les flammes.

Oublier la peur.

Oublier cet enfant meurtri qui refuse de laisser la place à un jeune homme vivant.

Ne plus hésiter entre le jour et la nuit. Une bonne fois pour toutes, plonger dans les ténèbres et s'y fondre pour l'éternité...

34

12 août 2006

République démocratique du Congo, province du Nord-Kivu, région de Kisangani

Un grand fleuve puissant, qui ressemblait à un immense serpent déroulé…

Les mots de Joseph Conrad rejaillissent dans l'esprit de Grégory. Pourtant, lorsqu'il a lu *Au cœur des ténèbres,* il devait avoir l'âge d'Anton.

La pirogue dessine un sillon d'ivoire dans les eaux faussement calmes du fleuve Congo. Le drapeau du CICR ondule à l'avant de l'embarcation suivie par trois autres pirogues, chargées elles aussi de médicaments, de matériel médical et de doses de vaccins.

Deux jours de navigation sur le fleuve seront nécessaires pour atteindre les villages où ils sont attendus.

Dans la barque de Grégory, ils sont trois : Christ, le guide qui travaille pour la Croix-Rouge congolaise, et Sara, la déléguée communication, une Belge d'une trentaine d'années.

— Ils auraient pu prévoir un hélico ! lance la jeune femme.

— Ça nous aurait fait gagner du temps, acquiesce l'infirmier. Mais ça nous permet de découvrir le pays autrement.

— Oui, et de faire connaissance ! ajoute-t-elle avec un clin d'œil.

Sara a la lourde tâche de rappeler le droit international humanitaire aux autorités locales et aux groupes armés.

Leur rappeler qu'ils n'ont pas le droit de s'en prendre aux civils, de les priver d'un accès à l'eau ou à la nourriture, de détruire leurs biens ou de les empêcher de cultiver leurs champs... Rappeler à tous ces combattants que le CICR est impartial, qu'il ne prend fait et cause pour aucune des parties et existe seulement pour porter secours aux victimes. Que ses membres ne sont pas armés, et que personne ne doit leur interdire d'aller à la rencontre des populations.

Qu'ils ne doivent jamais devenir des otages ou des cibles.

Sara vient de Bruxelles et a posé ses bagages à Kisangani six mois plus tôt. Depuis ce matin, elle tente d'expliquer à Grégory l'interminable conflit qui ravage ce pays immense et magnifique. Un conflit si complexe que l'infirmier a du mal à y voir clair... Il a compris que les dernières guerres sont nées du génocide rwandais de 1994 et de l'exil massif des criminels hutus à l'est de l'ancien Zaïre, rebaptisé en 1997 République démocratique du Congo. Il a compris que l'Ouganda voisin, ainsi que le Rwanda, participent à ce conflit dévastateur. Tout comme la Namibie, le Tchad, et bien d'autres pays. Il a surtout compris que les richesses que recèle la RDC sont au cœur de cette guerre : le monde entier convoite les diamants, l'or, le cuivre, l'uranium, le cobalt, le lithium, et aussi le coltan. Le monde entier veut mettre la main sur ce butin, mais personne ne se soucie des enfants obligés de descendre dans les mines, de porter un fusil d'assaut ou de servir d'esclave sexuel. Personne ne se soucie des millions de gens chassés de leurs villages, de leurs maisons, et qui croupissent dans des camps de réfugiés.

Le monde entier ferme les yeux sur les massacres, les viols, les tortures.

Les millions de morts.

Leur convoi croise une imposante barge qui transporte des grumes de bois précieux, mais aussi des familles, coincées entre les sacs de charbon de bois et autres marchandises.

— Ils voyagent parfois un mois dans ces conditions, précise Christ. Il arrive qu'un gamin tombe à l'eau et soit emporté par les courants !

— J'ai entendu dire qu'il y a des centaines de noyés chaque année, se croit obligée d'ajouter Sara.

Les yeux de Grégory ont du mal à se détacher de la nuque de la jeune femme. Sa peau laiteuse, ses épaules galbées et les boucles blondes échappées de son chignon. Elle est assez grande, toute en rondeurs et en douceur. Pourtant, il se dégage de sa personne une détermination et une force peu communes.

Christ gouverne la pirogue vers un affluent. Ils naviguent un moment sur une rivière plus calme, plus étroite, puis leur guide coupe le moteur et ils accostent sur un long banc de sable. Au bout de celui-ci se dresse un ancien village de pêcheurs en ruine, quelques grosses maisons sur pilotis qui paraissent si fragiles qu'elles pourraient s'effondrer au moindre souffle de vent. Juste derrière elles, la forêt tropicale s'étend à perte de vue, profonde et ténébreuse.

Des arbres, des arbres, des millions d'arbres, massifs, immenses, jaillissant très haut…

Les pirogues sont tirées jusque sur le sable et Grégory aide à décharger la nourriture, les sacs de couchage et tout ce qui sera utile au groupe pour passer la nuit.

Le délégué santé de l'équipe est un médecin, belge lui aussi. Le Dr Jean-Baptiste Lafarge semble être chez lui au beau milieu de cette jungle hostile.

— C'est ma sixième mission ici, confie-t-il à Grégory. La première, c'était en mille neuf cent nonante seize ! J'adore ce pays… Et toi, tu es allé où ?

— Tchétchénie, ex-Yougoslavie, Colombie, Pakistan, Kenya, Rwanda, énumère le Français. Et aussi au Liberia et au Sénégal.

Le médecin le considère avec étonnement.

— Mais ici, je suis un novice, avoue Grégory en allumant une cigarette.

Il en propose une à Lafarge, qui refuse d'un signe de tête.

— Quand on a fait le Rwanda, on peut tout faire, non ?... C'était à quel moment ?

— Début 95, quelques mois après le génocide.

— Ici aussi, c'est une catastrophe...

Leur guide prépare le campement, aidé par deux hommes de la Croix-Rouge. Ils déroulent des nattes sur le plancher humide de la première maison, la seule à tenir encore sur ses fondations.

— Vaut mieux pas s'aventurer dans les autres cabanes, prévient Christ. Le toit pourrait vous tomber sur la tête ! Mais je ne vais pas avoir la place de caser tout le monde à l'intérieur... Il y en a deux qui devront coucher sur le balcon.

Ce qu'il nomme *balcon* est une sorte de terrasse en planches, protégée par une avancée du toit.

— Je peux dormir dehors, assure alors Grégory. Ça ne me dérange pas...

— Moi aussi, dit Sara.

Christ installe leurs sacs de couchage sur le *balcon* et, comme il l'a fait à l'intérieur, déplie par-dessus une grande moustiquaire rectangulaire.

— C'est pour se protéger de quoi, la moustiquaire ? questionne Grégory.

— De plein de jolies bestioles ! rigole Lafarge. Les mêmes qu'au Rwanda, j'imagine... Mais ne t'en fais pas : nos amies les glossines ne piquent qu'en plein jour !

— Les *glossines* ?

— Les mouches tsé-tsé. Elles font des ravages, par ici...

— Et on ne serait pas mieux sur le sable ? continue Grégory.

— *Sur le sable ?* répète Christ en écarquillant les yeux.

Lafarge et lui éclatent de rire, l'infirmier comprend qu'il vient de dire une énormité.

— Si tu veux servir de repas, tu peux roupiller sur le sable ! précise le médecin.

— OK, OK, sourit Grégory. J'ai compris… Et non, je n'ai pas envie de me faire manger !

Juste à côté de lui, Sara le considère avec un sourire gourmand :

— Pourtant, tu es fort appétissant !

Les trois hommes échangent un regard étonné tandis qu'elle se dirige vers la forêt.

— Ne t'éloigne pas trop ! prie le guide.

— Je vais juste faire pipi derrière la cabane. J'ai le droit, non ?

Une fois qu'elle a disparu, Christ pose une main sur l'épaule de Grégory.

— On dirait que tu ne vas pas dormir seul dans ton grand sac de couchage !

Embarrassé, l'infirmier se contente de sourire.

— Finalement, il va bel et bien servir de repas ! ricane Lafarge. Sauf que ce ne sera pas un crocodile du Nil qui va le dévorer !

Les deux hommes continuent à rire et quand Sara revient, ils allument un grand feu sur le banc de sable, au pied de la maison qui les accueillera durant la nuit. Puis toute l'équipe fait une toilette dans la rivière, restant sagement près du bord. Christ est censé surveiller les mouvements suspects dans l'eau pendant que ses collègues s'y baignent, histoire de voir approcher le danger et donner l'alerte. Mais son regard, comme celui de tous ses collègues, est aimanté de façon irrépressible par Sara.

— Il n'y a pas que les crocodiles, précise Lafarge. Il y a aussi les tigres…

— Les tigres ? s'étonne la jeune femme.

— Les poissons tigres goliaths. Un mètre cinquante de long, cinquante kilos, et des dents aussi grosses que celles du requin blanc !

— Ils n'attaquent pas souvent l'homme, modère Christ.

— J'ai pourtant déjà eu à soigner des blessures impressionnantes causées par ces gentils poissons ! rétorque Lafarge.

Ils sortent de l'eau alors que le soleil décline à une vitesse incroyable. Vers 18 heures, l'astre disparaît ; il reviendra douze heures plus tard. Ici, tout près de l'équateur, la nuit et le jour sont de durée égale presque toute l'année.

À la fin du dîner sommaire, Godefroi, un infirmier de la Croix-Rouge, sort une bouteille de son sac. Quand elle arrive dans les mains de Grégory, il hésite.

— Je me méfie des alcools en Afrique, dit-il en souriant. C'est quoi ?

— *Lokoto*, répond Godefroi. Maïs et manioc. C'est bon pour plein de maladies.

— C'est mauvais pour tout, tu veux dire ! rectifie Lafarge. Vas-y mollo, le Français !

Grégory avale une gorgée du breuvage artisanal. La teneur en alcool le surprend, il fait la grimace puis passe la bouteille à Sara. La jeune femme manque de s'étouffer dès la première goulée. Elle éclate de rire :

— C'est une tuerie, ce machin !

Ils boivent tous un peu trop, mais Christ veille à ce que personne ne soit ivre au point de partir se balader dans la jungle en pleine nuit.

Vers 22 heures, il ne reste que Lafarge, Christ, Grégory et Sara sur le sable. Le guide alimente le feu, censé éloigner les chasseurs nocturnes dont les crocodiles font partie. Puis lui et le médecin vont se coucher.

Sara se colle aussitôt contre Grégory qui tente de résister au désir qui ne cesse de grandir en lui. Sa main gauche est proche des flammes, son alliance devient brûlante, comme pour lui rappeler qu'il est marié et que Zina l'attend sagement à la maison.

Lui rappeler que la trahison a un prix.

Sara saisit sa main, celle qui arbore l'anneau, la guide jusqu'à son visage. Le visage d'une poupée de porcelaine.

La trahison a un prix.

Il porte nombre de fardeaux sur sa conscience, dont un meurtre. Mais jamais il n'a trompé Séverine, jamais il n'a trompé Zina.

Après une vive et brève douleur au cœur, une déchirure, il jette ses doutes dans les flammes, et sombre corps et âme dans un abîme de plaisir, dans l'adoration de cette chair inconnue. Au cœur d'une nuit équatoriale, à l'orée de la jungle la plus dangereuse du monde, dans un pays ravagé par la guerre, Grégory abdique pudeur et remords. Avec une autre femme, il devient un autre homme, laissant éclore des phantasmes jamais susurrés, jamais assouvis.

Le feu est éteint depuis longtemps lorsqu'il renonce, arrivé à l'épuisement total, vidé de son énergie et de sa raison.

Zina a disparu, Séverine aussi.

Même ses douleurs et ses souvenirs se sont effacés.

***

13 août

À 6 heures, le soleil tape dans l'œil de Grégory qui se réveille doucement. Il met un moment à se souvenir qu'il se trouve au Congo, sur un banc de sable, près des cendres d'un feu.

Qu'il a passé la nuit dans les bras et le corps d'une femme qu'il connaît à peine.

En se redressant, il s'aperçoit que Christ, Godefroi et Lafarge sont assis non loin de lui. Il constate avec soulagement qu'il porte son caleçon, même s'il ne se souvient pas s'être rhabillé.

— Bien dormi, le Français ? s'enquiert le médecin.

Les trois hommes éclatent de rire tandis que Grégory prend sa tête entre ses mains. Il se traîne jusqu'à la rivière, s'asperge le visage.

— Café ? propose Christ.

— Oh oui, volontiers ! accepte l'infirmier en s'asseyant près de ses collègues. Où est Sara ?

— Dans la cabane, explique le médecin. Je crois qu'elle dort. Elle a l'air exténuée...

Nouvel éclat de rire collectif. Pourtant, Grégory devine une lueur de jalousie dans les yeux de Lafarge.

— Bon, on part dans une demi-heure, annonce Christ en reprenant son sérieux.

Grégory avale son café puis se jette dans la rivière sous le regard médusé de ses coéquipiers. Il a échappé aux crocodiles cette nuit, pas de raison qu'il succombe aux tigres goliaths ce matin.

Besoin de se laver, de se purifier, de se pardonner.

Sur la rive d'en face, une longue forme se faufile dans l'herbe avant de se glisser dans l'eau.

— Sors de là ! hurle Christ.

En quelques mouvements, Grégory rejoint la berge.

— Merde, on dirait que je l'ai échappé belle !

— T'es malade ! lance le guide.

Christ continue à marmonner tout en chargeant les pirogues, pendant que Grégory se rhabille à la hâte. Sara sort de la cabane, le visage ensommeillé. Elle salue l'équipe, adresse un sourire à l'infirmier, et enfile son dossard Croix-Rouge par-dessus son chemisier blanc.

— On y va ? dit-elle. On a encore beaucoup de chemin et ils nous attendent...

Sara est montée dans la pirogue de Christ et Godefroi, tandis que Grégory voyage avec Lafarge et Diamant-Philippe, un Congolais de la Croix-Rouge. Les embarcations sont revenues sur le fleuve, le soleil a disparu.

… Il y avait un brouillard blanc, très chaud et moite, et plus aveuglant que la nuit. Il ne bougeait ni n'avançait : simplement, il était là, dressé tout autour comme une matière solide. À 8 ou 9 heures, à peu près, il se leva comme on lève un store. Nous eûmes la vision d'une multitude d'arbres étages, de l'immense jungle enchevêtrée, avec la petite boule enflammée du soleil au-dessus – le tout parfaitement immobile – puis le store blanc redescendit sans heurts comme s'il eût passé dans des glissières huilées.

À l'instar de Charles Marlow, le personnage de Joseph Conrad, les membres de l'équipe naviguent dans du coton humide, devinant à peine le drapeau à l'avant des pirogues. Une brume lourde et tenace, dont ils ne s'extraient qu'en fin de matinée. Grégory découvre qu'à cet endroit, le fleuve est encore plus ample que ce qu'il a pu voir jusqu'ici.

— Il y a des zones où il mesure vingt kilomètres de large, explique Lafarge.

— Et la profondeur ?

— Jusqu'à deux cent vingt mètres, révèle Diamant-Philippe.

— Incroyable, murmure l'infirmier. Incroyable…

Christ dirige de main de maître les pirogues entre les bancs de sable, îlots qui divisent le lit du Congo en de multiples bras. L'un de ces javeaux abrite un refuge de planches et de tôles. Une famille de déplacés s'est échouée sur cette terre éphémère et fragile, s'y croyant plus en sécurité que sur les berges. Quatre enfants, dont un très jeune, les regardent passer avec des yeux de résignation et de misère.

Survivre ici, à la merci des colères du fleuve qui pourrait les emporter, les broyer.

Finir ici, parce qu'on n'a plus d'ancrage, de maison, de village. Comme les arbres déracinés finissent dans les rivières ou les torrents.

Le voyage se poursuit, alternant brouillard et lumière crue. Grégory fixe son alliance qui brille sous le soleil. Il ne parvient pas à regretter sa nuit adultère, les heures partagées avec Sara. Pourtant, il sait que cette infidélité lui laissera une cicatrice de plus. Une douleur qu'il sera le seul à ressentir. Quand Zina le dévisagera avec son sourire de déesse, quand elle se donnera à lui, la plaie se rouvrira. Il aura mal, ne le montrera pas.

La trahison a un prix.

Grégory s'en acquittera sans aucun regret.

Les berges se font à nouveau plus hautes, la forêt plus dense, plus sombre.

Remonter ce fleuve, c'était comme voyager en arrière vers les premiers commencements du monde, quand la végétation couvrait follement la terre et que les grands arbres étaient rois…

— On approche du supermarché, annonce Diamant-Philippe.

— *Le supermarché ?* s'étonne Grégory.

— Un endroit où les eaux sont très calmes, *trop* calmes. Infestées de crocodiles.

— Un supermarché où la nourriture, c'est toi ! précise Lafarge.

— Mais on ne risque rien sur la pirogue, non ?

— Ils peuvent nous faire chavirer, explique l'Africain. Et si on tombe à l'eau…

Christ dévie le convoi vers un bras du fleuve plus étroit, plus sécurisé. Les berges et les arbres se rapprochent des pirogues, leurs feuillages masquant presque le ciel. Grégory est fasciné par le paysage qui l'entoure. Au détour d'un lacet, il aperçoit une barque et deux hommes sur la rive.

Pendu à un arbre, un magnifique cercopithèque a rendu l'âme, abattu par les chasseurs qui s'apprêtent à le dépecer.

Ses yeux ouverts demandent pourquoi.

Pourquoi il a été arraché à sa jungle natale.

Face au visage meurtri de l'infirmier, Lafarge dit :

— Ils le vendront en ville. Malheureusement, la viande de brousse a toujours autant de succès. Plus le gibier se fait rare, plus les prix augmentent, plus les braconniers sont nombreux. Ils finiront par vider la forêt. Sans parler des risques d'épidémies…

Ils arrivent à destination vers midi. Sur la berge, les villageois se sont regroupés et aident l'équipe à décharger les pirogues. Lafarge, lui, reste les bras croisés, comme si son grade de médecin lui interdisait de s'abaisser à ce genre de tâches subalternes. Puis le Belge s'octroie une pause déjeuner, alors que Godefroi et Grégory se mettent aussitôt au travail. Une équipe du CICR a déjà visité ce village un mois plus tôt, leur mission y sera par conséquent de courte durée. Dans deux heures, ils repartiront pour leur prochaine destination. Tandis que les deux infirmiers vaccinent la longue file d'enfants, Lafarge commence enfin les consultations dans une case en pisé. Pendant ce temps, dans la principale maison du village et en présence du bourgmestre de la commune, Sara rappelle les principes du droit humanitaire à un groupe de militaires de l'armée régulière.

Peu après 14 heures, il est temps de se diriger vers un dispensaire où les médicaments et le médecin sont attendus comme le messie.

— Tu sais conduire une moto ? demande Lafarge à Grégory.

— Oui, j'ai passé mon permis pour une mission en Colombie.

Dans un hangar de tôles, quatre motos patientent ; de vieux modèles robustes et tout terrain, dotés d'un réservoir de grande capacité. Les cartons de médicaments et les doses de vaccins sont solidement fixés sur les porte-bagages à l'arrière de chaque engin, puis les pilotes sont désignés : Grégory, Diamant-Philippe, Christ et Lafarge. Le médecin propose à Sara d'être sa passagère, mais elle décide de monter sur la moto conduite par le Français, et le groupe quitte le village sous un soleil de plomb.

Durant les dernières années de guerre, tout a été laissé à l'abandon. Les kilomètres de pistes ou de chemins défoncés s'enchaînent. Il faut souvent poser le pied à terre, s'arrêter pour couper des branches, esquiver les fondrières et autres pièges, éviter de s'embourber voire de chavirer.

Au bout d'une heure, l'infirmier est épuisé. Lorsqu'un pont en rondins qui tient par l'opération du Saint-Esprit se présente devant eux, il invite Sara à descendre de la moto.

— Si je tombe dans la flotte, autant que tu ne tombes pas avec moi…

Grégory essuie la boue qui macule sa visière et regarde Christ franchir l'obstacle avant de se lancer à son tour. S'il était croyant, il réciterait une prière. Le bois craque sous le poids de l'engin, le pont tangue à l'horizontale, Grégory accélère. Parvenu sur l'autre rive, il respire enfin. Sara traverse à pied et remonte en selle.

Un kilomètre plus tard, Christ leur accorde une pause. Le guide les informe qu'il reste encore une heure d'efforts pour atteindre le dispensaire, et que ce qu'ils viennent de traverser était une promenade de santé à côté de ce qui les attend.

— Tu veux que Godefroi te remplace au guidon ? propose Lafarge.

— Non, ça ira. Je commence à maîtriser je crois !

— C'est pour ce genre de moments qu'on a choisi ce job ! lance le médecin.

Grégory le considère avec étonnement.

— Ce *job* ? répète-t-il. Tu as choisi ce *job* pour t'éclater à moto ?

— File-moi une clope, répond Lafarge. Et détends-toi, le Français : je plaisante…

L'infirmier pressent qu'ils sont chacun sur une planète à des années-lumière l'une de l'autre… Il fait quelques mouvements pour soulager les muscles de ses bras et de son dos.

— On s'y remet ? dit Christ. Il faut arriver avant la nuit !

Grégory enfile son casque, se rassoit sur la selle. Sara passe ses bras autour de lui, il sent un frisson parcourir sa colonne vertébrale.

— Reste concentré ! suggère-t-elle en riant.

La piste se transforme très vite en une sente étroite où les roues des motos s'enfoncent dans la boue, où les feuillages leur barrent le passage. Soudain, au détour d'un virage, Grégory a la surprise de voir traverser un okapi. Freinage d'urgence, la moto dérape, Sara perd l'équilibre. L'animal disparaît dans la forêt tandis que la jeune femme se remet debout.

— Ça va ? s'enquiert Grégory. Tu as mal au bras, on dirait ?

— Rien de grave, assure-t-elle en reprenant sa place. Je vais survivre, ne t'inquiète pas !

— Tu vois, tu aurais dû monter avec moi ! ricane Lafarge.

Christ ne leur avait pas menti : la suite du trajet est un cauchemar. Diamant-Philippe perd le contrôle de son engin et fait une chute spectaculaire dans un ravin. Il faut trois hommes pour remonter la moto sur la piste, et Godefroi est obligé de remplacer son collègue blessé à la jambe. Grégory lui pose un pansement de fortune pour stopper l'hémorragie et le groupe replonge dans sa traversée de l'enfer.

Enfin, le terrain devient plus praticable, la végétation moins dense. Les premières maisons se dressent sur le côté de la piste et Christ donne quelques coups de klaxon pour annoncer leur arrivée. Un groupe d'enfants s'élancent à la suite du convoi en poussant des cris de joie.

Quand le dispensaire du district apparaît, les pilotes coupent les moteurs. Ils sont éreintés, mais heureux d'être arrivés à bon port. Un seul carton de médicaments a été abîmé durant le trajet, les doses de vaccins sont intactes. Dondivin, l'infirmier responsable de l'antenne médicale, récupère le colis qui lui est destiné et l'ouvre comme s'il contenait un trésor inestimable. C'est d'ailleurs le cas : des médicaments que l'on peut trouver dans n'importe quelle pharmacie occidentale. Qui manquent cruellement ici et sauveront des vies.

Tandis que Grégory soigne la blessure de Diamant-Philippe dans le dispensaire, il remarque une jeune femme qui attend devant, son enfant dans les bras. Un petit garçon qui doit avoir deux ans.

— Elle s'est trompée de jour, explique Dondivin. Elle m'a dit qu'elle avait marché plus de vingt kilomètres.

— Les consultations ne démarrent que demain, rappelle Lafarge. De toute façon, elle ne pourra pas rentrer chez elle ce soir, elle va devoir dormir ici, non ?

Dondivin hoche la tête.

— Alors, je verrai son gamin demain matin, OK ? Là, j'ai plus la force…

Grégory le toise du haut de son mètre quatre-vingt-quinze :

— Elle a parcouru vingt bornes pour te voir, rappelle-t-il. Avec son *gamin* dans les bras… Gamin qui n'a pas l'air très en forme d'ailleurs.

Les deux hommes s'affrontent un instant en silence. Appuyée au chambranle de la porte, Sara assiste à la scène, son regard allant de l'un à l'autre.

— Tu veux t'occuper de lui ? balance Lafarge. Ah merde, j'oubliais, t'es pas toubib, seulement infirmier... Dommage : toi, tu n'es pas capable de soigner les gens !

Médusé, Grégory met un instant à retrouver la parole :

— En effet, je ne suis qu'un infirmier. Mais je sais reconnaître un enfant qui a besoin de soins.

— Tu sais rien du tout, mon ami ! envoie Lafarge. Ce gamin est juste épuisé, il a besoin de se reposer, tout comme moi. Dans l'état où je suis, je ferais du mauvais boulot de toute façon. La demoiselle et son bébé vont aller dormir et je les verrai demain. Fin de la discussion.

Le Belge sort du dispensaire et s'adresse à la jeune mère :

— C'est moi le docteur. Je te vois demain matin, OK ?

— Merci, dit-elle en hochant la tête.

— Tu sais où dormir ?

— J'ai un lit d'appoint dans la pièce du fond, indique Dondivin. Elle peut y passer la nuit.

— Tout s'arrange ! pavoise Lafarge. C'était pas la peine de nous chier une pendule !

Il s'éloigne de la maison tandis que Sara se rapproche de Grégory.

— Il fait de son nez, mais il n'est pas méchant, dit-elle.

— *Il fait de son nez ?*

— Il est un peu arrogant...

— C'est carrément un connard ! rétorque Grégory. Je vais m'en charger, de ce gosse.

Il rejoint la patiente et son fils.

— Bonjour, dit-il en souriant. Comment s'appelle ton petit ?

— Précieux... Tu es docteur ?

— Non, je ne suis pas docteur... C'est un bien joli prénom ! Et qu'est-ce qu'il a, Précieux ?

— Le docteur, il a dit demain matin.

— Oui, mais je peux peut-être ausculter ton fils ?

— Le docteur, il a dit demain matin, répète-t-elle en resserrant son étreinte autour de l'enfant.

— Laisse-moi m'occuper de lui, je pense que je peux faire quelque chose.

Elle comprend mal le français, alors Dondivin traduit les propos de Grégory ainsi que la réponse de la jeune femme :

— Elle dit qu'elle préfère attendre le médecin. Elle l'a entendu tout à l'heure, et elle a compris que toi, tu ne sais pas soigner les gens.

La jeune mère tourne le dos aux deux infirmiers, Grégory abandonne la lutte.

— Donne-leur de quoi boire et manger, s'il te plaît.

— Bien sûr, dit Dondivin. Va te reposer, maintenant.

Sara et Grégory quittent le dispensaire et Christ leur indique qu'ils peuvent prendre une douche s'ils le souhaitent. Les habitants en ont bricolé une près du centre de soins. Puis le guide leur apprend que les villageois leur ont réservé trois cases en pisé pour les loger cette nuit.

— Ils vont dormir où si on occupe leurs maisons ?

— Ils vont se serrer chez les voisins, répond le guide. Ils tiennent à nous recevoir dignement… Je vous ai installés dans celle-là, ajoute-t-il en désignant une petite case au bout du village.

C'est désormais officiel : Grégory et Sara auront leur *chambre* bien à eux. L'infirmier s'en trouve gêné, mais le reste de l'équipe ne paraît pas leur en tenir rigueur.

À part Lafarge qui les observe avec du venin plein les yeux.

— Je devrais peut-être dormir avec les gars, suggère Grégory.

— Et pourquoi ? demande Sara. Qu'est-ce qu'on fait de mal ?

— On est ici pour bosser.

— Le soir, on est de repos. Et on fait ce qu'on veut. Mais si tu n'as pas envie de passer la nuit avec moi, je…

— J'en ai *très* envie, murmure Grégory à son oreille.

Les habitants ont allumé un feu au milieu du village. Pour accueillir leurs hôtes, ils ont préparé des poissons accompagnés de bananes plantains et de riz. Un festin pour eux qui ne mangent pas souvent à leur faim.

Durant tout le repas, Lafarge et Grégory ne se sont pas adressé la parole. Même leurs yeux se sont évités. Le *lokoto* a coulé à flots, certains en ont abusé.

En fin de soirée, Grégory et Christ tentent de réveiller Diamant-Philippe, plongé dans un profond sommeil qui s'apparente à un coma éthylique. Ils n'ont d'autre choix que de le porter jusqu'à sa case.

— Putain, j'ai mal aux bras ! maugrée l'infirmier. Il pèse une tonne !

— Aussi lourd qu'un kiboko, souffle Christ.

— C'est quoi, un *kiboko* ?

— Un hippopotame, mon frère !

Ils déposent leur collègue sur son sac de couchage puis rejoignent chacun leur case. Sara s'est déjà endormie, Grégory ôte sa chemise et s'étend près d'elle. Le toit abîmé laisse voir un large croissant de lune horizontal, tel qu'on ne peut l'admirer qu'au niveau de l'équateur, et Grégory contemple la jeune femme de longues minutes. Jusqu'à ce que la fatigue l'emporte à son tour.

***

14 août

Lorsqu'il s'extrait de ses cauchemars, le soleil n'est pas encore levé, sa promesse inonde la case d'une douce lumière. Grégory est tenté de réveiller Sara, mais elle semble si bien dans les bras de Morphée qu'il se privera de la prendre dans les siens.

Il attrape une serviette dans son sac, ainsi qu'un caleçon de rechange, et sort de la case. Il traverse le village en direction de la douche, constate qu'elle est déjà occupée par Christ.

— Je me hâte ! lance le guide.

— Prends ton temps. Je vais me laver à la rivière. C'est juste à côté…

— Fais attention quand même !

Grégory descend vers le petit affluent du Congo qui coule en contrebas du hameau. Un chemin glissant serpente au milieu d'une végétation luxuriante qui bruisse de toutes parts. Chants d'oiseaux, cris lointains de singes, bourdonnements d'insectes ; tous célèbrent le lever du soleil, tandis que les prédateurs nocturnes s'en retournent dans leurs repaires secrets.

La rive nord de la rivière est constituée de gros rochers plats et lisses, couleur terre. L'eau est facilement accessible et Grégory se demande pourquoi les habitants ont pris la peine de construire une douche.

Il se déshabille puis s'avance dans l'onde calme et peu profonde où il s'immerge avec délice. Son dos et ses épaules le font souffrir, souvenir du trajet à moto. Il a envie de fermer les paupières mais se souvient des mises en garde de Christ.

Toujours surveiller ses arrières.

Rien ne bouge dans l'eau, rien non plus sur les berges.

Il songe à Anton et se promet de l'appeler lorsqu'il sera de retour à Kisangani. La seconde qui suit, c'est vers Zina que son esprit se tend, et la déchirure au niveau du cœur se remet à saigner. Pourtant, il espère qu'après son bain, il pourra rejoindre Sara dans la case et faire l'amour avec elle avant l'arrivée des premiers patients et la rude journée qui s'annonce.

Poussé par un désir de plus en plus impérieux, il sort de l'eau et se sèche. Au moment où il remonte vers le chemin, une tache de couleur attire son attention un peu plus loin sur la berge. Un objet ou un vêtement est posé sur un gros rocher. En s'approchant, il a un mauvais pressentiment. Un émoi diffus, inexplicable. Il s'agit d'un foulard enroulé autour de quelque chose. Lorsqu'il écarte l'étoffe, Grégory manque de tomber en arrière.

Précieux.

Mort.

Abandonné sur ce rocher.

Le regard de l'infirmier reste fixé sur le corps de l'enfant, sur ses yeux mi-clos, son ventre gonflé et ses lèvres entrouvertes. Sur l'ultime souffrance qui altère son visage d'ange.

Grégory parvient à se détourner de cette abomination et incline la tête vers le ciel.

C'est alors qu'une autre vision d'horreur le percute.

À dix mètres de la rive, dans les feuillages, une seconde tache de couleur.

La mère de l'enfant, pendue à un arbre.

Il a du mal à rejoindre le village. La douleur entrave chacun de ses pas. En chemin, il s'arrête près d'un arbre pour laisser passer quelques larmes.

La douleur, oui.

Et la colère. Qui gronde au fond de ses tripes.

Avant le dispensaire, il croise Dondivin qui sort de sa case, accompagné de ses deux fils.

— Il faut que tu viennes avec moi. Et laisse tes enfants ici.

L'infirmier local ne pose aucune question et suit son collègue français jusqu'à la rivière. Lorsqu'il voit l'enfant mort, il fait un signe de croix.

Lorsqu'il voit la pendue, il lève les yeux au ciel, comme s'il craignait d'être foudroyé par la colère de Dieu.

— Je ne sais même pas comment elle s'appelait, murmure Grégory.

— Elle s'appelait Chance, révèle Dondivin.

— Et tu sais où elle habitait ?

— Non, je ne l'ai pas enregistrée, désolé.

Grégory s'appuie sur l'arbre potence. Après avoir entortillé son fils dans le foulard qui couvrait ses cheveux, Chance s'est pendue avec la ceinture en tissu qui s'enroulait autour de ses hanches. Ses pieds ne sont qu'à vingt centimètres du sol, car elle s'est servie d'un rocher situé à côté du tronc pour exécuter sa sentence.

— Pourquoi elle a fait ça ? Elle a sans doute d'autres enfants, pourquoi les abandonner ?

— Elle m'a dit que Précieux était son seul fils, répond Dondivin. Et qu'elle ne pouvait plus avoir d'enfant, parce que l'accouchement s'était mal passé. Elle m'a dit qu'il fallait que le docteur soigne son fils parce que son mari la bannirait si Précieux venait à mourir. Il a dû succomber dans la nuit et… Elle s'est suicidée de honte, je crois.

— *De honte ?* répète Grégory d'une voix blanche.

— Elle n'a pas réussi à sauver son fils, elle n'était pas digne de continuer à vivre. C'est ce qu'elle pensait, en tout cas.

Grégory tourne la tête vers la rivière en contrebas, ayant du mal à affronter la vue de cette jeune femme au visage gonflé et aux yeux révulsés.

— Il faut que tu m'aides à la descendre, dit-il.

Avant de passer à l'action, Dondivin se signe plusieurs fois d'affilée.

— Ça porte malheur. Toucher une personne suicidée, ça porte malheur.

— Tu n'auras pas à la toucher.

Grégory soulève le corps de la morte tandis que Dondivin, juché sur le rocher, décroche le tissu de la branche.

— Je vais la monter jusqu'au village et toi, tu prends l'enfant, continue Grégory. Lui, il ne s'est pas suicidé…

— D'accord, acquiesce l'Africain.

Une nouvelle fois, porter le corps sans vie d'une femme. Après Rosa, après Rehana, Grégory porte Chance dans ses bras.

Combien y en aura-t-il encore ?

Ils contournent le village pour éviter d'être vus, entrent dans le dispensaire par une porte située à l'arrière. Ils déposent Chance et Précieux sur le lit d'appoint, situé dans une pièce distincte de la salle où sont prodigués les soins. Ils les recouvrent d'un drap blanc, puis Dondivin récite une courte prière, les mains jointes et les yeux fermés.

À peine sorti du centre de santé, Grégory prend la direction de la case où dort le Dr Lafarge. La colère a pris le dessus sur l'effroi et la tristesse.

Aussi vive que la lumière du soleil. Aussi forte que les courants du fleuve Congo.

Les patients forment déjà une file rectiligne devant le dispensaire, attendant le docteur qui les soignera ou soignera leur enfant. Certains ont marché toute la nuit, d'autres ont dormi en pleine jungle. Et d'autres sont certainement en route.

Si Grégory se laisse emporter, s'il obéit aux injonctions de sa rage, Lafarge risque de ne plus être en état de les prendre en charge.

C'est lui qu'il faudra soigner.

Les poings serrés, le souffle court, il hésite un instant puis se ravise. Il fait demi-tour, s'assoit sur les marches et allume une cigarette. Il en reste neuf dans son paquet, il est 7 h 20.

Devant la case du chef du village, Christ prépare du café. Diamant-Philippe doit être en train de cuver son *lokoto* et Godefroi aménage l'endroit où seront vaccinés les enfants. Une table, deux chaises, les boîtes de seringues et d'aiguilles stériles, ainsi que les paquets de bonbons apportés par le Français. Il n'avait droit qu'à un petit sac pour ne pas encombrer la pirogue, il a préféré y glisser les friandises plutôt que le roman qu'il était en train de lire ou encore son lecteur de CD portatif.

8 heures, le *fameux* docteur est toujours aux abonnés absents. Plus que cinq cigarettes dans le paquet de Grégory qui fixe la case où dort Lafarge. La file s'est allongée, les visages sont fatigués, la température commence à grimper. Dondivin enregistre les nouveaux arrivants sur un listing qu'il s'applique à remplir à l'aide d'un vieux stylo-bille.

8 h 20, trois cigarettes dans le paquet, la tension artérielle de Grégory a atteint des sommets et un marteau frappe l'intérieur de son crâne. Sara, qui n'a pas de mission particulière aujourd'hui, sort de la case où ils ont passé la nuit.

Quand elle voit son visage, elle a un mouvement de recul.

— Qu'est-ce qui t'arrive ?

— J'attends Lafarge, se contente de répondre l'infirmier.

Elle a l'impression que c'est un autre homme qui se tient face à elle. Livide et contracté. Ses yeux débordent d'un mélange de colère et d'effroi.

— Je peux faire quelque chose ?

— Leur donner à boire, répond-il en désignant le chapelet de malades. Merci, Sara.

— D'accord, je m'en occupe… Tu veux vraiment pas me dire ce que tu as ?

Incapable d'ajouter un mot, Grégory allume une nouvelle cigarette. La jeune femme disparaît dans le dispensaire et en ressort cinq minutes plus tard, munie d'une pile de gobelets en carton. Godefroi la suit, un jerrican d'eau à la main. Tandis qu'ils commencent la distribution, Lafarge fait enfin son apparition. Après avoir pris le temps d'une tasse de café, il daigne se diriger vers la case de santé.

Il dépasse la colonne de patients sans même les regarder, s'arrête pour embrasser Sara. Il caresse son visage d'un geste qui se veut paternel.

Provocant.

— Tu as une petite mine, ce matin ! lance-t-il. Tu as eu une nuit agitée, ou quoi ?

— Non, j'ai super bien dormi ! glousse-t-elle.

Grégory se met debout, écrase sa cigarette jusqu'à l'enfoncer dans le sol.

— Salut ! dit Lafarge avec un sourire hypocrite. Tu vas bien, mon ami ?

— Je ne suis pas ton ami, répond froidement le Français.

— Oh… je vois que tu es d'excellente humeur, *mon ami* ! Eh bien moi, je suis très en forme, ce matin !

Il se tourne vers Dondivin avant de poursuivre :

— Je crois que je dois voir le gamin d'hier soir en premier, c'est bien ça ?

Le regard de Dondivin bifurque vers Grégory qui répond à sa place :

— Le *gamin* s'appelle Précieux. Et tu ne le verras pas.

— C'est toi qui donnes les ordres, maintenant ? ironise le Belge. Et pourquoi je ne le verrai pas ?

— Parce qu'il est mort, assène l'infirmier.

Le sourire du médecin s'efface, ses doigts se crispent sur la tasse de café. Sara et Godefroi cessent la distribution pour s'approcher des deux hommes. Le Belge recouvre vite la parole :

— C'est bien triste, mais s'il est parti dans la nuit, ça veut dire qu'il était trop tard ! Ça veut dire qu'on n'aurait rien pu faire pour lui.

— *On ?* répète Grégory. Tu veux peut-être aller consoler sa mère ?

Poings fermés et regard de tueur, il fixe le Belge qui est de plus en plus mal à l'aise.

— Je suis navré pour elle, mais je ne vois pas comment je pourrais la consoler, rétorque-t-il nerveusement.

— C'est sûr, tu ne pourras pas, vu que ce matin, je l'ai retrouvée pendue à un arbre.

Sara porte une main à sa bouche pour retenir un cri. Lafarge devient aussi blanc qu'un linge.

— Tu n'as pas seulement tué le gosse, tu as aussi tué la mère. Rappelle-moi pourquoi ? Ah oui, tu étais *fatigué*…

Godefroi intervient :

— Vous devriez vous expliquer un peu plus loin. Tout le monde vous entend !

— Rien à foutre ! le fustige Grégory.

— Je n'ai tué personne, martèle Lafarge à voix basse. Je te le répète : il était trop tard pour le gamin, je n'aurais rien pu faire pour lui !

— Tu aurais pu tenter. Tu aurais *dû* tout tenter ! Mais tu n'as rien fait. Le *grand* docteur était trop *fatigué* !

— Je connais mon métier, se défend le Belge. Et tu n'as pas de leçons à me donner, OK ? Si la mère s'est suicidée, c'est sans doute parce qu'elle avait des problèmes de santé mentale et je ne vois pas ce que j'ai à voir…

Il n'a pas le temps de finir sa phrase. Grégory le saisit par la chemise et le plaque violemment contre le mur du dispensaire. Il écrase sa gorge avec son avant-bras, le privant d'oxygène. La digue qui retenait sa violence vient de céder.

— Tu sais ce que c'est de perdre un enfant, connard ? Est-ce que tu le sais ?

— Arrête ! s'écrie Sara.

Sous les yeux médusés des villageois qui attendent leur consultation, Christ et Godefroi s'élancent au secours du médecin. Ils empoignent Grégory chacun par un bras, le tirent en arrière. Mais ils ont l'impression qu'il est vissé au sol et qu'il est en acier trempé.

— Tu sais ce que c'est, enfoiré ? hurle-t-il.

Les deux Africains parviennent enfin à le faire lâcher et l'entraînent à distance de Lafarge. Grégory continue à hurler :

— Moi, je sais ce que c'est ! Je sais pourquoi elle s'est suicidée ! Et c'est toi, le coupable !

Ils l'emportent derrière l'antenne médicale, le collent dos au mur.

— Tu te calmes ? ordonne Christ.

— Lâchez-moi ! s'écrie Grégory. Lâchez-moi, putain !

Ils obtempèrent, restant sur leurs gardes. Sara, qui les a suivis, s'approche de son amant et, sans un mot, le prend dans ses bras. Elle caresse sa nuque raide, son visage contracté.

— Partez, ordonne-t-elle. C'est bon, maintenant.

Ils s'éloignent et elle murmure :

— Laisse-toi aller. Laisse-toi aller…

À peine a-t-elle prononcé ces mots qu'il fond en larmes. Le front sur l'épaule de la jeune femme, il s'épanche de longues minutes. Enfin, il s'écarte d'elle, gêné de s'être abandonné de la sorte. Il s'assoit sur un tas de troncs coupés et allume l'avant-dernière cigarette du paquet. Sara le rejoint aussitôt.

— Désolé, dit-il.

— Tu n'as pas à t'excuser… J'ignorais que tu avais perdu un fils.

— Une fille. Elle avait cinq ans, elle s'appelait Charlène… Elle est morte le même jour que ma femme dans un accident de voiture.

— Alors, c'est moi qui suis désolée… Désolée aussi que tu aies trouvé ce petit garçon et cette femme ce matin. Ça a dû être horrible… Et qu'est-ce qu'on va faire d'eux ? On ne connaît même pas le nom de leur village !

— On va les enterrer, répond simplement l'infirmier.

— Je vais demander à Christ et Diamant-Philippe de s'en occuper, d'accord ?

— Demande plutôt à Lafarge, balance Grégory. C'est à lui de le faire.

— Peut-être, mais il faut qu'il assure ses consultations. Et toi aussi, d'ailleurs. On doit s'occuper de ceux qui sont encore en vie. C'est pour ça que nous sommes là.

Une demi-heure plus tard, Grégory s'installe derrière la table. Embarrassé, Godefroi n'ose pas lui adresser la parole. Lafarge officie dans le centre de soins, secondé par Dondivin. Une fois les enfants auscultés par le médecin, ils arrivent devant Grégory qui leur injecte les vaccins en fonction de leur âge : rougeole, BCG, diphtérie, fièvre jaune… Il est moins affectueux qu'à son habitude, mais offre tout de même un sourire et un bonbon à chacun de ses petits patients.

Grégory ne cesse de penser au visage de Chance, à celui de Précieux. Sa colère ne retombe pas et elle est dirigée autant contre Lafarge que contre lui-même. Il aurait dû insister pour examiner ce bébé, il aurait dû forcer la mère à le lui confier. Il a abandonné la lutte bien trop vite, il est aussi coupable que le Belge.

Il réalise que c'est la première fois qu'il s'en prend physiquement à l'un de ses collègues. Et il se demande s'il n'est pas arrivé au bout de ses forces mentales.

Il se demande s'il ne doit pas changer de métier.

Sara le rejoint et lui murmure quelques mots à l'oreille :

— Tu n'as rien à te reprocher… Tu es un bon infirmier.

Ils forment un cercle autour du trou que Christ et Diamant-Philippe se sont relayés pour creuser sur la colline verdoyante que les villageois ont consacrée cimetière. Dondivin et Godefroi ont transporté les corps sur une civière et les ont déposés près de la tombe. Un artisan du village a accepté de fabriquer une croix à la va-vite, Sara s'est chargée d'y inscrire leurs prénoms et la date de leur mort. Le chef du village, qui est aussi prêtre, a revêtu sa soutane d'un blanc immaculé. Il dit une prière pour Précieux. Chance n'y aura pas droit. Sara et Grégory se tiennent côte à côte, mains jointes devant eux. Deux femmes du village sont également venues assister à la mise en terre et, dès que le prêtre a terminé, elles entament des chants traditionnels tandis que les corps sont descendus au fond du tombeau. Les obsèques se terminent sans que Lafarge daigne y assister, et ils repartent tous en direction du village.

— On va se reposer avant le dîner ? propose Sara.

— Le chef veut nous voir, intervient alors Godefroi. Il nous attend au dispensaire pour un briefing.

Droit comme un I sur les marches de la case de santé, Lafarge a les bras croisés. Il a demandé à deux hommes de la Croix-Rouge de se tenir à ses côtés, au cas où Grégory se jetterait à nouveau sur lui.

L'infirmier le trouve soudain grotesque.

— Demain, nous partirons à 6 heures et arriverons au prochain village vers 9 heures. Nous y passerons la journée et dormirons sur place... Après-demain, on fera le trajet en sens inverse, ce sera une journée entière sur les motos. Puis on rentre à Kisangani.

Ses yeux bifurquent vers celui qui est devenu son ennemi. Le jugement n'aura donc pas lieu à huis clos.

— Grégory, je peux comprendre que ce que tu as vu ce matin t'ait bouleversé, poursuit Lafarge. Ce n'est jamais facile d'affronter cela. J'ignorais que tu avais perdu ta fille et ton épouse... C'est certainement pour cette raison que tu n'as pas réussi à garder ton sang-froid et que tu as craqué, mais je ne peux tolérer tes agissements.

Grégory foudroie Sara du regard, la jeune femme baisse la tête.

— Je t'interdis de parler de ma fille et de ma femme, dit-il à l'intention de son chef. Elles sont bien trop précieuses pour que tu les salisses avec tes mots.

— Si je le pouvais, je te renverrais sur-le-champ à notre point de départ ! continue le Belge en haussant le ton. C'est impossible, mais je tiens à te prévenir que dès notre retour à Kisangani, je demanderai que tu sois affecté dans une autre délégation. Je ne te veux plus dans mon équipe.

Grégory tente de se maîtriser.

— Parfait ! Parce que je refuse de bosser avec les gens de ton espèce.

— Je t'informe également que j'écrirai un rapport sur ton comportement.

— Vas-y, fais-toi plaisir ! balance l'infirmier. D'ailleurs, peut-être que j'en rédigerai un moi aussi… Un joli rapport dans lequel j'expliquerai que tu as préféré aller te bourrer la gueule au *lokoto* plutôt que d'ausculter un enfant malade.

Les mâchoires de Lafarge se contractent juste avant la riposte :

— Vu mes états de service, tu perdras ton temps !

— Vraiment ? Tu as fait quoi, hein ? Six missions en RDC ? Je suis impressionné ! ironise le Français. Il est vrai que moi, je n'ai pas accompli grand-chose pour le CICR ! Quelques missions pendant la guerre des Balkans ou celles de Tchétchénie… Un séjour au Rwanda, un autre au Liberia en pleine guerre civile… Un petit passage au bloc opératoire après le séisme au Pakistan… Enfin bref, rien du tout ! Quand le grand chirurgien Paul Schmid, que j'ai assisté à maintes reprises, témoignera en ma faveur, tu pourras te torcher avec ton rapport !

Grégory tourne le dos à Lafarge et se dirige vers sa case.

— Je n'ai pas terminé ! enrage le Belge. Reviens ici !

— Si tu veux continuer à me parler, je suis à ton entière disposition… Mais ce sera seul à seul, *d'homme à homme*, comme on dit ! Alors, vu qu'en plus d'être un médecin de merde, t'es un trouillard, je suis certain d'être peinard toute la soirée !

Après une hésitation, Sara le rejoint au pas de course.

— Je suis désolée de lui avoir dit pour ta femme et ta fille. J'ai pensé que…

— Va rejoindre ton chef, assène Grégory. Et cette nuit, trouve-toi un autre endroit pour dormir.

35

20 octobre 2006

République démocratique du Congo,
province du Nord-Kivu, Goma

Le CICR a affecté Grégory à la délégation de Goma, sur la rive nord du lac Kivu, au pied du Nyiragongo, l'un des volcans les plus dangereux au monde. Le lac de lave qui bout en permanence au sommet de son cratère risque à tout moment de se vider et de donner naissance à une coulée massive et meurtrière. Une lave si fluide qu'elle peut dévaler les pentes à près de cent kilomètres heure.

Le géant se dresse à presque quatre mille mètres d'altitude, superbe et menaçant. Un dieu puissant, imprévisible et sans pitié, qui a le droit de vie et de mort sur les simples mortels qui se prosternent à ses pieds.

Mais ce n'est pas la seule menace dans le Nord-Kivu : si Nyiragongo a fait des milliers de victimes, ceux qui portent les armes en ont fait des millions…

Le pire bilan humain depuis la Seconde Guerre mondiale.

À Goma, Grégory est chargé de visiter les enfants dans les orphelinats, les réfugiés dans les camps et, comme à Kisangani, d'aider les dispensaires de la région à renaître de leurs cendres.

Officiellement, un accord de paix signé avec le Rwanda en 2003 a mis fin à la deuxième guerre du Congo. Mais si la situation s'est améliorée à l'ouest, elle reste très tendue à l'est, particulièrement dans le Kivu. Le général Nkunda, un Tutsi qui dirigeait l'armée régulière congolaise, a rejeté l'autorité du président Kabila et fondé son propre groupe armé : le CNDP, Congrès national pour la défense du peuple, basé dans les forêts du Masisi. Depuis, des affrontements ont lieu entre le CNDP, l'armée congolaise, et diverses milices hutues.

Tous ces combattants ont besoin de se nourrir, d'acheter des armes et de renforcer leurs rangs. Piller les villages, voler les récoltes et les enfants. Gagner des territoires, prendre le contrôle des mines de coltan, de diamants ou d'étain. Ces richesses dont le sous-sol du Kivu regorge, pour son plus grand malheur. Richesses indispensables pour faire voler les avions, les fusées ou les missiles. Pour fabriquer les téléphones et ordinateurs portables, ainsi que les consoles de jeux. Et pour s'approprier ce trésor, une solution efficace : terroriser et asservir les populations.

L'arbre occidental ne cesse de prospérer, plongeant de plus en plus profondément ses racines dans le sang de l'Afrique.

Ce matin, Grégory quitte les bureaux de la délégation en compagnie de Valentine, chargée de la réunification des familles. Une Suissesse d'une cinquantaine d'années, petite et bien en chair, qui arbore une crinière blonde aux reflets roux. Au volant du Land Cruiser, Anatole, l'un des chauffeurs employés par le CICR. Il a intégré la Croix-Rouge dès le début de la première guerre du Congo qui a débuté en 1996, deux ans après le génocide rwandais et l'arrivée massive des Hutus au Zaïre. Anatole fait aussi office de traducteur. Son français est approximatif, son anglais encore pire, mais il n'a pas peur de conduire sur les terrains quasiment impraticables. La saison des pluies a commencé un mois plus tôt, les averses diluviennes sont fréquentes. Rares sont les routes goudronnées dans le pays, et les pistes se transforment vite en piège où le plus robuste des 4 × 4 peut se retrouver embourbé jusqu'au châssis.

Pour le moment il ne pleut pas, la cité grouille de monde. Ils dépassent un point d'eau où les enfants font la queue. Parfois très jeunes, ils remplacent les robinets dans cette ville où l'eau courante n'existe pas. Ils repartent avec un jerrican bien trop lourd pour eux qu'ils ont toutes les peines du monde à rapporter à leurs parents. La plupart utilisent une technique séculaire : porter la charge dans leur dos suspendue par une sangle qui passe sur leur front.

— C'est comme ça que font les sherpas au Népal, dit Valentine.

— Tu es allée au Népal ? répond Grégory.

— Oui, il y a cinq ans.

— Avec le CICR ?

— Non, avec mon mari : c'était beaucoup plus romantique !... Tu es marié, toi ?

Grégory lui montre son alliance, la petite aiguille s'enfonce dans son cœur.

— Elle s'appelle Zina, je l'ai rencontrée en Tchétchénie.

— Comme quoi, le CICR aussi peut être romantique ! sourit Valentine. Dans un registre moins *romantique*, j'ai entendu parler de ton histoire avec Lafarge... Il paraît que tu l'as collé au mur ?

— Oui, sauf que c'était un mur en pisé, ça fait moins mal que le béton.

Valentine éclate d'un rire franc et chaleureux.

— Tu as eu raison ! J'ai croisé ce type deux ou trois fois et c'est un cuistre.

— *Un cuistre ?*

— Autrement dit, un connard arrogant !

— Je sais ce que ce mot signifie, c'est juste que ça faisait longtemps que je ne l'avais pas entendu !

— Qu'est-ce qu'il t'avait fait ? interroge la Suissesse.

— À moi, rien. Mais il a laissé mourir un gamin parce qu'il était trop *fatigué* pour s'en occuper... Et sa mère s'est pendue à un arbre. C'est moi qui l'ai décrochée.

Valentine n'a plus envie de rire et garde le silence un bon moment. Ils croisent un camion suivi par une volée de jeunes garçons qui tentent de s'accrocher à sa benne. Un jeu dangereux mais gratuit pour ces enfants qui n'ont guère de jouets ou de loisirs.

Tôt ce matin, Grégory a appelé Anton. L'adolescent a décroché, mais l'infirmier a parlé dans le vide. Pas un mot à l'autre bout des ondes. Seulement la respiration d'Anton qui s'est contenté de l'écouter décrire son quotidien à Goma. Depuis son départ, l'humanitaire appelle son fils deux fois par semaine. Les bons jours, il parvient à échanger avec lui, mais la plupart du temps, c'est un étrange monologue.

Anton l'écoute avec attention, Grégory le sait. D'ailleurs, l'adolescent a profité d'une lettre envoyée par Zina pour glisser un magnifique dessin dans l'enveloppe, représentant Grégory en train de vacciner des enfants africains. Une œuvre fidèle à ce que son père lui a raconté.

Même s'il a récupéré l'usage de sa jambe droite, Anton a pris la décision d'abandonner le judo. Contrarié par cette nouvelle, son père a tenté de le convaincre de reprendre les entraînements, persuadé que la pratique de cet art martial contribue à son fragile équilibre. Mais pour le moment, Anton refuse de l'entendre.

Les humanitaires atteignent l'orphelinat tenu par le pasteur Quisavait Kasongo. Autour d'une cour, deux baraques en bois au toit de tôles ondulées. Vu la météo, les enfants sont dehors ; ils jouent à tour de rôle avec un vieux ballon, certaines filles s'amusent à danser. Les plus jeunes sont assis sur les marches devant la maison en compagnie de quelques femmes qui ont accepté de veiller sur eux. Des femmes qui ont perdu leurs enfants et choisi de s'occuper de ceux qui n'ont plus de mère.

Dès qu'ils aperçoivent le Land Cruiser, les gamins se précipitent. La venue des humanitaires est à la fois une attraction et un espoir. Valentine et Grégory saluent le pasteur, toujours vêtu d'un costume trop grand pour lui et d'une chemise blanche.

— Combien de nouveaux depuis la semaine dernière ? s'informe Valentine.

— Douze, répond Quisavait.

À Goma, comme ailleurs dans le Kivu, on *ramasse* chaque jour des enfants perdus sur le bord des routes. Lorsqu'un village est attaqué, les habitants prennent la fuite. Dans la panique, il arrive souvent que les enfants soient séparés de leur famille.

Grégory récupère sa trousse et les doses de vaccin, et ils suivent Quisavait jusqu'à un dortoir où sont regroupés les derniers arrivants. Sept garçons et cinq filles, entre trois et quatorze ans, attendent sagement leur venue. Anatole leur traduit les propos rassurants de Valentine :

— Je suis ici pour retrouver vos parents et vos familles. Je vais tout faire pour ça, d'accord ?

Dans le regard de ces gamins, la peur et l'angoisse. Ils ont vu ce qu'aucun enfant ne devrait voir. Enduré ce qu'aucun enfant ne devrait endurer.

Valentine s'adresse d'abord aux plus âgés, leur demandant leur identité, le nom du village ou du camp de réfugiés qu'ils ont fui. Car les hommes armés attaquent aussi les camps… Elle note tout sur son registre puis les prend en photo.

Pour les enfants en bas âge, la situation est plus complexe : ils ignorent leur nom, leur lieu de naissance. Mais Valentine fera tout ce qu'elle peut pour les rendre à leurs proches, même si elle doit y consacrer des mois d'enquête. Elle affichera leur portrait sur les panneaux de chaque quartier de Goma et de chaque village sur un rayon de cent kilomètres. Elle utilisera les ondes des radios locales pour donner leur prénom, si toutefois elle le connaît.

Dès que Valentine a terminé avec un enfant, il passe entre les mains de Grégory. Deux d'entre eux présentent les symptômes du choléra. L'infirmier a reçu délégation du médecin du CICR de Goma pour poser les diagnostics les plus simples et donner les traitements. Il confie au pasteur les boîtes de Tétracycline, l'antibiotique permettant de soigner la maladie qui n'en est qu'à ses débuts. Il n'a pas besoin de lui rappeler les règles : mettre ces deux enfants en quarantaine afin qu'ils ne contaminent pas les autres pensionnaires, et les hydrater en abondance.

— Si leur état se dégrade, prévenez-moi immédiatement. Je les ferai transférer à Ndosho.

Il injecte les vaccins, soigne les petites plaies. Contre les autres maux, ceux qui ne se voient qu'au fond des yeux, il ne peut pas grand-chose.

Une fois leur mission achevée à l'orphelinat, Anatole, Valentine et Grégory reprennent la route. Le ciel s'est chargé, la pluie ne tardera plus. Le Land Cruiser s'éloigne du centre de Goma, direction un camp de déplacés qui ne cesse de grossir à la périphérie de la ville. Là-bas aussi, il y a des enfants perdus, des malades à soigner. Ils ont rendez-vous sur place avec d'autres délégués du CICR et de la Croix-Rouge congolaise à qui ils vont prêter main forte.

Juste avant le camp, ils longent une grande mare où les réfugiés viennent chercher de l'eau. Une mare dans laquelle plusieurs vaches efflanquées boivent et se baignent.

— Tu m'étonnes qu'ils chopent le choléra, dit Valentine. Ils boivent l'eau où pissent les vaches !

— Les vaches sont non coupables, Votre Honneur ! corrige Grégory. Le bacille *vibrio cholerae* est strictement humain. Pour éviter le choléra, il faut des sanitaires et une bonne évacuation des eaux usées. Cela dit, le bétail peut être vecteur d'autres maladies…

Les déplacés se sont massés autour de deux camions chargés de vivres, de couvertures et de bâches. La plupart ont construit des abris plus ou moins solides et les bâches leur seront d'un grand secours pour les rendre étanches lors des orages violents. Certains ont eu la chance de récupérer des tentes distribuées par une ONG, mais la demande est si grande qu'il n'y en a pas pour tout le monde. Les camions ont aussi apporté des ustensiles de cuisine et du savon, l'arme la plus redoutable contre le choléra.

Ils se séparent et, tandis que Valentine part à la recherche des enfants perdus, Grégory rejoint l'équipe qui officie sous des tentes montées à la va-vite pour se protéger de l'averse qui s'annonce.

Toute la journée, il soigne les victimes arrivées récemment dans le camp. Blessures par arme à feu, par arme blanche ou contondante. Les cas les plus graves sont évacués par deux ambulances qui font des allers-retours entre le camp et l'hôpital Ndosho de Goma. Choléra, pneumonie, rougeole, fièvre jaune… La liste est longue, presque sans fin.

Anatole traduit les propos de ceux qui ont encore la force de parler. Une déléguée enregistre et filme ces témoignages d'une violence inouïe, devenue pourtant ordinaire.

Ils m'ont frappé et forcé à regarder pendant qu'ils violaient mes enfants et ma femme…

Ils ont tué mes parents, j'ai réussi à m'enfuir et je me suis caché dans la forêt toute une semaine…

Ils ont vandalisé le village et sont partis avec tous les enfants. On ne les a jamais revus…

Ils portaient des lambeaux de chair en bandoulière. Ils disent que ça les rend invincibles…

Ils ont coupé des mains, coupé des bras, coupé des jambes…

En fin d'après-midi, la pluie a transformé le camp en un immense champ de boue jonché de détritus. Malgré la fatigue et le taux d'humidité qui rend la respiration difficile, Grégory continue de soigner ceux qui se présentent. Sur la chaise devant lui, un adolescent qui doit avoir l'âge d'Anton et souffre d'une plaie infectée au poignet, d'une autre à la jambe.

— Tu parles français ?

— Un peu.

— Moi, je m'appelle Grégory. Et toi ?

— Ilunga.

— Comment tu t'es blessé, Ilunga ?

— Je comprends pas, prétend le garçon.

Il a quelque chose d'effroyable dans le regard. Comme si plus rien ne pouvait lui faire peur, comme si plus rien ne pouvait l'atteindre. Comme s'il était descendu au fond de l'enfer, et en était revenu les mains sales et le cœur démoli.

Tout en désinfectant ses blessures, Grégory continue à essayer de faire parler ce mystérieux adolescent. Il apprend qu'il a dix-sept ans, qu'il vient de la région du Masisi, que ses parents, ses frères et sa sœur sont morts, qu'il est seul. Il refuse de dire comment il s'est blessé, comment il a perdu les siens. Lorsque Grégory a terminé les pansements, il le raccompagne à l'extérieur. La pluie a cessé, l'humanitaire allume une Marlboro.

— Je peux avoir cigarette ? demande Ilunga.

Grégory lui tend son paquet et son briquet.

— Cool, toi ! dit le jeune homme.

— Je peux t'emmener dans un orphelinat, poursuit le Français. Un endroit où on accueille ceux qui n'ont plus de famille. Tu serais mieux que dans ce camp.

— Non, tranche Ilunga. Moi je reste ici.

— Tu sais qui a tué ta famille ? questionne une nouvelle fois l'infirmier.

— Oui. C'est un soldat… Mais il voulait pas être soldat.

— Tu le connais ? s'étonne Grégory.

— Oui. Un garçon de mon village. Un jour, ils l'ont pris quand il revenait de l'école et ils lui ont dit : *Tu deviens soldat ou tu meurs*. Comme ça, ils lui ont dit… Il voulait pas être soldat, lui. Alors, ils l'ont frappé... Et ils lui ont dit : *Tu es soldat ou tu meurs...*

Le regard d'Ilunga est devenu aussi incandescent que le bout de sa cigarette.

— Et après, il est revenu dans ton village et a tué ta famille, c'est ça ? poursuit Grégory.

— Oui. Mais ils l'ont forcé à tuer.

— Qui l'a forcé à tuer ?

— Les autres soldats, ceux qui commandent. Ils lui ont dit qu'il devait le faire, sinon c'est lui qui sera mort. Alors, il a fait comme ils ont dit, parce qu'il voulait pas mourir.

— Je vois. Il n'est donc pas coupable ?

— Il voulait pas mourir, c'est tout...

— Et toi, pourquoi il ne t'a pas tué ?

— Merci pour cigarette et pour le reste, dit Ilunga en s'éloignant.

Grégory le voit disparaître entre les tentes et jette son mégot dans la fange.

Il sait que les plaies qu'il a soignées ne sont rien à côté de l'acide pur qui ronge cet adolescent de l'intérieur.

Il sait qu'il vient de soigner un enfant soldat à qui on a ordonné de massacrer sa propre famille.

Il fait nuit lorsque le convoi reprend le chemin de Goma. Valentine a déjà quitté le camp, et Grégory rentre avec Anatole.

— On a bien travaillé aujourd'hui, dit l'Africain.

— Oui, acquiesce le Français. J'ai soigné un garçon qui s'appelle Ilunga...

— Ça veut dire *celui qui donne le pardon*, explique Anatole.

— C'est lui qui a besoin d'être pardonné.

— Pourquoi ?

— Un enfant soldat qu'on a forcé à tuer sa propre famille.

Anatole secoue la tête d'un air affligé.

— Ceux-là, ça fera pas des bonnes personnes. Tu peux pas être une bonne personne quand tu as fait ça.

— Il n'a pas eu le choix, objecte Grégory.

— Oui, mais il est mauvais maintenant. C'est fini pour lui. La mort est avec lui, dans lui.

— Tu as combien d'enfants ?

— J'avais quatre garçons et deux filles.

— Comment ça *j'avais* ?

— Ma fille aînée, Gloria, j'ignore où elle est… Elle a disparu avec Chandu, son bébé. Valentine, elle cherche ma fille et mon petit-fils. Comme les autres qu'elle cherche…

— Je suis désolé de l'apprendre.

— Elle est partie de la maison pour aller à Katagara. Là-bas, la guerre a éclaté, elle est partie vers Rutshuru. Après, on ne sait pas.

— Je suis sûr que Valentine va retrouver ta fille et ton petit-fils, le rassure Grégory.

— Que Dieu, il t'entende. Que Dieu, il t'entende…

***

15 novembre 2006

Grégory rejoint Valentine qui boit son café devant le bâtiment du CICR.

— Comment vais-je lui annoncer la nouvelle ? se tourmente-t-elle.

— Tu veux que je le fasse ? propose Grégory.

— Non, c'est mon job, pas le tien.

Anatole arrive sur son vieux vélo. Le Congolais range son deux-roues dans la cour puis vient serrer la main de ses coéquipiers. Il voit qu'il n'y a qu'un 4 × 4, fronce les sourcils :

— C'est bien à Kalungu qu'on va aujourd'hui ? vérifie-t-il.

— Oui, confirme Grégory. Au dispensaire entre Kalungu et Makelele.

— Et où il est l'autre équipe ?

— On les récupère en cours de route, explique l'infirmier.

— Pas prudent ! dit Anatole.

— Peut-être, mais les collègues ont dû se rendre à l'hôpital de Sake pour une urgence. C'est sur notre chemin, on les rejoint là-bas.

— Dieu nous garde ! soupire le chauffeur en ouvrant la porte arrière du Land Cruiser.

— Je vais charger la voiture, dit Grégory. Valentine doit te parler…

— Me parler, à moi ? s'étonne Anatole. J'ai fait quelque chose mal ?

— Pas du tout, le rassure la Suissesse. Tu viens t'asseoir ?

Ils s'installent sur un banc, et tandis que l'infirmier entasse dans le véhicule les cartons de médicaments qu'il a méticuleusement préparés, Valentine cherche ses mots :

— J'ai une mauvaise nouvelle, Anatole, dit-elle. Une très mauvaise nouvelle…

— C'est Gloria ? Elle a décédé ?

— Oui, Anatole. Gloria est morte il y a deux mois.

Le chauffeur fixe le sol, comme s'il allait s'ouvrir sous ses pieds et l'avaler tout entier.

— Mais son bébé est toujours en vie. Chandu est vivant ! Il a été recueilli par une femme, près de Rutshuru. Une équipe locale va nous le ramener la semaine prochaine.

— Et Gloria, où elle est ?

— J'ai reçu un témoignage disant qu'elle est enterrée près de Rutshuru. Ce sont des villageois qui l'ont inhumée.

— On sait comment elle a décédé ?

Valentine préfère rester évasive. Ne pas lui dire que sa fille a été violée et massacrée à coups de machette. Que c'est un miracle que les agresseurs n'aient pas tué son enfant.

— Pas vraiment. Ils l'ont trouvée morte près d'une route. Son bébé était à côté d'elle.

Grégory pose une main sur le bras du chauffeur :

— Rentre chez toi. Va parler à ta femme et à tes enfants. Reste auprès d'eux, je peux me débrouiller seul.

— Non, répond Anatole. C'est moi le chauffeur… Trop dangereux là-bas tout seul.

— Ne t'inquiète pas pour moi ! Dans vingt-cinq kilomètres, je rejoins l'autre équipe. La route est sûre entre Goma et Sake.

— Il n'y a pas de route sûre ! martèle le Congolais.

— Tu dois annoncer la nouvelle à ta famille et prendre un peu de repos. Fin de la discussion.

— D'accord, capitule Anatole. Je serai là demain…

— Prends au moins deux jours, ordonne Grégory.

— Il va bien, Chandu ?

— D'après mes informations, il est en bonne santé, acquiesce la Suissesse.

— C'est bien, répond-il. Mais il n'a plus de mère. Et moi, je n'ai plus ma grande fille.

Il extirpe quelque chose de la poche de sa chemise et le tend à Grégory. Un portrait de Gloria.

— Elle était très jolie, dit l'infirmier.

Grégory passe le cliché à Valentine. Il hésite un instant puis récupère son portefeuille dans la poche arrière de son jean. Il en sort une photo qu'il montre à Anatole.

— C'est Charlène, ma fille.

— Elle est jolie aussi, dit le chauffeur.

— Et elle aussi, elle est morte. Elle avait cinq ans quand je l'ai perdue. Alors, je sais ce que tu ressens.

Valentine considère son collègue avec un regard douloureux.

— Tu sais mon chagrin, je sais ton chagrin, dit Anatole.

Il monte sur son vélo et disparaît, après un dernier signe de la main. À peine s'est-il éclipsé que Grégory poursuit le chargement du véhicule.

— Tu ne vas pas aller à Makelele tout seul, hein ? s'inquiète Valentine.

— Je rejoins seulement les autres à Sake, ne t'en fais pas. Et puis, impossible de reporter, s'entête Grégory. Si je n'y vais pas aujourd'hui, je ne pourrai pas m'y rendre avant une dizaine de jours. L'infirmier local m'a dit qu'ils n'avaient plus rien là-bas. Plus de médocs et pas mal de gamins à traiter au plus vite ! Je dois y aller.

— C'est contraire aux règles de sécurité ! Normalement, tu ne dois pas circuler seul, même sur vingt-cinq kilomètres. Rappelle-toi 2001…

Cinq ans auparavant, six membres du CICR avaient été massacrés sur une route du Kivu.

— Si tu savais le nombre de choses contraires aux règles que j'ai faites dans ma vie ! sourit l'infirmier. Et lorsqu'ils ont été tués, ils avaient respecté toutes les règles. Ça ne les a pas empêchés de mourir, malheureusement. Qu'on soit deux ou quinze, quand on est face à des mecs armés jusqu'aux dents, ça ne change rien… ça alourdit juste le bilan !

Valentine secoue la tête.

— Et si le 4 × 4 s'embourbe ?

Il l'embrasse sur la joue et grimpe au volant du Toyota :

— Arrête de te ronger les sangs, dit-il. Tout se passera bien…

La route nationale N° 2 qui relie Goma à Bukavu n'a de route que le nom. Ici, ni asphalte ni goudron. Une piste plus ou moins large, succession de pièges en tout genre durant la saison des pluies. Au milieu d'une végétation luxuriante, suivant les courbes du lac Kivu, le Toyota avale les kilomètres à petite vitesse, mettant les vertèbres de

Grégory au supplice. Il rencontre parfois un autre 4 × 4 ou une camionnette, mais il croise surtout des piétons, des cyclistes dont le porte-bagages est surchargé, ou des motos avec deux voire trois passagers. Ici, on ne roule pas à droite : on roule où l'on peut, et on se retrouve souvent face à face.

Il est environ 9 heures du matin quand Grégory atteint le dispensaire de Sake. Il s'aperçoit immédiatement qu'il y règne une agitation anormale. Il gare le 4 × 4 devant le petit hôpital, à côté de l'autre véhicule du CICR, puis entre dans le bâtiment. Il tombe sur Alba, sa collègue portugaise.

— Il y a eu un gros arrivage de victimes, indique-t-elle. Une attaque cette nuit, dans le village de Masha… On attend les ambulances pour les évacuer vers Goma. Du coup, on ne peut pas aller dans le district de Kalungu.

Le Dr Akira Sato, chef de la délégation, passe dans le couloir et vient saluer Grégory :

— On s'occupe des blessés les plus légers, explique-t-il. J'ai deux médecins congolais avec moi. Les autres, on va les envoyer à Ndosho.

— Si je ne peux rien faire ici, je voudrais aller à Kalungu, répond Grégory.

— Seul ? s'étonne le médecin japonais. Hors de question !

— Ils ont un besoin vital de médicaments… Ils n'ont plus de Tétracycline et pas mal de gamins atteints du choléra. Le planning de la semaine est hyper chargé : demain, nous partons pour Bihiro, ça va durer au moins quatre jours… Et j'ai encore dix dispensaires à livrer, tous dans la même situation que Kalungu ! Si je n'y vais pas aujourd'hui, je…

— Non, Grégory, je ne vous autorise pas à y aller. Rentrez à Goma, s'il vous plaît, et rejoignez-nous à Ndosho.

Sato retourne en salle de soins, l'infirmier sort de l'hôpital. Il allume une Marlboro, regarde le ciel livide, chargé de pluies tropicales. Alba le rejoint et tire une bouffée :

— Tu vas y aller, je me trompe ?

— Bien sûr que non, rétorque le Français avec un petit sourire. Je n'ai pas pour habitude de désobéir aux ordres !

Il se réinstalle au volant et, sous les yeux d'Alba, prend la direction opposée à celle de Goma.

Il a déjà fait le trajet une fois en compagnie d'Anatole. Il lui reste à parcourir trente kilomètres jusqu'à Kalungu. S'ensuivra une piste d'une vingtaine de kilomètres pour rejoindre le dispensaire de Makelele. Une piste bien plus ardue que la route nationale.

Cinquante kilomètres en France, ce n'est rien.

Cinquante kilomètres au Congo, c'est tout un voyage.

En quittant Sake, il s'arrête pour faire le plein du Toyota puis repart aussitôt. Il sait que Sato lui passera un savon, mais n'en a pas grand-chose à faire. Si la Tétracycline met dix jours pour parvenir à Makalele, il sera trop tard pour les enfants. Le choléra les emportera, comme des milliers d'autres avant eux. Ce qu'il a dans son Land Cruiser peut leur éviter la mort. Alors ce ne sont ni la peur ni les règles de sécurité qui vont l'empêcher d'accomplir la mission pour laquelle il a accepté de venir ici.

Sauver des vies.

Quitte à risquer la sienne.

Il est 10 h 30 lorsqu'un pauvre panneau indique l'entrée de Kalungu. Le ciel retient la pluie, mais l'averse ne tardera plus. Grégory cherche la direction de Makelele, est obligé de demander à deux hommes sur le bord de la route. Il trouve enfin son chemin et s'engage sur la piste.

Au bout de trois kilomètres, il voit arriver deux pickups chargés de soldats. Difficile de dire à quel contingent ils appartiennent. Peu importe : ici, tous les hommes armés sont une menace de mort. Qu'ils fassent partie d'un groupe rebelle ou de l'armée régulière, ils tuent comme ils respirent : naturellement et en toute impunité.

Pendant une seconde, Grégory regrette d'avoir désobéi aux ordres de Sato.

Pendant une seconde, il se sent effroyablement seul.

Mais s'il doit mourir aujourd'hui, il n'aura embarqué personne dans son naufrage.

Il serre le 4 × 4 sur la droite pour laisser passer le convoi et prie pour qu'ils ne s'arrêtent pas.

Les deux véhicules font halte, quatre hommes en descendent, fusil à la main.

— Merde…

L'infirmier songe à Zina, il songe à Anton. Dans quelques minutes, ils seront peut-être veuve et orphelin pour la deuxième fois.

Il songe à sa mère, qui ne s'en remettra jamais et mourra de chagrin.

Le canon d'une Kalachnikov s'approche de son visage par la vitre ouverte, et l'homme se met à aboyer dans une langue que Grégory ne connaît pas. Il lève les mains devant lui et s'écrie :

— Je suis français ! Croix-Rouge !

L'autocollant sur les vitres du 4 × 4 paraît alors bien dérisoire : un fusil dans un cercle rouge barré.

— Sors ! ordonne celui qui commande cette bande dépenaillée.

Les assaillants extirpent Grégory du Toyota et le plaquent brutalement contre la carrosserie. Le canon du fusil s'enfonce dans son abdomen jusqu'à lui soulever l'estomac.

— Tu vas où ? interroge le chef.

— Makelele.

Ils se saisissent de lui, l'entraînent derrière le Land Cruiser.

— Ouvre.

Grégory tire la porte arrière du 4 × 4, dévoilant ainsi son chargement.

— Médicaments ?

— Produits d'hygiène, prétend l'infirmier. Pour les bébés et les femmes.

Ils le forcent à s'agenouiller dans la boue, à mettre les mains sur la tête et l'un des soldats presse un pistolet sur sa nuque.

— Médicaments ? répète le chef.

— Couches pour bébés et protections pour femmes, dit Grégory dans un souffle.

Coup de crosse à l'arrière du crâne, il s'effondre tête la première dans la fange. Il met un instant à se redresser, replace ses mains sur la nuque en signe de soumission. Sous le regard du commandant, un homme sort deux cartons du Land Cruiser. Il les ouvre à l'aide d'un couteau de chasse et laisse son supérieur en inspecter le contenu. Des paquets de couches pour les nourrissons, des boîtes de protections périodiques. Fou de rage, le chef ouvre lui-même un troisième colis pour découvrir du lait maternisé.

— Médicaments ! beugle-t-il. Pansements !

— J'en ai, révèle l'humanitaire. Je vais vous les donner, d'accord ? Laissez-moi me lever…

Grégory se remet doucement debout et attrape deux petits cartons dans la pile qui se trouve derrière son siège. Le chef s'en empare et arrache le scotch. À l'intérieur, des antalgiques, de l'aspirine, des compresses, du sparadrap.

— C'est pour vous, dit Grégory.

— Français, tu dis ? T'es pas belge, non ?

L'infirmier secoue la tête malgré la douleur qui frappe violemment dans son crâne.

— Non, pas belge ! Français…

Un des hommes fouille ses poches, lui confisque son portefeuille. Le chef vérifie le passeport de Grégory et esquisse un sourire. Il colle son visage à celui de l'infirmier qui sent alors de puissants effluves d'alcool :

— Français, c'est vrai… Si tu es belge, je te mets une balle juste là, dit-il en posant son index sur le front de Grégory.

Il éclate de rire, aussitôt suivi par ses hommes.

— C'est chance, non ?

— Oui, répond Grégory.

— Si je cherche dans ta voiture, je trouve autres médicaments ? poursuit l'officier avec un regard de tueur.

— Non, juste du lait et des couches pour bébés. Pas d'autres médicaments.

Les soldats placent les cartons dans l'un de leurs véhicules mais le chef semble peu pressé de reprendre la route. En guise d'adieu, il assène la crosse de son fusil dans l'estomac de l'infirmier qui se plie en deux. Un autre coup en haut du dos le fait tomber à genoux.

— Rentre dans ton pays ! On n'a plus envie de te voir ici !

Troisième choc en plein visage, Grégory s'effondre à nouveau dans la boue. Il voit les rangers du commandant s'éloigner, les pickups reprendre la route, et il attend que le bruit des moteurs ne soit qu'un souvenir pour se remettre à respirer. Il se redresse, perclus de douleurs, et s'accroche à la portière du Toyota. Le paysage tourne autour de lui, un marteau piqueur fore une galerie dans son crâne. Il se penche pour vomir un jet de bile et de sang.

— Putain de merde, murmure-t-il. Putain de merde…

Il attrape une bouteille d'eau, se rince la bouche, s'asperge le visage et la nuque. Il ramasse les cartons qu'il remet à l'arrière avant de claquer la portière. Chaque geste est une épreuve. Ses mains tremblent, il a un goût de sang et de cendres dans la gorge. Il se réinstalle derrière le volant et démarre. Il a du mal à maîtriser son véhicule qui glisse, dérape, tangue. Un kilomètre plus loin, il est contraint de s'arrêter encore et récupère une autre bouteille d'eau qu'il vide d'un trait. Puis d'une main toujours hésitante, il allume une cigarette, repose sa nuque endolorie contre l'appuie-tête. Il ferme les yeux, essaie de recouvrer une respiration normale.

Les premières gouttes de pluie s'abattent sur le pare-brise. S'il veut être rentré à Goma ce soir, il ne doit pas traîner. À condition que le dispensaire n'ait pas été pillé et incendié par ces soudards...

Heureusement, il a sauvé son chargement, n'en sacrifiant qu'une infime partie.

Heureusement, ce militaire était aussi stupide que violent.

Depuis qu'il est en RDC, Grégory a élaboré un stratagème pour éviter de se faire dérober les médicaments que tous les combattants recherchent avec avidité. Lorsqu'il prépare ses cartons, il cache les molécules les plus précieuses dans des boîtes de lait maternisé, dans des paquets de couches ou de serviettes hygiéniques.

Le dispensaire de Makelele n'est qu'une petite maison en briques rouges. Mais c'est l'unique centre de santé à des kilomètres à la ronde pour tous ces villageois qui ne possèdent ni véhicule ni téléphone. Près de cette maison, Fortunat, l'infirmier local, a construit une cabane avec des planches et des tôles pour que les malades qui attendent puissent se mettre à l'abri lorsqu'il pleut. Et en cette fin de matinée, la remise est remplie de femmes et d'enfants.

Dès qu'il entend le moteur du Toyota, Fortunat sort du centre de soins et adresse de grands signes à son collègue.

— Bienvenue ! s'exclame-t-il.

Grégory coupe le contact et descend du véhicule. Le sourire de Fortunat disparaît aussitôt : la chemise blanche du Français est maculée de boue et de sang, il a du mal à marcher. Le Congolais vient à son secours pour le soutenir jusqu'à l'intérieur.

— Qu'est-ce qui s'est passé avec toi ?

Grégory s'effondre sur une chaise :

— J'ai été attaqué par un groupe de militaires.

— Des types des FDLR[1] ?

— J'en sais rien. Je ne sais pas qui c'était...

Fortunat délaisse sa patiente et s'occupe de la plaie que son collègue porte à la tempe. Pendant qu'il désinfecte la blessure, il marmonne en swahili des injures à l'encontre des FDLR, la plus importante des milices hutues. Une fois le pansement terminé, Grégory se remet debout.

— Je vais décharger le 4 × 4.

— Non, je demande à mes fils de le faire, toi tu restes assis.

Deux gaillards de quatorze et seize ans rapportent les cartons dans le dispensaire. Fortunat les ouvre avec précaution, récupère les médicaments dans leurs cachettes et les range sur les étagères.

— Il manque l'aspirine et les antalgiques, déplore Grégory. J'ai été obligé de les filer aux soldats pour les calmer.

— Pas des soldats ! s'emporte Fortunat. Des vauriens, des bandits !

Il enferme quelques doses de Tétracycline dans sa pharmacie, confie les autres à ses fils.

— Ils vont dissimuler les boîtes, explique-t-il.

— Sage décision, acquiesce le Français. Bon, je vais y aller. Je dois rentrer à Goma.

En se levant, il ne peut retenir une grimace : douleurs lancinantes, cuisantes. Et toujours cette cruelle impression que la mort est à ses trousses. Qu'elle l'attend au tournant.

— Tu manges d'abord, ordonne Fortunat.

— Pas le temps, fait Grégory.

Il serre la main de son collègue avant de remonter à bord du Land Cruiser. Il quitte le dispensaire tandis que Fortunat reprend ses consultations. Ici, les infirmiers font office de médecins.

---

1. Forces démocratiques de libération du Rwanda.

Les kilomètres défilent dans l'autre sens sous un ciel menaçant. Aujourd'hui, la pluie est modérée, mais au fil des heures, la piste devient de moins en moins praticable.

Au sortir d'un virage, il aperçoit une silhouette à deux cents mètres devant lui. Il ralentit, plisse les yeux, croyant à une hallucination.

Oui, il s'agit bien d'une femme.

Et elle est complètement nue.

Ayant entendu le moteur du Toyota, elle cherche à prendre la fuite. Elle titube, s'effondre, se relève. Elle essaie de courir alors qu'elle ne parvient même pas à marcher. Elle chute encore et rampe vers la forêt. Grégory appuie sur l'accélérateur pour la rejoindre. Il stoppe son engin et s'enfonce à son tour dans la végétation épaisse et trempée. Il ne met pas longtemps à repérer la femme qui tente désespérément d'échapper à son regard.

— Croix-Rouge ! crie-t-il. N'ayez pas peur, je ne vous veux aucun mal !

Terrifiée, l'inconnue se recroqueville contre le tronc d'un arbre. Grégory s'approche, les mains levées devant lui en signe de paix. À mesure qu'il avance, une odeur pestilentielle le prend à la gorge. Aucun doute : c'est elle qui dégage cette puanteur, mélange d'urine, de sang et de selles.

— Calmez-vous, dit-il d'une voix douce.

Cette jeune femme doit avoir à peine plus de vingt ans. En constatant son état, Grégory a un haut-le-cœur. Son visage est tuméfié, ses jambes couvertes de sang et de merde. Sa peau est profondément entamée au niveau des deux poignets, preuve qu'elle a été attachée avec de la corde plusieurs jours durant. Et son sein gauche a été tranché.

L'infirmier s'agenouille devant elle, convoque quelques mots en swahili qu'Anatole lui a appris :

— *Mimi ni daktari.* (Je suis docteur.)

Il lui montre son badge orné de la croix rouge, elle paraît moins effrayée.

— *Njoo nami.* (Viens avec moi.)

Il lui tend la main, elle ne bouge pas. Alors, il la saisit par les aisselles et la soulève du sol. Mais elle ne tient pas sur ses jambes. Et dès qu'elle est debout, il voit couler du sang et des excréments entre ses cuisses. Elle gémit de douleur, son visage se couvre de larmes.

Il a peur de comprendre. Mais pourtant il imagine déjà ce qu'on a fait subir à cette jeune femme.

Il la prend dans ses bras pour la porter jusqu'au Toyota, veillant à ne pas glisser dans la boue. Il ouvre le coffre et la fait asseoir avant de lui donner une bouteille d'eau. Tandis qu'elle étanche sa soif, il récupère une couverture qu'il garde dans le véhicule. Il l'étale sur la banquette arrière puis aide la jeune femme à s'y allonger.

— *Wewe na mimi, hospitali,* dit-il. (Toi et moi, hôpital.)

Doucement, il écarte un peu ses cuisses pour voir l'ampleur des dégâts.

Elle a l'entrejambe déchiqueté.

Il tourne le dos à la voiture, vomit pour la deuxième fois de la journée.

Ce qu'il vient de voir est sans doute l'une des pires choses qu'il ait affrontées dans toute sa carrière.

Il se remet au volant, s'accorde une minute pour réfléchir. Dans l'état où elle se trouve, il lui faut un chirurgien. Il songe l'emmener à l'hôpital Ndosho de Goma, mais n'a pas la certitude qu'ils auront les compétences pour lui venir en aide. Il attrape son téléphone satellite et compose le numéro d'Akira Sato, priant pour qu'il ne soit pas au bloc. Heureusement, le Japonais répond aussitôt :

— Grégory, où êtes-vous ? attaque le chef.

— Au dispensaire de Makalele.

— Je vous avais ordonné de ne pas y aller ! rappelle Sato d'un ton martial.

— Ce n'est pas le problème, tranche l'infirmier. Je viens de récupérer une femme sur la piste, elle est gravement blessée. Son état est… C'est un carnage !

— Elle a été violée et mutilée ?

— Oui.

— Il faudrait la conduire à Panzi, dit Sato.

Grégory ne s'est jamais rendu dans cet hôpital situé à Bukavu, au sud du lac Kivu, mais il en a beaucoup entendu parler depuis qu'il est en RDC. Même s'il est généraliste, Panzi est spécialisé dans la reconstruction des victimes de violences sexuelles.

— Retournez à Kalungu. Pendant ce temps, j'appelle Panzi pour voir s'ils peuvent vous envoyer une unité mobile afin de récupérer la victime.

— D'accord, répond Grégory. Merci, Akira.

Il remet l'encombrant téléphone dans son étui, puis se tourne vers sa passagère. Elle a ramené la couverture sur son corps martyrisé et fixe le plafond du Land Cruiser.

— *Jina… laki…* Non, c'est pas ça… *Jina lako… nani* ? (Comment tu t'appelles ?)

— Mangasa, murmure la jeune femme.

— *Mimi* Grégory. (Moi, Grégory.)

Le Toyota se remet à avancer sur la piste glissante. Grégory fait attention à ne pas trop secouer la victime qu'il transporte et, malgré la pluie, il a baissé les vitres pour supporter l'odeur atroce qu'elle dégage.

Il lui faut plus d'une demi-heure pour atteindre Kalungu. Il arrête le moteur, se tourne une nouvelle fois vers la jeune femme :

— Ça va aller, assure-t-il sans trop y croire.

Ils patientent près de dix minutes avant que Sato n'appelle :

— Bon, j'ai réussi à avoir Panzi, dit-il. Ils n'ont plus d'unité médicale disponible, elles sont toutes sur le terrain.

Ils disent qu'il faudra attendre ce soir pour en avoir une. Enfin, c'est pas certain, ils vont faire ce qu'ils peuvent...

— Je suis à combien de kilomètres de Bukavu ? demande Grégory.

— Environ cent trente... Le mieux, c'est de la laisser au dispensaire de Makelele et leur équipe mobile viendra la chercher demain.

— *Demain ?* s'exclame Grégory. Vous plaisantez ou quoi ? Je vais la conduire à Panzi moi-même. Il est 13 heures, je devrais y être avant la nuit...

— Non, vous n'allez pas à Bukavu tout seul ! s'égosille Sato. Je vous l'interdis !

— Écoutez-moi, Akira : j'ai dans ma voiture une femme qui souffre atrocement. Vous comprenez ce que je vous dis ? Ils lui ont coupé un sein, vous vous rendez compte ?

Le Japonais garde le silence.

— Et vous croyez que je vais l'abandonner dans un dispensaire où il n'y a pas de médecin ?

— Bon, dans ce cas, ramenez-là à Goma, exige Sato. On la transférera à Panzi dès que possible et en attendant, on fera ce qu'on pourra.

— Il n'y a pas de gynécologue à Ndosho en ce moment. Elle a besoin de soins appropriés en urgence.

— C'est moi qui prends les décisions, rappelle Sato. C'est moi qui donne les ordres ! Vous n'allez pas à Panzi, c'est clair ?

— Si, j'y vais. Que ça vous plaise ou non ! Je suis ici pour aider les victimes, pas pour obéir aux ordres.

L'infirmier raccroche et soupire. Encore des ennuis en perspective. Malgré tout, il sait qu'il a pris la bonne décision.

À condition qu'ils parviennent sains et saufs à Bukavu...

Il est presque 16 heures quand Grégory traverse Kavumu. Sur les rares tronçons bitumés, il accélère. Mais peu après la petite ville, la route redevient piste boueuse et il fait une courte pause pour vérifier l'état de sa passagère. Alors qu'elle endure un supplice sans nom, Mangasa se plaint à peine. Parfois un gémissement, une grimace. Rien de plus. Il lui donne à boire, fume une cigarette à côté du véhicule avant de reprendre la route. Les muscles de ses bras le font souffrir, ainsi que ses vertèbres cervicales. Il a une migraine d'enfer, l'impression qu'on lui a planté une lance dans le cerveau.

Mais il faut tenir. Tenir pour Mangasa.

Oublier sa douleur qui n'est rien à côté des siennes.

En approchant de Kidumbi, il croise un convoi de la Monuc. Deux blindés blancs marqués des lettres UN et remplis de casques bleus indiens ou pakistanais. Une force onusienne présente sur le territoire depuis plus de six ans, impuissante à faire respecter les cessez-le-feu ou à protéger les populations civiles. Crimes de guerre ou crimes contre l'humanité, ils arrivent toujours trop tard…

Un crime contre l'humanité, Grégory en a un sur la banquette arrière de sa voiture. Mangasa pleure en silence.

— *Watoto ?* demande l'humanitaire. (Enfants ?)

— *Ndiyo*, murmure la jeune femme. (Oui.)

La pluie se met à tomber plus fort lorsqu'ils passent devant le *centre commercial* de Mudaka qui n'est en réalité qu'une série d'étals et de petites boutiques. Ensuite, retour de la végétation impénétrable.

De temps à autre, un camion, une moto, un vélo.

En consultant sa montre, Grégory voit qu'il est déjà 16 h 40. Et la route est encore longue jusqu'à Bukavu quand on roule à une moyenne de trente kilomètres à l'heure. Seules les portions bitumées lui permettent de faire monter l'aiguille du compteur au-delà de la barre des cinquante.

Tout au long du trajet, Grégory ne cesse d'imaginer ce que Mangasa a enduré. Elle a certainement été violée par plusieurs hommes, militaires ou miliciens. Il a entendu des histoires sordides de femmes capturées lors d'attaques de villages, emmenées dans les camps de soldats en forêt, et utilisées comme objets sexuels pendant des jours et des jours. La plupart sont tuées, certaines réussissent à échapper à leurs bourreaux, d'autres sont laissées en vie. Non par pitié, mais pour envoyer un message aux populations locales : voilà ce qui vous attend si vous n'obéissez pas.

À 17 heures, ils retrouvent enfin les eaux bleues du lac Kivu. La route suivra fidèlement ses courbes, désormais. Si le paysage est grandiose, Grégory ne prend pas le temps de l'admirer. La route est tellement défoncée qu'il est à nouveau obligé de ralentir. La roue avant droite plonge dans une fondrière et le 4 × 4 a toutes les peines du monde à s'en sortir.

Il est 17 h 45 quand le Toyota entre dans Bukavu. Pour Grégory, c'est un immense soulagement. Il gare le Land Cruiser et appelle Sato :

— Vous pouvez prévenir Panzi que j'arrive ?

— Je m'en occupe, acquiesce le médecin japonais. Vous restez là-bas pour la nuit. Demain, j'envoie une équipe vous récupérer. Et dès votre retour à Goma, on aura une discussion vous et moi.

Grégory raccroche et tourne le buste vers Mangasa, toujours recroquevillée sous sa couverture. Puis il redémarre, heureux de retrouver une route bitumée sous les pneus du Toyota. Même si la nuit ne tardera plus, Bukavu grouille encore de monde et de vie. En quelques minutes, Grégory croise plus de véhicules que pendant toutes ces heures passées sur la piste. Il débouche sur la place de l'Indépendance, sorte d'immense sens giratoire, et cherche la direction de Panzi. Un homme qui parle français lui indique que l'établissement se situe au sud de la cité.

La nuit tombe lorsque Grégory franchit la grille de l'hôpital. Il gare le Toyota au plus près de l'entrée et une équipe vient rapidement récupérer la victime.

Mangasa lui jette un dernier regard avant de disparaître. Épuisé, terrassé par les douleurs qui cognent dans son crâne et sa colonne vertébrale, Grégory s'effondre sur un banc.

Mission accomplie.

— Monsieur ?... Monsieur !

Il met une seconde à se souvenir qu'il est devant l'hôpital de Panzi. Un colosse en blouse blanche se tient près du banc et Grégory se redresse à la va-vite. Aussitôt, le vertige s'empare de lui, les douleurs l'assaillent à nouveau et il doit se tenir au mur pour ne pas tomber.

— Ça va ? s'inquiète le soignant. Vous vous sentez bien ?

Il a une voix douce et posée malgré sa stature imposante. Et son français est parfait.

— Ça va. Je... Je viens d'emmener une jeune femme blessée.

— Je sais, dit l'homme.

Poignée de main franche, regard direct.

— Je suis Denis Mukwege.

— Grégory Delaunay, infirmier au CICR... Et très honoré de vous rencontrer.

Le Dr Mukwege est le fondateur de cet hôpital. Un homme connu dans tout le pays et bien au-delà de ses frontières.

— Vous paraissez avoir besoin de soins. Que vous est-il arrivé ?

— J'ai été attaqué par des soldats ou des miliciens... Ils m'ont volé deux cartons de médicaments et m'ont passé à tabac.

— Venez, dit Denis. On va s'occuper de vous.

Grégory suit Mukwege jusqu'à une salle de soins.

— Enlevez votre chemise, ordonne le médecin. Je vais essayer de vous en trouver une autre d'ailleurs, parce que celle-là est bonne à jeter à la poubelle !

L'infirmier obtempère et découvre que son abdomen n'est plus qu'un hématome.

— Ils vous ont bien arrangé, constate Denis. Vous travaillez à Goma, c'est bien cela ?

— Oui.

— Akira Sato m'a appelé tout à l'heure...

Mukwege ôte le pansement que Fortunat a posé sur la tempe de son collègue et découvre la plaie sanguinolente.

— Vous devez avoir mal à la tête, non ?

— Une migraine d'enfer ! Et je ne peux plus bouger mes cervicales...

Le médecin désinfecte la plaie au visage, pose un pansement. Puis il disparaît quelques instants et revient avec des antalgiques, des myorelaxants et un verre d'eau.

— Où avez-vous trouvé cette jeune femme ?

— Près de Makelele, sur la piste. Elle ne pouvait même plus marcher, mais elle a essayé de fuir en me voyant, relate le Français. J'ai réussi à la rassurer et je l'ai allongée dans ma voiture. Je ne sais pas exactement ce qu'ils lui ont fait, mais...

La gorge serrée, Grégory ne parvient pas à terminer sa phrase.

— Ils l'ont violée et mutilée, répond Mukwege. Je reçois malheureusement trop souvent des patientes dans cet état. Après le viol, ils utilisent un objet contondant ou tranchant pour détruire les femmes : pieux en bois, baïonnettes, canons de leurs fusils ou bien couteaux... Parfois, ils leur tirent même une balle dans le vagin ou dans l'anus.

Est-ce le mal de tête ou les propos de Mukwege qui provoquent chez Grégory une nausée aussi violente que subite ?

— Vous avez vu Mangasa ? demande-t-il.

— Oui… Et l'un de mes collègues est en train de l'ausculter. J'en saurai plus tout à l'heure. Mais d'après nos premières constatations, elle souffre de plusieurs fistules.

La nausée de l'infirmier empire.

— Vous savez ce que c'est, n'est-ce pas ? suppose le médecin.

— Oui… Rupture de la cloison entre la vessie et le vagin ou entre le vagin et le rectum.

— Pour cette jeune victime, c'est les deux. C'est pour cela qu'elle ne peut plus contrôler ses fonctions naturelles.

Bien malgré lui, Grégory se souvient de l'odeur pestilentielle dégagée par le corps supplicié de Mangasa.

— Vous allez l'opérer ?

— Oui, demain ou dans les jours qui viennent. Mais dès ce soir, on va apaiser ses douleurs… Sato m'a demandé de vous loger pour la nuit. Pour que vous ne rentriez pas à Goma ce soir.

— Je pourrais très bien faire le trajet dans l'autre sens, prétend Grégory.

— Je ne crois pas, non. Vous avez besoin de manger et de dormir. Avoir été attaqué ce matin ne vous a pas suffi ?

Ils échangent un sourire un peu triste.

— J'ai un lit d'appoint dans mon bureau. Vous pourrez y passer la nuit.

— Parfait, acquiesce Grégory. C'est bien aimable de votre part.

— Je vais demander à ce qu'on nous apporte un repas.

— Non, ne vous dérangez pas !

— Ça ne me dérange pas, au contraire. Il faut juste que je prévienne mon épouse et mes filles que je rentrerai tard. Nous parlerons de la France tout en dînant !

— Vous connaissez ?

— J'ai fait mes études de gynécologie à Angers, monsieur Delaunay.

— Appelez-moi Grégory.

— Dans ce cas, appelez-moi Denis, voulez-vous ?

— Merci, Denis.

— Merci de quoi ? s'étonne le chirurgien.

— Merci pour moi et… pour Mangasa.

— C'est moi qui vous remercie de l'avoir conduite jusqu'ici, Grégory. Beaucoup l'auraient laissée sur le bord de la route, vous savez…

***

Grégory s'est reposé pendant une heure, puis le Dr Mukwege est revenu dans son bureau et l'un de ses collaborateurs leur a apporté de quoi se restaurer. Denis raconte à l'infirmier son parcours atypique et passionnant.

— En 1983, une fois mon diplôme de médecin en poche, j'ai été nommé à l'hôpital de Lemera. C'est à cent kilomètres d'ici environ… Là-bas, je me suis aperçu que de nombreuses mères perdaient la vie en la donnant. Tous les jours ou presque, on nous amenait des femmes exsangues, souffrant de terribles hémorragies. Certaines arrivaient trop tard, on ne pouvait même plus les réanimer. Je me suis dit qu'il leur fallait un gynécologue-obstétricien. Alors, je suis allé en France…

— À Angers, c'est cela ?

— Tout à fait ! J'ai vendu tout ce que j'avais pour payer mon billet d'avion et je suis parti. En 1989, j'étais devenu gynécologue-obstétricien, je suis revenu à Bukavu avec mon épouse et j'ai encore une fois été nommé à Lemera. Du coup, je ne voyais ma famille que deux fois par mois. Vous savez ce que c'est, j'imagine ?

— Oui. Je reste souvent plusieurs mois sans les voir.

— Vous avez combien d'enfants ?

— J'ai un fils. Un fils adoptif. Lui et sa mère, je les ai rencontrés en 1996, à la fin de la première guerre de Tchétchénie. Un court séjour, parce que l'hôpital où j'exerçais a été attaqué et plusieurs de mes collègues ont été assassinés. Moi, j'étais en déplacement à Grozny quand ça s'est passé, sinon je serais mort.

— Nous avons vécu des choses similaires, constate Denis. Et la même année, qui plus est !

— Vraiment ? s'étonne le Français.

— Un jour, en 1996, au début de la première guerre, j'ai quitté Lemera pour évacuer un de mes collègues malade. Quand je suis retourné à l'hôpital, les rebelles tutsis avaient massacré tout le monde. Le personnel, les malades. Certains achevés dans leur lit, d'autres sur le sol. Ils cherchaient des combattants hutus... J'ai dû abandonner Lemera pour revenir à Bukavu, mais la guerre nous a rattrapés et nous sommes partis nous réfugier au Kenya. Quand je suis revenu au Congo, un an plus tard, j'ai choisi de fonder mon propre hôpital avec une vraie maternité. Un endroit où les femmes du Kivu pourraient accoucher en toute sécurité. Au départ, nous étions sous des tentes données par l'Unicef, puis grâce à des mécènes, nous avons pu construire le premier bâtiment. De quoi pratiquer les césariennes et sauver des vies.

— J'ai aidé une femme à accoucher, relate Grégory. C'était à Monrovia...

Il raconte la balle dans la gorge du Dr Logan et la jeune femme qui perd les eaux.

— J'étais terrifié ! avoue l'infirmier.

— Pourtant vous avez su quoi faire. Aider à donner la vie, c'est beau, n'est-ce pas ? Si c'est un garçon, je parie que l'enfant porte votre prénom, je me trompe ?

— Washington Grégory Kamara ! annonce fièrement le Français.

Mukwege se met à rire.

— Rien que ça ! Au Liberia, ils adorent les prénoms américains... Le dîner vous plaît ?

— C'est délicieux. Et j'avais l'estomac dans les talons !

— Voilà une expression bien française ! s'amuse Mukwege.

Grégory porte une main à sa tempe.

— Toujours mal à la tête ? s'enquiert le chirurgien.

— Ça va mieux, merci.

— Vous croyez que ce sont ces hommes qui ont agressé Mangasa ?

— Aucune idée, avoue Grégory. Vu les traces sur ses poignets, je dirais qu'elle a été attachée des heures, voire des jours. Ceux qui m'ont tabassé semblaient plutôt passer par là.

— C'est en 1999 que j'ai accueilli la première femme violée. Violée et atrocement mutilée. Elle était dans le même état que Mangasa. J'ai cru qu'elle avait eu affaire à un sadique, un pervers. Un fou… Quand je l'ai opérée, je pensais que ce serait la seule intervention de ce type que j'aurais à faire dans ma carrière. Que ça ne se reproduirait pas…

Denis fait une pause dans leur conversation, se remémorant peut-être ce qu'il avait ressenti en accueillant cette victime.

— Mais il en est arrivé d'autres, reprend-il. Beaucoup d'autres… Violées et mutilées de la même façon. Et j'ai compris que ce n'était pas l'œuvre d'un malade mental. Que ces viols et ces mutilations étaient en fait une arme de guerre.

— Le viol a toujours accompagné les guerres, rappelle Grégory.

— Oui, mais ici, c'est différent, objecte Mukwege. Ce qui est différent, ce sont les mutilations systématiques. Ceux qui font cela ont un but : détruire la femme, la rendre stérile. C'est une façon de réduire la population en esclavage.

— Je ne comprends pas très bien, avoue l'infirmier. En quoi mutiler les femmes leur permet d'asservir la population ?

— Ce que veulent ces bandes armées, c'est faire régner le chaos et contrôler les mines. Ce qu'ils veulent, c'est que les villageois abandonnent leurs travaux des champs, descendent à leur place dans les mines et leur donnent le fruit de leur travail.

— Jusque-là, je vous suis, acquiesce Grégory.

— Comment procèdent-ils pour arriver à ce résultat ? Vous savez, ici, dans le Kivu, la population est majoritairement rurale et attachée aux traditions ancestrales. À part dans les grandes villes comme Goma ou Bukavu, les gens vivent aujourd'hui comme ils vivaient avant. Sauf que désormais, ils vivent dans la terreur… Ici, au Congo, la plupart des gens sont pauvres. Ils n'ont pas de richesses à piller. Leur seule richesse, ce sont les enfants. Dans notre pays, on place la fécondité au-dessus de tout. On se marie quand on est encore jeune, on fonde très vite une famille et on a beaucoup d'enfants. Si vous incendiez leurs maisons, eh bien ils en reconstruiront d'autres. Si vous tuez la moitié des villageois, eh bien ceux qui survivent resteront unis et feront des enfants pour repeupler le village. Mais si vous rendez les femmes stériles, là vous les détruisez pour de bon…

Grégory commence à y voir plus clair dans l'atroce stratégie des groupes armés.

— Les mutilations sont pratiquées dans ce but : faire en sorte que les femmes ne puissent plus avoir d'enfants. Les bandes armées attaquent un village, ils violent et mutilent les femmes et les filles. Elles seront alors rejetées par leur époux et leur père dans la plupart des cas. Si le mari ne se sépare pas de sa femme, c'est lui qui sera banni de la communauté… C'est désolant, mais c'est comme ça. Il existe heureusement des hommes qui résistent face à ces traditions, mais ils sont rares. Dans l'immense majorité des cas, le mari chasse son épouse et il est dévoré par la honte : il n'a pas su la protéger, il n'a pas su protéger ses enfants. Bien souvent, il quitte le village, la structure dans laquelle il avait un rôle, une existence, et il se retrouve au fond de la mine… Et ce n'est pas tout : en attaquant un village et en mutilant les femmes, les bandes armées font un exemple. Du coup, les habitants du hameau voisin, craignant de subir la même barbarie, vont se soumettre et accepter de travailler pour les militaires.

— Je vois, fait Grégory.

— Et puis il y a aussi le problème de la famine qui tue énormément d'enfants. Les villageois, et notamment les femmes, ont peur d'aller aux champs où ils sont une cible facile pour les rebelles. Du coup, ils ne cultivent plus leurs lopins de terre et meurent de faim… Sauf s'ils acceptent d'extraire des diamants, de l'or ou du coltan.

Effaré, le Français secoue la tête.

— C'est terrifiant… Et c'est fait en toute impunité, visiblement.

— En effet, confirme Mukwege. On connaît les coupables mais ils sont toujours en liberté, toujours en train de commettre des crimes contre l'humanité pour le compte de grandes multinationales basées en Europe, en Israël, aux États-Unis, en Afrique du Sud, au Rwanda ou en Ouganda… La plus jeune patiente que j'ai eu à opérer n'avait que dix-huit mois…

— *Dix-huit mois ?* murmure Grégory avec effroi. Comment peut-on…

— Une question que je me pose chaque jour, soupire le chirurgien.

Il termine son café puis se lève et enfile une veste sur sa chemise blanche.

— Bon, je vais devoir vous abandonner, annonce-t-il. J'ai une longue journée demain. J'espère que le lit vous conviendra. C'est un peu spartiate, mais…

— Ce sera parfait. Vous savez, avec le métier que je fais, j'ai très souvent dormi par terre !

Le médecin récupère sa sacoche en cuir.

— Je vous accompagne. J'ai envie de fumer une cigarette…

Ils sortent du bâtiment et le Français allume sa Marlboro. Il en propose une à Denis qui refuse poliment.

— Vous avez quel âge, Grégory ?

— Trente-huit ans.

— Et ça fait combien de temps que vous sillonnez la planète ?

— Eh bien j'ai commencé en 1992 au Kenya. Ça fait donc quatorze ans.

— Comment vous vous en sortez ?

— C'est-à-dire ?

Denis réfléchit, un peu comme s'il cherchait un conseil.

— Avec tout ce que vous avez vu, comment vous vous en sortez ?

À son tour, Grégory prend du temps pour répondre :

— Je fais beaucoup de cauchemars. Parfois, j'en fais même lorsque je suis éveillé ! ajoute-t-il avec un sourire de façade. Après le Rwanda, je voyais des cadavres partout : sur le bord des routes, dans mon salon, dans mon lit… Il faut dire que c'était une période difficile pour moi. Je venais de perdre ma femme et ma fille.

— Je suis désolé de l'apprendre… Comment sont-elles mortes ?

— Accident de voiture. Je n'étais pas là, j'étais dans les Balkans.

Un silence leur permet d'entendre des femmes qui entonnent un magnifique chant traditionnel.

— Vous n'étiez pas là, répète Denis. Et vous vous en êtes voulu, je suppose ?

— Vous n'imaginez pas à quel point, avoue Grégory.

— Vous avez d'autant plus de mérite à avoir poursuivi vos missions.

— Au contraire : c'est mon travail qui m'a empêché de sombrer.

Le chirurgien tend la main à l'infirmier :

— Mon chauffeur et mon garde du corps m'attendent. À demain, Grégory.

— À demain, Denis.

Mukwege fait quelques pas avant de revenir finalement en arrière :

— Vous pensez continuer ce métier encore longtemps ? demande-t-il.

— Tant que j'en aurai la force. Et vous ?

— Tant que j'aurai la foi !... Vous croyez en Dieu ?

— Non.

— Ça doit être si dur de vivre sans y croire... Bonne nuit, Grégory.

***

22 novembre 2006

— Prends à gauche, ordonne Valentine.

Grégory suit les indications de sa collègue et le Land Cruiser quitte la route pour s'enfoncer dans un chemin cahoteux. L'infirmier a tenu à être présent aujourd'hui pour cette mission un peu particulière qui n'entre pas dans ses attributions.

Quelques pauvres habitations se dressent au bord de l'étroite piste, et il leur faut encore dix minutes pour arriver jusqu'à un cul-de-sac, placette bordée de maisons de briques, de bois et de tôles.

Anatole est devant chez lui, entouré de sa femme et de tous ses enfants.

Grégory ouvre la portière, Valentine descend à son tour avec Chandu dans les bras. Anatole s'approche, un grand sourire sur les lèvres, et la Suissesse lui remet l'enfant qui a désormais un an. Le chauffeur étreint le bébé, l'embrasse sur la joue. Il le berce, les yeux fermés. Dès qu'il les rouvre, les larmes se mettent à couler sur son visage d'ébène. Odette, son épouse, le rejoint, il lui confie leur petit-fils avant de serrer la main de ses collègues.

— Merci.

— On est heureux de te ramener Chandu, dit Valentine.

Les voisins sont là pour assister aux retrouvailles. Beaucoup de femmes pleurent, d'autres chantent. Grégory et Valentine pénètrent dans la maison d'Anatole et d'Odette.

— Je pensais que ça sera la fête, confesse le chauffeur. Plutôt ça devient une deuil. Voir une maman partie avec son enfant et l'enfant qui rentre seul, ça devient une deuil.

— Je comprends, fait l'infirmier.

Anatole regarde Odette qui sanglote en dorlotant son petit-fils.

— Tout le monde sont en deuil. Mais merci pour Chandu.

Après un moment avec la famille, les deux expatriés prennent congé. Ils ne parlent pas pendant la première moitié du trajet, émus par ce qu'ils viennent de vivre. Puis Valentine retrouve le chemin de la parole :

— Ça s'est bien passé avec Sato ? demande-t-elle.

— Oui. Il m'a demandé de faire preuve de plus de prudence, mais il a compris pourquoi je suis allé seul à Makalele et à Bukavu.

— Tu aurais pu mourir, rappelle la Suissesse.

— J'aurais pu, oui. Hélas, ça fait partie des risques du métier.

— Hmm… Et tu as des nouvelles de la jeune femme que tu as emmenée à Panzi ?

— Mukwege l'a opérée hier. Et elle va rester très longtemps là-bas d'après ce que j'ai compris.

— C'est une légende, ce médecin ! s'exclame Valentine.

— Non, ce n'est pas une légende : c'est un héros. Et je vais le revoir bientôt.

— Tu as une mission là-bas ?

— Je suis muté à la sous-délégation de Bukavu, révèle alors le Français.

— Ah bon ?

— C'est moi qui ai demandé, précise aussitôt Grégory. Ils manquaient d'un infirmier et j'ai postulé. J'y vais après mes congés, début janvier. Sato a accepté, content de se débarrasser de moi, je suppose ! ajoute-t-il avec un sourire.

Ils arrivent aux bureaux de Goma, Grégory gare le Land Cruiser devant le bâtiment et s'aperçoit que sa collègue arbore un visage triste.

— Qu'est-ce qui se passe ?

— Tu vas nous manquer, dit-elle d'une voix déformée par l'émotion.

Elle essuie discrètement une larme. Grégory la prend dans ses bras.

— Toi aussi, tu vas me manquer. Mais on sera amenés à se revoir, c'est certain…

36

12 décembre 2006

France, Ajaccio

Droit comme un piquet, aussi mal dans sa peau que dans des chaussures neuves, Anton a joint ses mains devant lui. Il feint d'écouter avec attention les louanges du maire qui relate ses exploits.

Héros, le temps d'une journée.

Grégory se tient quelques mètres en retrait. Près de lui, Zina couve son fils d'un regard empreint de fierté. C'est d'ailleurs la première fois que l'infirmier voit cette étincelle de satisfaction dans les yeux de son épouse.

— Il est beau, mon fils, non ? murmure-t-elle.

— Oui, répond Grégory. Il est magnifique.

Il aurait tant aimé qu'elle dise *notre* fils…

Zina a tenu à ce qu'Anton porte chemise et veste, Grégory a réussi à la faire renoncer à la cravate. Ainsi déguisé, épié par des dizaines d'inconnus, Anton est de plus en plus mal à l'aise. Il bascule son poids d'une jambe à l'autre, ses mains et ses mâchoires sont crispées, les veines de son cou sont saillantes sous sa peau. Le discours du premier magistrat n'en finit pas, et Grégory perd le fil. Comme si les mots n'avaient plus de sens. Il essuie son front perlé de sueur, cette salle du premier étage est surchauffée. Il s'adresse à un élu assis devant lui :

— Je peux ouvrir la fenêtre ?

Tous les regards se braquent dans sa direction alors qu'il vient pourtant de chuchoter.

— Bien sûr, allez-y ! autorise l'adjoint.

L'infirmier se faufile jusqu'à la fenêtre qui grince bruyamment. Mais l'air frais de ce mois de décembre est une bénédiction. Grégory regagne sa place et continue à observer son fils. Des tics tourmentent désormais son visage. Sa paupière droite ne cesse de cligner dans un mouvement involontaire, il se mord la lèvre inférieure. Son père regrette de l'avoir traîné jusqu'ici, de ne pas lui avoir évité ce calvaire public. Le maire termine enfin son éloge et s'approche d'Anton, médaille à la main. Énorme, clinquante, qui brille de mille feux. Au moment où l'édile va épingler la récompense sur la veste de l'adolescent, une femme se met à crier :

— Tu parles d'un héros ! Juste un ado qui voulait se foutre en l'air !

Effaré, Grégory pivote vers l'intruse qui rit à gorge déployée.

— Qu'est-ce que vous dites ? s'offusque-t-il. Mon fils n'a pas envie de mourir !

— T'es aveugle ! lance l'inconnue. Aveugle…

L'infirmier se tourne en direction de son fils. Anton le fixe, des larmes plein les yeux :

— Si, papa, j'ai envie de mourir.

L'adolescent s'élance vers la fenêtre ouverte, et sans que personne ait le temps de réagir, il saute dans le vide.

Grégory se réveille en sursaut. Il lui faut une seconde pour se souvenir qu'il est dans la cabine du ferry. Il sent son cœur battre à tout rompre : supportera-t-il encore longtemps d'être malmené par ces nuits en enfer ?

Il se redresse, saisit son téléphone. Son cœur déraille à nouveau lorsqu'il découvre à la lueur du portable que la couchette d'Anton est vide. Il enfile un jean et un polo avant de quitter la pièce. Une fois dans le couloir, il se demande où chercher dans cet immense bâtiment.

L'image d'Anton se défenestrant s'est imprimée à l'encre indélébile sur ses rétines. En filigrane, elle refuse de quitter son champ de vision.

Et s'il avait sauté du bateau ?

L'infirmier accélère, mû par un mauvais pressentiment, une peur intense.

Des couloirs, des escaliers, des ascenseurs. Un labyrinthe.

Il gagne enfin le pont, désert à cette heure. Un vent froid agite la mer et lui glace le sang. Il longe le garde-corps métallique, croise un homme en train de fumer une cigarette.

— Vous n'avez pas vu un ado et un chien ?

— Non, personne…

Grégory continue ses recherches et aperçoit Pouchkine, attaché au bastingage. Anton se trouve quelques mètres plus loin.

Du mauvais côté de la rambarde.

La respiration coupée, Grégory se fige. Anton est passé par-dessus le garde-corps et se retient en agrippant les barres métalliques verticales.

S'il lâche, il plonge dans la mer déchaînée, sombre et glacée.

Une chute mortelle.

Se précipiter, l'attraper à bras le corps, le ramener du bon côté. Grégory s'approche sans un bruit, mais Pouchkine se met à aboyer. Anton tourne la tête. Leurs yeux se croisent dans la pénombre.

Dans ceux du père, une peur panique, une supplique.

Dans ceux du fils, un mélange de désespoir et de défi.

— Anton !

L'adolescent lâche le bastingage, son père bondit vers lui. Il le saisit par le blouson et, avec une puissance incroyable, le soulève et le fait basculer sur le pont. L'atterrissage est brutal, Anton pousse un cri de douleur. Grégory l'attrape aussitôt par les aisselles pour le remettre debout puis l'entraîne à distance de la rambarde. L'adolescent tente de se dégager mais il n'est pas de taille à lutter. L'infirmier l'assoit de force sur un banc.

— Ça va, lâche-moi ! maugrée Anton.

Pour Grégory, après la peur jaillit la colère.

— Putain de merde ! hurle-t-il.

Il envoie un violent coup de pied dans une série de chaises en plastique. L'une d'elles se fend sous le choc. Anton esquisse un mouvement pour se lever, son père le rassoit brutalement sur le banc. L'adolescent est pétrifié, n'ayant jamais vu Grégory dans cet état. Progressivement, l'infirmier recouvre un semblant de calme et Anton fait un effort surhumain pour trouver les mots :

— Pourquoi tu… tu es en colère ? demande-t-il. C'est juste un jeu.

— *Un jeu ?* s'emporte Grégory.

Anton se mure dans le silence face à la fureur paternelle. Grégory essaie de tempérer ses ardeurs.

— Explique-moi, prie-t-il d'une voix moins dure. Tu dis que c'est un jeu ?

— Oui. Je voulais rien entre la mer et moi. Comme si je pouvais voler.

— Hein ? Mais…

— Tu devrais essayer, dit Anton en massant son épaule endolorie. C'est… C'est un peu comme quand on a fait le parapente. Tu te souviens ?

La colère de Grégory retombe d'un seul coup. Il s'effondre sur le banc à côté de son fils.

— Bien sûr que je me souviens, dit-il.

— C'était un beau jour dans ma vie.

— Anton, ce que tu as fait est très dangereux. Tu aurais pu tomber et te tuer !

— On peut tout le temps mourir. Tous les jours, on peut.

Grégory soupire et cherche ses cigarettes dans la poche de son jean. Il en reste une dans le paquet et ses mains tremblent lorsqu'il tente de l'allumer. Le vent lui rend la tâche difficile.

— On peut mourir parce qu'on fume, poursuit Anton. J'ai mal à l'épaule, maintenant.

— Pourquoi tu as lâché la rambarde ?

— Je fais ça depuis une heure, papa. Je lâche et je me rattrape. C'est ça, le jeu. Tu veux essayer ?

— Non, je ne veux pas ! Et je ne veux pas que toi, tu recommences. Sinon, on ne prendra plus jamais le bateau.

L'adolescent lève les yeux au ciel.

— OK… J'ai mal à l'épaule, maintenant, répète-t-il.

— Je vais m'en occuper, dit Grégory.

— Tu as eu peur, c'est pour ça que tu es énervé ?

— Oui, c'est tout à fait ça ! La peur de ma vie…

— Tu as cru que je voulais aller dans l'eau ?

Anton fixe un projecteur qui diffuse un halo soufré sur le pont.

— Des fois, j'ai envie, c'est vrai, avoue-t-il. Parce que dans ma tête… Il y a des trucs qui font mal.

— Je sais, Anton. Je comprends, mais… c'est du passé. C'est derrière toi, désormais.

— Non, c'est là, précise son fils en posant une main sur son crâne. Et là, ajoute-t-il en la faisant descendre jusque sur son ventre. Et ça ne partira pas.

Grégory détache Pouchkine qui pleurniche le long du bastingage, tout en gardant un œil sur Anton.

— On fera du parapente, dit-il en revenant sur le banc.

Il voit un sourire se dessiner sur le visage de son fils.

— Toi et moi, d'accord ? Et on passera Noël et le jour de l'an en Corse… Je voulais te faire la surprise, mais bon, autant que tu sois au courant !

Plus un mot ne sort de la bouche de l'adolescent. Il a de nouveau perdu le chemin des mots.

Ils restent silencieux dans les effluves de fioul et d'iode.

Dans le sillage du vent mauvais qui balaye la Méditerranée.

Dans la souffrance qui les ronge de l'intérieur.

Dans leurs blessures invisibles qui se creusent chaque jour un peu plus.

Dans les flammes de Grozny, les odeurs de chair calcinée, les cris, les pleurs et la terreur.

Dans le sang des victimes, dans les yeux des enfants mutilés et ceux des femmes violées.

Dans l'effet de souffle, mortel.

***

27 décembre 2006

France, Corse, Sartène

Grégory est sorti sur la terrasse, il remonte le col de son blouson et allume une cigarette. Il lève la tête pour plonger son regard dans le ciel dégagé, ténèbres pures et infinies. Provenant de l'intérieur de leur maison de vacances, la voix d'Anton qui parle avec Zina. L'infirmier ferme les yeux pour écouter ces mots si rares, si rassurants.

L'image d'Anton accroché au bastingage refuse de le quitter.

Mais aujourd'hui, son fils semble aller bien. Il semble presque heureux.

Il parle chaque jour, il rit, déborde d'énergie.

Ils ont volé dans les airs, vogué sur la mer. Ils ont partagé des moments extraordinaires, complices comme jamais.

Lorsqu'il est revenu du Congo, Zina lui a confié qu'Anton s'était fait un ami au village, un certain Alexandre dont la famille s'est installée dans la vallée quelques mois auparavant. Une nouvelle dont l'infirmier s'est réjoui : depuis le temps qu'il espérait que son fils tisse des liens avec quelqu'un… Ce qu'il espère désormais, c'est que cet Alexandre sera un ami fidèle et sincère, qu'il aura une bonne influence sur son fils. Qu'il ne le décevra ni ne le blessera.

Les amitiés de jeunesse peuvent être magnifiques. Elles peuvent aussi s'avérer tragiques.

Anton est si fragile qu'une trahison pourrait l'anéantir.

L'adolescent rejoint son père sur la terrasse. Il s'assoit près de lui et ramasse une pierre qu'il jette à la gueule de la nuit.

— Elle est bien, maman, dit-il à voix basse. Elle est plus… Enfin, elle est moins…

— Plus détendue ? suppose Grégory.

— Oui, c'est ça. Elle me laisse faire plus de choses.

— Ta mère est parfois dure, j'en ai conscience. C'est parce qu'elle veut le meilleur pour toi.

— Elle veut que je devienne docteur ou je sais pas quoi ! Mais je sais que dessiner, alors…

— Tu ne sais pas *que* dessiner, rectifie Grégory. Tu sais lire et écrire le russe, le français et l'anglais, tu es plutôt bon en maths…

— Mais moi, je veux pas être docteur, pharmacien ou un truc comme ça.

— Tu as une idée du métier que tu voudrais faire ?

Son fils hausse les épaules.

— Tu as le temps, ajoute son père. Tu es encore jeune.

— Et toi, tu veux quoi pour moi ?

— Que tu sois heureux. C'est la seule chose qui m'importe.

— C'est plus dur qu'être docteur ça, non ? réplique Anton avec un sourire facétieux.

Ils se mettent à rire.

— Je vous ai servi le dessert ! annonce Zina en sortant à son tour.

— C'est quoi ? demande Anton.

— Ton dessert préféré, répond-elle en caressant les cheveux de son fils.

— Des *syrnikis* ?

— Quand as-tu trouvé le temps de les préparer ? s'étonne Grégory.

— Pendant que vous vous baladiez sur la plage.

— Tu es une bonne mère, dit l'adolescent.

— Je fais de mon mieux.

— Et toi, tu es un bon père, ajoute Anton.

Puis il voit Pouchkine qui revient d'une promenade dans le jardin.

— Et toi, tu es un bon chien !

Anton et sa mère retournent à l'intérieur tandis que Grégory termine sa deuxième cigarette. Tous les jours devraient ressembler à ce jour. Tous les soirs devraient ressembler à ce soir.

Ne pas sentir l'odeur du sang et de la mort, les relents de la haine. Ne pas entendre le rugissement des armes, le fracas de la guerre. Ne pas affronter la peur dans les yeux des hommes ou dans ceux des enfants.

Dans son propre cœur.

N'avoir aucune plaie à panser, aucun tourment à soulager.

Regarder la lune illuminer *mare nostrum* avec ses pinceaux d'argent.

S'endormir dans les bras d'une femme aussi belle que forte.

Ne l'avoir jamais trompée.

Entendre la voix d'Anton, le rire d'Anton.

Grégory écrase son mégot dans le cendrier puis se lève, prêt à rejoindre sa famille. Mais au moment où il pose la main sur la poignée de la porte, quelque chose se brise.

Un bout de verre explose dans sa tête. Les morceaux aiguisés s'éparpillent dans son crâne, il vacille.

Il fait demi-tour, s'enfonce dans le jardin pour s'éloigner, se cacher. Près de la clôture, il s'accroche à un arbre et fond en larmes. Des sanglots qui le secouent de la tête aux pieds.

Le front contre l'écorce, il se laisse submerger par une vague de tristesse, un tsunami de souffrance. Il termine à genoux sur le sol, étouffé par cet inexplicable chagrin, aussi soudain que violent.

Après les larmes et les cris, il reste abattu un long moment.

— Greg ?

La voix de Zina le ramène dans la réalité.

— Greg ? Où es-tu ?

Il se redresse lentement, essuie son visage, s'éclaircit la voix :

— J'arrive, crie-t-il. Je vérifiais que le portail était bien fermé !

Il s'arrête à la fontaine et se passe de l'eau sur la figure pour effacer les traces. Il s'essuie avec une serviette qui traîne sur la terrasse et pénètre enfin dans la salle à manger.

— Alors, ils sont bons ces *syrnikis* ? lance-t-il avec un immense sourire.

Il faisait jour, peut-être était-ce le matin, peut-être était-ce l'après-midi. Le couvercle de ma tombe s'est ouvert. Mon tortionnaire m'a regardé, posté en haut du trou. Toujours ce sourire inhumain, méprisant. Toujours ces yeux de glace, givrés par la haine.

Bonne année, sale chien ! *m'a-t-il dit.*

Son rire s'est enfoncé dans ma tête, il continue d'y résonner.

Nous sommes donc au mois de janvier.

Je suis donc encore vivant.

Si tu savais, mon amour… Si tu savais combien j'ai mal. Combien chaque respiration me plonge dans la douleur.

Depuis un moment, je ne suis plus seul dans mon tombeau. Je sens une présence rôder autour de moi. Je ne te parle pas des insectes qui se repaissent de mes chairs, non. Je parle d'une présence sinistre et monstrueuse. J'entends ses griffes acérées gratter la terre de mon caveau.

Par moments, je perçois son haleine fétide, son souffle sur ma peau frigorifiée.

Parfois, je la sens me frôler. Un contact ignoble qui me glace le sang.

Je crois même que j'ai vu briller ses yeux dans l'obscurité.

La folie.

Ou la mort.

Comment le savoir, mon amour ?

37

2 février 2007

République démocratique du Congo,
province du Sud-Kivu, Bukavu

Aujourd'hui, Grégory se lève tard, ayant besoin de récupérer d'une intense fatigue, d'un manque chronique de sommeil. Toutes ces nuits passées sur un océan démonté où les rêves, telles des vagues scélérates, le ballottent d'angoisses en tourments…

Dans son studio sans confort, il boit un café en écoutant la vie qui foisonne dans les rues de Bukavu. Après une douche, il quitte son appartement. Il fait chaud pour un mois de février, avec des températures qui frôlent les trente degrés. Ici, c'est la petite saison sèche, deux mois d'été qui précèdent le retour de la pluie de mars à mai.

Il flâne sur le marché, achète une robe pagne aux couleurs chamarrées. Puis il monte dans un vieux taxi, direction l'hôpital de Panzi. Sans en avoir pleinement conscience, il a voulu ce poste à Bukavu pour se rapprocher de cet hôpital modèle, de cet endroit où l'on répare les femmes. Se rapprocher de celui qui l'a fondé et consacre sa vie à secourir ces victimes en première ligne de la barbarie humaine.

Depuis son arrivée, Grégory s'est rendu une fois à Panzi, mais le Dr Mukwege était aux États-Unis, invité à parler de son combat devant les membres de l'ONU. Il n'a pas pu voir Mangasa non plus, a juste obtenu de ses nouvelles par une infirmière qui lui a appris que la jeune martyre venait d'être opérée pour la troisième fois.

Par chance, Denis est aujourd'hui disponible et l'humanitaire le rejoint dans son bureau. Le médecin l'accueille chaleureusement.

— Vous arrivez de Goma ?

— Non, je travaille à Bukavu désormais. Un infirmier a démissionné, j'ai pris sa place.

— Et pourquoi a-t-il démissionné ?

— Il faisait partie d'un convoi qui a été attaqué entre ici et Lemera. Ils s'en sont tous sortis indemnes, mais lui ne s'est pas remis de la peur qu'il a ressentie…

— Contrairement à vous, souligne le médecin avec un étrange sourire. Vous venez voir Mangasa ?

— Oui, si c'est possible.

— Suivez-moi, nous discuterons en chemin !

Panzi est un lieu unique. Bien sûr, il ne ressemble pas aux établissements occidentaux. Mais il ne ressemble pas non plus à ceux qu'on trouve habituellement en Afrique et qui souffrent d'anarchie chronique. Ici, ce sont des pavillons de plain-pied, reliés entre eux par des passages couverts, des arcades et des jardins. Devant les cabinets des différents spécialistes, les patients attendent dans l'ordre et le calme.

— Mangasa reçoit des visites ? espère Grégory.

— Non, personne ne vient la voir. Nous avons informé sa famille et comme cela arrive trop souvent, ses proches l'ont stigmatisée et rejetée.

— Que va-t-elle devenir quand elle sortira de Panzi ?

— Ce n'est pas pour demain, précise Denis. Elle a déjà subi trois opérations, et il en faudra une quatrième. Ensuite, elle pourra rester ici tant qu'elle en aura besoin. Elle pourra apprendre un métier si elle le souhaite.

Grégory le considère avec étonnement.

— Quand les victimes ont commencé à affluer, je me suis aperçu que soigner leur corps n'était pas suffisant, relate le médecin. Les soigner et les remettre dehors alors qu'elles n'ont nulle part où aller, est-ce que c'est humain ? Non, bien sûr…

Ils croisent un groupe de femmes, sans doute des victimes, et Grégory remarque le regard qu'elles portent sur leur sauveur.

Un puits sans fond d'amour et de reconnaissance.

— Il fallait faire plus. J'ai essayé de mettre en place une démarche holistique : réparer les corps mais aussi les cœurs, en invitant les femmes à rencontrer des psychologues… Et leur permettre d'avoir une nouvelle vie si elles sont exclues de leur communauté. Leur proposer d'apprendre un métier, leur apporter des aides financières afin qu'elles puissent créer leur petite affaire et devenir indépendantes…

— C'est formidable, répond Grégory.

— Et nous venons également de créer des unités mobiles qui se rendent dans les villages pour sensibiliser les habitants aux problèmes de viol, mais aussi pour inciter les femmes mutilées à venir se faire opérer ici, à Panzi. Car elles peuvent rester des mois ou des années sans se faire soigner.

— *Des années ?* répète le Français avec effarement.

— Eh oui… Elles sont en général mises au banc dans leur village et on les trouve plus ou moins abandonnées à cause de ce qu'elles ont subi. Parfois, on les récupère dans la forêt, à proximité du village où elles habitaient. Si on leur explique qu'elles n'ont pas à avoir honte, qu'elles sont victimes et non coupables, si on leur donne de l'amour, elles font preuve d'un courage et d'une force extraordinaires ! Il faut aimer son patient, sinon on ne peut pas faire de bonne médecine… Vous aimez vos patients, Grégory ?

— Il paraît que je les aime *trop* ! réplique l'infirmier avec une once d'amertume.

— Qui vous a dit une idiotie pareille ?

Grégory préfère ne pas répondre.

— C'est Alicja Scorbek, n'est-ce pas ?

— Gagné. Vous êtes perspicace !

L'humanitaire se remémore son arrivée à Bukavu, l'entretien avec la médecin polonaise qui dirige la délégation du CICR à Bukavu.

D'après ce qu'on m'a dit, vous avez l'habitude de désobéir. Ici, je veux des personnels qui respectent les consignes. Vous ne devez jamais mettre votre vie en danger pour sauver celles des autres. La vôtre est plus importante.

Un monologue d'une heure qui a mis Grégory au supplice.

— Notre première entrevue a été tendue ! résume-t-il.

— Elle est un peu… Comment vous dites, en France ?

— Coincée ?

Le rire de stentor de Denis résonne sous les arcades.

— J'aurais dit austère.

— On peut dire chiante, sourit l'infirmier. Ceci dit, elle semble être une bonne professionnelle.

— Elle est compétente, confirme Mukwege.

— Elle n'était pas ravie de mon entrée au sein de son équipe. Je crois que ma réputation m'a précédé.

— Et quelle est votre réputation ?

— Tête brûlée, exalté, passionné…

— Je ne vois guère de défauts là-dedans ! Quoi qu'il en soit, on ne les aime jamais trop, ses patients. On n'a jamais assez de compassion ou d'empathie envers eux. Mais si je comprends bien, vous prenez trop de risques pour les autres ?

— C'est ce qu'elle pense. Et elle n'est pas la seule.

Ils arrivent au pied du bâtiment qui abrite les femmes violées et mutilées.

— Vous accomplissez un travail exceptionnel, Denis. On devrait vous remettre le Nobel !

— Je ne cours pas après les honneurs, Grégory. J'essaie juste de défendre la cause à travers le monde en espérant que la communauté internationale se lèvera pour faire cesser ces crimes contre l'humanité…

— Et je parie que vous avez reçu des menaces à cause de ça, je me trompe ?

— Non, vous ne vous trompez pas, se désole le médecin. Mais ça ne me forcera pas à abandonner…

— Donc, vous aussi, vous placez la vie de vos patients avant la vôtre !

Ils se rendent dans une grande pièce où sont alignés une dizaine de lits. Des femmes, des adolescentes, des petites filles. Les draps blancs cachent l'horreur de ce qu'elles ont enduré.

— Mangasa est ici ? murmure Grégory.

— Non, ces patientes viennent de subir une intervention et sont en soins intensifs. Je profite de ma venue pour prendre de leurs nouvelles. Car cette après-midi je serai au bloc.

Mukwege a un mot et une attention pour chacune d'entre elles. Ce n'est pas seulement un discours ou une théorie : ce médecin aime réellement ses patientes. Elles se plaignent peu, certaines esquissent même un sourire.

Ils visitent une deuxième salle, aussi vaste que la première, puis se rendent dans les chambres de celles qui ont été opérées plusieurs semaines voire plusieurs mois plus tôt.

Mangasa partage son espace avec une autre jeune femme.

— Moi, c'est Bijou, annonce-t-elle. Et toi ?

— Grégory.

— C'est un infirmier de la Croix-Rouge, explique Denis. C'est lui qui a trouvé Mangasa sur la route et l'a ramenée jusqu'à nous.

— Oh, tu es un saint, toi ! lance la jeune Africaine. Comme notre Dr Mukwege !

— Non, juste un infirmier, rien de plus.

— Où est Mangasa ? interroge Denis.

— Au jardin. Elle est tout le temps triste, ajoute Bijou. Ses garçons lui manquent, alors je lui ai dit d'aller s'occuper des miens !

— Elle ne peut pas voir ses fils ? s'étonne Grégory.

— Non, ils sont avec le mari et la famille, répond Mukwege.

— Mais… Elle a des droits en tant que mère, non ?

D'un geste de la main, la Congolaise balaye les espoirs du Français.

— Pff ! Quels droits ?

— Allons voir Mangasa, dit Denis.

Ils quittent l'étage, talonnés par Bijou.

— Tu as dit que Mangasa s'occupait de tes enfants… Ils sont ici ? interroge l'infirmier.

— Oui, ils sont là ! réplique Bijou.

Face au visage perplexe du Français, le chirurgien explique :

— Nous prenons en charge les enfants des femmes qui viennent se faire opérer, lorsqu'elles ont perdu leur mari et leurs proches. Une crèche, une école… il y a tout ce qu'il faut et les patientes peuvent les voir autant qu'elles le veulent.

— Ils ont tué tout le monde dans mon village, enchaîne Bijou. Joseph a voulu me défendre. C'était un bon mari…

Le regard de la jeune femme s'assombrit. Un nuage passe derrière ses iris.

— Ils l'ont tué, dit Mukwege.

— Ils lui ont coupé les mains et ouvert le ventre ! poursuit Bijou en secouant la tête. J'avais caché mes gosses, c'est pour ça qu'ils sont toujours vivants.

Grégory a du mal à croire que cette femme qui sourit et parle avec entrain a vécu un tel enfer.

Elle est toujours vivante.

Vraiment vivante.

Alors qu'on a assassiné son mari, qu'on a brûlé sa maison.

Alors qu'on a détruit sa vie et son corps.

Elle lui adresse le plus beau des regards.

Alors qu'il est un homme. Et que des hommes l'ont humiliée, piétinée, torturée.

Où puise-t-elle le courage de continuer ? La force de pardonner ?

Si on leur explique qu'elles n'ont pas à avoir honte, qu'elles sont victimes et non coupables, si on leur donne de l'amour, elles font preuve d'un courage et d'une force extraordinaires !

Le Dr Mukwege a raison.

Il n'est pas seulement un chirurgien de talent. Il est bien au-delà de cette définition.

Il est un rempart, un combat, une lumière.

Et à cet instant, une émotion intense submerge Grégory. Il songe qu'au cours de sa vie, il aura eu la chance de rencontrer des femmes et des hommes d'exception.

La chance de croiser certaines de ces étoiles qui éclairent le monde.

Ils atteignent le fameux jardin où les patientes en convalescence viennent se détendre. Certaines font du crochet, d'autres discutent à voix basse, d'autres encore jouent avec leurs enfants.

Mangasa, elle, est seule. Assise sur un muret, elle fixe d'un regard affligé deux gamins qui jouent dans l'herbe. En voyant son médecin, elle relève la tête. Il s'adresse à elle en swahili, Grégory ne comprend rien. Bijou se charge de la traduction.

— Elle dit qu'elle souffre moins. Elle remercie notre docteur et aussi notre Dieu.

Les yeux de Mangasa se tournent enfin vers le Français. Elle lui murmure quelques mots.

— Elle dit qu'elle se souvient de toi. Qu'elle ne t'a pas oublié. Elle te dit merci.

Grégory s'assoit près de la rescapée tandis que Bijou rejoint ses fils. Denis prend le relais pour traduire les rares paroles de la jeune femme. L'humanitaire lui offre la robe, a droit à un sourire triste mais sincère.

— Elle dit qu'elle n'avait pas de jolie robe et qu'elle en a désormais une, grâce à vous. Et elle dit que vous avez bien choisi !

Grégory essaie de communiquer avec Mangasa, mais l'Africaine reste farouche, presque mutique. Recluse dans un carcan de honte, ne sachant plus que faire de ce corps qui fut le sien.

Après une demi-heure, les deux soignants repartent.

— Bijou va subir une nouvelle opération ?

— Non, pour elle, c'était la dernière. Il en a fallu cinq.

— Elle s'en sortira mieux que Mangasa, n'est-ce pas ? suppose l'infirmier.

— On ne peut pas le savoir, Grégory. Mangasa retrouvera peut-être goût à la vie. Nous faisons tout pour cela en tout cas… Mais elle a tant perdu que pour le moment, elle se demande pourquoi elle est encore en vie.

— Vous pensez qu'elle regrette d'être *encore en vie* ?

— Peut-être. À nous de lui prouver que croiser votre chemin était une chance.

— C'est vous qui l'avez sauvée, moi je n'ai rien fait ! rappelle l'infirmier.

— *Rien ?* s'étonne Denis.

Le chirurgien s'arrête et fixe l'humanitaire avec stupeur :

— Quand vous l'avez aperçue sur cette piste, alors que vous veniez de vous faire rouer de coups, vous auriez pu tourner la tête de l'autre côté. Vous auriez pu refuser de vous arrêter et de vous exposer à une nouvelle attaque.

Sans parler des risques énormes que vous avez pris en parcourant seul la route jusqu'à Panzi… Vous avez mis votre vie en danger pour sauver celle de Mangasa, Grégory. Et vous trouvez que tout cela n'est *rien* ?

— Eh bien, j'ai… J'ai seulement fait mon métier, répond l'infirmier avec une sincérité désarmante.

— Non. Vous avez fait preuve d'un courage hors du commun. Et le plus incroyable, c'est que vous n'en avez même pas conscience !… À bien y réfléchir, je crois que vous avez un don.

Denis se remet en marche. De plus en plus embarrassé, Grégory lui emboîte le pas.

— Le don de quoi ?

— Celui de transformer votre souffrance en force, comme un alchimiste transformerait le plomb en or.

Cette fois, c'est Grégory qui s'immobilise. Mukwege esquisse un sourire :

— Vous venez ? dit-il simplement.

Alors qu'ils cheminent sous les arcades, tels deux religieux autour d'un cloître, Grégory a la surprise d'apercevoir un visage qu'il n'a pas oublié : celui d'Ilunga. Assis sur un muret, l'adolescent patiente devant le cabinet d'un médecin, deux béquilles posées à côté de lui. Il porte un plâtre à la jambe gauche, un énorme pansement sur le bras droit et un autre sur la joue. Mais Grégory en est sûr, c'est bien le jeune homme rencontré dans le camp de réfugiés. D'ailleurs, Ilunga le reconnaît à son tour.

— Salut, dit le Français. Qu'est-ce qui t'est arrivé ?

Ilunga se montre évasif. Il dit avoir été attaqué par deux inconnus sur la route entre Goma et Bukavu. Il prétend ignorer pourquoi ces hommes l'ont agressé.

— Je dois vous laisser, annonce Mukwege. Je suis attendu au bloc.

Ils s'éloignent un peu d'Ilunga.

— Merci de m'avoir accompagné, Denis.

— C'était un plaisir… Vous connaissez ce gamin ?

— Je l'ai soigné dans un camp, près de Goma. Je pense qu'il s'agit d'un ancien enfant soldat, un déserteur. Et je ne voudrais pas trop m'avancer mais… je crois qu'il a massacré toute sa famille. Qu'on l'y a obligé. C'est ce que j'ai cru comprendre.

— Ces criminels sont capables de tout, déplore le chirurgien. Ils enrôlent les enfants de force, les maltraitent, les droguent et oui, parfois, ils leur ordonnent d'assassiner leurs proches. Ainsi, ils s'assurent qu'ils ne seront pas tentés de se sauver pour retourner dans leur village et dans leur famille.

— Je vais rester un peu avec lui, dit Grégory.

Mukwege lui adresse un sourire complice :

— N'oubliez pas : vous aimez *trop* vos patients !

— Je crois que nous sommes deux à avoir le même vilain défaut !

Les deux hommes se serrent la main et Mukwege ajoute :

— Puisque vous êtes à Bukavu, j'aimerais beaucoup vous avoir à dîner.

— Avec grand plaisir.

— Ma femme sera ravie de vous connaître. À bientôt, Grégory.

L'humanitaire s'assoit près d'Ilunga. Il lui propose une cigarette, ils fument ensemble. Comme avec Mangasa, et même si Ilunga comprend le français, Grégory a du mal à nouer le contact. Il pose son doigt sur le pansement qui orne le visage de l'adolescent et demande :

— Avec quelle arme ?

— Machette.

— Et le bras, machette aussi ?

— Oui.

Un interminable silence suit ces quelques paroles. Mais Grégory sent que derrière ce visage dur et ce regard inhumain, se cache un enfant qui a besoin de se confier.

— Tu souffres ? poursuit l'infirmier. Tu as mal ?

Brusquement, Ilunga se met à parler, comme s'il s'adressait à un ami :

— Maman, elle était gentille avec moi. Grace, elle s'appelait. Comme Grâce à Dieu, tu vois ? Elle aimait aller à l'église. Et on allait avec elle… Mais il l'a tuée. Il lui a fait du mal avant de la tuer. Du mal, beaucoup.

— Parce que les soldats l'ont forcé ?

— Oui, forcé à faire du mal. Maman, elle a demandé pitié. Pas pour elle, pour ses enfants.

— Comment tu le sais si tu n'étais pas là ?

— Si, j'étais là ! révèle Ilunga en tournant la tête vers le jardin. J'ai tout vu, moi. Et après, je me suis sauvé.

— D'accord, répond l'infirmier. Et ton père ?

Ilunga fait tournoyer l'une de ses béquilles entre ses doigts.

— Cigarette ? quémande-t-il.

Grégory lui en offre une deuxième.

— Mon père, il pouvait rien. Il disait au soldat : *Fais pas ça ! Fais pas ça*, il répétait…

L'adolescent retient ses larmes.

— Tu peux pleurer, si tu veux.

— *Ça pleure pas un soldat.* Ils lui répétaient ça tout le temps. S'il pleurait, ils le frappaient. Alors, il a arrêté de pleurer.

L'infirmier a conscience que ce sera peut-être la seule fois que ce jeune homme aura la force de raconter le supplice qu'il a fait subir, celui qu'il a enduré. La seule fois qu'il pourra mettre des mots sur l'horreur qu'il a vécue.

— Ma sœur, Jeannette, elle aussi il lui a fait du mal. Comme à maman. Et pour les achever, il a tiré. Tout son chargeur, il l'a vidé. Tout son chargeur, tu vois ?

— Et tu crois qu'il s'en veut ?

— *S'en veut ?*

— Tu crois qu'il est malheureux d'avoir fait tout cela ?

— Oui, beaucoup malheureux.

— Tu crois que… qu'il ne peut plus dormir la nuit ?

— Oui, il dort plus.

— Tu crois qu'il aurait dû dire non et mourir au lieu de tuer ?

Ilunga hoche la tête.

— Mais les autres soldats, ils auraient tué maman, Jeannette, papa et mes deux frères. Si j'avais dit non, ils seraient morts pareil.

Ilunga réalise qu'il vient de dire *je*. Il esquisse un mouvement pour se lever, Grégory le retient doucement par son bras valide.

— Je sais que c'est toi qui as tué ta famille. Je sais que tu l'as fait pour rester en vie. Je sais que tu l'as fait après qu'ils t'ont drogué. Tu n'étais pas toi quand tu as commis ce crime. Tu étais quelqu'un d'autre… Tu comprends ce que je dis ?

L'adolescent hoche la tête une nouvelle fois.

— Tu as quel âge, en vrai ?

— Seize ans, murmure Ilunga.

— Tu avais quel âge quand ils t'ont forcé à devenir soldat ?

— Onze ans.

Une larme coule enfin sur la joue du jeune meurtrier. Ses doigts se crispent autour de la béquille. La porte du cabinet s'ouvre, le médecin apparaît :

— À ton tour, Ilunga, dit-il.

Grégory l'aide à se remettre debout alors que ses yeux sont déjà secs, que le visage de l'enfant a disparu sous le masque de l'assassin.

— Je suis installé à Bukavu, maintenant. Je peux revenir te voir si tu veux.

Ilunga se traîne jusqu'à la salle sans répondre et Grégory quitte l'hôpital, une fissure supplémentaire au niveau du cœur.

***

23 mars 2007

— Bonjour Bienheureuse, sourit Grégory.

— Vous venez voir Ilunga ? suppose l'infirmière à l'accueil du bâtiment.

Chaque semaine, le Français passe une heure avec l'adolescent. Au fil de leurs conversations clairsemées, aux interminables silences, Ilunga relate ce qu'il a enduré et infligé.

Impossible de savoir ce qui est le pire à entendre.

Que le petit Ilunga, onze ans, a subi un entraînement militaire durant lequel il a vu des dizaines de filles et de garçons périr sous les coups, succomber à la faim ou à l'épuisement.

Qu'on lui a ordonné de tuer à l'âge où d'autres vont à l'école.

Que ses bourreaux l'ont fait boire, qu'ils l'ont drogué.

Qu'il recevait cinquante coups de fouet chaque fois qu'il s'endormait pendant son tour de garde.

Au bout d'un an comme ça, tu ressens même plus la peur ou la douleur. T'es plus une personne. T'es juste une machine qui obéit. Une machine qui tue.

Entendre…

Qu'un de ses chefs a abusé de lui à plusieurs reprises.

Qu'à son tour, Ilunga a dû violer une fille de son âge, pour distraire le commandant de la milice.

Seulement pour le distraire.

Qu'ils l'ont obligé à enterrer vivants une femme et ses deux enfants. Que leurs supplications et leurs cris résonnent encore dans sa tête, de jour comme de nuit.

Qu'après sa première tentative d'évasion, ils l'ont forcé à massacrer toute sa famille.

Les gens qu'il aimait le plus au monde.

Si tu ne le fais pas toi-même, on le fera nous ! Et ensuite, on te coupera les bras et les jambes et on te jettera vivant dans un trou. C'est ça qu'ils m'ont dit, tu vois ?

Chaque semaine, Grégory devient le confesseur d'un assassin et d'un enfant réunis dans le même corps.

Chaque semaine, il plonge dans l'horreur. Le dégoût et la compassion.

Chaque semaine, Grégory essaie de transformer le plomb en or.

Plusieurs fois, il a failli renoncer face à l'insoutenable récit. Mais comment abandonner cet adolescent qui lui révèle ce qu'il n'a jamais avoué à personne ? Comment trahir la confiance qu'il lui accorde ?

— Ilunga n'est plus chez nous, annonce Bienheureuse. Il est sorti il y a quelques jours. Le lendemain de votre visite, je crois.

L'humanitaire est désemparé par la nouvelle.

— Vraiment ? Et vous savez où il est allé ?

— Non, désolée ! Il y a un homme qui est venu le voir deux ou trois fois. Et c'est avec lui qu'Ilunga est parti.

— De quoi il avait l'air, ce type ?

— D'un homme pas comme il faut. Ilunga semblait en avoir peur. Une fois, j'ai entendu le gars lui dire : *Tu vas revenir avec nous*. C'était pas une invitation, ça non. Ça ressemblait plutôt à un ordre.

— Bon, merci pour l'info.

Grégory prend congé de cette ancienne patiente du Dr Mukwege, qui a trouvé une nouvelle vie en devenant infirmière à Panzi.

Ilunga est retombé dans les griffes de ses tortionnaires. Ils sont venus le chercher jusqu'ici, entre les murs de ce refuge.

Je suis un bon soldat, s'est-il vanté un jour. *Un des meilleurs tireurs !*

Pas étonnant que ses chefs aient voulu le récupérer.

Je peux plus faire autre chose que soldat, lui a-t-il dit lors de leur dernier tête-à-tête. *Je suis un assassin, et un assassin, ça sait que tuer.*

Grégory a tenté de le contredire, lui assurant qu'il pouvait rêver à une autre vie.

Mais Grégory a échoué. Il vient de perdre le combat.

Il vient de perdre Ilunga.

Oscillant entre tristesse et colère, il se dirige vers le bâtiment réservé aux femmes pour une visite à Mangasa. Elle aussi, il la voit une fois par semaine. Et à chacune de leurs rencontres, il la regarde plonger un peu plus dans une profonde dépression. Bijou se fait la porte-parole de sa voisine de chambrée qui ne parle quasiment plus. Elle décrit à Grégory les heures passées à scruter le vide, les cauchemars et les larmes. D'après l'équipe soignante et le Dr Mukwege, la plupart des patientes traitées ici finissent par remonter la pente. Mais malgré les soins physiques et psychologiques, malgré toute l'attention dont elles font l'objet, certaines ne s'en sortent jamais. Traumatisées, déracinées, rejetées par tous ceux qui faisaient leur vie d'avant, elles ne voient plus de raison de se battre.

— Elle va y arriver, assure Bijou face à la mine chagrinée du Français. Je m'occupe d'elle tous les jours.

— Elle a de la chance que tu sois là. Je crois que mes visites ne lui apportent rien…

— Si ! s'écrie Bijou. Elle aime quand tu viens la voir !

— Ah bon ? Elle te l'a dit ?

— Pas comme ça, non, n'empêche que j'en suis sûre.

Grégory esquisse un sourire.

— Tu dis ça pour me faire plaisir. C'est gentil quand même.

— On te revoit bientôt, hein ?

— Oui, c'est promis. Mais je ne vais pas tarder à retourner en France pour quinze jours de congé.

— Tu vas nous manquer…

L'infirmier embrasse l'Africaine sur la joue puis traverse l'hôpital dans l'autre sens. Il croise le Dr Mukwege ; les deux hommes se serrent la main et discutent quelques minutes.

— Demain matin, je vais chercher le matériel qui arrive de Genève, indique Grégory. Et dans la journée, je vous livre ce qui vous est destiné.

— Merci beaucoup. Ce matériel nous sera d'un grand secours, comme toujours ! Moi, je ne serai pas là. Je pars trois jours en Belgique. J'essaie de trouver des mécènes supplémentaires pour l'hôpital… Toujours d'accord pour venir dîner à la maison la semaine prochaine ?

— Bien sûr ! En attendant, bon voyage, Denis. Et bonne chance.

Tandis que l'imposante silhouette de Mukwege s'éloigne, Grégory a la curieuse et désagréable impression que c'est la dernière fois qu'il voit le chirurgien.

***

24 mars

Il est 7 heures du matin, Grégory s'installe au volant du Land Cruiser, direction l'aéroport de Kavumu, situé à vingt-cinq kilomètres de Bukavu. Il est accompagné par Plamedi, un employé de la Croix-Rouge congolaise d'une trentaine d'années. Leur véhicule est suivi par un camion du CICR où sont montés le Dr Alicja Scorbek et Ricardo, un infirmier portugais.

Au début du mois, les pluies tropicales sont devenues abondantes, et ils prennent la route sous une averse généreuse qui promet de rendre le trajet compliqué.

— On va mettre au moins deux heures, dit Plamedi.

— Ton prénom, c'est du swahili ? Je ne l'ai jamais entendu depuis que je suis au Congo…

L'Africain sourit :

— Mobutu a interdit les prénoms chrétiens quand il régnait sur le pays, explique-t-il. Il a dit qu'il fallait revenir à la tradition ! Alors, les gens ont rusé.

— Vraiment ? s'étonne Grégory.

— Par exemple, ils ont appelé leur enfant Glodi, ce qui est la contraction de Gloire à Dieu. Et il faudrait savoir que mon prénom veut dire Plan Merveilleux de Dieu.

Le Français sourit à son tour.

— Ça fait longtemps que tu bosses pour la Croix-Rouge ?

Les kilomètres s'enchaînent, et Plamedi se révèle de bonne compagnie. Il parle de son pays avec un mélange de révolte et d'espoir. Un jour, la guerre cessera, la paix reviendra. Les richesses du sous-sol rendront la vie des habitants meilleure.

Un optimisme que Grégory aimerait partager avec son équipier. Mais il sait que la guerre est une maladie dont certaines contrées ne parviennent jamais à guérir. Sans doute parce que ceux qui prétendent les soigner leur administrent du poison à haute dose.

Malgré la pluie, ils gagnent l'aéroport de Kavumu vers 9 heures. L'avion en provenance de Genève, qui a fait escale au Soudan, devrait atterrir d'ici peu. Les membres de l'équipe patientent dans le bâtiment en bois, peint d'un bleu tapageur.

Avec du retard, le petit avion-cargo du CICR se pose sur la piste. Aussitôt, l'équipe rejoint le tarmac et charge le matériel dans les véhicules.

Une heure plus tard, ils quittent Kavumu et s'engagent à nouveau sur la nationale 2, de plus en plus dégradée par le déluge.

— Cette route, c'est un délabrement, se lamente Plamedi.

Par chance, ils retournent sans encombre à Bukavu. Comme prévu, ils vont livrer le matériel destiné à Panzi dans la foulée, et le convoi traverse la ville sous des torrents de pluie.

Ils parviennent à l'hôpital du Dr Mukwege vers 13 heures et sont accueillis par l'un de ses assistants. Des médicaments, des fauteuils gynécologiques, des couveuses pour les enfants nés prématurés : l'établissement qui répare les femmes a droit à une généreuse dotation.

Au moment où Plamedi et Grégory ouvrent les portes arrière du camion, plusieurs véhicules font irruption dans l'enceinte de l'hôpital.

Attaque rapide, coordonnée, minutieusement préparée.

Quatre pickups, une trentaine d'hommes en arme.

Personne n'a le temps de se mettre à l'abri, et toute l'équipe du CICR, l'assistant du professeur, ainsi que deux employés de Panzi se retrouvent dans le viseur des fusils automatiques. Les deux gardes à l'entrée de l'établissement sont froidement abattus sous les yeux horrifiés des humanitaires.

Cinq miliciens les alignent dos au mur et les tiennent en joue, tandis que leur chef, qui porte des galons de colonel, descend de l'un des véhicules.

— Médicaments ! hurle-t-il.

Dans un anglais encore plus imparfait qu'à l'accoutumée, Alicja Scorbek leur indique que ce qu'ils cherchent se trouve au fond du poids lourd. Mais le colonel ne parle pas anglais, et Grégory se hâte de traduire les propos de sa supérieure en français. Le chef ordonne à ses sbires de récupérer le chargement et l'infirmier reconnaît avec effroi Ilunga dans les rangs rebelles. Leurs regards s'effleurent, celui du jeune homme demeure glacé comme la mort.

Les précieux colis passent du camion à l'un des pickups en un temps record.

— C'est quoi, tout ça ? interroge l'officier en désignant les incubateurs et les fauteuils gynécologiques.

— C'est pour les enfants et les femmes, explique l'assistant du Dr Mukwege.

Grégory ferme les yeux un instant : exactement ce qu'il fallait éviter de dire.

— Brûlez le camion ! ordonne le chef. Brûlez-moi tout ça !

Quand Plamedi voit les soldats asperger d'essence l'intérieur du véhicule, il perd son sang-froid et interpelle le colonel en swahili, sous le regard effaré du Dr Scorbek :

— Ils ont besoin de tout ça à l'hôpital ! Prenez les médicaments et partez !

Le leader du groupe s'approche de l'inconscient et dégaine un pistolet. Il pose le canon sur le front de Plamedi qui cesse de respirer.

— Non, ne tirez pas ! intervient Grégory. Ne tirez pas !

L'arme se dirige vers lui et, sans aucune hésitation, le militaire appuie sur la détente. La balle atteint Grégory à la cuisse, il s'effondre en hurlant de douleur.

— Tuez-moi celui-là. Et l'autre, aussi. Dans le camion et vous brûlez tout !

Deux soldats relèvent le Français pour le traîner jusqu'au véhicule, deux autres s'occupent de Plamedi. Plus personne n'ose protester, un silence de mort accompagne la sentence, jusqu'à ce que les sirènes de la police locale résonnent au loin.

— Vite ! hurle l'officier.

Les deux paramilitaires essaient de jeter le Français à l'arrière du poids lourd, mais malgré sa blessure, il se débat. Vu son gabarit, les miliciens ont bien du mal à le soulever. Plamedi profite de la confusion pour échapper à ses bourreaux et s'enfuir en direction de l'hôpital.

Une rafale d'AK 47 le fauche en pleine course, il s'écroule juste devant la porte.

Il faut quatre soldats pour hisser Grégory à l'intérieur du camion.

— Pas lui. Lui, faut pas le tuer !

La voix d'Ilunga. Forte et déterminée.

Le chef dévisage son esclave avec fureur.

— Pas lui, répète le jeune soldat. Lui, tu le touches pas.

— Tais-toi et obéis ! s'emporte le colonel.

D'un geste rapide, Ilunga saisit son arme et tue l'officier ainsi que les miliciens près du camion, plongeant les membres de son groupe dans la sidération.

Ilunga lâche son fusil et arrache la cartouchière qu'il porte sur l'épaule.

Il rend les armes.

Son regard plonge dans celui de Grégory au moment où la balle le frappe entre les omoplates. Il tombe à genoux tandis que les sirènes s'approchent.

— On se casse ! s'écrie le sous-officier qui vient d'abattre Ilunga.

Les paramilitaires remontent dans les pickups et quittent l'enceinte de Panzi en abandonnant les cadavres de leur bataillon.

Un instant de flottement, puis les soignants se précipitent vers Plamedi et les deux gardes. Grégory se traîne jusqu'à Ilunga qui respire encore. Il le prend dans ses bras, pose sa tête sur ses genoux. Son sang fusionne avec celui de l'adolescent qui a retrouvé son visage d'enfant. Son corps de guerrier se contracte sous les assauts de la douleur, ses poumons cherchent de l'oxygène, ses grands yeux noirs cherchent ceux de Grégory.

— Ça va aller, petit, ça va aller…

La balle de gros calibre l'a traversé de part en part au niveau du torse.

Quelques secondes de sursis.

— Moi je voulais pas… être… soldat.

— Je sais, dit l'infirmier en serrant sa main dans la sienne.

— Faut m'enterrer avec… maman, papa et… Jeannette.

Les larmes de Grégory se mêlent à la pluie battante.

— Oui, Ilunga. Je te promets. Je leur dirai à tous que tu es un héros !

Un sourire léger et mystérieux se fige sur le visage de l'adolescent.

Libre, enfin.

Grégory entend la voix d'Alicja annoncer la mort de Plamedi. On dirait qu'elle est loin, que l'air se transforme en coton épais. Il ne lâche pas Ilunga, tandis que sa vue se trouble de plus en plus. On s'empare de lui, on le soulève, on le met sur un brancard.

— Non ! implore-t-il. Laissez-moi… Je dois m'occuper de lui…

Personne ne l'écoute, il n'entend quasiment plus rien.

— Ilunga… Je dois…

Les plafonds de Panzi succèdent au ciel du Congo. La douleur s'éloigne, la voix d'Alicja aussi :

— Il perd beaucoup de sang, dépêchez-vous !

Grégory tend la main vers le vide, comme s'il pouvait toucher l'adolescent.

— Ilunga…

Plus de plafonds, plus de ciel, plus de bruit.

Seulement les ténèbres.

38

12 mai 2007

France, Alpes-de-Haute-Provence

Un bruit qui se répète, peut-être celui d'un volet qui claque sous la force du vent.

Grégory émerge de sa torpeur. Il fait jour, il se souvient qu'il s'est endormi sur le canapé.

Une odeur putride flotte dans la pièce. Une odeur et des images : celles du cauchemar qu'il vient de traverser. Qu'il a déjà traversé à plusieurs reprises, comme on franchit une clôture de barbelés.

À chaque passage, nouvelles et profondes cicatrices.

Ilunga jeté au fond d'un trou boueux, fosse commune grouillant d'ossements et de dépouilles en décomposition. Les pieds au bord de l'excavation, Grégory fixe le cadavre nu à la peau d'ébène, l'énorme plaie qui remplace son cœur. Soudain, les paupières d'Ilunga se soulèvent sur deux orbites béantes, une voix résonne dans l'abîme.

Tu m'avais promis.

Grégory voudrait s'enfuir, mais une force invisible le précipite à son tour dans la tombe et il chute tête la première sur le tas de corps putréfiés. Alors qu'il tente de s'extirper de l'horreur, les mains d'Ilunga attrapent ses chevilles.

C'est toujours à ce moment-là qu'il se réveille.

Mais aujourd'hui, tandis que l'enfant soldat le maintenait dans la fange, le fossoyeur a rebouché la tombe.

Aujourd'hui, Grégory a été enterré vivant.

Le bruit continue, venant de l'étage, et il tend l'oreille, intrigué puis très vite agacé. Il attrape ses béquilles, se remet debout en grimaçant de douleur. Il se poste en bas de l'escalier :

— Anton ?... Anton, c'est toi qui fais ce boucan ?

N'obtenant aucune réponse, Grégory commence à gravir les marches avec la sensation qu'Ilunga s'agrippe encore à ses chevilles.

Il n'a pas eu le temps de respecter les dernières volontés du jeune homme qui s'est sacrifié pour lui sauver la vie. Après son plongeon dans le néant, il s'est réveillé à Genève où le CICR l'a fait rapatrier dès le lendemain de l'attaque. Il a passé une semaine dans une clinique suisse puis a été transféré à Marseille, à l'hôpital de la Timone, où il est resté un mois sur un lit avec interdiction de poser le pied par terre. Dès son retour en France, il a appelé Panzi pour savoir ce qu'était devenu le corps d'Ilunga. On lui a répondu que c'était la police locale qui s'en était chargée. Il a ensuite contacté Alicja Scorbek, sidérée que l'infirmier se préoccupe d'un détail aussi insignifiant. Elle a vaguement promis de se renseigner avant de raccrocher.

Grégory parvient au milieu de l'escalier :

— Anton ?

Les médecins ont réussi à sauver sa jambe grâce aux premiers soins prodigués à Panzi. Et dans quelque temps, il devrait pouvoir se déplacer sans ses cannes.

Arrivé en haut, il reste médusé un instant : dans le couloir, Anton ouvre puis claque la porte de sa chambre avec la régularité d'un métronome.

— Anton, qu'est-ce que tu fais ?

Son fils continue à tirer la porte avant de la repousser, inlassablement.

Gestes mécaniques, ceux d'un robot. Regard fixe et vide.

Grégory s'approche, conscient que le jeune homme s'est enfermé dans son délire et qu'aucune parole ne peut l'atteindre.

En rentrant à la maison, deux semaines plus tôt, il a découvert que l'état d'Anton s'était aggravé. Plus de tocs qu'auparavant, plus de crises. Les flots de paroles étranges et désordonnées succèdent au mutisme qui peut durer plusieurs jours.

Il pose une main sur l'épaule de son fils :

— Anton, tu m'entends ?

Le jeune homme tressaille avant de se retourner dans un grognement terrifiant.

Celui d'une bête sauvage. Les yeux injectés de sang et de haine.

Il pousse violemment son père qui perd l'équilibre et s'écroule. L'arrière de son crâne percute la rambarde en bois, il est sonné. Il devine la silhouette menaçante de son fils au-dessus de lui.

— Anton, c'est moi ! C'est ton père !

— Mon père est un salaud.

Cette voix qui remonte tout droit des Enfers n'est pas celle d'Anton.

— C'est moi, Grégory !

Le jeune homme attrape un guéridon tandis que l'infirmier tente de se redresser en s'agrippant au garde-corps. Il voit son fils lever les bras, prêt à lui défoncer le crâne.

— Arrête Anton, c'est moi ! C'est Greg !

Anton stoppe son mouvement. Ses bras retombent lentement, ses yeux redeviennent ceux du petit garçon effrayé par le fracas des bombes.

— Merde, qu'est-ce qui te prend ?

Le jeune homme lâche son arme improvisée, recule de quelques pas. Il est désorienté, sorti d'un abominable cauchemar. Soudain, il enjambe son père et s'engouffre dans l'escalier. Grégory l'entend dévaler les marches, puis c'est la porte d'entrée qui claque. Il s'aide à nouveau de la balustrade pour se relever et reste hébété longtemps au seuil de la chambre. Jusqu'à ce qu'il sente un souffle tiède dans sa nuque, une caresse sur sa peau. Une douceur qu'il reconnaîtrait entre mille.

— Il est dangereux, murmure Séverine à son oreille. Il aurait pu te tuer…

L'infirmier est rassuré par cette présence qui lui manque tant.

— Je… Je croyais qu'il allait mieux, je… Je croyais que j'arriverais à le soigner !

Séverine caresse ses cheveux, l'enlace tendrement.

— Tu sais mon amour, il ne pourra jamais remplacer Charlène.

— Bien sûr que non ! gémit Grégory.

— Tu te souviens comme elle était douce ? Comme elle était coquine et drôle aussi ! Tu te souviens, mon amour ?

— Oui, je me souviens… Parfois, son visage… Enfin, j'ai…

— Son visage devient flou, c'est ça ?

— Oui, avoue Grégory.

— C'est parce que tu as un fils, désormais. Et une autre épouse.

— Non, ne dis pas ça ! implore-t-il.

— Ce n'est pas un reproche. Mais… Méfie-toi d'Anton. Je ne veux pas qu'il te fasse du mal. Parce que moi, je t'aime. Je t'aime encore et toujours.

Grégory s'assoit derrière le bureau d'Anton. Il pourrait partir à sa recherche, le trouverait prostré dans un coin de l'atelier ou dans le sous-sol de la Sapinière, mais il sait qu'il est trop tôt pour obtenir la moindre parole, la moindre explication.

Dans l'intimité de la chambre de son fils, l'infirmier tente de comprendre pourquoi Anton s'est montré aussi violent à son égard. Bien sûr, il y a déjà eu des crises, des moments où l'adolescent a disjoncté. Mais c'est la première fois qu'il s'en prend physiquement à lui.

Mon père est un salaud.

Grégory jette un œil aux derniers carnets à dessin qui s'empilent sur les étagères. C'est peut-être au travers de ces pastels, de ces aquarelles ou de ces esquisses au fusain qu'il obtiendra un début de réponse. Soigneusement dissimulée sous un tas de recueils, dans une pochette cartonnée, il découvre ainsi la bande dessinée que son fils est en train d'écrire.

Guerre, tomes 1 et 2.

Grégory jette d'abord un œil rapide à l'ensemble encore inachevé. C'est la première fois qu'Anton pose des textes sur ses croquis ; des textes un peu maladroits, mais qui paraissent brosser une histoire aussi noire que passionnante.

L'histoire d'Anton.

Si son personnage est plus grand et plus musclé que lui, leurs traits sont identiques.

Dans le premier tome, l'adolescent raconte son passé à son ami Alexandre dans la cour d'un lycée.

Le passé d'Anton.

Tout commence en Tchétchénie, dans Grozny ravagée par les bombardements. Des flammes, des immeubles en ruine, des cadavres qui jonchent le sol. Des enfants en guenilles dans les rues.

Au huitième étage d'une tour à moitié détruite, dans un appartement en partie dévasté, le petit Anton et Layla, sa grande sœur, sont cachés au fond d'un placard, attendant le retour de leur mère. Blottis l'un contre l'autre dans l'obscurité, chacun serrant son doudou dans ses bras.

Grégory ressent une douleur vive au niveau de la poitrine. Jamais Anton ne lui a confié comment Layla était morte. D'ailleurs, Anton ne l'a jamais confié à personne.

Soudain, des bruits de bottes dans les escaliers, la porte de l'appartement qui vole en éclats. Les deux enfants se mettent à trembler.

Ça va aller, Anton, chuchote Layla. *Ils ne nous trouveront pas ici… Aujourd'hui, c'est ton anniversaire. Aujourd'hui, tu as six ans. Alors, il ne t'arrivera rien.*

— C'était le jour de ton anniversaire ? murmure Grégory.

Deux soldats en uniforme de l'armée russe, un ryadovoy et un caporal, font irruption dans la pièce principale et ne tardent pas à défoncer la porte de la chambre. Les gamins retiennent leur souffle jusqu'à ce que le placard s'ouvre sur leurs visages terrorisés.

Les deux militaires se mettent à rire. Ils sont à moitié ivres et le caporal tient un sac dans la main, rempli de ce qu'il vient de voler dans l'appartement : nourriture, cigarettes…

Regarde, on a trouvé des petits terroristes ! dit-il à son subordonné.

Poutine, il a dit qu'il fallait les buter dans les chiottes ! renchérit le ryadovoy. *Pas dans les placards !*

Nouvel éclat de rire.

Ils saisissent les enfants et les sortent de leur cachette pour les jeter dans la chambre.

Ils sont où, vos parents ? hurle le caporal. *Ils vous ont abandonnés, c'est ça ?*

Que des lâches, ces chiens de Tchétchènes ! ajoute le simple soldat.

Vous le cachez où, l'argent ?

On n'a pas d'argent, murmure Layla. *Et maman est russe, pas tchétchène.*

Elle espère sans doute que cette révélation calmera ces soudards. Ils sont du même peuple, ne peuvent pas leur vouloir de mal.

Grégory cesse de tourner les pages. Il brûle de connaître enfin la vérité, mais il est terrifié à l'idée de ce qui va suivre. Il observe un instant le ciel calme des Alpes par la fenêtre. Le ciel d'un pays en paix.

Puis il repart à Grozny.

Ta mère a épousé un cul noir ? Alors ta mère, c'est une putain ! braille le ryadovoy.

Malgré la peur qui l'étouffe, la jeune Layla, tout juste huit ans, s'offusque de ces insultes sous le regard sidéré de son frère.

Non, maman, c'est pas une putain !

Le caporal s'accroupit à sa hauteur et lui adresse un sourire effrayant :

Et ton père, il est où ?

Il est parti quand les bombes ont commencé à tomber, avoue Layla en baissant les yeux.

Tu vois, c'est un lâche, comme tous les culs noirs. Et vous deux, vous n'êtes pas des Russes, vous êtes des petits bâtards. Des petites merdes !

Anton s'accroche à sa sœur. Le militaire tourne la tête vers lui et, toujours avec son immonde sourire, lui dit :

Et toi, tu ne parles pas, fils de pute ?

Le caporal boit une rasade de vodka, passe la bouteille au soldat. Puis il sort un revolver de l'étui qu'il porte à la ceinture. Il pose le canon sur le front du petit garçon :

Je vais être gentil, dit-il. *Je vais laisser vivre l'un des deux bâtards. Et c'est toi qui choisis lequel des deux va mourir.*

Une grosse larme coule sur la joue d'Anton.

Une autre sur le visage de Grégory.

Je tue qui ? s'impatiente le caporal. *Toi ou bien ta sœur ?*

Les immenses yeux bleus d'Anton se remplissent d'effroi.

C'est toi qui meurs aujourd'hui ?

Ses lèvres s'entrouvrent sur un *non* à peine audible.

C'est ta sœur, alors ! Comment elle s'appelle ?

Layla, murmure Anton.

Excellent choix, acquiesce le caporal.

Les mains de Grégory se sont crispées sur la feuille. Les dessins d'Anton sont si réalistes qu'il a l'impression d'être dans cette chambre sordide aux murs gris et aux vitres brisées.

Mais il doit savoir. Pour comprendre ce qu'a vécu son fils. Ce qui le ronge de l'intérieur, ce qui le détruit.

Il doit affronter la réalité, comme il le fait depuis plus de dix ans.

Le caporal attrape la petite fille, arrache son tee-shirt.

Tu es mignonne, toi !

— Elle n'a que huit ans ! s'écrie l'infirmier.

Le Russe s'amuse avec elle, la déshabille. Elle se débat, se défend. Anton tente alors d'arrêter le supplice de sa sœur en frappant le caporal. Des coups dérisoires, distribués avec désespoir. Le soldat lui assène une violente gifle, le plaque au sol. Anton fixe la longue cicatrice en forme de virgule que le caporal porte sur le cou.

Puis le soudard se lasse de jouer avec la petite fille. Il avale une nouvelle rasade de vodka, prend Layla dans ses bras avant de la jeter par la fenêtre.

Anton s'élance pour la suivre. Le caporal le retient par le poignet.

Toi, tu restes en vie, j'ai dit. Je reviendrai quand il y aura ta mère. Et je m'occuperai d'elle, c'est promis ! Je vais lui montrer qu'un Russe, c'est mieux qu'un cul noir !

Les deux assassins quittent l'appartement et Anton demeure immobile durant plusieurs pages. Il est figé, mais change à vue d'œil. On dirait qu'il se ratatine, qu'il se recroqueville. Son regard se transforme.

Ses yeux ne seront plus jamais les mêmes.

Enfin, il se traîne jusqu'à la fenêtre ; tout en bas, dans les gravats, le petit corps disloqué de sa sœur au milieu d'une flaque de sang. Il ramasse la poupée de Layla puis se réfugie dans le placard pour s'y enfermer, le doudou dans les bras.

Au cœur des ténèbres, ses lèvres se soudent sur sa douleur.

Ses lèvres se soudent, pour toujours.

***

Grégory n'a pas eu le courage de lire le tome 2, ni même de finir le premier volume. Demain, il trouvera peut-être la force d'affronter la suite. Il a tout remis en place avant de quitter la chambre de son fils.

Assis dans le canapé du salon, il fume une cigarette. Sa main tremble, son cœur cogne sa poitrine au rythme des questions.

Comment sauver Anton ? Comment faire cesser ses souffrances, le persuader qu'il peut avoir un avenir ?

Pourquoi Zina ne lui a-t-elle rien dit ? Elle a forcément trouvé le corps de Layla dénudé, ne peut pas ignorer ce que sa fille a subi.

Et si les soldats étaient revenus à l'appartement ? S'ils avaient tenu leur funeste promesse ? S'ils s'en étaient pris à celle qui est devenue sa femme ?

Grégory écrase son mégot et se dirige vers l'escalier. Au bas des marches, il renonce à plonger à nouveau dans l'horreur, pressentant que son cerveau risque de ne pas tenir le choc.

Pas aujourd'hui.

Il pourrait disjoncter à son tour.

On succombe à une quantité massive de poison, mais on peut y résister lorsqu'il est instillé à petites doses. On peut survivre un moment.

Grégory pense qu'il supportera une nouvelle salve dès demain.

Grégory pense qu'il sera assez fort.

Grégory pense toujours qu'il sera assez fort. Pour encaisser le malheur des autres et le sien.

Il part à la recherche de son fils. Le garage est vide, mais il entend Pouchkine aboyer au loin. Il en déduit qu'Anton est monté à la Sapinière. Malgré ses béquilles, l'infirmier commence l'ascension vers la maison de ses grands-parents. Sa jambe le fait souffrir, il est obligé de s'accorder des pauses. Il ne renonce pas. Arrivé à destination, il constate que la clef est dans la serrure de la porte de la cave. Il prend une profonde inspiration avant de pénétrer dans le sous-sol. Comme il se l'était imaginé, il découvre son fils recroquevillé tout au fond, dans un recoin obscur.

L'image du petit garçon dans le placard le percute aussitôt.

Il n'allume pas la lumière, ne voulant pas apeurer davantage l'enfant qui s'est réfugié ici. Il abandonne ses béquilles, se laisse glisser le long du mur pour s'asseoir en face de son fils.

Trouver les mots. En imaginer de nouveaux s'il le faut.

— Je ne t'en veux pas, dit-il.

L'adolescent relève la tête. Ses grands yeux bleus brillent dans la pénombre.

— Je ne t'en veux pas, répète Grégory. Je crois que tu m'as pris pour quelqu'un d'autre. Je crois que tu as eu peur.

Anton le dévisage, incapable de répondre aux suppositions de son père.

— Anton… Je veux te dire quelque chose d'important. Quelque chose de *très* important… Ce n'est pas toi qui as tué Layla.

Les lèvres de l'adolescent s'entrouvrent, ses poings se serrent.

— Ce n'est pas ta faute. Tu n'es pas responsable de sa mort, tu m'entends ?

Le regard d'Anton se charge de colère, Grégory s'attend au pire.

— Layla est morte parce que des criminels l'ont tuée. Toi, tu n'y es pour rien.

Anton se déplie avec une incroyable agilité et se jette sur son père adoptif. Grégory s'y était préparé et bloque l'attaque en attrapant les poignets de son fils. Il parvient à l'immobiliser sur le sol en ciment, le fixe droit dans les yeux :

— Écoute-moi, Anton… Écoute-moi, s'il te plaît : ce n'est pas toi qui as tué ta sœur. Tu n'es pas responsable et tu dois cesser de te punir comme tu le fais !

Anton se débat encore, Grégory tient bon malgré sa douleur à la jambe.

— Et tu as le droit de parler, de parler autant que tu veux. Ce ne sont pas tes mots qui ont causé la mort de Layla… Tu as le droit de vivre, de parler et d'être heureux.

Le jeune homme cesse enfin de lutter, il éclate en sanglots. Grégory le récupère dans ses bras, le serre contre lui

— Pleure, mon fils. Ça aussi, tu en as le droit…

***

Zina n'est pas encore rentrée. Depuis quelques mois, en plus de son travail au restaurant, elle a pris la gérance d'une boutique de souvenirs dans le village. Elle ferme entre midi et 15 heures pour enfiler son tablier de serveuse avant de retourner au magasin et d'y rester jusqu'à 19 heures. Trois fois par semaine, elle assure en outre le service du soir et ne rentre qu'à minuit.

Grégory juge son propre salaire conséquent, mais Zina n'a rien voulu entendre, et l'infirmier n'a pas su la convaincre de renoncer à se tuer à la tâche.

On dirait qu'elle a peur de manquer.

Après ce qu'elle a enduré en Tchétchénie, il peut comprendre ses angoisses. Elle s'évertue à mettre de l'argent de côté, ce que Grégory a toujours eu du mal à faire. Elle assure que c'est pour l'avenir d'Anton, et répète qu'elle ne souhaite pas vivre aux crochets de son mari, ce qu'il peut également concevoir.

Il se dit parfois qu'elle économise par crainte de connaître à nouveau une guerre. D'ailleurs, il a découvert qu'elle avait caché de l'argent liquide partout dans la maison, dans le garage ou l'atelier. Il en a même trouvé dans la niche du chien ! Quant à la cave sur laquelle repose le chalet, elle regorge de denrées non périssables, telles que conserves, pâtes, riz, légumes secs. Sans compter le nombre impressionnant de stères de bois qu'elle a fait livrer.

Peur d'avoir faim, d'avoir froid. De revivre l'enfer qu'elle a vécu en Tchétchénie.

Ce soir, alors qu'il tente de préparer le dîner en équilibre sur une jambe, Grégory s'interroge. Son épouse ne fuit-elle pas aussi la maison ? Ne cherche-t-elle pas tous les moyens pour y passer le moins de temps possible ?

Au fil des minutes, il se persuade que Zina fuit son fils. Parce qu'il n'est pas comme elle aimerait qu'il soit. Ou parce qu'elle lui reproche la mort de Layla.

Depuis qu'il la connaît, elle ne s'est jamais montrée tendre avec Anton. Elle l'aime, il n'en doute pas. Elle ferait n'importe quoi pour le protéger, donnerait sa vie pour sauver la sienne.

Mais lui donner de l'affection, de la tendresse, elle en semble incapable.

Grégory songe à aborder le sujet avec son épouse. Lui dire qu'elle devrait consacrer plus de temps à son fils.

Mais comment pourrait-il la blâmer pour ses absences ? Comment oserait-il, lui qui enchaîne les missions à l'étranger, passant des mois à l'autre bout de la planète ?

Après qu'il a parlé à Anton, l'adolescent s'est enfermé dans sa chambre. Il n'a pas prononcé un seul mot, versant seulement des torrents de larmes.

L'infirmier remplit la gamelle de Pouchkine sur la terrasse et scrute le ciel chargé de menaces. Il entend le bruit d'un moteur qui gravit la piste et voit la voiture de Zina franchir le portail. Son épouse s'avance vers lui, le visage fatigué, les traits tirés. Même épuisée, elle est belle. Tandis qu'il l'embrasse, Grégory se demande si le corps qu'il serre contre le sien a subi le pire des outrages. Si le caporal russe est revenu à l'appartement de Grozny.

— Comment tu vas ? s'enquiert-il.

— Ça va, assure Zina avec son charmant accent. Un peu crevée, mais ça va.

— J'ai préparé le dîner.

— Merci.

Elle se laisse tomber sur une chaise de jardin, se déchausse aussitôt. Elle penche la tête en arrière, ferme les yeux.

Elle ne lui demande pas s'il souffre de sa blessure.

Elle ne lui dit pas qu'elle est heureuse de le retrouver.

Elle ne prend pas de nouvelles de son fils.

Peut-être pense-t-elle à sa fille. Peut-être pas.

Comment le savoir, vu qu'elle ne se confie jamais ?

Comment le savoir, vu qu'elle agit comme si elle avait rayé le passé de sa carte mentale ?

Impossible, songe aussitôt Grégory. *Le passé ne s'efface pas. Il coule sous notre peau comme la sève sous l'écorce. On peut tout tenter pour l'étouffer, il ressurgira toujours.*

— Anton a révisé ? interroge Zina.

— Oui, toute l'après-midi, prétend son mari.

Poussé par Michèle, Anton s'est inscrit au baccalauréat en candidat libre. Vu son handicap, il a obtenu du recteur d'académie d'être dispensé des épreuves orales. Michèle dit qu'il a de grandes chances de l'obtenir même s'il n'a que dix-sept ans. Elle a mesuré son quotient intellectuel à l'aide d'un test, et en a conclu qu'il était particulièrement intelligent. Grégory lui a répondu que tout cela n'avait guère d'importance, que ce qui comptait à ses yeux, c'étaient ses capacités à trouver sa place dans la vie et la société.

Toi aussi, tu étais un surdoué, a ajouté l'ancienne institutrice. *Je l'ai su dès que tu t'es assis sur les bancs de ma classe.*

Quant à Zina, elle a pris cette histoire de test très au sérieux.

J'ai toujours cru que mon fils avait un problème mental, a-t-elle avoué.

Un problème mental et le QI sont deux choses différentes, a alors rappelé Grégory.

Oui, mais puisqu'il est plus intelligent que les autres, il va réussir. Il doit réussir.

— Quelle matière a-t-il bossée ? continue Zina.

— La philo.

— Parfait... Il faut qu'il travaille dur pour avoir une bonne situation, un bon métier.

— Et c'est quoi, *un bon métier* ?

— Qu'il gagne bien sa vie.

— L'argent ne fait pas tout.

— Ça se voit que tu n'as jamais été pauvre ! lance la jeune femme. Que tu ne t'es jamais demandé comment tu allais nourrir ta famille.

— Ça fait quinze ans que je vais dans les régions les plus déshéritées du monde, rappelle l'infirmier. Quinze ans que je vois des gamins mourir de faim, que je vois des femmes vendre leur corps pour nourrir leurs enfants.

— Tu devrais donc comprendre que ce n'est pas ce que je veux pour mon fils. Et puis la pauvreté, tu ne l'as jamais *vécue*. Tu n'as jamais crevé de faim, non ?

Un silence succède à cet échange tendu.

— Je pense qu'Anton pourrait gagner confortablement sa vie avec ses dessins, reprend soudain Grégory.

— Ce n'est pas un métier, ça ! répond aussitôt Zina. Le dessin, c'est pour s'amuser.

— Pas forcément, insiste son mari. Mais je suis OK pour qu'il fasse de son mieux pour décrocher son bac, ça pourra lui servir. *Qu'il fasse de son mieux*, ça me suffit.

— Tu sais, quand il était petit, je croyais qu'il était un peu bête, confie Zina à voix basse. Il a mis tellement de temps à parler et à marcher… Beaucoup moins dégourdi que sa sœur ! Et il restait parfois de longs moments à fixer un truc, un mur ou le ciel…

— Ça ne signifie pas grand-chose, dit Grégory.

— L'autre jour, j'ai vu un reportage sur les enfants autistes… Certains ont un QI très élevé !

— Le psy qui l'a suivi n'a pas décelé d'autisme, rappelle son mari. Des traumatismes d'enfance, ça oui. D'ailleurs, je voulais te demander… Comment est morte Layla ?

Zina se crispe de la tête aux pieds.

— Je te l'ai déjà dit.

— La seule fois où nous en avons parlé, tu es restée très évasive.

La jeune femme attrape une cigarette dans le paquet de son mari.

— Des soldats sont venus dans l'immeuble. Ils ont défoncé les portes, ont mis le feu dans les parties communes et dans l'appartement d'à côté… Layla a eu peur et… elle a sauté par la fenêtre.

— C'est Anton qui te l'a raconté ?

— Anton ? Depuis ce jour, et jusqu'à ce qu'on vienne ici, il n'a plus dit un mot.

— Comment tu sais tout ça, alors ?

— C'est une voisine qui m'a dit qu'elle avait vu Layla se défenestrer.

— Et... tu as trouvé son corps ?

Zina se contracte davantage encore.

— Pourquoi tu me demandes tout ça ? Tu crois que j'ai envie de m'en souvenir ?

— Je crois surtout que tu ne peux pas l'oublier et que ça peut te faire du bien d'en parler.

— Non, ça ne me fait pas du bien. Pas du tout !

— Désolé...

— Quand je suis rentrée, il y avait le feu partout. J'ai pris Anton et on est descendus se mettre à l'abri. Quand j'ai voulu récupérer le corps de Layla en bas de la tour, il... il était très abimé... Des chiens l'avaient mangée, je crois. Des chiens ou je ne sais pas trop quoi.

Grégory attrape la main de son épouse, y dépose un baiser.

— Anton t'a confié quelque chose ? suppose-t-elle. Pour Layla, il t'a parlé ?

Doit-il dire à cette mère que sa fille de huit ans a été agressée par deux soldats avant d'être jetée vivante du huitième étage ? Elle connaît déjà l'essentiel, inutile d'en rajouter.

— Non, Anton n'a pas ouvert la bouche depuis deux jours. Et pardonne-moi, je ne voulais pas te faire de mal.

— Je m'en doute. Tu ne sais pas faire le mal, de toute façon.

Le visage d'Anatoli surgit des limbes, Grégory préfère fermer les yeux un instant.

— Si, je suis capable de faire du mal, avoue-t-il. Tu n'imagines même pas...

Zina le considère avec un étonnement sincère.

— Toi, tu as fait du mal à quelqu'un ?

Grégory est sur le point de confesser son crime, mais les mots restent coincés au fond de lui.

— Ça m'étonnerait, conclut Zina.

On peut tout tenter pour l'étouffer, le passé ressurgira toujours.

Pour nous blesser, parfois nous achever.

Grégory fixe Zina. Derrière elle, la silhouette de Séverine se dresse, légèrement floue. Sa première femme pose un doigt sur ses lèvres pour lui intimer le silence. Comme si elle voulait s'amuser, comme si tout cela n'était qu'un jeu.

Ne lui dis pas que je suis là !

Ne lui dis pas que je ne quitte jamais tes pensées. Ne lui dis pas que tu continues de me voir, de me parler, et même de me toucher.

Surtout, ne lui dis pas que tu es en train de devenir fou…

Il y a peut-être longtemps que je suis fou.

***

13 mai

Grégory a été surpris d'entendre la voix d'Anton, ce matin. Quelques mots pour prévenir son père qu'il allait réviser en pleine montagne. L'infirmier ne s'y est pas opposé, bien au contraire. Anton est parti avec son chien, son déjeuner, et deux recueils de philosophie. Grégory a donc décidé de poursuivre son éprouvante quête de vérité. Il s'est mentalement préparé à souffrir, mais garde espoir que la fin du premier tome de *Guerre* contiendra plus de couleurs, plus d'espoir.

Anton continue de confier sa vie à Alexandre, son ami de lycée.

Grozny, fin 1996, quelques mois après la victoire des Tchétchènes. Victoire qui ne signifie pas grand-chose pour le jeune garçon qui survit toujours dans un immeuble dévasté, sans eau, sans chauffage, sans vitres aux fenêtres. Pour cet enfant qui survit avec l'effroyable souvenir de son sixième anniversaire.

Et puis une rencontre a changé les choses, révèle Anton à son ami. *Des hommes de la Croix-Rouge sont venus chez nous pour parler avec ma mère. Parmi eux, il y avait Grégory…*

Anton dit garder un souvenir un peu flou de cet homme qui semblait ne pas appartenir à la guerre, à la misère, à la peur. Qui semblait venir d'un monde où les humains ne sont pas des menaces. Il se souvient que l'humanitaire lui a offert des friandises, lui qui en avait oublié le goût. Il se souvient qu'il s'est intéressé à lui, simplement.

Ça faisait longtemps qu'on ne m'avait pas regardé comme ça, avoue-t-il. *Comme si j'avais de l'importance… Comme si on m'aimait.*

Grégory repart onze ans en arrière. Le jour où il a croisé Anton pour la première fois. Ses yeux bleus emplis de crainte mais aussi de questions. Il se rappelle que l'enfant lui a pris la main pour l'entraîner dans son sillage, lui montrer ses dessins et son univers de cauchemar.

Il reprend sa lecture, avide de connaître la suite vue par son fils.

Et ta mère, elle ne te regarde pas de cette façon ? s'étonne Alexandre.

Depuis la mort de Layla, elle a changé. Quand j'étais petit, elle riait, elle m'embrassait, elle me serrait dans ses bras ! Puis la guerre a éclaté, mon père s'est tiré comme un voleur. Alors, ma mère est devenue quelqu'un d'autre. Et quand ma sœur est morte, ça n'a fait qu'empirer. On aurait dit qu'elle se transformait en bloc de glace… Chaque jour elle était plus froide que la veille.

Grégory tente de digérer les mots d'Anton. Bien sûr, la guerre et les épreuves ont endurci Zina. Il a vu cela si souvent… Des gens qui n'ont plus qu'une chose en tête :

trouver un abri, de l'argent, de la nourriture. Une seule mission : rester en vie, quitte à en oublier *la* vie. Son épouse a dû ressentir la même chose, la même urgence, le même instinct. La tendresse est une faiblesse, et en temps de guerre, la faiblesse est synonyme de mort.

Zina était sans doute persuadée qu'elle n'avait pas su protéger sa fille. Son devoir de mère était désormais clair : préserver la vie de son fils, ne pas échouer une seconde fois.

Pire encore, la perte de Layla a dû être une monstrueuse déchirure qui l'a poussée à s'éloigner d'Anton : ne pas l'aimer trop, au risque d'endurer la même souffrance si la guerre venait à le lui arracher.

L'infirmier fume une cigarette à la fenêtre. Aujourd'hui, la guerre est loin. Pourtant, Zina n'a pas réussi à redevenir celle qu'elle était auparavant. Grégory a échoué, lui aussi...

Il se réinstalle derrière le bureau, un goût amer dans la bouche.

Elle ne s'occupait pas de toi ? demande Alexandre.

Si, c'est pas ça... C'est juste que j'étais comme une... mission. Ouais, une mission ou un devoir. Mais pas un fils qu'elle aimait, tu vois ?

Grégory est surpris par la finesse de l'analyse. S'il ne parle pas, Anton écoute, observe et, du fin fond de son silence, il trouve les mots justes à mettre sur sa douleur.

La suite, c'est la deuxième guerre de Tchétchénie. L'armée russe qui vient prendre sa revanche en rasant le pays et sa capitale.

La suite, c'est l'exil. Récupérer quelques affaires et marcher sur les routes au milieu d'une cohorte de réfugiés. C'est l'ennemi qui bombarde la colonne de civils qui fuient le pays.

Le sang, les cris, le chaos.

La suite, c'est un petit garçon qui court sur une route, au milieu des corps démembrés. Un petit garçon qui ne voit plus sa mère. Perdu parmi des centaines d'inconnus, il serre contre lui la seule chose qui lui reste : une poupée estropiée.

En suivant les gens, j'ai atterri dans un camp en Ingouchie, relate Anton. *Et là, j'ai revu Grégory. Il m'a récupéré et il est parti à la recherche de maman. Le soir, il m'a fait dormir sous sa tente. Et le lendemain, il a encore cherché ma mère. Moi, j'étais sûr qu'elle était morte, que je ne la reverrais jamais. Mais Grégory l'a retrouvée et soignée.*

Les pages suivantes sont consacrées au séjour dans la ferme de Zelim, les premiers mots prononcés dans l'oreille d'un berger du Caucase. Puis c'est l'arrivée en France. L'étonnement de découvrir ce pays si différent du sien. De découvrir la paix, lui qui n'a que la guerre en mémoire.

Mais Anton n'a pas quitté la Russie les mains vides. Il a emporté d'encombrants bagages qu'il ne cesse de traîner derrière lui comme des boulets à ses chevilles. Le bruit des bombes, le crépitement des flammes. Les cris des victimes, les larmes de désespoir des mères. Les nuits passées dans les abris, à attendre que le ciel vous tombe sur la tête.

Et la peur.

Cette peur qui refuse de se décoller de sa peau, de sortir de sa tête. Qui le suit partout, déformant les paroles, les gestes et même les sourires. Se méfier de tout et de tous. Rester sur ses gardes, toujours. En alerte, constamment.

Ne pas se sentir comme les autres, demeurer un étranger, un suspect.

Avoir l'impression d'être consumé par toute la souffrance du monde, et l'instant d'après, ne plus ressentir la moindre émotion, la moindre douleur. Alors, faire souffrir à son tour.

Tout cela, Grégory l'avait deviné. Ce qu'il espère trouver désormais, c'est un verdict.

A-t-il eu raison de déraciner cet enfant ? A-t-il su être un bon père ? A-t-il guéri quelque blessure ?

Des réponses qu'il espère autant qu'il les redoute.

Il est comment ton nouveau paternel ? interroge Alexandre.

Il est gentil et il a essayé de m'aider, de me comprendre. Parce que son truc, c'est aider les autres. C'est ça, son moteur dans la vie.

L'infirmier songe qu'il pourrait difficilement contredire son fils.

Il avait perdu sa femme et sa fille, il les a remplacées par maman et moi.

Coup de poing dans le ventre. Grégory a la respiration coupée.

Et la suite se révèle encore pire.

Pour lui aussi, je suis une mission. Un gosse à sauver. S'il était venu avant la mort de Layla, il aurait pu faire quelque chose. Mais il est arrivé beaucoup trop tard. Et personne ne peut plus me sauver.

Figé derrière le bureau, Grégory continue à tourner les pages.

À encaisser les chocs.

Parce que mon père, mon vrai père, c'est le désespoir, poursuit Anton. *Ma mère, c'est la solitude. Ma sœur, c'est la douleur. Mon frère, c'est le chagrin.*

Tu es mieux en France qu'en Tchétchénie, quand même ! espère Alexandre.

Je ne suis bien nulle part. Je parle, je bouge, je respire. Mais à l'intérieur, c'est un champ de ruines. Mon corps est ici, mon âme est restée là-bas, enfouie sous les décombres. Et un corps sans âme, tu sais comment on appelle ça ?

— Un mort… On appelle ça un mort, lit Grégory à voix haute.

Grégory pousse un cri qui fait trembler les murs. À cet instant, il a envie de tout casser, envie de faire mal. Heureusement qu'il est seul dans la maison. Qu'il n'y a personne pour subir sa rage.

Au fil des minutes, le doute se mêle à la colère.

Et si Anton avait raison ? Si sa mère et lui n'étaient qu'un pansement sur la plaie béante laissée par la mort de celles qu'il aimait ?

Il s'effondre dans le canapé, en face de la cheminée. Il fixe le portrait de Charlène qui sourit dans les bras de Séverine. Il voudrait les pleurer, n'y parvient pas.

— Elles te parlent, des fois ?

L'infirmier n'avait pas entendu son fils rentrer. Depuis combien de temps a-t-il quitté la chambre d'Anton ? Depuis combien de temps erre-t-il dans la maison à la recherche d'une réponse, d'un réconfort ?

Il se lève et se retourne pour faire face à l'adolescent. Aussitôt, sa rage s'effrite, ses doutes s'envolent.

Non, ce gamin n'est pas une mission humanitaire de plus.

Non, il n'est pas un ersatz de Charlène.

Anton est son fils, un fils qu'il aime par-dessus tout.

— Elles te parlent, des fois ? répète le jeune homme en regardant la photo de Séverine et Charlène. Parce que Layla, elle me parle.

— Ça arrive, murmure Grégory.

Anton reste à distance de son père, comme s'il le sentait au bord de l'explosion.

— Et tu les vois apparaître ?

— Parfois…

— Moi aussi, avoue son fils. Je la vois devant moi et elle me parle.

— Et qu'est-ce qu'elle te dit ?

— Que j'ai de la chance d'être en vie. Que je dois lutter pour aller mieux. Que je ne dois pas me balancer du haut d'une falaise.

Grégory prend appui sur le dossier du canapé.

— Peut-être que grâce à toi, je vais réussir, ajoute Anton. Peut-être que je vais apprendre à vivre. Je sais que tu fais tout pour ça, alors je te promets d'essayer.

***

14 mai 2007

Anton a de nouveau déserté la maison, comme s'il souhaitait laisser à son père l'occasion de s'introduire dans son intimité.

Après le passé, le présent, Grégory s'apprête à explorer le futur vu par Anton.

Les paroles prononcées la veille par son fils lui ont redonné un espoir. Fragile mais réel.

Le tome 2 démarre juste après le baccalauréat. La guerre gagne l'Europe, puis la France. L'ennemi est russe, bien sûr. Pour Anton, il ne peut en être autrement.

Aucun pays ne s'est dressé contre la Russie lorsqu'elle a massacré les Tchétchènes et rasé leur province. Alors pourquoi Vladimir Poutine, le bourreau de Grozny, s'arrêterait-il en si bon chemin ?

Dans les visions d'Anton, le dictateur trouve des alliés et met le feu à l'Europe. Il veut reconquérir les anciennes républiques qui faisaient l'Union soviétique en commençant par l'Ukraine.

Grégory est accablé par ces premières pages. L'avenir, son fils le voit identique à son passé. Il pense que la guerre le rattrapera, où qu'il soit.

Quand elle est aux portes de la France, Anton refuse d'aller au front et fuit la conscription. Il se donne une autre mission : mettre ses proches à l'abri, leur sauver la vie. Il aménage un refuge au cœur d'une forêt voisine, dans les tunnels oubliés d'une vieille fortification. Il y apporte des vivres, de l'eau, des lampes, des piles, des allumettes… Ainsi que des fusils de chasse et des armes blanches. Et il y fait descendre sa mère, Grégory, Chantal, Alexandre, sans oublier son chien.

C'est lui le héros, lui qui protège les autres. Lui qui se risque à l'extérieur pour assurer le ravitaillement des siens.

Au fil des pages, les combats font rage. Avions de chasse qui assombrissent le ciel, bombes qui pleuvent sur les villes, les ports et les villages, même les plus reculés.

Puis le bourg où ils vivaient est envahi par des colonnes de militaires portant un uniforme semblable à celui de l'armée russe.

La France capitule, elle rend les armes.

Grégory fait une pause en fumant une cigarette, appuyé sur le rebord de la fenêtre. Après sept ans passés ici, son fils est incapable de concevoir une vie sans combats, sans bombardements, sans chaos. La guerre, Grégory la connaît par cœur. Il sait qu'elle peut surgir n'importe où, n'importe quand. Mais de là à penser que leur village puisse devenir un champ de bataille...

Il retourne à sa lecture, le cœur en berne.

Anton décide d'entrer en résistance. Le mouvement qu'il imagine s'apparente à celui qui s'est organisé en France durant la Seconde Guerre mondiale. Il n'a pas inventé grand-chose, a juste dévoré des livres sur le sujet. Ses dessins sont toujours aussi réalistes et magnifiques. Un souffle épique enflamme ce deuxième tome où Anton devient un véritable héros. Un homme qui se bat pour la liberté.

Voilà le rêve de son fils : vivre un autre conflit qu'il traverserait en combattant farouche, auréolé de gloire. Un conflit où il n'assisterait pas, impuissant, au meurtre sauvage de sa sœur. Où il ne se cacherait pas au fond d'un placard.

Son rêve ou sa plus grande peur ? Grégory l'ignore encore. Pour le savoir, il doit aller au bout.

Alors qu'Anton observe une garnison ennemie, il reconnait un homme : le caporal qui a tué Layla. Ce soldat arborant une cicatrice en forme de virgule sur la gorge. Désormais, le jeune résistant n'a plus qu'un seul but : faire payer cet assassin.

— J'aurais dû deviner que tu rêves de retrouver ce salopard, murmure Grégory.

Il songe à Dragan, à ce qu'il a ressenti lorsqu'il l'avait à sa merci.

— Se venger n'est pas si simple, mon fils.

Dans la suite de l'histoire, Anton découvre que le caporal a un frère qui sert dans la même division que lui. Ce n'est plus un seul homme qu'il veut capturer mais deux. Des semaines à les observer, à préparer sa vengeance.

Et sentir le sang circuler à nouveau dans ses veines. Renaître par la haine, revenir à la vie par un chemin sanglant.

Anton parvient à isoler les deux Russes et à les conduire dans un endroit secret, le sous-sol d'une maison en ruine. Il les attache, les affame, les assoiffe. Puis arrive le moment tant attendu. Celui où il braque le canon de son arme sur le front du caporal qui a massacré sa sœur.

Je vais être gentil, ironise Anton. *Je ne vais tuer que l'un de vous. L'autre restera en vie. C'est toi qui choisis.*

L'assassin est tétanisé, la peur déforme son visage. Il tache son pantalon, implore, tombe à genoux. Il demande pardon pour la mort de la petite Layla.

Pour ce que tu as fait, aucun pardon. Même ton dieu ne te pardonnera pas.

Au travers des images, Grégory ressent toute la jouissance que son fils a pu éprouver en écrivant ces dialogues, en dessinant cette scène qu'il rêverait de vivre.

Alors, c'est toi qui meurs aujourd'hui ? demande-t-il.

Non ! répond le caporal en pleurant.

Le canon du pistolet change de direction pour viser le jeune frère. Mais les yeux d'Anton demeurent braqués dans ceux du caporal.

Excellent choix ! dit-il. *Toi, tu vas vivre. Et tu souffriras jusqu'à la fin de tes jours. Tu deviendras fou, parce que tu auras tué ton propre frère ! Fais-moi confiance, je sais de quoi je parle.*

Grégory tourne la page pour découvrir la suite et tombe sur quelques ébauches au crayon.

Anton n'a pas terminé son œuvre.

Il n'a pas encore appuyé sur la détente.

Reste à savoir quand il le fera.

Et contre qui l'arme sera dirigée.

Parfois, je pleure, mon amour.

Comme un enfant.

Parfois, je ris, mon amour.

Comme un dément.

Je me demande si mon ami est toujours en vie.

S'il doit souffrir autant que moi, je lui souhaite d'être mort.

Car la mort vaut mieux que cette interminable agonie.

J'ai bu quelques gorgées de thé, il était tiède et sucré. Comme ta peau, mon amour.

Mais il faut que je te dise que je n'ai pas touché à la nourriture.

Que je n'y toucherai plus.

Désolé, mon amour…

39

16 septembre 2007

France, aéroport de Marseille-Marignane

Ils s'étreignent avec force émotion. Avec une amitié qui ne cesse de grandir.

— Je suis content de voir que tu vas mieux, dit Paul en souriant.

— Et moi, je suis content de te voir tout court ! répond Grégory.

Le Suisse revient d'une éprouvante mission en Irak. Il a décalé son retour à Genève pour passer trois jours avec son ami. Ils rejoignent le parking où est garé le 4 × 4, et Paul jette ses bagages dans le coffre. La voiture démarre dans un sifflement de courroie en fin de vie.

— C'est un curé qui est sur le point de pousser son dernier soupir, attaque Paul.

— Il y avait longtemps !

— Ouais, je suis sûr que ça t'a manqué ! C'est le bruit de ton moteur qui m'y a fait penser…

— Au curé ?

— Non, au dernier soupir ! rigole le Suisse. Donc, le prêtre est sur le point de casser sa pipe. Il demande à son dentiste et à son garagiste de venir à son chevet…

La voiture franchit le péage et a bien du mal à s'élancer sur la route.

— En parlant de garagiste, faudrait que tu songes à t'acheter une bagnole plus jeune que toi, non ?

— Pourquoi ? s'étonne Grégory. Elle marche encore.

— Elle marche peut-être, mais elle ne roule plus !

— Bon, et ce curé, alors ?

— L'homme d'Église est allongé sur son lit, les bras en croix, les paupières closes, et ses deux visiteurs patientent sagement. Au bout d'une demi-heure, le garagiste consulte sa montre mais n'ose pas bouger. Au bout d'une heure, le dentiste se râcle la gorge et dit : *Mon père, pouvez-vous nous dire pourquoi nous sommes ici ?* Et là, le curé ouvre les yeux et répond : *Jésus a trépassé entre deux voleurs, je veux mourir de la même façon que lui !*

Paul se laisse tomber dans le canapé, juste en face de la cheminée. Dehors, il pleut à verse.

— Tu t'installeras dans notre chambre, précise Grégory. Zina et moi, on prend le canapé.

— Hors de question ! Je viens de dormir trois mois sous une tente dans le désert, alors sur ton canapé, j'aurai l'impression de me vautrer dans le king size d'un palace !

Grégory prépare le thé que son ami affectionne. Il éteint le gaz sous la casserole, verse l'eau bouillante dans la théière et apporte un plateau sur la table basse.

— Tu as faim ?

— Je n'ai rien mangé depuis hier soir, avoue le chirurgien. À part une merdouille dans l'avion !

— Je m'en occupe.

Grégory retourne côté cuisine et attrape une boîte en fer dans le placard. Il vérifie qu'il a bien éteint le gaz.

— Ce sont des *souchkas* préparés par Zina.

Son ami l'observe, heureux de le voir à nouveau campé sur ses deux jambes.

— Ces sablés, c'est une tuerie ! ajoute Grégory.

L'infirmier dispose les biscuits secs dans une assiette qu'il tend à son ami.

— Merci, Greg.

— C'était comment, l'Irak ?

— Une boucherie, déplore le Suisse. Et la RDC ?

— Pareil. Vaut mieux pas être une femme là-bas.

— Vaut mieux pas être une femme dans bien des parties du globe, rappelle le médecin. J'ai été très inquiet quand j'ai appris que tu t'étais pris une balle… Tu souffres encore ?

— Non, ça va, assure Grégory en pinçant une cigarette dans le paquet de Marlboro. Plus aucune douleur. Juste une affreuse cicatrice.

L'infirmier fouille ses poches à la recherche d'un briquet, se lève pour en récupérer un sur le comptoir qui sépare le salon de la cuisine. Avant de l'allumer, il vérifie une nouvelle fois que le gaz est éteint puis vient se rasseoir en face de son ami.

— Tu es sûr que ça va ? demande Paul.

— Oui, je te dis… C'est du passé. Tu enchaînes sur une autre mission ?

— Non, j'ai besoin de roupiller au moins un mois ! Et toi ?

— Le médecin du CICR m'a prescrit un arrêt jusqu'à la fin de l'année. Payé à rien foutre pendant des mois ! C'est le pied, non ?

Paul sourit à son tour, même s'il n'est pas dupe des facéties de son ami.

— Au fait, je t'ai dit qu'Anton a eu son bac ?

— Déjà ? Et sans mettre un pied au lycée ?

Paul fait une moue admirative.

— Il est intelligent, ce gamin… Comment il va ?

— Ça dépend des moments. Il peut rester des jours et des jours sans parler et quand il parle, c'est parfois un peu confus. Un peu… délirant.

Le mot est lâché. Un mot qui fait peur.

— Il est toujours suivi par le psy ?

— Non, à la fin de son contrôle judiciaire, il a refusé de continuer les séances. Il dit que ça ne sert à rien…

— Il prend un traitement, au moins ?

— Le psychiatre le lui avait prescrit, mais il ne l'a pas suivi longtemps. Trop d'effets secondaires d'après lui.

Grégory écrase son mégot et se dirige aussitôt vers la cuisine pour s'assurer que le gaz est éteint. Le regard de Paul se charge d'angoisse.

— Et toi, tu vois un psy ? espère-t-il.

— Moi ? Non, pourquoi ?

— Parce que tu as vécu des choses plus que difficiles, rappelle le chirurgien. Et que tu viens de frôler la mort à Bukavu.

— C'est pas nouveau… D'ailleurs, j'ai failli me faire tuer deux fois en RDC.

— Les traumas s'accumulent et à force…

— Arrête ! On dirait ma mère ! dit l'infirmier en riant.

Paul n'insiste pas et goûte son thé noir.

— Excellent. Les gâteaux aussi sont divins… Alors, comme ça, tu as eu la chance de rencontrer le grand Denis Mukwege ?

— Ouais, acquiesce Grégory. Ce type, c'est… Ce qu'il fait, c'est incroyable.

Paul hoche la tête.

— C'est un génie de la chirurgie. Et la patiente que tu lui as amenée, tu sais comment elle va ?

— Denis m'a appelé la semaine dernière. Il voulait prendre de mes nouvelles et du coup, on a parlé de Mangasa. Il m'assure qu'elle commence à regagner l'envie de se battre. Il se dit confiant.

— C'est génial, mon frère ! Tu lui as sauvé la vie.

Le visage de Grégory s'assombrit :

— Mais je n'ai pas réussi à sauver Ilunga… Je n'ai même pas réussi à faire respecter ses dernières volontés. J'en ai parlé à Mukwege, il m'a promis qu'il allait faire son possible pour qu'on retrouve son corps et qu'on l'enterre avec ses proches, mais pas sûr qu'il y arrive. Alicja Scorbek n'a pas effectué la moindre recherche… Elle ne comprend pas que ça me tienne à cœur.

— Alicja Scorbek est une conne, soupire Paul. Un jour, elle m'a dit que mes blagues ne faisaient rire que moi.

— Sacrilège !… Et tu lui as répondu quoi ?

— Je lui ai prescrit un laxatif.

Grégory avale son thé de travers et manque de s'étouffer.

— J'imagine la tête qu'elle a faite ! dit-il en riant.

— Imagine plutôt sa tête lorsque j'ai ajouté qu'elle était le fruit d'un croisement hasardeux entre un Golgoth et un crotale !

L'infirmier part dans un fou rire incontrôlable.

— T'as pas osé ?

— On dirait que tu ne me connais pas encore, sourit Paul. Bien sûr que si, j'ai osé ! J'ai même failli me faire virer pour ça !

— Ça me fait vraiment plaisir que tu sois là, dit Grégory.

Tandis que Paul termine son thé, son hôte fait un aller-retour jusqu'à la cuisine pour remplir l'assiette de biscuits secs.

Et pour vérifier que le gaz est bien fermé.

***

Paul ouvre les yeux lorsqu'il entend les pas discrets dans l'escalier. La chaine hi-fi lui indique qu'il est 4 h 30. Dans la pénombre, il reconnaît la silhouette imposante de son ami qui traverse le salon à pas de loup jusqu'à la porte d'entrée. Un tour de clef et Grégory sort avant de refermer derrière lui. Le chirurgien jette un œil par la fenêtre : il aperçoit l'infirmier muni d'une lampe torche et d'une batte en bois qui effectue une ronde, inspectant les recoins les plus reculés du jardin, ainsi que l'intérieur du garage dont il vérifie la serrure. Une fois qu'il a terminé, il revient dans la maison et verrouille la porte d'entrée. Il se dirige sans un bruit vers l'escalier, puis fait demi-tour pour tester une deuxième fois la poignée de la porte. Au moment où il s'apprête enfin à regagner l'étage, Paul allume la lumière.

— Je t'ai réveillé ?

Assis sur le canapé déplié, Paul le dévisage d'un air affligé.

— Ce n'est pas le problème, Greg.

— Tu veux un thé ou…

— Viens t'asseoir, prie le médecin.

Grégory obéit et s'installe près de son ami.

— Ça fait combien de temps que ça dure ? interroge Paul.

— Quoi ?

— Tes tocs.

L'infirmier secoue la tête, refusant d'admettre la vérité. Paul pose une main sur son épaule.

— Greg, depuis minuit, c'est la deuxième fois que tu sors inspecter le jardin et le garage.

— C'est rien, ça, prétend Grégory. C'est juste que… des voisins nous ont signalé des vols la nuit et… j'ai cru entendre du bruit et…

— Arrête, tu veux ? ordonne le médecin. Tu n'as pas de voisins !

Grégory baisse la tête, accablé à son tour.

— Ça fait presque deux mois, murmure-t-il.

— Il faut que tu te fasses aider, répond le chirurgien.

— Ça passera, c'est seulement le contrecoup de ce qui m'est arrivé au Congo.

— Greg, tu dois voir un psychiatre, d'accord ? Ce genre de choses ne doit pas être pris à la légère.

Son ami s'y oppose d'un signe de tête.

— Je n'ai pas besoin de psychiatre. J'ai juste besoin de… temps. Ça passera, je te dis. J'ai un peu morflé, mais ça passera.

— Non, prédit Paul, ça ne fera qu'empirer.

Grégory allume une cigarette.

— D'accord, capitule-t-il. J'irai consulter le psy qui suivait Anton.

— Sage décision.

— Si je comprends bien, je t'ai empêché de dormir toute la nuit… Je suis désolé.

— Ne t'en fais pas pour ça, sourit Paul.

Il oublie de préciser à l'infirmier qu'il ne dort plus sans une bonne dose de somnifères ou d'anxiolytiques. Que les quelques heures de sommeil qu'il parvient à voler sont peuplées d'horreur et de terreur, de sang et de cendres.

Au bout d'une demi-heure, Grégory retourne se coucher auprès de Zina et ferme les yeux, cherchant un peu de répit. Mais déjà, les ennemis approchent. Il peut entendre leurs pas, le cliquetis de leurs armes. Leurs voix.

Tuez-les… Brûlez-moi tout ça !

Déjà, la menace est de retour.

Et cette nuit encore, Grégory ne trouvera pas le repos.

40

25 février 2008

Suisse, Genève, siège du CICR

Cette longue attente fait certainement partie du test.

Voilà ce que se dit Grégory, tandis qu'il patiente dans un couloir dont les murs sont tapissés de photos prises sur le terrain. Sans doute est-on en train de l'observer pour savoir s'il est stressé, angoissé. Il essaie de paraître calme et adresse un sourire à chaque personne qui passe devant lui. Il ignore tout du médecin avec qui il a rendez-vous, seulement qu'il se nomme F. Keller et qu'il est psychiatre.

— Monsieur Delaunay ?

Un homme d'une cinquantaine d'années vient d'ouvrir une porte à trois mètres de lui.

— Venez, je vous en prie.

Grégory serre la main du médecin et prend place en face de lui. Le CICR lui a organisé un aller-retour jusqu'en Suisse afin qu'il rencontre ce psychiatre qui devra déterminer s'il est apte à repartir en mission suite à ce qu'il a vécu en République démocratique du Congo.

Francis Keller a ouvert son dossier sur le bureau et fait mine de le parcourir, comme s'il ne l'avait pas étudié dans les moindres détails avant l'arrivée de Grégory. Il relève la tête, lui sourit.

— Comment allez-vous, monsieur Delaunay ?

— Je vais bien. Je n'ai plus aucune douleur à la jambe, j'ai même repris la rando en montagne et le ski.

— Parfait. Mais mon domaine à moi, ce ne sont pas vos performances physiques, même si je me réjouis d'apprendre que vous avez récupéré. Mon domaine à moi, c'est ce qui se passe dans votre tête.

Grégory s'est préparé à cette entrevue. Il en a conclu qu'il fallait dévoiler quelques failles, trouver le bon dosage pour rester crédible, tout en obtenant le droit de revenir sur le terrain.

— À ce niveau-là, ça va bien aussi, affirme-t-il. J'ai fait des cauchemars, mais c'est terminé désormais.

Inutile de dire à ce psychiatre qu'il plonge en enfer toutes les nuits depuis des années. Qu'Ilunga l'interpelle du fond de sa tombe dès qu'il ferme les yeux. Inutile de lui confier qu'une cohorte de cadavres le suit à la trace. Qu'il les croise sur le bord des chemins ou des routes, dans son jardin et même dans le miroir de sa salle de bains.

— Quelle était la nature de ces cauchemars ?

Grégory croise les jambes pour feindre la décontraction.

— J'étais menacé par des soldats armés et je prenais la fuite, invente-t-il.

— Vous preniez la fuite ?

Merde, j'ai peut-être dit un mot interdit !

— Oui, j'arrivais à m'enfuir.

— Est-ce que ces cauchemars se terminaient bien, ou étiez-vous obligé de vous réveiller pour vous en extraire ?

— Je parvenais à les semer. On peut donc dire que ça finissait bien.

— C'est bon signe. Nos cauchemars sont là pour nous aider à nous débarrasser de nos peurs, vous savez. Si vous vous réveillez pour y échapper, c'est que le cerveau a échoué.

— Ah, je l'ignorais, prétend Grégory.

— Et c'était la première fois que vous faisiez des cauchemars après une mission ?

— Non, j'en avais déjà fait auparavant. Notamment pendant le Rwanda. Il faut dire que j'ai vu des choses particulièrement atroces là-bas.

— J'imagine, compatit le psychiatre. Et à part les cauchemars, d'autres manifestations ?

— Comme quoi ?

— Des attaques de panique ? Des crises d'angoisse ?

— Non.

Là encore, inutile de lui raconter qu'il pleure sans raison, avec la sensation qu'il se déchire en deux pour devenir une immense plaie.

— Avez-vous l'impression d'entendre du bruit la nuit ?

— Non, je dors comme un bébé ! assure Grégory avec un sourire crâneur.

— Vous n'avez pas changé vos habitudes depuis que vous avez été blessé ?

— C'est-à-dire ?

— Peut-être avez-vous ajouté un verrou à votre porte ou des grilles à vos fenêtres ?

— Il y a très peu de soldats rebelles dans mon petit village des Alpes !

Keller scrute le visage de son interlocuteur ainsi que le mouvement de ses yeux.

— J'ai lu dans votre dossier que vous avez perdu votre épouse et votre fille alors que vous étiez en mission à Sarajevo.

La gorge de Grégory se serre, il a envie de faire taire cet étranger qui s'immisce dans son intimité.

— Et j'ai lu également que vous vous étiez remarié et aviez adopté l'enfant de votre nouvelle épouse.

— Oui. J'ai refait ma vie, comme on dit.

Face à cette fin de non-recevoir, Keller change de sujet. À moins que ce ne soit une méthode pour déstabiliser son patient.

— Parlez-moi de l'altercation que vous avez eue avec le Dr Lafarge en RDC.

Grégory laisse échapper un soupir d'agacement.

— C'est de l'histoire ancienne.

— Certes, mais c'est une histoire qui m'interpelle.

— Lafarge a refusé d'ausculter un enfant parce qu'il était *fatigué*. Le gamin est mort pendant la nuit et sa mère s'est pendue à un arbre.

— C'est vous qui avez trouvé les deux corps, n'est-ce pas ?

Grégory songe à le contredire mais imagine que ce détail est noté dans son dossier.

— Exact.

— Et ensuite ?

— Eh bien, j'étais un peu énervé contre le Dr Lafarge et…

— *Un peu énervé*, dites-vous ?

Les lèvres de Grégory se pincent bien malgré lui.

— *Très* énervé, rectifie-t-il.

Keller patiente, l'infirmier soupire à nouveau.

— Je l'ai attrapé par sa veste et plaqué contre un mur.

— Vous l'avez donc agressé physiquement, reformule le psychiatre.

— Je ne l'ai pas passé à tabac, non plus ! se défend Grégory.

— Peut-être parce que vos collègues vous en ont empêché ?

Grégory fixe Keller droit dans les yeux.

— Vous insinuez que j'avais l'intention de le tuer ?

— Pas du tout. Mais vous l'auriez probablement frappé, monsieur Delaunay.

— Non, je ne l'aurais pas frappé. Je l'ai juste bousculé.

— Parce que son engagement n'était pas à la hauteur du vôtre ?

— Vous le soutenez ? suppose l'humanitaire d'un ton sec. En effet, le rôle d'un médecin est sans doute de se bourrer la gueule toute la soirée plutôt que de soigner un gamin malade.

— Je n'ai pas dit ça, je...

— Vous pensez que le CICR nous envoie sur le terrain pour faire du tourisme, monsieur Keller ?

— Pas du tout...

— Je me suis énervé parce que Lafarge s'est montré négligent, désinvolte et arrogant. Et qu'il a rejeté la faute sur la mère. Voilà pourquoi j'ai perdu mon sang-froid.

— D'accord, monsieur Delaunay. Je comprends.

Grégory s'aperçoit qu'il a les poings serrés. Et encore, il ne peut voir son regard étincelant de fureur.

— Votre engagement auprès du CICR est remarquable, reprend le psychiatre. Toutefois, j'ai l'impression que vous avez du mal à supporter celles et ceux qui n'ont pas votre force, votre courage ou votre dévouement. Je me trompe ?

L'infirmier se concentre pour trouver la bonne réponse :

— Chacun fait ce qu'il peut. Et la plupart des délégués effectuent un excellent boulot. Et oui, je suis passionné par mon travail, exigeant envers moi-même et sans doute envers les autres. Mais si on oublie Lafarge, je n'ai jamais eu de problèmes avec mes collègues, bien au contraire.

— Akira Sato et Alicja Scorbek m'ont dit que vous étiez un bon élément, mais que vous preniez parfois des risques inconsidérés, assène Keller.

Manquait plus que ça...

— Aller dans un pays en guerre, c'est déjà prendre un risque, rétorque Grégory. Ils ont dit cela parce qu'il m'est arrivé de passer outre leurs ordres quand j'ai jugé que la situation le requérait. Et ça a fonctionné. J'ai sauvé des vies en prenant un risque calculé et non *inconsidéré*. Je ne pense pas qu'on puisse me reprocher d'avoir sauvé ces vies !

— On ne vous reproche rien, monsieur Delaunay.

— Bien sûr que si. Vous sous-entendez que je suis une tête brûlée ? Que je fais n'importe quoi ?

— Je me demande simplement si vous faites suffisamment attention à vous.

— Je suis sur le terrain depuis 1992, rappelle Grégory. On m'a envoyé dans les zones les plus dangereuses du monde, comme le Liberia ou la Bosnie. Des zones où vous risquez de vous faire enlever, de vous faire tirer dessus ou de mettre le pied sur une mine. Si j'étais un chien fou, je serais déjà mort et enterré, vous ne croyez pas ?

Le psychiatre se contente de hocher la tête. Il ouvre une pochette et dispose plusieurs dessins devant l'infirmier.

— Pouvez-vous me dire ce que vous voyez sur ces dessins ? prie-t-il.

Le coup des taches d'encre, le test de Rorschach, Grégory l'avait prévu. Donner des réponses qui le placeront dans la norme : deux personnages qui dansent, l'image du père, celle de la mère… Mais après les taches d'encre, Keller dégaine d'autres armes. Cette fois, il s'agit de dessins et de photos en noir et blanc. Une série de cinq planches avec des personnages dans différentes situations, angoissantes ou énigmatiques.

— Dites-moi ce que vous évoque chaque image, ordonne Keller. Racontez-moi une histoire pour chacune de ces illustrations.

Ce test-là, Grégory ne l'avait pas anticipé.

— Répondez spontanément, sans réfléchir, monsieur Delaunay.

Le premier cliché représente un jeune garçon assis à l'entrée d'un bâtiment en bois, peut-être une grange. Il a les coudes posés sur les genoux, ses mains cachent le bas de son visage. Difficile d'en voir l'expression.

— Cet enfant a l'air seul, commente Grégory.

— Continuez, l'encourage Keller. Que vous inspire-t-il ?

— La pauvreté et la solitude… Il n'a pas de chaussures et ses vêtements paraissent usés. Et puis il n'y a rien autour de lui.

— Et pauvreté est forcément égale à solitude ?

— Non, pas forcément.

— Alors pourquoi vous inspire-t-il la solitude ?

— Parce qu'il n'y a que lui sur cette photo. Et parce qu'il ne semble pas regarder quelqu'un, plutôt le vide… Il rêve, je crois. D'une vie meilleure. De quitter cet endroit, peut-être.

— Parfait. Passons à l'image suivante, si vous le voulez bien…

Une femme est allongée sur un lit. Le drap est remonté jusque sous sa poitrine. Un homme lui tourne le dos. Debout, il a placé son bras devant son visage, qui cache ses yeux.

— C'est un homme dont l'épouse vient de mourir, dit Grégory. Il est désespéré.

— Continuez, prie Keller en prenant des notes. Comment est-elle morte ?

— Dans son lit, visiblement. Elle a dû succomber à une maladie. Il a peut-être veillé sur elle pendant longtemps, dans cette chambre.

— Pourquoi lui tourne-t-il le dos, dans ce cas ?

— Eh bien parce qu'il refuse de la voir morte. Il refuse de se dire qu'il ne la verra plus sourire ou rire. Qu'il n'entendra plus sa voix.

— Vous êtes sûr qu'elle est morte ? demande alors Keller.

L'infirmier observe à nouveau l'image. Le visage de la femme est légèrement orienté vers le mur, ce qui empêche de voir si ses paupières sont ouvertes ou fermées.

Merde. J'aurais dû dire qu'elle dormait.

La torture se poursuit. Grégory tente de ne pas divulguer ce qu'il ressent. Il tente de ne pas montrer à quel point ces simples dessins font remonter les mauvais souvenirs à la surface. Chaque fois que Keller le fixe, il a l'impression qu'il pénètre par effraction dans son cerveau.

Enfin, l'entretien se termine et le psychiatre promet de donner son verdict très vite. Quand Grégory quitte le bâtiment, il a la sensation d'avoir été roué de coups.

Tous les personnages de ces dessins sont désespérés parce que le monde est cruel, parce qu'il est injuste. Ils pleurent face à la violence et à la barbarie des hommes.

Voilà ce qu'il aurait voulu dire.

***

2 avril 2008
France, Alpes-de-Haute-Provence

Anton est assis sur la terrasse. Parfaitement immobile, les yeux rivés au sol, détaché du monde qui l'entoure.

— Je vais à Digne, lui annonce Grégory. Ta mère m'a demandé d'aller faire des courses.

Le jeune homme n'a aucune réaction.

— J'en ai pour toute la matinée, précise son père.

Pas de réponse, pas un mouvement. Cela fait plusieurs jours qu'Anton s'est replié sur sa douleur.

Alors qu'il descend la piste à bord de son vieux 4 × 4, Grégory croise le facteur. Les deux véhicules s'arrêtent et le fonctionnaire tend le courrier du jour à l'humanitaire.

— Ça m'évitera de monter ! Bonne journée, Greg.

La voiture jaune fait aussitôt demi-tour, tandis que Grégory trie l'énorme paquet de courrier. Une grande enveloppe qui contient les cours par correspondance d'Anton inscrit en licence d'arts plastiques ; une formation diplômante dispensée par le CNED en collaboration avec une prestigieuse université parisienne. Quelques factures et une lettre du CICR.

Cette lettre qu'il attend depuis des semaines.

Au contraire de sa promesse, le Dr Keller n'a pas rendu son verdict rapidement.

L'infirmier range sa voiture sur le bas-côté et coupe le moteur. Il fixe un long moment la missive en provenance de Genève. Il la dépose sur le tableau de bord et descend de la voiture. Il contemple la montagne qui sort de l'hiver, les feuillus qui ont toujours l'air mort, les plaques de neige qui résistent sur les ubacs.

Avant de se rendre à Digne, il a prévu de s'arrêter au cimetière pour nettoyer et fleurir la tombe de Séverine et Charlène. Il n'y est pas allé depuis longtemps, comme s'il avait oublié qu'elles se trouvaient là-bas. Sans doute parce qu'il les voit régulièrement dans la maison, le jardin ou même dans les rues du village.

Si Keller avait su cela, il aurait prononcé sa sentence beaucoup plus vite et réformé Grégory jusqu'à la fin de ses jours ! Mais à part Anton, personne ne le sait.

L'infirmier songe à ouvrir le courrier du CICR après sa visite au cimetière. Quelle sera sa réaction si Keller l'empêche de revenir sur le terrain ?

Mais non, la réponse ne peut pas être négative.

On ne peut pas lui dire qu'il n'est plus capable d'exercer son métier.

On ne peut pas le rejeter après quinze ans de bons et loyaux services.

On ne peut pas remettre sa force en question, le juger trop fragile pour affronter le monde.

Par la vitre ouverte, il attrape l'enveloppe et la déchire d'un geste nerveux.

Ses mâchoires se contractent, ses doigts se crispent.

Un autre psychiatre le reverra dans six mois pour un nouveau bilan. D'ici là, il est prié de rester chez lui, de se reposer et d'entamer une psychothérapie.

Grégory se met à distribuer des coups de pied dans le bas de caisse, dans les pneus, la calandre.

— Enfoiré de merde ! Putain de toubib à la con ! Je suis pas fou, pauvre connard !

Il se rassoit dans le 4 × 4, mains tremblantes et regard de haine. Il essaie de recouvrer un semblant de maîtrise, mais une nouvelle vague le submerge. Ses poings s'abattent sur le volant, le tableau de bord, les vitres.

À bout de souffle, paupières closes, il pose sa nuque contre l'appuie-tête.

— Calme-toi, Greg. Calme-toi…

Il inspire profondément, plusieurs fois.

Il hésite entre rentrer chez lui ou descendre vers le village.

Il aimerait que Séverine soit là pour le rassurer, le consoler. Elle trouverait forcément les mots.

Il remet le contact et la voiture dévale la piste à vive allure. Dès que les pneus touchent le goudron, Grégory accélère encore. Il a la sensation qu'un volcan est entré en éruption dans ses tripes, qu'il va vomir de la lave.

Le 4 × 4 s'engage dans le village à une vitesse immodérée et les rares piétons se retournent sur son passage. Son conducteur ne voit personne. Pas même Zina qui discute avec une cliente devant sa boutique. Le véhicule continue sa course folle jusqu'à l'entrée du petit cimetière. Grégory freine juste avant de percuter le mur d'enceinte et coupe enfin le moteur. Il réalise qu'il ne s'est pas arrêté chez la fleuriste pour acheter un bouquet ou une plante.

Elles comprendront, lui pardonneront.

Il descend de sa voiture et claque la portière. Près du portail, la mairie a installé deux jardinières avec des jonquilles, des tulipes et des jacinthes. L'infirmier cueille quelques jonquilles, se souvenant que le jaune était la couleur préférée de Charlène. Tandis qu'il marche dans les allées, son bouquet à la main, il voit sa petite fille danser au milieu du jardin, faisant virevolter sa robe égayée de gros tournesols.

Regarde mes soleils, papa !

Quand il atteint la tombe, Grégory est en larmes.

Il enlève les feuilles mortes, les herbes mortes, les pensées mortes.

— Bonjour mes chéries, parvient-il à dire.

Il remplit le vase mortuaire à la fontaine, y place les fleurs.

— C'est pour toi, mon bébé.

Cette année encore, les perce-neiges ont fleuri dans la jardinière en marbre. Grégory les a semés peu après l'enterrement, car Séverine les adorait et en avait mis partout dans leur jardin.

— Tu es triste mon amour ?

Grégory ferme les yeux et sent les bras de son épouse l'enlacer.

— Oui, vous me manquez tellement !

— Mais tu n'es pas que triste. Tu es aussi très en colère…

— Le psy du CICR refuse que je reprenne le boulot ! s'écrie l'infirmier.

— C'est à cause de ça qu'ils ne veulent plus de toi. À cause de cette colère qui est en toi… Tu dois la combattre, tu dois redevenir celui que tu étais.

Grégory rouvre les paupières. Sa femme a disparu. Sa rage, elle, est toujours là. Il regarde une dernière fois les photos de celles qu'il a perdues et fait demi-tour. Il décide d'oublier les courses et de rentrer chez lui.

Il gare le 4 × 4 devant le chalet vingt minutes plus tard, et constate qu'Anton n'est plus là. Il a dû se réfugier dans sa chambre, à moins qu'il ne soit parti en montagne. Grégory jette les factures et la lettre de Genève sur la table, garde celle qui contient les cours par correspondance et s'engage dans l'escalier. Lorsqu'il arrive devant la chambre de son fils, il se fige. Écouteurs dans les oreilles, Anton est debout face à la psyché installée près de la fenêtre. Il est entièrement nu et fixe son reflet.

Dans sa main droite, une lame de cutter.

Son visage est contracté par la souffrance alors qu'il n'a pas encore utilisé son arme. Grégory reste au seuil de la pièce, les yeux rivés sur la main de son fils. Anton s'entaille le torse, puis le ventre. Des coupures profondes qui doivent être terriblement douloureuses. Des larmes coulent sur ses joues à mesure que le sang coule sur ses doigts, mais son visage se détend enfin. Lorsqu'il perçoit la présence de son père, il tourne la tête et le sourire qu'il lui adresse est le plus glaçant qui soit.

Après avoir déposé l'enveloppe du CNED sur le bureau d'Anton, et sans avoir prononcé le moindre mot, Grégory s'est effondré dans le canapé en face du portrait de Charlène. Il aurait pu empêcher son fils de se mutiler, mais ç'aurait été une erreur. Les blessures qu'il s'inflige sont un rempart contre une forme d'autodestruction bien plus dangereuse.

Un rempart contre le suicide.

Se faire mal, c'est la dernière solution pour éprouver des sentiments et des émotions lorsqu'on se sent vide à l'intérieur.

Se faire mal, c'est se prouver qu'on est vivant.

Pour Anton, cet acte de mutilation est une façon de communiquer. Lorsque son cerveau ne parvient plus à utiliser la parole, il dessine.

Avec un crayon taillé ou une lame aiguisée.

Sur du papier ou sur sa peau.

Même s'il est l'heure de déjeuner, Grégory n'a pas faim. Plutôt que d'ouvrir le frigo, il ouvre le bar près du canapé. Pour guérir de ses tocs, il a trouvé une solution. Au lieu d'aller consulter un psychiatre, comme le lui avait suggéré

Paul, il s'est mis à boire. Seulement deux verres de vin au dîner et deux petits verres de rhum dans la soirée. Il a ajouté à cela un anxiolytique au coucher et le tour était joué.

Il attrape une bouteille de rhum ambré encore cachetée, et remplit l'un de ces fameux *petits* verres. Aujourd'hui, il n'attendra pas le soir pour goûter à ce réconfort.

Vu l'heure, la première dose a du mal à passer.

Les suivantes sont plus savoureuses.

Au fil des minutes et des gorgées, il supporte mieux ce sentiment d'être devenu inutile et impuissant. Cette frustration acide qui creuse chaque jour la désespérance.

Un infirmier qui ne soigne plus personne. Qui ne sert plus à rien.

Mais malgré l'alcool, il reste lucide. Plus il boit, plus il a conscience qu'il est sur une pente dangereuse.

Ce qu'il ignore, c'est ce qu'il trouvera en bas.

Sans doute un gouffre, un abîme, un aven.

Peut-être simplement une tombe.

Grégory est arraché à sa torpeur par le bruit de la porte d'entrée. Lorsqu'il ouvre les yeux, il constate que la nuit est tombée. Zina allume la lumière, ses paupières se referment.

Trop douloureux.

— Bonsoir, dit son épouse. Tu dormais ?

Ça sonne comme un reproche.

Grégory s'assoit. Il n'y a plus une goutte dans la bouteille de rhum, tout l'alcool est dans son sang.

— Tu as bu ?

Deuxième reproche.

— Tu es très perspicace ! lance l'infirmier.

Zina suspend son manteau dans l'entrée. Puis elle attrape un verre dans le placard et ouvre le frigo pour y prendre une canette de soda.

— Tu n'as pas fait les courses ? s'exclame-t-elle.

Troisième reproche.

Elle toise son mari avec ses yeux de glace, pourtant capables de lancer des flammes.

— Qu'est-ce qui t'arrive ?

Peu d'empathie dans sa question. Tout juste une once d'inquiétude.

— Moi je bosse toute la journée, tu pourrais m'aider un peu ! Faire les courses, c'est pas la mort quand même !

Quatrième reproche.

— J'aimerais bien bosser, répond enfin son mari.

— Anton a travaillé sur ses cours ?

Cette obsession qui ne la quitte pas. Et qu'il ne supporte plus.

Elle jette un œil au courrier, commence par ouvrir les factures.

L'argent, une autre de ses obsessions.

— Non, il n'a pas travaillé. Il avait autre chose à faire.

— Quoi donc ?

— Souffrir ! balance son mari. C'est un loisir qui lui prend beaucoup de temps.

— J'adore ton humour, ce soir, rétorque Zina d'un ton sec.

À cet instant, elle découvre la lettre de Genève jetée au milieu de la table. Elle la lit rapidement et soupire.

— C'est pour ça que tu es dans cet état ?

— Pour *ça*, oui.

— Ils disent que tu reverras quelqu'un dans six mois. Ils ne te renvoient pas, ce n'est pas définitif. Et puis tu gardes ton salaire, ajoute Zina. Bon, il n'y a plus les primes, mais tu es toujours payé.

Grégory s'approche de sa femme. Dans ses tripes, le volcan gronde.

— T'as raison, dit-il avec un sourire qui s'apparente à une menace. Du moment que je suis payé, tout va bien !

Ne t'inquiète pas *ma chérie*, l'argent continuera de tomber sur le compte bancaire, tu es sauvée !

— Tu n'es pas le seul à gagner de l'argent, rappelle Zina. Sauf que moi, faut que je travaille dix heures par jour…

— Tandis que moi, je n'ai qu'à me la couler douce dans un canapé, hein ?

Zina souffle d'agacement et s'exile sur la terrasse. Mais Grégory a besoin d'un exutoire à sa rage, à son tourment. Il la rejoint aussitôt pour poursuivre le combat.

— Tu crois que ça m'amuse de ne rien foutre ?

Elle le dévisage d'un air sardonique :

— T'avais qu'à faire les courses, ça t'aurait occupé.

Le volcan entre en éruption.

— Tu me casses les couilles avec tes putains de courses !

Zina reste ébahie un instant ; c'est la première fois que son mari lui parle sur ce ton. Mais elle reprend très vite ses esprits et contre-attaque :

— Depuis que tu es revenu du Congo, tes *couilles* je ne les vois plus très souvent, assène-t-elle. Tu es sûr que c'est dans la cuisse qu'ils ont tiré ?

Au tour de Grégory d'encaisser le coup bas. Il attrape le paquet de cigarettes sur la table de jardin, en allume une en se brûlant les doigts.

— C'est ma faute s'ils ne te veulent plus au CICR ? Tu n'avais qu'à te faire soigner avant d'aller voir ce psychiatre !

— *Me faire soigner ?* répète Grégory d'un ton étrangement calme. Tu insinues que je suis fou, c'est ça ?

— Fou, non. Malade, sans aucun doute. Je t'ai entendu parler à ta première femme, l'autre jour.

Grégory a l'impression de se vider de sa substance d'un seul coup pour se gorger de haine l'instant d'après.

— Elle est morte, je te rappelle, ajoute Zina en poussant la porte d'entrée.

Son mari l'attrape par le bras, la ramène brutalement en arrière.

— Ne parle pas d'elle, ordonne-t-il. Ne parle pas de ma femme…

— C'est moi, ta femme.

Zina tente de se dégager, Grégory resserre sa poigne.

— Lâche-moi, tu me fais mal.

— Peut-être que j'aurais dû te laisser dans ton pays de merde, murmure l'infirmier. Te laisser dans ce camp pourri…

— Je ne t'avais rien demandé ! s'écrie Zina. Et lâche-moi, maintenant !

Grégory s'aperçoit qu'Anton les observe au travers de la fenêtre du salon. Il desserre son étreinte et Zina se réfugie à l'intérieur. Son mari s'appuie sur la table et ferme les yeux. Le monde vacille autour de lui, le sol se craquelle sous ses pieds.

Il se dirige vers sa voiture d'un pas incertain, se met derrière le volant et démarre aussitôt pour s'éloigner de sa propre maison.

Le 4 × 4 est garé au bout d'une piste, à l'orée d'une forêt que la nuit rend menaçante. Depuis des heures, Grégory est assis au bord d'une falaise.

Le vide sous ses pieds, le chaos dans sa tête.

L'alcool s'est évaporé, laissant la place à une effroyable lucidité.

Zina a raison, il est malade.

Il n'a pas voulu le voir, encore moins le dire.

Tous ces cadavres, tous ces morts, tous ces drames.

Tous ces enfants au regard de larmes et d'effroi.

Tous ces corps brisés, toutes ces vies pulvérisées.

Adriana, Mangasa, Ilunga, Younoussa, Jawara, Chance, Précieux…

Et lui.

Lui qui a encaissé les coups les uns après les autres.

Lui qui s'est cru si fort que rien ne pourrait le mettre à terre.

Lui qui voulait juste panser les blessures du monde.

Il se relève, au bord du ravin éclairé par une lune froide. Il suffirait d'un pas pour oublier tout ça. Oublier ceux qu'il n'a pas pu sauver, ceux qu'il ne pourra pas sauver parce qu'il est coincé ici. Parce qu'un psychiatre l'a déclaré inapte.

— Quelqu'un les soignera à ta place, ne t'en fais pas.

Les bras de Séverine le prennent par la taille, elle pose le front au milieu de son dos.

— À quoi je sers, ici ?

— Tu vas guérir et repartir, j'en suis certaine. Sauf si tu sautes dans le vide !

— Comment c'est possible que je puisse te toucher alors que tu es...

— Morte ? C'est parce que tu m'aimais vraiment et que tu m'aimes encore.

— Oui, ça doit être pour ça. Mais il paraît que je ne dois plus te parler...

— Personne ne pourra nous empêcher de nous parler, de nous toucher. De nous retrouver.

— Non, personne, acquiesce Grégory. Personne n'a le droit de nous séparer...

Quand Grégory rentre chez lui, il est 5 heures du matin. Il n'a pas la clef, mais la porte est restée ouverte. Dans le salon, une faible lumière éclaire le visage de Zina, assise dans l'un des fauteuils. Son mari hésite avant de la rejoindre et de se poser sur le canapé. Alors qu'il a les yeux rouges et gonflés, il constate que Zina ne pleure pas.

Elle ne pleure jamais.

Dure comme le granit dont on fait les tombes.

Une déesse sculptée dans le marbre. Froide, belle et mystérieuse.

— Je suis désolé, dit-il.

Elle continue à fixer la télévision dont le son a été coupé.

— Je suis désolé, répète Grégory.

Il saisit la télécommande et éteint le téléviseur.

— Tu m'entends, Zina ?

— Oui, je t'entends.

— J'ignore ce qui m'est arrivé…

— Ce n'est pas grave, dit-elle enfin.

— Si, c'est grave. Je me suis montré minable, violent. Un gros con.

— Mon ancien mari me frappait, révèle soudain Zina. Alors tu sais…

— Je suis navré de l'apprendre, chérie. Je ne suis pas comme lui : je ne lèverai jamais la main sur toi. Ni sur une autre femme d'ailleurs. Mais mon comportement de ce soir, c'est…

— C'est oublié, affirme son épouse. Et moi aussi, je m'excuse pour ce que je t'ai dit.

Ils gardent le silence un moment, cherchant comment recoudre les plaies.

— Je vais aller consulter un psy comme ils le préconisent, annonce Grégory. Je vais me faire soigner.

— C'est une bonne chose. Comme ça, tu pourras repartir en mission.

— Tu as hâte que je m'en aille ?

— C'est toi qui as hâte de partir. Tu n'es pas fait pour la vie de famille, je crois. Il faut que tu bouges tout le temps, que tu voyages à travers le monde.

— Peut-être, admet son mari. C'est vrai qu'au bout d'un moment, je me sens mal si je ne fais pas mon boulot.

— Non, ce n'est pas une question de boulot, rectifie Zina. Tu pourrais très bien soigner les gens ici, dans la vallée. Tu pourrais bosser à l'hôpital le plus proche. Mais tu n'es pas fait pour supporter la routine, le quotidien. Il faut sans cesse que tu changes d'horizon. Que tu prennes des risques, aussi.

— Tu veux dire que je suis instable ?

— Je ne sais pas. C'est comme ça, c'est tout.

— Tu voudrais que je reste ici ?

— Si tu restais ici, tu ressemblerais à celui qui était à ta place hier soir. Un alcoolique brutal et odieux. Et d'un mari comme ça, je n'en veux pas. J'en ai déjà eu un, ça me suffit.

Nouveau silence pendant lequel Grégory réfléchit. Même quand il était marié à Séverine, il ne supportait pas de travailler chaque jour au même endroit. Zina l'a parfaitement compris.

— Tu as raison. Je ne suis pas capable de vivre comme les autres. Et j'espère que tu ne regrettes pas de m'avoir suivi jusqu'ici.

— Comment je pourrais le regretter ? s'étonne son épouse.

— Tout à l'heure, tu semblais…

— Tout à l'heure, j'étais énervée, le coupe Zina. Te voir comme ça, c'est difficile. Je préfère que tu partes et que tu sois bien quand tu reviens. Je préfère te voir moins, mais être heureuse de te voir. Par contre…

Elle hésite à poursuivre, ce qui lui arrive rarement.

— Par contre, j'espère que ton travail ne va pas te transformer de plus en plus. Ce n'est pas bon de patauger tout le temps dans le malheur des autres. De vivre constamment dans la guerre.

— C'est mon métier et je l'aime.

— Essaie juste de te protéger, conclut Zina en se levant. De ne pas devenir cinglé à cause de toute cette souffrance, de tous ces morts.

— Et comment fait-on pour se protéger ? demande son mari.

— Peut-être que le psy te le dira… Je vais me coucher. Tu viens ?

Elle lui tend la main, il la saisit et la suit. Ça lui rappelle le jour où elle l'a conduit pour la première fois dans sa chambre. Au fond de cette vieille ferme délabrée, quelque part en Ingouchie.

Ce jour où il a cru pouvoir guérir de son passé et se reconstruire un avenir.

41

9 janvier 2009

Bande de Gaza

— Regarde les gros oiseaux, maman !

Yasmin n'a pas besoin de lever les yeux pour savoir que les *oiseaux* qui approchent au loin dans le ciel de Gaza sont de mauvais augure. Elle serre la main de son fils et accélère le pas.

— Viens vite, Yehya !

— Je veux mon ballon !

— Non, pas le temps, dépêche-toi !

Il y a moins de dix minutes, le téléphone a sonné. Un message enregistré a prévenu Yasmin que la foudre allait s'abattre sur son quartier.

Moins de dix minutes pour tout abandonner et tenter d'échapper au Jugement dernier.

Elle qui n'a rien fait pour mériter la mort. Elle qui tente juste de survivre.

Yasmin a pris dans ses bras Randa, sa fille de neuf mois. Elle a attrapé la main de son fils Yehya, cinq ans. C'est tout ce qu'elle a pu prendre dans son pauvre appartement.

Ce qu'elle a de plus précieux.

Ils sont descendus au pas de course et se sont engagés dans la ruelle où ils se cognent à la panique générale. Randa se met à pleurer, Yehya lâche sa mère et retourne vers l'immeuble, obnubilé par son ballon de foot. Yasmin rattrape son fils et repart vers la ruelle bondée. Un vieillard perd l'équilibre, il tombe au sol.

Lui marcher dessus, s'éloigner le plus possible.

Yehya comprend alors que les points dans le ciel ne sont pas des oiseaux. Même les étourneaux ne font pas autant de bruit quand ils se rassemblent par centaines au-dessus de sa tête.

Ces oiseaux-là sont de métal et de haine. Et ils sont tout près, désormais.

Chasseurs F-16 ou hélicoptères Apache.

Peu importe.

Yasmin et ses enfants gagnent le bout de la ruelle lorsque les rapaces de Tsahal libèrent leurs armes létales.

Fracas assourdissant. La terre tremble, le ciel s'enflamme avant de se noircir. Une pluie de pierres, de cendres et de poussière ensevelit la venelle.

Des cris, des hurlements, des gémissements.

Silence.

Mort.

Un homme court dans la rue.

Son visage est voilé d'une poussière blanche, ses yeux saignent.

Même s'il ne voit quasiment plus rien, il court aussi vite qu'il peut en direction de l'hôpital Al-Shifa.

Saleh court avec une petite fille dans les bras. Sa fille.

Elle s'appelle Basma, elle a huit ans. Elle aussi est couverte de poussière. Inanimée, elle ressemble à une poupée martyrisée. Ses longs cheveux roux s'imprègnent du sang qui coule de sa tête.

Les larmes écarlates de Saleh dessinent un triste chemin sur son visage de cire…

Les sirènes hurlent dans la bande de Gaza.

Grégory est au chevet de Tarek, un petit garçon de six ans qui est en train de se réveiller d'un cauchemar. Mais ce qui l'attend dans la réalité est peut-être pire encore.

Tarek était dans la grande pièce de sa maison, avec ses parents, son frère et sa sœur, lorsque le tank israélien a tiré ses obus en direction de l'immeuble voisin. Des obus contenant des milliers de fléchettes en acier. Les munitions ont explosé en l'air, libérant leur cargaison mortelle. Plusieurs centaines de flèches sont entrées dans la maison de Tarek à la vitesse de la lumière. Elles se sont plantées dans les murs, les coussins et les corps. Seul Tarek a survécu, criblé de métal de la tête aux pieds. Face au délabrement des chairs, Paul a dû procéder à l'amputation du bras droit du garçon. Grégory était aux côtés de son ami durant l'intervention, et il est désormais aux côtés de son jeune patient.

Les explosions qui viennent de retentir à quelques kilomètres de l'hôpital Al-Shifa l'obligent à quitter la chambre de l'enfant.

— Je reviens vite, dit-il en caressant la joue meurtrie de Tarek.

L'humanitaire s'élance dans les couloirs. Les premiers blessés vont arriver, si toutefois les militaires israéliens laissent circuler les ambulances. Et aujourd'hui, c'est malheureusement lui qui est responsable du tri. Lorsqu'il a vu son nom sur le planning, il a prié pour qu'il n'y ait pas de bombardements. Mais ici, missiles et obus frappent tous les jours. Alors, les infirmiers chevronnés et les médecins endossent cette fonction à tour de rôle.

Les souvenirs du massacre de Markale en Bosnie ressurgissent dans sa mémoire, mais ce n'est pas le moment de douter ni de flancher.

C'est le moment de sacrifier des vies pour en sauver d'autres.

En sauver le plus possible.

Grégory a été appelé en urgence le 30 décembre, trois jours après le déclenchement de l'opération *Plomb durci*. En réponse aux tirs de roquettes du Hamas sur le sud de son territoire, dont une a tué deux jeunes filles dans leur maison, Israël a décidé de frapper Gaza.

Une frappe qui confine à un anéantissement.

Depuis treize jours maintenant, Tsahal déchaîne sa force contre le peuple palestinien. Les terroristes de la branche armée du Hamas, les dépôts de roquettes Qassam et les tunnels entre Gaza et l'Égypte sont leurs cibles officielles.

Pourtant ici, dans le plus grand hôpital de Gaza, ce sont principalement des civils qui finissent aux urgences. Des femmes, des enfants, des vieillards.

En treize jours de guerre, près de huit cents morts côté palestinien.

Onze côté israélien.

Grégory croise Paul qui se prépare à descendre au bloc, comme plusieurs de ses collègues palestiniens.

— Ça va aller ? s'inquiète le Suisse.

— Ça va aller, affirme son ami.

Chacun part de son côté, chacun se concentre sur sa tâche.

Grégory demande l'aide de Mariam, une infirmière d'Al-Shifa, une femme d'expérience, et ils se postent à l'entrée des urgences. Les autres infirmiers, les urgentistes, les brancards et les perfusions sont prêts, les couloirs sont dégagés.

Un homme se présente, à bout de souffle, une petite fille rouquine dans les bras. À peine a-t-il posé un pied dans l'hôpital qu'il s'écroule. Grégory a le temps de récupérer Basma et de la placer sur une civière. Tandis que Mariam prend le père en charge, le Français examine la fillette : une blessure à la gorge, une autre à la tête, plus profonde que la première. Il y a une chance de la sauver, mais elle risque de rester lourdement handicapée. Il la regarde, il hésite. Il songe à la petite Adriana, morte dans les couloirs de l'hôpital de Sarajevo.

Avec ses dernières forces, Saleh le supplie de sauver sa fille. Grégory la dirige vers le bloc au moment où se présente la première ambulance chargée de deux blessés. Leur état est grave, mais le Français prend le risque de leur faire administrer uniquement les premiers soins, préférant attendre la suite pour décider de leur sort.

Droit de vie ou de mort.

Mais ce n'est pas moi l'assassin.

D'autres blessés arrivent, portés par leurs proches, couchés dans des carrioles tirées par des mules ou bien à l'arrière de voitures. Les ambulances ont visiblement du mal à rejoindre Al-Shifa. Grégory continue à gérer la situation avec un sang-froid qui impressionne, en fonction des chirurgiens disponibles, des places restantes aux blocs. Ceux qui ne sont pas dirigés vers les salles d'opération sont pris en charge par des urgentistes qui font de leur mieux pour les maintenir en vie, apaiser leurs souffrances.

Une femme entre en trombe dans l'hôpital, portant son fils dans les bras. Tandis qu'il allonge l'enfant sur un brancard, la mère s'agrippe à Grégory jusqu'à déchirer sa blouse. Les yeux exorbités, elle hurle, elle est hystérique. L'infirmier constate que le petit garçon vient de succomber. Il repousse la mère sans ménagement et tente de réanimer l'enfant.

En vain.

Non, ce n'est pas moi l'assassin.

La mère tire le foulard qu'elle porte sur la tête avant de s'arracher les cheveux. Grégory la fait évacuer des urgences, il n'a pas le temps de la consoler ni de l'aider.

De toute façon, elle restera inconsolable.

Les explosions ont été très meurtrières aujourd'hui, et au bout d'une heure, les urgences sont saturées.

Grégory tient bon.

Trois ambulances parviennent jusqu'à Al-Shifa. À leur bord, des personnes sorties des décombres d'une ruelle. Parmi eux, une mère et ses deux enfants. Une fillette de moins d'un an qui a besoin d'une assistance respiratoire et un petit garçon de cinq ans dans un état critique. Grégory envoie Yehya en salle d'opération et confie Randa à un médecin. Quant à Yasmin, elle devra patienter, les chirurgiens étant désormais tous en train d'opérer, les urgentistes étant tous au chevet d'un patient. Malgré son état, elle appelle ses enfants.

— Yehya ! Randa…

— On s'en occupe, lui dit l'infirmier. Calmez-vous, on s'en occupe…

Le flot des blessés se tarit pour un temps, Grégory vient en aide aux médecins. Pour ceux qui attendent qu'un bloc se libère, il fait ce qu'il peut.

C'est lui qui a décidé de les mettre de côté, lui qui a décidé qu'ils n'étaient pas prioritaires. Ceux qui étaient moins gravement atteints pourront être opérés plus tard.

Ceux qui n'avaient qu'une chance infime de s'en sortir ou auraient gardé des séquelles trop lourdes ne survivront pas.

Maintenant, les accompagner dans leur dernier voyage.

Maintenant, affronter leur regard.

Ce n'est pas moi l'assassin.

La nuit est tombée sur Gaza. Mais ici, la nuit n'est pas synonyme de rêve ou de calme, bien au contraire.

Côté palestinien, on annonce une cinquantaine de morts aujourd'hui. Et on ne compte plus ni les blessés ni les sans-abri.

Grégory et Paul boivent un café sur le parvis d'Al-Shifa. Silencieux et préoccupé, l'infirmier regarde les familles qui se sont réfugiées devant l'hôpital, espérant ainsi être épargnées par les bombes israéliennes. Quelques planches et des bâches, rien de plus pour les abriter.

Paul observe avec inquiétude le visage contracté de son ami.

— La semaine dernière, j'ai demandé à ma femme pourquoi elle m'avait épousé, dit-il.

Le regard de Grégory se tourne enfin vers lui.

— Et tu sais ce qu'elle m'a répondu ? poursuit le Suisse.

— Qu'elle n'avait trouvé personne d'autre ? ricane Grégory.

— Charmant… Non, parce que je la faisais rire. Alors, je me suis mis à pleurnicher : *Chérie, je suis déçu, je pensais que tu m'avais choisi parce que j'étais beau, musclé et doué au lit…* Là, elle a éclaté de rire et m'a lancé : *Tu vois, t'es vraiment très drôle !*

Grégory sourit et allume une cigarette.

— Ah, j'ai réussi à te dérider ! se félicite Paul.

— Ouais, mais je refuse de t'épouser !

Le médecin pose une main sur l'épaule de son ami :

— Pour ton retour au terrain, tu es servi…

Le Français acquiesce.

— Tu as impressionné tout le monde, ce matin, ajoute le chirurgien. Ton sang-froid, ta maîtrise, aucune erreur de jugement… tu n'as pas perdu la main. Et je suis vraiment heureux de bosser à nouveau avec toi.

— Moi aussi, mon frère.

— Comment ça va, chez toi ?

— Tout va bien, prétend l'infirmier.

— Ton fils ?

— Il va mieux, je t'assure.

— C'est bien. Ce qui nous permet de tenir, c'est l'équilibre qu'on trouve à la maison entre deux missions. Sans ça, il y a longtemps qu'on serait par terre.

— C'est sûr, répond Grégory avec un nœud dans la gorge.

— Bon, je vais essayer de dormir une heure ou deux, annonce Paul en broyant son gobelet en plastique. Et tu devrais en faire autant.

Le chirurgien retourne à l'intérieur de l'hôpital devenu sa maison, tandis que Grégory termine sa cigarette. Surtout, ne pas aller se coucher, malgré l'épuisement du corps et de l'esprit. Retarder le moment où il affrontera ses fantômes.

Maintenant qu'il est seul, maintenant que Paul ne peut plus le percer à jour, maintenant qu'il n'est plus sur le front, il peut libérer le mal qui se nourrit de ses entrailles. Une vague noire qui le submerge, le dévaste de l'intérieur.

D'une main tremblante, il récupère un tube d'anxiolytiques dans la poche de sa blouse et le fixe un moment, hésitant à l'ouvrir. Finalement, il avale un comprimé en espérant que ça suffira à faire taire ses angoisses, sa colère, ses tourments. Que ça n'altèrera ni son jugement ni ses capacités. Il s'éloigne du bâtiment, comme s'il cherchait un refuge ou simplement une direction. Il se cache derrière un véhicule et laisse libre cours à un flot de larmes.

***

13 janvier 2009

— Les jours de votre fille ne sont plus en danger, annonce Grégory en anglais.

Saleh ne comprenant pas cette langue, Mariam se charge de la traduction. Un sourire de soulagement le transfigure et il remercie les soignants.

— Mais Basma gardera des séquelles, ajoute l'infirmier.

Il attend que ses paroles soient comprises par le père avant de poursuivre. Le sourire de Saleh s'efface doucement.

— Elle a perdu la vue, explique Grégory. Elle restera aveugle.

Quand l'infirmière annonce la sentence à Saleh, il secoue la tête, refusant l'évidence.

— Elle est sauvée, rappelle le Français. Elle est sauvée !

— Oui, merci, dit le père. Merci beaucoup.

Il se rassoit près du lit où Basma est allongée et ne peut retenir ses larmes.

Grégory et Mariam passent au box suivant. Yasmin est réveillée, son visage contracté par la douleur. Le Français demande qu'on augmente la dose de morphine et se penche sur la jeune mère.

— J'ai une bonne nouvelle, Yasmin, dit-il.

Le visage de la patiente s'éclaire, elle qui vit dans le supplice de l'attente depuis des jours.

— Yehya va s'en sortir et Randa aussi.

Elle tend son bras valide pour saisir la main de Grégory. Il est un saint, un sauveur, presque un dieu.

— Ils vont bien ?

— Ils ont encore besoin de soins, précise le Français.

Mariam échange un regard avec son collègue. Faut-il lui donner les détails alors qu'elle est si faible ? Grégory sait par expérience qu'il vaut mieux ne pas mentir aux patients.

— Yehya a perdu une jambe.

Dès que Mariam a traduit ses propos, il sent la main de Yasmin se crisper dans la sienne. Il resserre son étreinte pour lui donner du courage.

— Dans quelque temps, on va lui fabriquer une prothèse. Il m'a dit qu'il aimait le foot, eh bien avec sa prothèse, il pourra même continuer à y jouer !

Yasmin hoche la tête.

— Randa ? demande-t-elle.

— Elle ne devrait pas garder de séquelles, annonce Grégory. Votre corps l'a protégée, c'est vous qui l'avez sauvée.

Nouveaux mercis, adressés à Grégory et à Allah.

L'infirmier continue la tournée des patients dont il a la charge. Mais il est rapidement appelé aux urgences devant l'afflux de blessés suite aux bombardements de la nuit et au pilonnage de la côte de Gaza par les navires israéliens. Tsahal poursuit son offensive meurtrière et on dénombre cent trente morts de plus en trois jours, ainsi que des centaines de blessés parmi les civils. Une offensive sans témoins, puisque Israël a verrouillé la bande de Gaza et qu'aucun journaliste étranger n'a le droit d'y pénétrer. Mais des Palestiniens se sont transformés en reporters de guerre et filment le carnage avec les moyens du bord. Les images parviennent à atteindre le reste du monde, nourrissant les protestations de l'ONU et de la communauté internationale. Des voix s'élèvent au sein même d'Israël pour condamner cette hécatombe de civils. Sans aucun effet sur la machine de guerre israélienne qui continue à se déchaîner sur ce petit territoire surpeuplé et exsangue.

Combien de morts faudra-t-il encore pour qu'ils cessent cette boucherie ?

Combien de blessés, d'amputés, de grands brûlés ? Combien d'orphelins et de vies brisées ?

Combien de temps vais-je tenir le choc ?

***

15 janvier 2009

Grégory et Paul sont à l'arrière de la première voiture d'un convoi de quatre véhicules. Le chauffeur est nerveux et les deux soignants le sont tout autant, malgré leurs gilets pare-balles et leurs casques de protection. Ils croisent plusieurs blindés de Tsahal dont un char d'assaut. La tension monte d'un cran.

Partout, ils découvrent l'ampleur des dégâts après dix-sept jours d'offensive israélienne sur Gaza. Des immeubles éventrés, des maisons dont il ne reste qu'un tas de poussière, une mosquée et une école pulvérisées.

Partout, des gens qui fuient vers les collines environnantes et les camps de réfugiés.

Ils ne pourront pas aller bien loin, dans cette prison à ciel ouvert dont Israël possède les clefs.

C'est justement l'un de ces camps que le convoi va visiter aujourd'hui. Ils se rendent d'abord à l'hôpital Al-Qods, géré par le Croissant-Rouge, et qui a été bombardé quelques heures auparavant. D'après les informations qu'ils ont pu obtenir, il n'y a pas de victimes, mais plusieurs blessés. Les obus de Tsahal ont également touché le siège des Nations unies à Gaza. Des bombes incendiaires au phosphore blanc, maintes fois utilisées par l'armée israélienne alors qu'elles sont interdites contre les populations civiles.

Des armes cruelles engendrant d'atroces souffrances. Les particules incandescentes qu'elles propulsent dans l'air brûlent l'épiderme et les chairs jusqu'aux os. Des blessures très difficiles à soigner et qui causent souvent la mort du patient.

— Quand il s'agit de tuer son prochain, l'homme a une imagination sans limites, soupire Paul.

— Les Russes s'en sont servis en Tchétchénie, se souvient Grégory.

— Je sais. Sadam Hussein les a lancées contre les Kurdes, les États-Unis contre l'Irak. Et Israël les a déjà utilisées au Liban.

Ils restent silencieux un moment, regardant défiler les ruines.

Regardant le monde en face.

— Est-ce qu'un jour on verra autre chose que des blessés, des morts, des décombres ? dit Paul.

— Non. Et par moments, j'ai envie de laisser tomber parce que c'est sans fin…

— Une fois, tu m'as dit que si on faisait tout ça pour sauver une vie, une seule vie, on avait raison de le faire, rappelle le Suisse. Tu te souviens ?

— Oui, je me souviens.

— Je crois que tu avais raison. Et des vies, on en a sauvé pas mal, il me semble.

Un jeune garçon sort des décombres de ce qui fut sa maison, une peluche dans les bras. Il adresse un signe de la main aux humanitaires, Paul lui répond.

— Greg… Pourquoi tu t'es énervé, ce matin ? demande-t-il soudain.

Le Français se renfrogne et tourne la tête de l'autre côté.

— Je ne t'avais jamais vu comme ça, avoue Paul.

Tôt dans la matinée, Grégory s'en est pris à un jeune infirmier espagnol, membre du CICR, qui a administré un médicament contre-indiqué au petit Tarek. Il a laissé exploser sa colère, faisant trembler les murs d'Al-Shifa.

— J'ai cru que tu allais lui mettre une droite ou un coup de boule ! continue le Suisse. Tu m'as fait peur…

Paul est intervenu pour calmer son ami, l'entraînant jusqu'en salle de repos. Il a ensuite parlé un moment avec le jeune Espagnol, lui expliquant que Grégory était fatigué, sur les nerfs. Qu'il fallait passer l'éponge sur son comportement.

— Ce crétin a failli tuer Tarek ! se défend l'infirmier.

— Non, Greg. Ce qui a failli tuer Tarek, c'est un obus tiré par un char israélien.

Grégory soupire d'agacement.

— Tu es sûr que ça va ? s'enquiert Paul.

— Le psy du CICR m'a déclaré apte, tu te rappelles ?

— Pas de ça avec moi ! Je ne te demande pas si tes papiers sont en règle : je te demande si tu vas bien.

— Oui, je vais bien, ne t'en fais pas. J'aime mon métier, et ça a été dur de rester sur le banc de touche pendant plus d'un an. Mais maintenant, ça va.

Le convoi continue sa route au milieu du désastre.

J'ai l'impression d'être une bombe à retardement. L'impression que je vais imploser ou exploser. Qu'il suffirait que quelqu'un appuie sur le détonateur…

Un champ de ruines où tout est à reconstruire. Les immeubles encore debout, comme des miracles, ne sont qu'illusion. Eux aussi pourraient s'écrouler d'une seconde à l'autre. Parce que leurs fondations sont fragilisées. Parce qu'ils étaient trop près de l'impact.

Je ne sais plus vraiment quand c'est arrivé. À quel moment quelque chose s'est brisé en moi.

Sur le bord de la route, des hommes sortent le cadavre d'un enfant d'un amas de gravats et l'enroulent dans une couverture.

Toute cette volonté de destruction et de mort, toute cette haine. Toute cette violence… Peut-être qu'elles se sont insinuées en moi, qu'elles ont trouvé la faille pour entrer et m'infecter… Pour m'empoisonner.

Je ne sais plus vraiment quand c'est arrivé. C'était peut-être il y a longtemps, déjà. Mais je n'ai pas voulu le voir.

Et je ne veux toujours pas le dire.

Une femme pleure devant un tas de ruines qui devait être sa maison. À côté d'elle, trois dépouilles alignées sous des couvertures ou des draps. Les corps de ses proches, peut-être de ses enfants.

Je ne veux pas écouter le mal qui grandit en moi. Je ne veux pas écouter la violence qui rugit dans mes entrailles.

Parce que je me sens utile quand je suis près des oubliés du monde.

Parce qu'ils ont besoin de moi.

Plus loin, un homme tue un chien qui errait dans les rues à la recherche de nourriture.

Toute cette violence, toute cette haine…

Ce n'est pas moi l'assassin.

Pas encore…

42

14 mai 2009

France, Alpes-de-Haute-Provence

Zina enfile un blouson et s'approche de son mari qui boit un café, appuyé au comptoir de la cuisine.

— Tu devrais te recoucher, dit-elle. Il est tôt.

La pendule indique 6 h 30 et Zina est déjà sur le pied de guerre. Elle doit faire le ménage dans sa boutique avant l'ouverture.

— Ouais, je crois que je vais dormir encore un peu, acquiesce Grégory.

Zina se considère dans le miroir près de la porte d'entrée.

— Je suis moche, ce matin.

— Tu es comme d'habitude, réplique l'infirmier.

— Merci, très aimable !

— Tu es comme d'habitude, c'est-à-dire *sublime*, ajoute son mari avec un petit sourire.

Elle revient vers lui pour l'embrasser.

— Si tu as des nouvelles d'Anton, passe-moi un coup de fil, demande-t-elle.

Leur fils s'est montré particulièrement sombre, la veille au soir. À la fin du dîner, il est parti chez Alexandre et n'est toujours pas rentré. Cela arrivant fréquemment, ses parents ne s'inquiètent pas outre mesure.

— Promis, répond Grégory. Je pense qu'il va débouler vers midi.

— Je l'espère, soupire Zina. À ce soir, mon chéri.

— À ce soir, *beauté fatale* !

Il la rattrape pour l'embrasser une nouvelle fois puis la laisse s'enfuir dans le petit jour. Il termine son café et s'allonge sur le canapé, n'ayant pas le courage de remonter jusqu'à la chambre.

Il reste un moment à fixer le plafond. Il a peur de retourner à ses cauchemars, mais il doit rembourser sa colossale dette de sommeil.

Il est rentré de Gaza trois semaines plus tôt. L'opération *Plomb durci* a officiellement pris fin le 18 janvier avec un bilan de plus de mille trois cents morts dans la bande de Gaza. Mais alors que Paul a quitté Al-Shifa dès la mi-février, le CICR a demandé à Grégory de demeurer sur place pour poursuivre les soins aux innombrables blessés et aider les soignants palestiniens à affronter les épidémies qui n'ont pas tardé à se répandre dans Gaza dévastée. Les bombardements israéliens et les tirs de roquettes du Hamas se sont poursuivis après le cessez-le-feu, faisant encore des morts et des blessés.

Un séjour éprouvant.

Pourtant, Grégory a vécu des moments inoubliables. Avec les autres membres de l'équipe d'Al-Shifa, il a sauvé des vies. Beaucoup de vies.

Il s'est à nouveau senti utile en ce monde.

La veille, il a reçu un dessin de Yehya. Le petit garçon, qui continue à se rendre à Al-Shifa une fois par semaine pour sa rééducation, l'a remis à Mariam qui l'a envoyé à son collègue français. Un gribouillage d'enfant de cinq ans, mais qui a profondément ému Grégory. Dans la lettre qui accompagnait le dessin, et dans un anglais parfait, sa collègue palestinienne lui a donné des nouvelles des autres patients. Tarek s'est installé chez son oncle et sa tante qui gèrent une petite exploitation d'oliviers au nord de Gaza. Il apprend doucement à se servir de sa main gauche et attend toujours sa prothèse. Basma et son père

Saleh sont hébergés chez un cousin puisque l'immeuble où ils vivaient a été détruit pendant la guerre. D'après Mariam, la petite fille de huit ans s'est adaptée à sa cécité avec une incroyable rapidité.

Oui, Grégory s'est senti utile durant ces mois passés à Gaza.

Doucement, la fatigue l'embarque sur un bateau à la dérive. Vers où vont l'emmener les courants, cette fois ?…

Une plage, une mer turquoise. De petites vagues indolentes qui s'échouent sur le rivage.

Une vraie carte postale.

Pieds nus, Grégory marche sur le sable mouillé. Ses pas ne laissent aucune empreinte dans le sol.

Comme s'il n'était pas réel.

Au fur et à mesure qu'il progresse, le bout de la grève s'éloigne.

Comme s'il ne devait jamais atteindre son but.

Un vent fort se lève, couchant les arbres à l'orée de la plage. Les vagues se transforment en rouleaux et Grégory peine à avancer, ralenti par les bourrasques. Soudain, la mer vomit un cadavre à ses pieds. Il reconnaît immédiatement Anatoli. Son corps a été dévoré par les poissons. Seul son visage est intact et ses yeux le condamnent depuis l'au-delà.

Grégory se réveille en sursaut. Il fait désormais jour, un rayon de soleil l'oblige à cligner des paupières. Il est encore comateux mais distingue une silhouette qui avance vers lui. Anatoli aurait-il traversé la frontière interdite pour réclamer vengeance ?

Il réalise enfin qu'il s'agit de son fils. Debout près du canapé, Anton le fixe.

Dans sa main droite, un tournevis.

L'infirmier n'a pas le temps de réagir, le jeune homme se jette sur lui avec un hurlement bestial. Grégory érige son bras en protection et le tournevis le transperce entre le radius et le cubitus. Il pousse un cri de douleur, parvient à faire reculer l'assaillant. Il tente de se redresser mais Anton est déjà de retour sur le ring.

— Arrête !

Le jeune homme essaie de planter le tournevis dans la gorge de son père. Emporté par son délire, il a une force de dément, et Grégory a bien du mal à éviter le pire. La pointe de l'arme pénètre sous sa mâchoire, il retient la main de son fils.

— Anton, merde ! C'est moi, c'est Greg !

— Je sais qui tu es, fils de pute ! Et je vais te crever !

— C'est moi, ton père !

Il tord le poignet d'Anton jusqu'à lui faire lâcher le tournevis et le repousse si fort qu'il tombe à la renverse sur le carrelage. Il parvient enfin à se mettre debout au moment où son fils revient à l'attaque.

— Anton, arrête !

Il reçoit un coup de poing dans la mâchoire et bascule à nouveau sur le sofa. Un coup de pied dans le sternum lui coupe la respiration.

Après la sidération, la colère.

Presque de la haine envers ce fils qui s'est changé en fou furieux.

À son tour, Grégory se jette sur Anton et le plaque au sol.

— Tu te calmes, putain de merde !

Le jeune homme mord le bras déjà meurtri de son père. Nouveau cri de douleur, Grégory lâche prise. Anton en profite pour se dégager et se relève avec une étonnante agilité. Alors que l'infirmier se prépare à une énième attaque, son fils prend la fuite. Il passe la porte, traverse le jardin en courant et disparaît sur la piste.

Grégory reste à genoux, appuyé sur les coussins du canapé. Le vertige lui retourne l'estomac. Il se redresse péniblement, titube jusqu'au cellier et récupère la trousse à pharmacie sur l'une des étagères. Il désinfecte les deux plaies et stoppe l'hémorragie avant de poser un pansement et une bande. Tout cela de la main gauche. Puis il se regarde dans le miroir de l'entrée et constate qu'il saigne également au niveau de la gorge. Une blessure peu profonde sur laquelle il met un peu d'alcool et un simple pansement.

Une fois ces gestes routiniers accomplis, il ramasse le tournevis et le cache dans un tiroir du bahut. Posté devant la fenêtre, il scrute le jardin. Le monstre qui a pris la place du petit Anton va-t-il revenir ? Sera-t-il armé d'un couteau ? D'un pieu en bois ? D'une arme à feu ?

Mais Anton reste invisible et Grégory finit par se rasseoir dans le canapé.

Sous le choc.

Son cœur refuse de se calmer, sa tension artérielle atteint des sommets. Une violente migraine explose dans son crâne alors que son bras droit est en train de se paralyser.

Mon fils vient de m'attaquer. Mon propre fils vient d'essayer de… me tuer.

***

Au volant de son 4 × 4, il a bien du mal à conduire. Son bras lui envoie des signaux de douleur et il rêverait de posséder une voiture automatique. Cela fait maintenant des heures qu'Anton a disparu, mais Grégory n'est pas resté inactif. Après avoir retrouvé ses esprits, il a appelé une collègue du CICR, une psychologue allemande rencontrée à Gaza, avec qui il s'est lié d'amitié. Il lui a demandé conseil, prétextant appeler pour un ami dont le fils, traumatisé dans son enfance, posait de graves problèmes. Il lui a brossé un portrait clinique d'Anton et de ses accès incontrôlés de violence. Anna lui a répondu que son ami devait impérativement fouiller la chambre de son fils. Aussitôt la conversation terminée, l'infirmier a fait une perquisition en règle et a pu constater que les prédictions d'Anna étaient fondées.

Couché sur la banquette arrière, Pouchkine ne cesse de geindre, comme s'il avait compris que la situation était grave. Grégory fait le tour du village à la recherche de son fils puis se gare devant la boutique de Zina. Elle est en train de ranger les bibelots sur les étagères et adresse un sourire étonné à son mari.

— Qu'est-ce que tu fais là ? demande-t-elle. Tu as des nouvelles d'Anton ?

— Ça, on peut le dire, envoie l'infirmier.

Enfin, Zina remarque la bande et le pansement, ainsi que l'hématome sur le visage de son mari.

— Qu'est-ce qui s'est passé ?

— Je dormais sur le canapé et il s'est jeté sur moi avec un tournevis. Il a bien failli me tuer, ajoute Grégory en posant un doigt sur sa blessure près de la carotide.

Zina reste bouche bée un instant.

— Où est-il ?

— Aucune idée. Je suis justement descendu pour le chercher.

— Mais… tu l'as frappé ?

— Non, j'en ai seulement pris plein la gueule. Je ne lui ai pas rendu ses coups, sinon je crois que j'aurais été capable de…

Il s'abstient de continuer sa phrase.

— Ensuite, il s'est tiré en courant et je ne sais pas où il est allé.

— J'appelle la mère d'Alexandre pour savoir s'il est chez eux, propose Zina.

Pendant qu'elle compose le numéro, son mari allume une cigarette et la fume sur le pas de la porte. Une vieille dame qu'il connaît depuis son enfance s'arrête devant le magasin.

— Bonjour jeune homme !

— Salut Madeleine.

— Oh… C'est à la guerre que tu as été blessé ?

Quand elle le croise au retour d'une mission, Madeleine lui dit toujours qu'il est *allé à la guerre*. Ce qui n'est pas faux, finalement. Sauf que Grégory est un soldat sans arme.

— Oui, Madeleine. En Palestine.

Mieux vaut éviter de lui révéler que c'est son propre fils qui l'a agressé.

— Oh mon Dieu… J'ai vu ça à la télé, c'était terrible !

— En vrai, c'est bien pire.

— J'imagine, mon grand. Tu as du courage d'aller aider ces pauvres gens.

— Merci, Madeleine. Prenez soin de vous, hein ?

Il se plie en deux pour l'embrasser sur la joue et elle poursuit son lent chemin.

— Il n'est pas avec Alexandre, dit alors Zina qui vient de le rejoindre.

— OK, je vais remonter et continuer à le chercher.

— Qu'est-ce qui lui arrive ?

— J'ai un début de réponse, rétorque Grégory en sortant un petit paquet de sa poche.

— C'est quoi ?

— De la drogue.

— Hein ? Mais…

— Je vais le retrouver et lui parler, conclut son mari.

— Je viens avec toi.

Elle enfile son blouson, verrouille le magasin et prend le volant du 4 × 4.

— Tu sais où chercher ? demande-t-elle.

— À mon avis, il est parti en montagne et je compte sur Pouchkine pour nous aider.

— Pouchkine ?

— Oui. Il y a un secteur où il va souvent et s'il est dans le coin, le chien le repérera facilement.

— Et si on ne le trouve pas ? s'inquiète son épouse.

— Il finira bien par rentrer…

— C'est quoi, cette drogue ?

— Du cannabis. Et les comprimés, je suppose que c'est une saloperie de synthèse, du genre ecstasy ou autre.

— Mais tout le monde dit que ce n'est pas dangereux.

— Tout le monde dit des conneries. Et dans la situation d'Anton, c'est particulièrement déconseillé, ajoute Grégory en montrant son bras. Je pense qu'il va falloir le faire soigner, Zina.

— Oui, bien sûr.

— Je veux dire qu'il va peut-être falloir le faire interner en HP.

— Tu veux l'envoyer chez les fous ? s'écrie la jeune femme.

Grégory soupire.

— Il doit se désintoxiquer de cette merde et prendre un traitement.

— Je ne veux pas que mon fils soit enfermé dans un asile !

— Et si jamais il s'en prend à toi ? Si jamais il te saute dessus avec un tournevis ou un marteau ? J'ai failli y passer et pourtant, je ne suis pas une petite nature. Alors tu imagines si tu avais été à ma place ?

Zina secoue la tête :

— Il ne fera jamais ça, dit-elle enfin. Il n'est pas méchant !

— Ça n'a rien à voir avec la méchanceté, chérie. Il est gravement malade, il a des troubles mentaux qui sont décuplés par la drogue. Si on ne fait rien, il va plonger. Et ça finira mal… Très mal.

***

Mettre la main sur Anton n'a pas été simple. Comme l'avait prédit Grégory, il s'était réfugié en montagne, près d'un torrent. Pouchkine l'a localisé le premier, et lorsque le jeune homme a vu ses parents, il a pris la fuite. Grégory a réussi à le rattraper, mais il a dû employer la force pour le ramener jusqu'au chemin. Il est ensuite parvenu à le raisonner et à le faire monter dans la voiture.

Après un trajet durant lequel personne n'a ouvert la bouche, ils viennent de rejoindre le chalet. Anton tente de s'esquiver vers l'étage, Grégory le retient par son tee-shirt et l'assoit de force sur une chaise de la terrasse. Il s'installe en face de lui, tandis que Zina demeure debout, bras croisés. Anton garde la tête baissée et caresse le dos de Pouchkine. Il lui murmure des mots incompréhensibles, peut-être du russe. D'un regard, Zina avoue ne pas saisir ces paroles.

Grégory essaie de conserver son calme, même si la douleur au bras attise sa colère.

— Tu as quelque chose à me dire, non ? lance-t-il.

Anton secoue la tête, visiblement désemparé.

— Des excuses à me faire, peut-être ?

Grégory sort le paquet de sa poche et le pose sur la table de la terrasse.

— On va parler de ça, si tu veux bien. On va en parler calmement, d'accord ?

En voyant la drogue, Anton blêmit.

— C'est ton copain Alexandre qui te fourgue cette merde ? demande son père.

Il a l'impression de parler à un mur mais ne s'avoue pas vaincu.

— Je suppose que oui, reprend-il. Et je m'en fous un peu, à vrai dire. Anton, tu souffres de troubles graves. Ces troubles sont dus à ce que tu as vécu lorsque tu étais enfant. On appelle ça un traumatisme, et nous en avons déjà discuté toi et moi. Tu te souviens ?

Le jeune homme hoche la tête. Encouragé par ce début de réaction, son père poursuit :

— J'ignore combien de cannabis tu consommes, et combien de ces comprimés tu prends chaque jour, mais il faut que tu saches que dans ton cas, ces drogues sont très dangereuses. Elles aggravent ton état.

— Ça m'apaise, murmure son fils.

— Je veux bien le croire, acquiesce Grégory. Mais on va les remplacer par autre chose. Par un traitement adapté à ton cas.

Anton secoue la tête.

— Est-ce que tu te rends compte que tu as failli me tuer, ce matin ? balance l'infirmier.

Le jeune homme s'élance en direction du portail. Son père le ramène de force vers la terrasse.

— Cette discussion n'est pas terminée, prévient-il d'un ton ferme. Et tu vas m'écouter jusqu'au bout.

Il reste près de son fils pour empêcher toute tentative de fuite.

— Tu aurais pu me tuer, Anton, répète-t-il. Est-ce que tu te souviens de ce qui s'est passé ?

Anton hoche la tête.

— C'est comme un rêve.

— Plutôt un cauchemar, tu veux dire !

Jusque-là spectatrice, Zina intervient :

— Explique-nous pourquoi tu as attaqué ton père.

— Je... Je... Je sais pas pourquoi... J'ai cru que...

— Tu m'as pris pour un autre, c'est ça ? Comme la dernière fois, quand tu m'as agressé dans le couloir ?

— Il t'a déjà agressé ? s'exclame Zina.

— Oui, l'année dernière, révèle son mari. Il ne m'a pas blessé, juste... bousculé. Alors, Anton, dis-moi la vérité, tu veux ?

— Oui, je t'ai pris pour quelqu'un d'autre, avoue le jeune homme. J'ai cru que... C'est Layla qui m'a dit de...

Anton cesse de parler, incapable de plus de mots. Une larme coule sur sa joue et Grégory pose une main sur son bras.

— Je ne suis pas en colère contre toi. Je ne le suis plus, du moins. Je suis seulement inquiet pour toi. Je veux que tu consultes un médecin et que tu prennes un traitement.

— Personne ne peut me soigner ! s'écrie son fils.

— Si. Ils peuvent soulager tes angoisses, tes souffrances et te débarrasser de tes hallucinations.

Anton se met à nouveau debout et regarde en direction du portail. Mais il renonce à s'enfuir. Grégory le saisit par les épaules et le fixe droit dans les yeux.

— Est-ce que tu veux prendre le risque de me tuer, la prochaine fois ?

— Non…

— Est-ce que tu veux prendre le risque de tuer ta mère ?

— Non ! Non…

— Est-ce que tu es d'accord pour voir un médecin ? Est-ce que tu es d'accord pour suivre un traitement ?

— Oui, papa, murmure Anton.

Il se met à pleurer sans retenue et Grégory le serre contre lui.

— On va te soigner, mon fils. Et tu vas aller mieux, je te le promets.

43

Février 2010

France, Alpes-de-Haute-Provence

Anton gare sa voiture le long de la piste recouverte d'une fine couche de neige. Il descend, suivi de près par Pouchkine.

À Noël, ses parents lui ont offert cette Renault d'occasion qui compte pas mal de kilomètres au compteur, mais lui permet d'avoir son indépendance.

Le jeune homme s'approche du mur en pierres qui soutient la piste. Il passe par-dessus, s'assoit face au vide.

Sous ses pieds, le ravin de la Fiancée.

Anton ignore pourquoi on a nommé ainsi cette combe au fond de laquelle dévale un torrent fougueux. Il se plaît à imaginer qu'une jeune femme s'y est précipitée juste avant son mariage parce que son futur époux l'avait trompée avant même les noces.

Une histoire romantique, passionnelle et tragique.

Une histoire qu'il aimerait vivre.

Mais pour cela, tomber amoureux. Rencontrer celle qui pourrait faire exploser son cœur.

Anton doute que cela arrivera un jour.

Il a conscience de plaire à la gent féminine. Il n'est ni grand ni musclé, contrairement à son père adoptif, mais ses traits racés, ses immenses yeux bleus et son côté ténébreux font des ravages.

Pour le moment, alors qu'il aura bientôt vingt ans, il n'a pas connu l'amour. Seulement le sexe. Deux expériences qui l'ont laissé sur sa faim.

Deux filles du village, dont l'une avait trois ans de plus que lui. Des aventures brèves, sans consistance ni saveur.

Deux filles qu'Alexandre a poussées dans ses bras.

Car contrairement à ce qu'il a affirmé à Grégory, Anton continue à fréquenter son seul ami.

Certes, il a baissé sa consommation de drogue sans toutefois y renoncer.

Anton consulte sa montre, se dit qu'il a encore le temps. Son rendez-vous chez la psychiatre est dans une heure.

Fidèle à la promesse faite à ses parents, il a entamé une nouvelle psychothérapie l'été dernier. Deux séances par mois, un neuroleptique et un anxiolytique. De quoi calmer ses accès de violence, de quoi endormir sa souffrance et la colère qui gronde dans ses entrailles.

Les endormir, mais pas les éliminer.

Car rien ne le pourra.

Le jeune homme sait qu'il ne guérira jamais, que son mal est incurable.

Anton regarde le vide.

Avec l'impression de regarder son avenir.

Il a pris l'habitude de dire à cette psychiatre qu'il progresse, qu'il va mieux. Drapée dans ses certitudes et infatuée d'elle-même, elle ne demande qu'à le croire. Il parvient facilement à la berner, comme il berne Zina et Grégory.

Mais s'il mystifie ses parents, c'est uniquement pour les rassurer.

Uniquement par amour.

Le bruit d'un moteur l'arrache à ses pensées. Le vieux 4 × 4 de son père remonte du village. Quand Grégory aperçoit son fils, il abandonne sa voiture au milieu de la piste.

— Qu'est-ce que tu fais là, Anton ?

— Rien.

Son père s'assoit à côté de lui.

— Ça ne va pas ?

— Si, ne t'en fais pas. J'ai vu un chamois en passant, je me suis arrêté pour l'observer, c'est tout !

Grégory le prend par les épaules dans un geste paternel et affectueux.

— Je suis heureux de voir que tu vas mieux, mon fils. Tellement heureux…

Anton offre un sourire à cet homme qui a réussi à devenir son père. Cet homme pour lequel il lutte chaque jour.

Sans lui, il aurait déjà abandonné depuis longtemps.

Sans lui, il aurait connu le même destin que la *fiancée* qui s'est jetée du haut de cette falaise.

Sans lui, il aurait peut-être laissé se propager le mal qui brûle ses entrailles.

Sans lui, il se serait peut-être transformé en arme létale.

Mais combien de temps son père parviendra-t-il encore à le retenir ?

— Tu n'avais pas rendez-vous chez ta psy ? demande Grégory.

— Si, je vais y aller, répond son fils.

Anton regarde le vide.

Avec l'impression de se regarder dans un miroir.

44

12 septembre 2010

Afghanistan, Kandahar, hôpital Mirwais

Grégory court dans un couloir. Au passage, il bouscule un aide-soignant et, sans ralentir, lance un *sorry* à son collègue afghan. La victime pour laquelle on l'a appelé se trouve dans la benne d'un pickup qui vient de se garer devant les urgences.

Il soulève la couverture et découvre un petit garçon. Son regard, tel un scanner, quantifie les dégâts rapidement. Il demande de l'aide pour sortir la victime et la placer sur un brancard. Un infirmier afghan lui traduit les propos des deux villageois qui ont conduit le blessé jusque-là :

— Ils ont roulé quatre heures…

L'humanitaire imagine sans peine le calvaire vécu par le jeune blessé. Des heures à subir les routes défoncées à l'arrière de ce vieux véhicule. D'ailleurs, il n'arrête pas de crier de douleur.

— Qu'est-ce qui s'est passé avec cet enfant ?

— Il jouait avec une bombe qu'il avait récupérée sur un chemin. Et la bombe a explosé alors qu'il l'avait dans les mains. Il a sept ans, il s'appelle Mujahid.

— C'est son père, l'homme qui est là ?

L'Afghan interroge les deux villageois du pickup avant de se retourner vers le Français :

— Non. Son père est mort et sa mère est restée au village pour s'occuper de ses autres enfants.

— OK, emmenez-le à l'intérieur et sédatez-le. Vous le confiez à Claire, moi je vais chercher le chirurgien !

Grégory repart dans les couloirs de Mirwais et trouve Paul étendu sur un lit de camp, dans une pièce réservée aux soignants. Le Suisse a opéré toute la nuit, mais vu les blessures du garçon, il est le plus qualifié pour intervenir. Grégory le secoue sans ménagement.

— Paul ! Réveille-toi !

— Hein ?

— Réveille-toi !

Paul se redresse sur le grabat et considère l'infirmier avec un regard fatigué.

— Tu as assez dormi pour opérer ? vérifie son ami.

— Je suis OK, affirme le Suisse.

Il suit Grégory dans les couloirs, au pas de course.

— Qu'est-ce qu'on a ?

— Un gamin qui a joué avec une bombe.

— Encore ? se désole le chirurgien. Quel état ?

— C'est pas beau à voir, prévient Grégory. Délabrement important côté droit : bras, thorax et visage. Et sa main gauche est en très mauvais état.

— Putain... Bon, tu demandes à Claire de le préparer et...

— C'est fait.

— Parfait. Tu descends au bloc avec moi.

Ils s'arrêtent juste avant la salle d'opération et se lavent les mains dans le silence de la concentration.

— Dès qu'on a les radios, on commence, indique Paul.

— J'ai suggéré à Claire de lui faire un scanner, répond le Français avec un sourire triste.

— J'aurais préféré une IRM !

— Pas de souci. Tu l'auras d'ici une vingtaine d'années !

Ici, à Mirwais, il faut soigner avec les moyens du bord. Un vieil appareil de radiographie, du matériel vétuste.

Ici, tout respire la pauvreté, la misère. Les lits rouillés, les matelas défoncés, les murs craquelés qui s'effritent sur les patients entassés à trente par dortoir. Au premier étage, dans le service pédiatrie, les enfants sont même deux par lit.

Ici, seul un médecin aguerri et spécialisé en chirurgie de guerre, tel que Paul, peut accomplir des prouesses avec quasiment rien.

Pourtant, Mirwais est le plus grand centre de santé du sud de l'Afghanistan. Et les blessés viennent de toute la région. La semaine passée, ils en ont accueilli cent vingt en une seule nuit.

Engins explosifs artisanaux disséminés le long des routes, des pistes, des chemins. Mines antipersonnel qui infestent tout le pays.

Frappes aériennes de l'armée régulière afghane ou de la coalition *Liberté immuable,* déployée peu après les attentats du World Trade Center, lorsque les Talibans, alors au pouvoir, ont refusé l'extradition d'Oussama ben Laden.

Attentats suicides des insurgés, fusillades…

Il y a tant de façons de perdre la vie en Afghanistan.

Et si peu de moyens de soigner les blessés.

Lorsque le brancard qui amène Mujahid se présente dans le couloir, le sous-sol se retrouve dans le noir complet.

— Et merde ! enrage Paul. Manquait plus que ça…

Heureusement, le générateur prend le relais au bout d'une minute et la lumière revient, permettant aux deux hommes d'examiner le jeune patient.

— Mais pourquoi ils jouent avec des bombes, ces gosses ? se désespère le Suisse.

— Ils ramassent tout ce qu'ils trouvent, répond Grégory. Ils se disent qu'ils pourront le revendre peut-être…

— On en a pour cinq ou six heures. Amputation bras droit jusqu'à l'épaule. Main gauche, aussi. Je ne peux rien faire pour son œil, il est perdu… Je dois pouvoir sauver sa jambe. Niveau thorax, ça a l'air d'être peu profond, mais sans scanner…

— Tu feras des miracles, comme toujours, l'encourage Grégory.

Ils échangent un regard chargé de douleur. Faire des miracles, c'est empêcher la mort de cet enfant. Mais pour quelle vie après ?

Ne pas se poser ce genre de questions au risque de s'effondrer sur place.

— Bon, qu'est-ce qu'il fout l'anesthésiste ? s'énerve Paul. Il se fait les ongles ou quoi ?

— Il ne va plus tarder, monsieur, annonce un jeune infirmier afghan.

— Appelle-moi Paul, propose le Suisse. Et fais une prière. Mujahid va en avoir besoin…

Grégory fume une cigarette devant l'entrée des urgences. La soirée est calme, toutefois il ne se fait aucune illusion : tout peut basculer d'une seconde à l'autre.

L'Afghanistan est une poudrière. Un volcan qui crache des victimes sans relâche.

L'infirmier est arrivé dans le pays au mois d'avril pour une mission d'un an. Il a d'abord œuvré à Kaboul pendant deux mois, puis a accepté de descendre jusqu'à Kandahar pour rejoindre Paul à Mirwais. Cette province est encore plus instable et dangereuse que le secteur de la capitale, mais Grégory voulait retrouver son ami et se sent plus utile ici qu'à Kaboul.

Au mois d'août, il est rentré en France, heureux de revoir son épouse et son fils et de constater l'amélioration de l'état psychologique d'Anton.

Après l'opération de Mujahid, il a appelé Zina. Il avait besoin d'entendre sa voix.

Tu as fait quoi, aujourd'hui ? a-t-elle demandé.

J'ai aidé Paul à couper le bras d'un enfant de sept ans.

Besoin d'entendre sa voix.

Et de partager l'horreur.

Vous lui avez sauvé la vie, a répondu Zina.

On le saura dans quelques jours.

Puis il a demandé des nouvelles d'Anton. Le jeune homme continue de consulter sa psychiatre, de prendre son traitement avec sérieux. Son état reste stable. Selon Zina, il n'a toujours pas revu Alexandre et consacre du temps à ses études.

Grégory reprend espoir. Certes, les neuroleptiques transforment parfois son fils en zombie, mais la psychiatre s'efforce d'ajuster le traitement en fonction des effets secondaires, et promet qu'elle diminuera les doses dès que possible. Dès que les séances auront porté leurs fruits.

Paul rejoint son ami, apportant deux cafés brûlants dans des tasses ébréchées.

— Merci, dit Grégory.

— Il faut qu'on dorme cette nuit. J'ai ordonné qu'on ne nous réveille qu'en cas *d'impérieuse nécessité* !

— Chouette ! On va pouvoir roupiller au moins quatre heures ! Mais il faut que je sois debout quand Mujahid se réveillera. Il n'a pas de famille ici, je ne veux pas qu'il soit seul.

— Demande à un collègue de te remplacer. Il *faut* que tu dormes.

— OK, soupire Grégory.

Alors qu'il écrase son mégot, Claire les rejoint. C'est une urgentiste française qui est arrivée à Mirwais deux semaines plus tôt. L'infirmier lui offre une cigarette et lui fait une place sur le muret. Au bout de quelques minutes, elle arrache son voile.

— J'en peux plus de porter ce machin sur la tête ! dit-elle. Ça gratte, ça tient chaud, c'est l'enfer !

Même si la situation des femmes s'est légèrement améliorée depuis le départ des Talibans en 2001, même si elles ont désormais le droit de voter et celui d'aller à l'école, elles sont toujours obligées de porter la burqa quand elles sortent de chez elles. Claire, elle, a l'obligation de couvrir ses cheveux blonds dès qu'elle est en présence d'hommes.

— Je sais pas comment elles font pour supporter ça toute la journée !

— Et toute leur vie, ajoute Grégory.

Une vieille ambulance entre en trombe dans la cour de Mirwais. Les trois membres du CICR se précipitent pour ouvrir la portière arrière et découvrent un homme couché sur le ventre, à même le plancher en tôle du véhicule. Ses vêtements sont en lambeaux, il est partiellement recouvert d'une couverture de survie. Claire prend son pouls :

— Trop tard, dit-elle.

D'un geste, Paul signifie au chauffeur que le blessé n'a pas survécu au voyage, et l'ambulancier referme la portière avant de repartir avec son cadavre. Direction la morgue.

Claire remet le foulard sur ses cheveux et retourne au chevet de ses patients.

Une soirée comme une autre à Mirwais.

— J'espère qu'elle tiendra le choc, dit Paul.

— Je pense que oui. Elle a l'air solide !

— Bon, je vais me coucher, annonce le Suisse.

— Je te rejoins dans une minute, dit Grégory.

Paul le dévisage avec un petit sourire.

— On ressemble de plus en plus à un vieux couple, tu ne trouves pas ? *N'oublie pas de prendre ta pilule, chérie ! Et mets ta nuisette en satin !*

— Celle que tu m'as offerte pour la Saint-Valentin ?

— Oui, celle qui m'excite furieusement !

Ils partent dans un fou rire qui n'en finit plus, sous l'œil étonné de deux infirmiers afghans.

Exorciser la douleur.

***

22 septembre 2010

— Ils ont débarqué dans notre village et ils ont tué plein de gens… Au hasard, ils les ont tués. Ils ont dit qu'on soutenait l'Alliance du Nord, qu'on était des mécréants, des chiens et des traîtres.

Iqbal, un infirmier afghan, traduit les paroles du patient dans un anglais baroque. Grégory l'écoute attentivement, tout en donnant les premiers soins à Shahab, un quinquagénaire tout juste arrivé à Mirwais après des heures de route.

— C'était des Talibans, précise Shahab.

Il a une grave blessure à la jambe qui date et s'est infectée. Il présente d'autres plaies à la poitrine et au bras droit.

— Ils ont saisi mon fils par la tête, comme s'ils attrapaient un mouton…

Iqbal continue de traduire, Grégory continue de soigner. Pour lui, écouter ceux qui souhaitent confier l'horreur qu'ils ont vécue fait partie de sa mission.

— Ils l'ont décapité avec un couteau et ils ont jeté sa tête dans la rivière.

Grégory vacille. Il est obligé de prendre appui sur le pied métallique du lit.

— Ça va aller ? s'inquiète Iqbal.

— Oui, répond l'infirmier. Demande-lui comment il a été blessé, s'il te plaît.

Shahab explique que les Talibans lui ont tiré une balle dans la jambe pour le neutraliser puis ont violé ses filles et sa femme. Avant de quitter le village, ils l'ont roué de coups.

— Dis-lui qu'il faut opérer sa blessure à la jambe, sinon il va la perdre.

Iqbal acquiesce d'un hochement de tête.

— Dis-lui qu'on va l'opérer dès aujourd'hui. Et qu'il pourra confier son calvaire à la déléguée de Human Rights Watch puisqu'elle est ici jusqu'à demain soir pour recueillir des témoignages sur les crimes de guerre.

— D'accord, je lui dis.

— Merci, Iqbal.

Grégory traverse un long couloir avec l'impression que le sol se dérobe sous ses pieds.

Toute cette violence, toute cette haine…

Ces bourreaux, ces assassins, ces meurtriers. Ces fous.

Et moi.

Partout où il est passé, les mêmes horreurs. Depuis qu'il est à Kandahar, il entend des rumeurs sur des exactions commises par un commando de l'armée américaine. Des témoignages qui accusent des militaires de tuer des civils afghans pour le plaisir, de se prendre en photo à côté de leurs cadavres, comme les chasseurs se font immortaliser à côté du gibier qu'ils viennent de massacrer.

Pour le plaisir…

Certains disent qu'ils récupèrent des morceaux de leurs victimes. Des doigts, des os, des dents.

Ça ne finira jamais. La pourriture est à l'intérieur de l'humain, comme le ver dans le fruit.

Le Français sort de l'hôpital, respire à pleins poumons l'air glacial de Kandahar. Un groupe de policiers afghans qui montent la garde le dévisagent avec curiosité, se demandant sans doute pourquoi un Occidental a quitté le confort de son pays pour venir risquer sa vie dans cet enfer.

Eux, ils sont nés ici, au mauvais endroit. Ils n'ont pas eu le choix. Toi, tu as le choix. Tu pourrais tout abandonner, tout laisser tomber. Tu pourrais rester près de ta femme, de ton fils. Tu pourrais fuir toute cette violence, toute cette haine…

Grégory essaie de trouver un endroit où s'isoler des regards. Il contourne le bâtiment, s'arrête près des poubelles. Il attrape le tube d'anxiolytiques dans la poche de sa blouse et avale un comprimé sans hésiter.

Non, je ne peux pas laisser tomber. Je ne peux pas les abandonner…

Sa poitrine se serre, il a l'impression d'étouffer. Les digues, de plus en plus fragiles, cèdent une nouvelle fois et les larmes inondent son visage.

C'est alors qu'une main se pose sur son épaule.

— Greg ? Qu'est-ce qui se passe ?

La voix de Paul.

— Greg ?

Dans un effort surhumain, l'infirmier tente d'endiguer le flot.

— C'est rien, dit-il.

— *Rien ?* répète Paul.

— Qu'est-ce que tu fous là ? demande Grégory en essuyant son visage.

— Je t'ai vu sortir, j'ai cru que tu allais fumer une clope… Qu'est-ce qui se passe, Greg ?

— Rien, je te dis. Je… ça ne t'arrive jamais de craquer ?

— Bien sûr que si, avoue le Suisse en s'adossant au mur décrépi. Et ici, c'est particulièrement difficile… C'est quoi ce médoc que tu viens d'avaler ?

Grégory ferme les yeux un instant. Comment mentir à son meilleur ami ?

— Un anxio.

Paul secoue la tête.

— Tu en prends souvent ?

— Non, je te jure que non ! prétend le Français.

— Je te crois, assure Paul. Mais je crois aussi que tu as besoin d'une pause, mon frère. Tu devrais demander un congé et rentrer en France le temps de te refaire une beauté.

— Hors de question. C'est juste un coup de blues, ça va passer… C'est à cause de ce gars.

— Quel gars ?

Grégory lui raconte l'histoire de Shahab et Paul hoche la tête.

— Je comprends. Parfois, c'est trop dur. Parfois, on ne parvient plus à encaisser. On est des éponges, tu sais. On absorbe, on absorbe et puis on arrive à saturation et il faut que ça sorte.

— Oui, acquiesce le Français. Mais ça va aller, ne t'en fais pas.

Paul le fixe droit dans les yeux.

— Si tu vas mal, viens m'en parler au lieu d'emmerder ces pauvres poubelles. D'accord ?

— D'accord, mon ami, sourit Grégory.

— Et comme je suis ton supérieur hiérarchique, je t'ordonne d'aller te reposer jusqu'à demain. C'est un ordre. Je ne veux pas te revoir dans ces putains de couloirs avant demain matin, c'est clair ?

Grégory accepte sans un mot.

— Ce soir, passe dans ma chambre. J'ai rapporté du monde civilisé une bonne bouteille de single malt ! ajoute Paul à voix basse. Parce que trouver de l'alcool dans ce pays, c'est comme trouver une femme heureuse… C'est mission impossible !

45

30 octobre 2010

Afghanistan, Kandahar

— Je ressemble à quoi ? s'inquiète Grégory.

— À mon grand-père, rétorque Paul. Mais en moins sexy.

— Ils auraient pu me dégoter un shalwar plus grand, soupire l'infirmier.

— Faut croire qu'ils n'ont pas d'armoires à glace chez les Pachtounes ! s'amuse le chirurgien. Quelle idée de mesurer presque deux mètres ! Moi, mon costume me va comme un gant, regarde… !

Paul fait un tour sur lui-même, fier de sa nouvelle tenue.

— Bon, on y va ?

En sortant de l'hôpital Mirwais, ils sont dévisagés par les policiers afghans chargés d'assurer la protection de l'établissement.

— Ils se foutent de ma gueule, non ? chuchote Grégory.

— C'est certain ! rétorque le Suisse.

Claire est dehors, en train de boire un café. Elle s'approche des deux hommes pour les embrasser.

— Vous êtes magnifiques ! dit-elle. Soyez prudents…

— On va se faire discrets, assure le Français.

— Ouais, on va chanter l'hymne du pays à tue-tête ! dit Paul.

— L'hymne du pays ? s'étonne Claire.

— *Femmes, je vous aime !* entonne le chirurgien. C'est bien ça, l'hymne afghan ? Ah non, pardon, c'est plutôt : *Ne la laisse pas tomber, elle est si fragile, être une femme libérée, tu sais c'est pas si facile !*

Claire rit de bon cœur, tandis que Paul et Grégory montent à l'arrière d'un Land Cruiser blanc, non siglé aux couleurs du CICR.

— D'habitude, c'est la croix rouge sur les portières qui est censée nous protéger, dit Paul.

— Ici c'est une cible. Très pratique pour mettre dans le mille, réplique l'infirmier.

Au volant, il y a Gul, leur guide et interprète. Un Pakistanais d'une trentaine d'années qui parle couramment anglais et, cerise sur le gâteau, maîtrise le français. Sur le siège passager, Jawad, un urgentiste originaire de Kaboul. Les trois soignants partent en mission dans un hôpital de la province de Ghazni où les humanitaires sont en difficulté face à un afflux de patients gravement blessés. Ils devraient y passer environ une semaine avant de revenir à Kandahar. Le CICR les a prévenus qu'il s'agissait d'un voyage dangereux dans un secteur qui reste partiellement aux mains des Talibans. Paul, Jawad et Grégory se sont tout de même portés volontaires pour aller aider leurs collègues. Leur guide leur a fourni des tenues traditionnelles et a demandé une voiture blanche, de façon à ne pas attirer l'attention.

Malgré toutes ces précautions, les deux expatriés ne sont guère rassurés.

— C'est peut-être notre dernière escapade, mon ami ! lance Paul.

— Tu sais trouver les mots pour mettre les gens en confiance, toi ! répond Grégory.

— J'ai un peu de whisky dans une flasque, murmure le Suisse. C'est pour le verre du condamné.

— Prêts ? vérifie Gul en mettant le contact.

— Prêt, répond Grégory.

— Prêts à tout, même ! enchaîne Paul. Prêts à nous déguiser pour aller soigner les gens ! On ne s'est pas rasés depuis avant-hier, mais niveau barbe, c'est pas top, hein ?

— Tu es en forme, ce matin ! constate son ami. T'as pris de la coke ou quoi ?

— De la coke au pays de l'héroïne ? Blasphème !

Jawad pivote vers eux et s'adresse au Français dans un anglais parfait :

— Tu devrais cacher tes cheveux, Grégory. Ils sont trop clairs.

L'infirmier prend le grand chèche tendu par son collègue et l'enroule maladroitement autour de son crâne. Paul éclate de rire :

— Cette fois, on dirait ma grand-mère !

La voiture quitte la cour de Mirwais pour un trajet d'environ trois cents kilomètres.

Trois cents kilomètres à travers l'un des plus beaux pays du monde.

Et sans doute l'un des plus dangereux.

Gul et Jawad échangent à voix basse. Grégory remarque que le chauffeur ne cesse de regarder dans le rétroviseur. Il se retourne et constate que leur Land Cruiser est suivi par une Corolla blanche.

— Cesse de flipper ! chuchote Paul. Les trois quarts des Afghans qui possèdent une bagnole ont une Corolla. Et la plupart sont blanches !

Le Toyota quitte Kandahar *via* la route qui part en direction de Kaboul. Jawad a descendu la vitre de sa portière et un vent glacial qui dévale des hauts sommets du nord-ouest leur cingle le visage.

— Il a déjà neigé au-dessus de Kaboul la semaine dernière, explique Gul. Là-bas, il fait très froid !

— Tandis qu'ici, c'est l'Andalousie ! s'amuse Paul. On est des sacrés petits veinards !

La route, bien que goudronnée, est parsemée de nids-de-poule qui mettent les vertèbres des passagers à rude épreuve.

— On peut même pas roupiller, se lamente le Suisse.

— Je sais que tu as peur, murmure Grégory avec un sourire complice. Alors, arrête de crâner.

— Je n'ai pas peur, je suis juste mort de trouille !

Sur le bord de la chaussée, un pickup kaki de la police afghane dont la carrosserie a été criblée de balles. Le moteur et les pneus ont disparu, l'épave s'apparente à un squelette que la poussière finira par engloutir.

Le Land Cruiser croise des camions surchargés, des motos, quelques voitures. Une dizaine de blindés américains.

— On va jusqu'à Ghazni ? demande Grégory.

— Non, on bifurque avant Kantabash, répond Gul. On se dirigera vers l'ouest.

La route s'étend, droite et monotone. Cette partie de l'Afghanistan a des allures de désert. Du sable, des cailloux et, au loin, des montagnes enneigées.

Ils traversent un village divisé en deux par la nationale, série de bâtiments carrés et mitoyens.

— Ça fait drôle de voir du monde d'un seul coup, songe Grégory à voix haute.

Ils sont obligés de ralentir pour éviter les vélos, les piétons et les chiens. Garage automobile, épiceries, oiselier, réparateur de deux-roues, boutique de vêtements traditionnels.

— Tu veux qu'on aille voir s'ils ont un shalwar kameez à ta taille ? propose Paul à son ami.

— On ne s'arrête pas ici, prévient Gul. Trop de monde pourrait nous voir, pas prudent.

— OK, acquiesce Paul.

Ils dépassent les derniers commerces et retrouvent le sable et les cailloux.

Après deux heures de trajet, une dizaine de boutiques se dressent sur leur droite. Gul stoppe le véhicule devant un garage qui dispose de gasoil.

— C'est le moment de vous dégourdir les jambes ! dit-il à ses passagers.

Tandis que le chauffeur comble le réservoir et vérifie les pneus, les trois soignants se dirigent vers une épicerie. Ils y achètent des canettes de boisson énergisante, du pop-corn sucré et des biscuits. Ils offrent une bouteille de soda à un gamin qui les dévisage avec insistance. Puis ils fument une cigarette, regardant passer un berger et ses fils qui poussent devant eux quelques moutons à tête noire.

Il est déjà temps de repartir et la route s'allonge à nouveau, toujours aussi droite. Un trait d'asphalte au milieu de nulle part.

Parfois, une vieille maison abandonnée. Un village entier déserté.

Parfois, des impacts de balles sur un mur délabré. Une dizaine de tombes sur le bord de la chaussée.

Parfois, une mosquée, une poignée d'habitations autour. Les restes d'un véhicule carbonisé.

Et ce sentiment que tout peut arriver. Que rien n'est sûr.

Brusquement, Gul enfonce la pédale de frein.

— J'ai besoin d'aide, annonce-t-il.

Un pont qui enjambe le lit rocailleux d'une rivière quasiment à sec se présente devant eux. Il a été endommagé par des tirs d'artillerie qui ont provoqué des dégâts si importants que le Land Cruiser pourrait s'écraser cinq mètres plus bas si ses roues tombaient dans l'un des trous. Paul et Grégory descendent pour guider le chauffeur. La voiture slalome entre les plaies béantes jusqu'à retrouver la sécurité de la route. Les deux expatriés remontent à bord pour la suite du périple.

— Combien de temps reste-t-il ? demande Paul.

— Environ deux heures, répond Gul. Si tout va bien, on devrait y être avant la nuit.

— Si tout va bien, répète le chirurgien. Je ne vois vraiment pas ce qui pourrait nous arriver !

Un vieux van Toyota qui les suit depuis un moment les double à toute vitesse.

— Tu as raison ! fait Jawad. Allah nous protège.

À peine a-t-il affirmé cela que le van s'immobilise en travers de la route.

— Je n'aime pas ça ! lance Gul en appuyant sur le frein.

Au même moment, ils voient un nuage de poussière s'élever sur leur droite. Comme sorti de nulle part, un pickup fonce droit sur eux. En tournant la tête, ils constatent avec effroi qu'un deuxième véhicule approche par l'autre côté.

— *Problem !* hurle Gul en enclenchant la marche arrière.

— Putain, on est morts ! s'écrie Paul. On est morts !

Leur chauffeur exécute un demi-tour et écrase la pédale d'accélérateur. Mais l'un des deux pickups leur coupe la route et Gul est contraint de s'arrêter.

Dans la benne du 4 × 4, un homme cagoulé, armé d'une mitrailleuse, les met en joue.

— Talibans, dit Gul. Talibans !

Paul empoigne le bras de Grégory.

— J'ai été ravi de te connaître, mon frère.

— Moi aussi, Paul.

Tout à l'heure, ils ont soulevé le couvercle. Ils m'ont jeté de la nourriture, et avec le peu de forces qui m'anime encore, je leur ai tout renvoyé à la figure. La maigre pitance d'aujourd'hui, celle des jours précédents.

Ils m'ont ordonné de manger, je les ai insultés.

Avec le pied, ils ont tout balancé dans ma tombe, prédisant que je finirais par obéir. Que je ne résisterais pas à la faim.

Si tu savais, mon amour… Si tu savais comme cette décision a été difficile à prendre.

Maintenant, je sais que je vais mourir. Ce n'est plus qu'une question de jours, peut-être d'heures.

Je ne leur laisserai pas m'ôter la vie, je ne leur donnerai pas cette joie.

Je vais mourir parce que je l'ai décidé.

Je ne me priverai pas de la seule liberté qu'il me reste.

J'ai de plus en plus froid, mon amour…

Mais très bientôt, je m'endormirai. Oublier la douleur, la souffrance.

Oublier ton nom. Et notre amour.

À paraître à l'automne 2024

Et chaque fois, mourir un peu
Livre 2

Notes et remerciements de l'auteur

L'écriture de ce roman a nécessité une longue enquête, parfois éprouvante, souvent passionnante.

Pour nourrir ma fiction, je me suis appuyée en premier lieu sur les archives du CICR (films, photographies et enregistrements audio), et je remercie l'équipe de la bibliothèque du CICR de l'aide qu'elle m'a apportée.

J'ai aussi beaucoup appris du magnifique documentaire réalisé par Daniel Grandclément, *Les enfants perdus du Sénégal*.

J'ai également lu le livre *Réparer les femmes, un combat contre la barbarie* (Éditions Mardaga et Éditions Harper Collins) écrit par Denis Mukwege et Guy-Bernard Cadière. J'ai écouté le discours prononcé par le Dr Mukwege lorsqu'il a reçu le Prix Nobel de la paix en 2018, ainsi que plusieurs interviews qu'il a données ces dernières années à travers le monde, afin d'évoquer le plus fidèlement possible son remarquable combat contre les violences sexuelles commises dans le Kivu, en République Démocratique du Congo.

Je remercie mon amie Valérie Richard d'avoir lu mon manuscrit avant sa publication et de m'avoir donné en toute sincérité son sentiment sur ce texte, comme elle m'avait donné, il y a fort longtemps, son sentiment sur mon tout premier roman…

Merci à Céline Thoulouze, mon éditrice depuis *Les Morsures de l'ombre*. Que de chemin parcouru ensemble…

Si vous souhaitez en savoir plus sur les actions menées par le Comité international de la Croix-Rouge, je vous invite à visiter leur site : https://www.icrc.org/fr

Enfin, je tiens à dire toute mon admiration et tout mon respect à celles et ceux qui, chaque jour, risquent leur vie pour venir en aide aux victimes des conflits armés à travers le monde.

Pour en savoir plus
sur les Éditions Récamier
(catalogue, auteurs, vidéos, actualités...),
vous pouvez consulter
www.editions-recamier.fr
www.lisez.com

lisez!

et nous suivre sur les réseaux sociaux

Éditions Récamier

@Ed_Récamier

@editionsrecamier

Imprimé en France par
CPI Brodard & Taupin
en février 2024

#lisez engagé !
www.lisez.com
Pour plus d'information :
Imprimé sur du papier issu de forêts gérées durablement.

N° d'impression : 3053861